茅 盾 文 学 奖

获奖作品

金瓯缺

第一卷

徐兴业 著

刘旦宅 插图

河南文艺出版社
·郑州·

图书在版编目(CIP)数据

金瓯缺:40年纪念版 / 徐兴业著;刘旦宅插图.
郑州:河南文艺出版社,2025.1. -- ISBN 978-7-5559-
1796-0

Ⅰ.I247.5

中国国家版本馆CIP数据核字第2024BZ4894号

策　　　划	杨彦玲　刘晨芳		
责 任 编 辑	李亚楠　冯田芳　王甲克　孙晓璟		
责 任 校 对	陈　炜　殷现堂　丁淑芳　赵红宙		
美 术 编 辑	张　萌		
责 任 印 制	张　阳		
艺 术 指 导	吕敬人		
书 籍 设 计	敬人设计工作室		
	吕　旻 + 黄晓飞		

出版发行	河南文艺出版社	开　　本	735毫米×1040毫米　1/16
		总 印 张	93.5
本 社 地 址	郑州市郑东新区祥盛街27号C座5楼	总 字 数	1 850 000
邮 政 编 码	450018	版　　次	2025年1月第1版
承 印 单 位	河南印之星印务有限公司	印　　次	2025年1月第1次印刷
经 销 单 位	新华书店	定　　价	468.00元(全四卷)

印厂地址　河南省新乡市平原示范区中原国印文创产业园A6号101

邮政编码　453500　　电话　0371-55658707

金
瓯
缺

作
者
简
介

徐兴业（1917—1990），原籍浙江绍兴。 1937年毕业于无锡国学专修学校，曾任上海国学专修馆、稽山中学教师，上海通成公司职员。 新中国成立后在中学任教，1957年调上海市教育局研究室工作，1962年任上海教育出版社历史编辑。 1977年退休之后，曾在上海师范学院历史系任教，主讲宋金史。 著有《中国古代史话》《心史》《袁崇焕传》及《辽东帅旗》（合著）、《李师师》（合著）等。 其代表作长篇小说《金瓯缺》从1938年开始酝酿，到1985年出齐四卷，历经四十余年，荣获第三届茅盾文学奖荣誉奖、上海市庆祝建国四十周年优秀小说奖。

金瓯缺

第一章

1

十一月中旬某一天上午巳牌时分，在侍卫亲军马军司当差的龙神卫四厢都指挥使刘锜受到急宣，传他立刻进宫去等候陛见。

这是一个尴尬的辰光，既不是太早，也不能算作很晚。阳光还没有照成直线，还可认为是上午。可是对于东京（今开封）的上层社会来说，这个时候还正是好梦未醒的漫漫长夜哩！他们还得再过几个时辰，才开始所谓"今天"的这个旖旎绚烂的好日子。他们既不怕来得太早的清昼会干扰他们的好梦，也不怕消逝得太快的白天会妨碍他们的宴乐。他们家里有的是厚重细密的帷幕帘幔，可以把初升的朝暾隔绝在门窗以外；有的是灿烂辉煌的灯烛，可以把残余的夕晖延接到厅堂、卧寝之内。对于他们，早和晚，上午和下午，白昼和黑夜……都没有一个明显的界限。

刘锜自然也是那个阶层中的人物，他是贵胄子弟，是禁卫军中的高级军官，是官家宁愿把他看成心腹体己的那种亲密的侍从人员。官家经常有这样那样的差使派他去办。因此他早就习惯了这种突如其来的召见，不觉得有什么稀罕之处了。可是今天他仍然因为召见的时间过早，与往常有所不同而感到惊讶。他带着这个急于想把它揭穿的哑谜，进入内廷。

内廷也还在沉酣的好梦中，到处寂静得没有一点声音。值殿的小内监看见刘锜被带进来了，用着猫儿般柔软的动作，轻轻打起珠帘，让刘锜进去。一股浓郁的香气，从兽炉中喷射而出，弥漫在整个殿堂中。透过这一道氤氲的屏风，刘锜才看清楚偌大的睿思殿，除官家本人以外，只有两名宫女远远地伺候在御案之侧，显得异常空阔。

小内监把刘锜一直引到御前，低声唱道："刘锜宣到！"这时官家俯身御案上，吮毫拂纸，正在草拟一道诏旨，他没有抬起头来，只是微微地动一动下巴，表示"知道了"，接着又去写他的诏旨。

那天早晨，官家随随便便地戴一顶高筒东坡巾，这是一种在当时的士大夫中间十分流行的家常便巾，官家在宫禁内也喜欢戴它。他又在淡黄的便袍上漫不经心地披上一件丝绵半臂，竭力要在服饰方面显得潇洒。可是他的正在沉思着的表情恰恰做了相反的事情，它不但不潇洒，反而显得十分滞重，十分烦恼，他似乎被手里的工作弄得非常伤神，以至于在很长的一段时间中，忘记了刘锜的存在。他起了几次稿，每次都觉得不满意，每次都把稿纸搓成团，接着又把它扯开来，撕成一条条的碎片。这是一个诗人、书法家、画家在失败的构思中常常做的动作。忽然间，他游移的目光和刘锜的聪明而又恭敬的目光相接触，他的脸色豁然开朗，笑出了那种对他喜欢的人常做的莞尔的笑，然后以亲密得好像谈家常的口吻问刘锜道："卿可认得现为登州兵马铃辖的马政？"

刘锜作了肯定的答复。

"卿在哪里认得他？"

"马政原是西军人员，臣在熙河军中时，曾在他麾下，多承他培植教育。"

官家点点头，又问道："卿可与他的儿子马扩熟悉？"

刘锜绝没有想到在此时此地，忽然由官家亲口提起这两个疏远武官的名字。刘锜与他们是熟悉的，有着非同一般的亲密友谊。这两个名字一经官家提起，就好像一道火花照亮了他的胸膛，引起他的美好的回忆。于是他的思想活动频繁起来，想到了许多与他们有关的往事，他的神情更加焕发，他的奏对也越发流畅了。

"马氏一门忠胆义肝，世在西陲，为官家捍卫疆土，父子祖孙，殁于王事者四人。马扩与臣尤为莫逆，当年去谿哥城当……"

"就是卿去当人质的那一回？"官家以那种似乎对刘锜生平十分熟悉的语气插问。

"正是那一回，马扩与臣誓同生死，冒险前往，幸得不辱使命生还。前后周旋，折冲樽俎之间，马扩之功居多。只是微臣供职京师以来，听说他父子别有差遣，已有数年未谋一面了。"

"夫人不言——"官家卖关子地先拈起搁在笔格上的鼠毫玉管笔，用笔尖指指自己，再掉过头来，轻轻一摇，然后有力地在空中一点，说完了那后半句话，"言必有中。"最后一个动作的节拍正好落在那"中"字上，因而显得非常戏剧化，他用这个一波三折的动作和这句卖关子的话，表示他洞察幽微，无远不及。接着他又扬扬得意地说："朕早就猜到马扩与卿有旧，这一猜果然猜到卿的心眼上了。马扩不日将回京述职，借此因缘，卿可与他痛叙旧情。只是他父子两个年来在干些什么，卿可都知其详？"

"马政等踪迹，臣微有所闻。"这是个颇有出入的问题，刘锜略为踌躇一下，审慎地按实回答，"只是事关国家机密，非微臣所敢预问。马政等也未尝以此见告，因此臣不得其详。"

官家深深地看了他一眼，然后皱皱眉头，微表不满地问："马政职责攸关，不来找卿，倒也罢了。王黼、蔡攸两个难道也没有把此事说与卿知道？"

"王黼、蔡攸均未与臣谈及此事。"

"这就是王黼、蔡攸办事颟顸之处了。"谴责当权大臣，是对亲信者表示亲密的一种姿态，官家不放过这个机会又一次对刘锜表示好感，"朕的亲信如卿，合朝内能有几人？这等大事，不让卿知道，又待让哪个知道？"于是他再一次拈起笔来，指着案头没有写成的诏旨说："这道诏旨与马政、马扩年来的行踪大有关系。如今朕正为此事烦闷，卿可愿为朕分忧，赍着它前去渭州走一遭？"

好像平日对待刘锜一样，官家凡是有所差遣，总是从远处闲闲说起，然后才涉及正题，说得十分委婉。也好像平日的对答一样，刘锜完全理解并且能够体会到官家委婉的深意，总是恭敬地回答："陛下差遣，微臣敢不用命！"

"卿回京之日，就是与马扩谋面之时。故人叙旧，可不是人生一大乐事。只是岁尾新春，灯节在迩，正该伉俪团聚、欢宴畅饮的时节，却要卿远离京师，万里驰驱于风雪之中，倒教朕心里好生过意不去。"

说了这么多的贴心话，现在可以言归正传了，官家这才放下了笔，详详细细地口述旨意。原来由于马政等人办理外交事务的结果，不久朝廷将用兵河北。官家要刘锜马上出差到渭州去给陕西诸路都统制——西北边防军统帅种师道传达这道诏旨，要种师道遵旨前往河东路太原府，与朝廷派去的大员们共同计议北征的军事。

种师道不可能违抗朝旨，拒绝出席军事会议，这是没有疑问的。但由于这场军事行动十分重要，官家也考虑得特别周到。他考虑到，种师道已被内定为这个战役的军事统帅，他统率的西北边防军将被全部调去，投入河北战场，要彻底打通他的思想，使他充分理解马政等办理的迄今为止只限于少数人知道的秘密外交活动以及随之而来的一场将要涉及三个朝代兴亡存灭的战争，是本朝开国以来最重要的一次军事、政治行动，要给种师道相当的时间来酝酿、发动全军投入战争，这不是一件轻松的任务。种师道在军事上一向有自己的看法，有时也会固执己见，譬如去年的两浙之役，就没有能够调动他本人和他的兄弟种师中前去出征。为了排除可能遇到的障碍，官家不愿采用官方生硬的形式，由政府正式下一道命令，强迫他去出席军事会议，而宁愿采用一种比较亲密的私人的形式，派一名亲信赍着他的手诏，面告曲折，婉转疏通，以求必成。这是官家对自己的权力感觉到还没有绝对自信的时候常常采用的一种方式。

现在官家把这个艰巨的使命交给刘锜去办，认为他是派到种师道那里去最合适的人选。这不但因为他个人的才能，这些年来交给他的任务，他无不办得十分妥当合意，更因为他一方面是自己的亲信，一方面又出身于西军，与种师道以及全军上下有密切的关系和深厚的感情。官家深信他此去一定能够完成王黼、童贯等人完成不了的任务，满意而归。可以说正因为官家事前在心目中已经有了这样一个合适的出使人选，才考虑采用这个婉转疏通的形式。

这就是官家今天特别起了一个早，亲手撰写诏旨，并且打破常规，这么早就把刘锜宣进宫里来的原因。

口授旨意以后，官家自己骤然感到轻松，他简单从容地草成诏旨，用他别成一格的瘦金体字体誊写好，又亲手钤上了"宣和天子之宝"和"御书之玺"两方玉玺，自己反复读了两遍，又欣赏了自己的书法和图章，这才心满意足地把它授给刘锜，郑重叮嘱道："自从'海上之盟'以来，此事已谈论了三两年，如今是箭在弦上，不得不发。卿此番代朕前去渭州布意，关系朝廷大计匪浅。但愿卿早去早回，成此大功，朕在宫中日夕盼望佳音。"

刘锜过去没有参与过这个所谓"海上之盟"的外交活动，可是凭着他的官家亲信的地位，凭着他的机智和敏感，早已从侧面听到很多消息。由于自尊（别人没有让他参与秘密），也由于他预料到这将要发生的是一件非常重大的事情，他所处的地位远远不足以估量这个行动可能造成的全部后果，因而他谨慎地对它保持冷淡和缄默。他只是聆取了自然而然地流到他耳边来的秘闻，而不向旁人去打听和追问。他对任何人都没有表示过什么明确的意见。现在是官家亲自把这个秘密点穿了，官家交给他的任务，说明官家不仅允许他参与机密，还迫切地希望他推动这场战争。不管他对这场战争有什么看法，首先要感谢官家对自己的信任。他恭敬的表情表示他完全能够理解官家复杂微妙的意图，他要竭其所能地去完成它，决不辜负官家对他的期望。

官家高兴地点点头，用一个习惯的动作向侍立的宫女们示意。她们立刻取来事前早已准备好的碧玉酒注和玛瑙酒盅，走到御案前面。官家亲手满满地斟了一盅酒，递给刘锜，说道："这是朕日常饮用的'小槽珍珠红'，斟在这玛瑙酒盅里，色味倒还不错。卿且饮过此杯，朕别有馈赠，以壮卿的行色。"

刘锜举盅一饮而尽，谢了恩。这时大内监入内内侍省都押班张迪好像从地洞下钻出来似的——刘锜根本没有发现他什么时候进来——忽然伺候在御座的后面。官家回过头去，用着呼唤狗子一样的声音呼唤他道："张迪，你可陪同刘锜前去天驷监，让他自己挑选一匹御马，连同朕前日用的那副八宝鞍辔，一并赐予刘锜。你可要小心伺候！"

御赐鞍马，虽是常有的事，但让受赐者自己到御厩中去挑选马匹，却是破例的殊恩。官家还怕刘锜不知道受恩深重，又特别回溯了往事，说四十年前秦凤路沿边安抚使王韶收复洮、河两州（那确是震烁一时的殊勋），凯归京师时，先帝神宗皇帝曾让他自己去天厩中挑选马匹，从此以后，再也没有其他的人援引过这个特例。

虽然是官家的亲信，经常受到脱略礼数的待遇，刘锜却宁可官家对自己保持一定的距离。他不愿自居为、更加不愿被人误认为近幸之一流，他认为只有这种人才会觊觎非分之赏、破格之恩。他刘锜不愿接受这个。他婉转地辞谢道，自己还没有出过什么力，立过什么功，怎敢与先朝大臣相比，领此过分的厚赏。可是官家的恩典却是一种更巨大和温柔的压力，他绝不允许刘锜对他的恩典再有半点儿异议。他连声催促刘锜快去选马，休得推辞，还说"天下的良骥骏马都荟萃于朕的御厩中，卿可要好好地选上一匹"，然后意味深长地笑道："卿无论今日赍旨西驰，无论异日有事疆场，都省不掉一匹好脚力。朕特以相赠，用心甚深。卿断不可辜负了朕的这番心意。"

刘锜还待推辞，忽然从官家的微笑中领悟出他的暗示，一道异常的光彩突然从他炯炯的眼神中放射出来。官家高兴地看到刘锜已经领略到他的示意，暗暗想道："刘锜真是可儿，三言两语就揣测出朕的弦外之音。可笑蔡京那厮还在朕面前中伤，说刘锜一介武夫，终少委曲。他怎知道朕手头使用之人，都经朕多年培养，强将之下岂有弱兵？"官家喜欢的就是和聪明人打交道，更喜欢在小小的斗智中打败以聪明自居的蔡京之流。因此，此刻他更加喜爱刘锜了，索性进一步满足刘锜的愿望道："朕久知卿在京师有'髀肉复生'之感，几番要待外放，都经大臣们谏阻。这遭北道用兵，朕决心派卿随同种师道前去，做他的副手，这可遂了卿生平的大愿？"

官家再一次猜中了刘锜的心事，使他再也没有什么理由推辞恩赏。他带着十分感欣的心情，与张迪一起退出睿思殿，前往天驷监去挑选马匹。

第一章

2

2

入内内侍省都押班张迪是政宣时期[1]官场中一个出色的人物，一个如同水银泻地、无孔不入的活跃分子，一件活宝。

既然是内监，在生理上，他就是个已经变了形的男子，还未曾变成形的女人，非男非女，在两性之间都没有他的位置。但是这个尴尬的、两栖的生理地位并不妨碍他在宫廷和政府两方面的烜赫声势。之所以如此，是因为他能够恪遵官场上四句重要的格言，身体力行，毫不含糊。

那四句格言是：

要牢牢捧住得势的人；

要坚决踢开那些霉官儿；

要念念不忘地记得应该牢记的事情；

要了无痕迹地忘记应该忘记的事情。

这看来是够简单的，但既然成为格言，就不是每个官儿都能轻而易举地把它们做到。有的官儿多少还有点羞耻之心，在趋炎附势之际，不免稍有扭捏；有的官儿多少还有点情面观点，与故人割席时，不免要拖泥带水。这两种人犯的错误，看来不算很大，却与做官的原则水火不相容。张迪对他们是深恶痛绝的。有一天，炙手可热的大内监梁师成问中书舍人王孝迪为何不蓄须。王孝迪回答得果断爽利："爷之所无，儿安敢有？"这样的捧场才算合了张迪的脾胃，他喜欢的就是这种人。

官场上还有些官儿的记忆力很差，有时忘记了应该牢记的事情；有的则相反，记性太好，偏偏记得应该忘记的事情。开府仪同三司李彦曾经做过杨戬的下属，如今杨戬已退处闲散之地，李彦飞黄腾达，早已越过他的头顶。杨戬偏偏要倚老卖老，卖弄他的好记性，在别人面前，有时甚至当着李彦的面，提起当年旧事。可笑这个杨戬，在先朝时以善变著名，人称"杨三变"，到了关键时刻，反而变得毫不机变了，这就注定他只好坐冷板凳终身。

比较起那些倒霉的官儿，张迪身上的优点就显得那么突出。他除了从绝对、纯粹的利害关系上来考虑问题，几乎把身上所有的水分——人情、传统的道德观念、人们的议论等全都挤干了，它们是从那个古老的世界中遗留下来的残渣余泽，是自己宦途上的绊脚石，必须把它们全部消灭掉！

[1] 武官的最高一级，但当时已成为对高级武官的敬称，被称者不一定真正官拜太尉。

[2] 当时高俅任殿前司都指挥使。

此外，他还具有与最高统治层接近的这个有利条件，谁应该捧，谁可以压，什么是必须的，什么是不必要的，他都能做出准确无误的判断。在捧与压的两方面，他都是由衷地、丝毫没有保留地形之于辞色。他的这种赤裸裸的势利，竟然坦率到这样的地步，以至于他的变化多端的面部表情就像一面兽纹铜镜一样，人们只要看一看它，就可以照出自己的穷亨通塞。他在当时被公认为是一部活的缙绅录，一架精密度十分可靠的政治气候测温表，一个炉火纯青的官儿——虽然他的公开身份还不过是内监的头子，却拥有很大的潜势力，是几个政治集团的幕后牵线人。

当今天亲眼看到了官家对刘锜恩宠有加，他立刻使自己相信他一向对刘锜是抱有好感的，甚至对其是巴结、讨好的。对于官家给予恩宠的人巴结、讨好，这对他好像是一种生理上的需要，肉体上的享受。他既然奉了官家之旨，钦定为向导之职，为什么不把这个刘锜引导到亲密友善的道路上来？

他立刻派两名小内监跑到天驷监去通风报信，这里摆开队伍，让一群小内监簇拥着，找个机会，笑嘻嘻地开口道："太尉[1]今日荣膺懋赏，圣眷非凡。咱家得以追侍左右，也是与有荣焉！"

这是个甜甜蜜蜜的药引子，接下去就可以引出一大箩好话，他自己向来就是把这些好话当作人参、鹿茸等补品吃下去而肥胖起来的，它们并没有使他产生消化不良症。他以己度人，相信刘锜也一定有此同好，于是摆出一副给人进补品的架势，等候领赏。没想到刘锜只是冷冷淡淡地回答一句："刘某无功受禄，谈得到什么光彩不光彩？"

"太尉休得过谦。近日里，官家为了伐辽之事，忧心忡忡，愁眉不展。今日太尉一来，官家就高兴非凡，荣典迭颁，还将畀以重任，可不是天大的喜讯！"

这不但是讨好，而且还含有从小道中打听消息的意思，刘锜索性给他个不理不睬。张迪这才明白此路不通，只好换个题目说：

"昨夜高殿帅[2]宴请向驸马，济济一堂的贵宾，还传来了东鸡儿巷、西鸡儿巷的三四十个姐儿们。吹弹歌唱，好不热闹！向驸马、曹驸马都曾多次问起，怎不见太尉驾到？"

"原来如此。刘某昨夜有些小事，却不曾去得。"

这又是一颗实心冷汤团，张迪只好挺起脖子硬咽下去。

两人沉默地走完一段路，张迪重新想出一个好题目来："想当年，太尉来东京供职之前，天下进贡的良马都归太仆寺群牧司掌管牧养。如今禁军用马，通由西军

第一章

2

挑选了补上，省得多少转手。只是太仆寺真正成了闲曹，大小官儿只会吃干饭，领请受[1]，朝廷倒是白白地养活了他们。"

说话涉及刘锜经营的业务，最后一句还多少有点替朝廷抱屈的意思，刘锜的神色才略为开朗些。张迪乘机扩大战果，继续说道："如今群牧司冷冷清清，好不凄惶！倒是天驷监里着实养了百十匹好马，用着三两百个小内监伺候它们，天家厩牧，毕竟非凡。太尉是当代伯乐，这些名骥要经太尉鉴赏品评，才能身价百倍哩！"

"俺省得什么。"天驷监中有些马匹，还是从西军中挑来，多数都经过刘锜的手，他也很想去看看，因此谦逊了一句道，"停会儿去内厩参观时，要烦内相指引了。"

"当得，当得！太尉要参观内厩，都包在咱家身上。可笑天驷监的谭头儿，枉自当着这份差使，终日只晓得品酒点菜，哪有咱家对这些御马在行？"然后他好像决了堤的河水漫无边际地谈起来。他指着宫苑中一块空场，说："太尉看那片马球场子，可惜日前正在冬令，闲落了，没人使用。不然的话，咱家奉陪太尉进去看看。内廷的马球演习可妙啦！不说别的，单是那些宫嫔，一个个都摒除了内家装束，换上一套窄窄小小、娉娉婷婷的骑装，侧身斜坐在小骊驹上，追逐着小小的球儿。有时还要演习骑射弹丸，彼此雷奔电驰，卖弄身款。这五光十色的服装，配上镶金嵌宝的鞍辔络头，还有那闪闪发光的银铃儿在箭道上叮叮当当地响着。这个光景，可不是一幅艳绝丽绝的《宫苑试骑图》？"

张迪信口开河地说到这里，忽然掉头左右顾盼了一下，挥手示意小内监走远一些，自己压低了声音，诡秘地说下去："太尉可知道这玩马球的还不只是那些宫女。贵妃和帝姬[2]们也玩这个。势倾后宫的小乔贵妃和皇九子康王的生母韦妃都是从这马球上出身，才遭际官家发迹的，如今官家还要她们驰逐。荣德帝姬的骑术，宫中数她第一，等闲的男子都比不上她。她和曹驸马在这箭道上赛起马来，驸马老是落在后面摔筋斗。就是为了这个，曹驸马才兼着马军司的差使。官家说过且叫曹晟那厮到马军司习骑三年再和朕的女儿赛马。又曾说笑过，这差使要让朕的这个爱女去当，才算人地相宜，比她男人强得多啦！谁知道差不了一点儿，荣德帝姬就是太尉的同僚。"

按照张迪的想法，内监们透露有关宫廷的每一条新闻掌故，都是一笔价值昂贵的礼物，现在他讲到小乔贵妃、韦妃，讲到荣德帝姬和曹晟的秘史，这些对于身在马军司当差的刘锜来说都具有头等重大的意义，他张迪可要拣拣人头才愿送这笔礼哩，但愿受礼的人识货，领他的情才好。

可是他在刘锜沉着的面部表情中，根本看不出他是否对这些新闻感兴趣，算不算得是个识货知趣的受惠者。

天驷监的执事内监们得到通报，早就在大门口迎接刘锜。只有头儿谭稹没在家。谭稹一身兼了那么多的差使，什么使、什么使的弄得他自己也搞不清楚了，再加上到处忙着赴酒宴，几天中也难得到天驷监来转一转。有人心怀妒忌地说，他干了这些肥缺，自然吃得饱了，怪不得他本人就像一匹油水十足的高头大马。他说，别人还把三衙[一]八十万禁军的饷项吃空哩！他才不过吃点马粮，算得什么，何况天厩中的御马，一匹匹都养得膘肥肉厚，他哪一点对不起官家？

张迪果真履行了自己的诺言，一进天厩，先就陪刘锜去看一座门口标着玉牌，玉牌上嵌了"八骏图"三个金字的厩房。天家厩牧，气象不凡，何况这座"八骏图"在御厩之中也算是首屈一指的。所谓"八骏"，是经过特别挑选贡呈来的八匹纯种白马。它们个子的高矮、肥瘦，色泽的明亮、光彩，甚至脸庞的样子都是十分类似，现在再加上人工的打扮修饰，更像是一母所生的了。官家亲自按照周穆王的八骏的名字，为它们命名，特别制了玉牌，挂在它们的颈脖上。如果没有这个标志，就很难把它们一一识别出来。

他们又去看了另外一座名为"五龙会"的厩房。那里养着五匹颜色各异的名骥，也各有一个漂亮的名字：白的那匹称为"雪骐"，黑的称为"铁骊"，青的称为"碧骢"，赤白间色的称为"玉骃"，黄黑间色的称为"骝骃"。马匹本身的颜色加上披在它们身上、搭配得非常协调的锦帔，给人们造成目迷五色的感觉。

无论八骏，无论五龙，或者其他的御马，它们一例都是牲口中的骄子，畜类中的贵族，生活在养尊处优的环境中。它们懒散地踢踢蹄子，娇贵地打个喷嚏，有时还要愤怒地扯动背上的皮，甩甩尾巴，命令驯马的小内监替它们搔搔发痒的背脊。这里不但小内监是它们的奴仆，就是有职分的大内监也得伺候它们的颜色，以它们的喜怒为喜怒。这些娇贵的御马只有看见陌生人进来时，才昂首竖耳地长嘶几声，表现出"天马不与凡马同"的气概。

张迪排斥了所有内监的发言，独自垄断了御马的介绍权。他说自己熟悉御马，倒没有夸张。他几乎背得出大部分御马的谱系、种族、来源、本身的经历、遭遇以及各种特点。他说这匹"玉骃"，小乔贵妃骑了几年，本待放出去，后来官家念旧，仍把它留下来，置身于"五龙"之中，顿时身价十倍。又说那匹领袖八骏的

"追风"，额角上有块紫斑，《相马经》上说是贵种的特征，它果然取得超群绝伦的地位。然后他慨叹马匹也有穷亨通塞的遭遇，这里是三分天意，七分人事，好像它们也都是列名在他的缙绅录中的大小官儿一样。

他特别引导刘锜去看了一匹名叫"鹁鸪青"的骏骒。

官家早年自家经常乘骑的是一匹被亲昵地称为"小乌"的黑马，因为它联系着官家一段私人生活，因此受到特别宠爱。可是毕竟岁月不饶人（马），它终于到了不得不退入冷宫的年龄，如今就让位于这匹鹁鸪青了。

鹁鸪青与张迪已有数年相知之雅。他们各自用了自己的方式向对方打招呼。鹁鸪青从张迪亲昵地抚拍它的臀部的动作中，对整个人类产生了一种偏见，认为人活在世界上最重要的任务，莫过于给它进点"补品"。它果然听到张迪用着高级辞令介绍它道："这匹鹁鸪青是官家心坎里的宝贝。它日行千里，夜行八百，有超光逾影之速，无惊尘溅泥之迹，算得是天上的龙种、人间的绝品。童太师整整花了三四年工夫，才把它觅到手，急忙进御。太尉倒要仔细鉴鉴鉴赏它，才不虚今天来御厩走一遭。"

鹁鸪青虽然还没有学会人类的语言，但对于张迪的表情和语气是完全理解的，它一再摇摇自己的长耳朵，表示绝对同意他的介绍。鹁鸪青和张迪两者的这种神气，在官场中，当一个新贵被介绍于别人时，也常可以看到。

然后张迪又陪刘锜去看了郑皇后在宫中乘骑的那匹名为"骧袅"的小白马，它是由于身段袅娜，体态轻盈，而得到这个漂亮的命名的。可是圣人[1]这两年有点发福了，懒得乘骑。连带这匹"骧袅"看起来也不见得那么苗条了。

尽管张迪的介绍舌灿莲花，尽善尽美，骑兵军官出身的刘锜却有着自己的品赏和评价。他看得出这些御马大都来自塞上和河湟地区，一般都有良好的出身和健全的素质，当年也曾驰驱疆场，载重致远，的确都非凡品。可惜一进御厩，受到过分的照拂，习惯了娇生惯养的生活，并且把活动的天地压缩在天驷监这个小小的范围里，这就使它们发生质的变化。它们越来越失去原有的剽悍的精神和充沛的元气，却沾染上纨绔公子的派头。不要看它们表面上还是神情轩昂，实际上已是虚有其表，派不了什么正经用场。一句话，这些在天厩中打滚的御马已经落到单单只成为宫廷装饰品的那种可悲的境地中了。

不但善于识马并且也爱马成癖的刘锜对此产生无限感慨，他强烈地意识到照这个样子驯马，事实上就是对良马最大的糟蹋。可是他立刻明白，此时此地，面对着

[1] 棘盆是东京灯节中在宣德门外宫廷广场上临时搭起来演出杂剧、杂技的场子。小旋风是马戏艺员。

[2] 东京人称赞一切美好事物的口头语。

内监们流露出这种对宫廷生活的非议是不合适的。他抑制住自己的思想活动，然后在散厩中挑了一匹不太显眼的白马。它也有一个应景的美名儿，叫作"玉狻猊"。他挑中它是因为在它身上还看到一些野性未驯的地方。乘着一时兴致，他就势脱去罩袍，在箭道上试骑一回。尽管他有分寸地控制着自己，没有放松缰绳大跑，但是一个训练有素的骑兵军官的矫健的动作和悦目的身段还是不自觉地呈露出来。惹得在一旁观看的张迪不住地拍打着大腿，称赞刘太尉的高明的骑术："今天咱家算是开了眼界。'棘盆'[1]中献艺的小旋风，枉自轰动了半座东京城，哪有太尉这副身手？"

接受官家的赏赐有一连串不胜其烦的仪节，刘锜回到前殿，好不容易挨到酉初时分，才看到内监们按照钦赐御马的规格把玉狻猊打扮出来。它身上披上锦帔，头上簪上红花，又配上一副御用的八宝鞍鞯，这才簇拥着刘锜缓缓转回家里，显然要他在归途上充分享受这一份膺受御赐的莫大光荣。

对内廷的这套繁文缛节，刘锜早已熟悉到令他发腻讨厌的程度了。这时东京市上已经华灯初上，行人如织。刘锜骑在马上，尽量要躲避那些拥到他周围来的行人投来的欣羡的目光，希望尽快地穿过热闹的御街、州桥街、府前街，取一条比较僻静的道儿回家去休息。可是受到张迪再三嘱咐的内监们偏偏不肯给他这份自由。越是在热闹街道上，他们越要放慢脚步，几只手同时抓住了马络头，把这匹御马和光荣的骑手一起放在东京的大街上炫耀示众。

有人竖起拇指，高声喝彩："有巴[2]！"

无数行人被吸引过来，应和着这喝彩声，大声地赞叹着，把包围圈缩小到使他们这一行人寸步难移的程度。内监吆喝着，挥舞手里的鞭子，作势要把行人赶开。人们聚而复散、散而复聚了好几次，结果仍然把他们包围在这个流动的小圈子里。

这时刘锜忽然想到自己不幸而成为被示众的对象。没有什么比这更加丑恶和可耻的了。他皱着眉头，摆摆手，仿佛想要把这个令人作呕的想法从脑子里挤出去，然后另外一种思想好像一道奔泉猛然冲进他的头脑。这就是他刚才在内厩中曾经想到过、抑制过的想法，而此刻又偏偏这样不合时宜地灌注到他的心里来。他把自己的命运和那些养尊处优的御马的命运联系到一块儿来了。

他想到这些御马虽然用了珍珠磨成的粉喂养饱，实际不过是一些宫廷中的装饰品；他又想到那些玩马球、射箭弹丸的宫嫔虽然用黄金镂成的丝穿戴起来，实际上也不过是一些宫廷中的装饰品；而他自己，一个骁骁的男儿，自从来到东京后，无

第一章

2

论一向在宫禁中进进出出，替官家当些体面的差使，无论此刻在州桥大街上骑着御马游街示众，实际上也无非是一件宫廷装饰品。

朝廷煞费苦心地在禁军中间挑选出四名身材高大、髯须威严的士兵。每当大朝会之际，他们就顶盔掼甲，手执用金银铸成的象征性的武器，分别站立在大殿的四角，人们称之为"镇殿大将军"。刘锜痛苦地感觉到，他自己尸位的马军司龙神卫四厢都指挥使，其实际的作用就和这些"大将军"一样，都不过是朝廷中的摆设品。

他为此万分感慨。

3

刘锜回顾了自己这段可耻的生活经历。

他是三年前从西北边防军中调到东京来当差的。犹如这些从边廷进贡到宫廷来的御马一样，在一般人的心目中，把这种调动看成跃升的阶梯。他自己也带着年轻人炽旺的功名心和强烈的事业心来到京师。所谓事业，就是要实现自己的理想和抱负。他是军人，他想着手整顿在京师的禁军，那支军队历年来，特别在高俅当了殿帅以后，确已腐败不堪，必须大力淘汰更新，才能重振旗鼓，成为国家的劲旅。此外，他也希望有机会去前线效力，驰驱疆场，无愧于一个将门之子的本身职分。但是，无论要实现哪一项事业，首先都需要有一定的官职和地位。他知道没有官职地位就谈不到建功立业。他确实想做官，但在主观上与其说是为了博取富贵，毋宁说是为了要实现自己的理想和抱负。

在功名的道路上，他确是一帆风顺的。

宋朝是一个重文轻武的朝代，东京的上层社会对于来自西北的灰扑扑的军人一般都采取歧视和排斥的态度，但对于刘锜却例外。他们把官场和应酬交际的大门都向他开放了，供他在这里自由驰骋。刘锜之所以受到这种特殊待遇，是由于他具备了其他军人很少具有的优越条件：

第一，他有显赫的家世，他的父亲刘仲武是当代名将，在种师道之前，多年担任西北边防军统帅这个要职，他的几个兄长也都已成为有名的将领。

第二，他本身也具有非凡的文武才华，有长期从军的经历和作战的实践经验。他以胆略过人著称，在军队中服役时，曾经主动地深入虎穴，去当强敌青唐羌领袖臧征扑哥的人质，从而促成了一项和平谈判。这件英勇的行为被军界中人传为美谈，也成为他到东京来的绝好的进身之阶。此外，他还具备着一个文士的素养，他的诗文书翰，都可与朝士媲美。当时许多人对他已有"文武两器、佼佼不凡"的品评。

第三，东京的官儿们特别欣赏他适应环境的能力。他仪度潇洒，谈吐风雅。他干练灵活，对上司不卑，对下属不亢，应酬周旋，都能中节。这些都是在上层官场，特别在宫廷中服务必不可缺少的条件，而在一般军官中却是难以做到的。

凭着这些优越条件，刘锜很快被提拔，仅仅三年就从一个普通的环卫官升到像

第一章 ——— 3

他的年龄很少有过的侍卫亲军马军司龙神卫四厢都指挥使这样高的官衔。他受到官家赏识，成为亲信侍从人员，并且在实际上掌握了本司的大权。其他比他职位高的长官，例如殿帅兼马帅高俅、本司副都指挥使驸马都尉曹晟等都不过在本司挂个名。虽然这个名为掌管天下骑兵的衙门，也早已名存实亡，只不过是管理官家的一个庞大的仪仗队和留在京师的一支残缺不全的骑兵部队而已。

东京的皇亲国戚、权贵显要跟随着官家的风向也对刘锜抱有好感，有的甚至颠倒过来巴结他、讨好他。一般官场中都把他看成大有前途的青年将领。张迪曾在一个公开的场合中跟人打赌说，如果刘某人没有在五年以内当上枢密使，就剜去他的眼睛。

官家的嫡亲兄弟，官拜大宗正的燕王赵似，每次举行家宴时都少不了要邀请他们这一对贤伉俪，甚至脱略形迹到王妃、宗姬[一]都可以跟他随便见面谈笑的程度。掌握政府大权、声势烜赫的太宰王黼，宣和殿大学士蔡攸，殿帅高俅，都蓄意结交他，摆出一副垂青的姿态，仿佛永远在跟他亲切地说，他建议的有关整顿、改革侍卫亲军以及其他的整军方案，都是十分必要和切实可行的，他们都很支持，仅仅为了某些技术上的原因，一时还没有付诸实行罢了。如果他借机提醒一句他们偶尔遗忘的诺言，他们就会惊讶地表示，这个他早已关照下去，难道还没有执行吗？那一定是被哪一级的混蛋僚属耽误了。"明儿"回去，一定要查他一个水落石出，不把这些混蛋一一参革掉，决不罢休。"今天"是被制造出来专供欢宴享乐之用的，一切正经事都该安排到"明儿"去办。这是政宣时期的大官儿根据他们的宦场哲学研究出来的一项神圣原则，谁都不许冒犯。有时刘锜冒犯了这条原则，竟然敢于要求他们把办事日程提前一天，他们就会敏捷地举起酒杯来，防患于未然地把这种可能要发展成为不愉快的情绪融化在琼浆玉液中，消散于歌云舞雾中。

刘锜不但是官场中的骄子，也是东京歌肆勾栏中最受欢迎的风流人物。这两者——官场和歌场的地位虽然悬殊，其性质却是十分类似的。官儿们必须出卖自己的灵魂，才能够博得缠头去收买歌伎们的肉体。他们实际上都是用不同的方式出卖自己，不过歌伎们公开承认这种买卖关系，而官儿们却要千方百计地把它掩盖起来。官场和风月场是东京社会生活中的两大支柱，缺少了其中的一项，就不成其为东京。

刘锜在风月场中受到青睐，不但是由于他的地位、仪表、家世，更因为他有很高的音乐造诣。有一天，他在名歌伎崔念月的筵席中随手拈起一支洞箫吹了一会儿，博得在座的乐师袁绚十分心折。袁绚虽然干着"教坊使"这低微的差使，却是当世公认的"笛王"，又是一个名歌手，他对别人，特别对于文人学士、文武官员等非专业的演唱者轻易不肯下评语，如果有所品评，那一定是非常中肯的，好就是好，不好就是不好，决不面谀背诋。这种慎重的态度使得他的发言在他们这一行中具有"一言九鼎"的权威性，远远超过王黼、高俅之流在他们各自行业中的权威性。

三年来刘锜获得各方面的成就，受到各方面的注意和欢迎，声誉骎骎日上，成为东京城里人人欣羡的人物。唯独一个例外，那就是他自己。他时常痛苦地意识到，他正在一天天地、不由自主地变成一个他从内心中那么藐视的地道的东京人。他清楚地感觉到，他在功名方面的成就越大，他的理想和抱负却越加遥远，遥不可追了。东京的飞黄腾达的道路，并没有为他的事业提供有利的条件，反而把他推向堕落的深渊。有一个内在的声音在警告他：这样活下去是不行的，他必须立刻摆脱它、改变它，否则就意味着自己的毁灭。

他采取了果断的措施，向他的顶头上司高俅表示，希望官家恩准他辞去侍卫司的职务，回到比较艰苦的西北军中去参加种师道正在那里进行的整军工作，否则就放他到河北前线去整顿另外一支边防军——北方边防军。那是一支只剩下机构名称、只有带衔的军官而没有多少士兵的有名无实的边防军。

高俅称赞他的志向："足下有心报国，整军经武，洵非寻常流辈所能及！"然后故作惊讶地把话一转："只是官家对足下如此倚重，可说是圣眷隆重，俺高某怎能向官家启齿把足下放出去？"

刘锜又向当权的王黼提出同样的申请。他得到的答复，也是同样的称赞、同样的故作惊讶、同样的拒绝。于是他明白了，三年前朝廷因为不放心他的父亲在西北手握重兵，把他调到东京来，表面上加以升擢，实际上是代替他的哥哥留为"人质"。如今父亲虽已卸去军职，解甲归乡，但在一定的保险期内，他还得继续留在东京充当人质。这个制度是如此严峻，官家对他个人的恩宠，并不能改变他的这个地位。当权的大臣们不管对他表面上的态度怎样，实质上对他是猜忌的、嫌弃的。他不可能实现任何理想，除非他能与权贵们做到真正的沆瀣一气、融合无间。而这，无论他，无论他们，都知道是不可能的。

因为得不到满足而日益增强其吸引力的事业心和与日俱增的堕落感作着剧烈的斗争，刘锜的内心一直是不平静的。今天和他十分厌恶的张迪厮混了半天，他偶尔抓住了一个明确的概念，忽然好像一面铜镜似的把他三年来的"暧昧生活"照得纤微毕露。他枉自有冲天之志，一根富贵荣华的软索子却把他的英雄的手脚扎缚起来了。他只能留在宫廷里当官家的装饰品，他不得不沿着这条曾经坑陷过无数英俊人物的道路滑下去，直到他的锋芒、棱角全被磨掉，雄心壮志全被销蚀掉，最后使自己成为一个完全、彻底的富贵俗物，像他在官场上每天看见的那些老官僚、老混蛋一样为止。

3　　这就是刘锜在归家的途中，骑在玉狻猊上，反复苦恼地想着的一切。

可是与此同时，有一种全新的、以前不曾有过的清醒的意识突然向他袭来。

他忽然想到今天出乎意外地接受的任务，想到官家最后对他的诺言。他好像大梦初醒，理解到它的全盘重大意义。他开始以完全不同的眼光来估价这一场新的军事行动。

他惊讶地发现这场新的军事行动里面包含着这么多新奇和刺激的积极因素。它好像在沉闷燠热的溽暑中，忽然刮来了一场台风，必然要挟着雷霆万钧之势摧毁许多腐朽的事物，必然要把许多人（包括自己在内）的酒绿灯红、歌腻舞慵的生活冲洗得干干净净，单就这一点来看，它就多么值得欢迎！

何况一旦战争打响了，他的处境就可以得到改变，理想和抱负就可以得到舒展。官家说过的话，总要算数的。

当然上面的一些想法还只涉及他个人，而这场战争的本身又具有重大的国防意义和民族意义，是本朝开国以来最重要的一场战争。他诧异自己为什么以前就没有从这些积极方面来估价它的意义，反而长久地、错误地对它持有那种漠不关心的看法。

但是现在也还来得及。从今天他接受这个任务开始，他也算得是参与密勿的机要成员之一了。可以预料到，他必然会在这场战争中起着重大的作用，因此他产生了强烈的自豪感。

第二章

1

越接近目的地，刘锜就越感到兴奋和激动。

刘锜的故乡就在渭州以西大约只有三天路程的德顺军。在他出发时，官家也曾嘱咐他顺路去探望因病在家休养的老父，可是刘锜考虑到任务的重要和紧张，不打算回故乡去。

在刘锜看来，和德顺军一样，渭州也是他的故乡。自他的父亲刘仲武在西军中担任高级军官以来，就把他长期带在身边，他在渭州住过的日子甚至比在德顺军待的时间还要多些。因此，尽管旅途十分疲劳，他的精神状态却是非常焕发。一种游子归故乡的喜悦感不断从他心中涌上来。

当他轻骑简从，骤马驰入渭州城时，这种欢乐的情绪达到最高峰。

渭州不是商业城市，原来只有三五千居民，但它长期成为泾原路经略使和陕西诸路都统制的驻节所在地，这两个衙门替它吸引来大批军民，使它逐渐成为陕西五路中最繁荣的城市。城内房屋栉比，店铺林立，有几处街坊市井几乎可以与东京比美。这是刘锜自幼就熟悉的。

渭州虽然是西北军军部的中心地，但是作为军事第一线的要塞城池，那已经是八十年前的事情了。近年，西北边防军和它的强敌西夏以及散处边境诸羌建立的军事地方政权基本上没有发生过较大规模的战役，即使有战争也发生在几百里或千里以外的边远地区。虽然如此，根据西北边防军的老传统——"无恃其不来，恃吾有以待也"[1]，仍然把这座城池放在严密的军事戒备之下。城外密垒深沟，城厢内外巡逻频繁，盘查紧严，特别在军部附近，岗哨环卫，气象十分森严。这一套防卫制度还在种师道的祖辈种世衡、种谔等担任西军统帅时就建立起来，经过八九十年的战争，又不断加以补充和充实，使得这座城池犹如钢铸铁浇一般。这一切也都为刘锜所熟悉。

短别的几年，没有使这座古老的城池发生多大的变化。刘锜熟悉它的一切，甚至在许多值勤的哨兵和往来于街道的居民中，也有许多熟识者或似曾相识的人。他一一亲切地招呼了他们，有时索性跳下马来跟他们寒暄，并且努力搜索着与他们有关的少年时期愉快的回忆。

古老城市里的古老居民有一种固定执着的古老性格。他们不会轻易忘记一个朋友，不会随便改变对一个朋友曾经有过的良好印象。他们用着笨拙的、看起来不是那么动情的动作和语言招呼了刘锜，意思却是殷勤的，好像跟他昨天还在一起，好像他们之间从来没有分过手一样（实际刘锜去东京供职之前又在熙河军中服役，离开渭州已有六年之久了）。受到这种情意绸缪的接待，刘锜感到更加轻松，恨不得在他办好公事后，遍跑全城，遍访所有老朋友，重叙旧情。

可是这种愉快轻松的感觉很快就被另一种沉重、严肃的气氛所淹没。他绝没有想到，当他来到军部的东辕门外，西北军统帅种师道已经率领一大批部将、僚属在辕门外躬身迎候。和居民相反，在他们恭敬肃整的表情中丝毫看不出有一点故旧之情。他明白自己不是被他们当作老部属、老战友，而是被他们当作口含天宪、身赍密诏的天使而礼貌地接待了。这并不使他舒服。

刘锜的任务带有一定的机密性。事前他没有通过正常手续预告自己的行踪，他打算轻骑简从、不惊动大家地来到军部，先和种师道个别谈话，使他本人心悦诚服，再出示密诏。没想到种师道发挥了兵家出其不意、攻其不备的妙用，从哪里打听到他的莅临，预先在辕门外布置了戏剧性的欢迎场面，使得刘锜想要诉诸私人感情的打算落了空，刘锜感觉到在这场前哨战中他已受了一次挫败。

既然事情已经公开化了，他的天使身份已经暴露，他只好将计就计，奉陪到底，把这场戏认真地演下去。

他从行囊中取出一封用黄绫包裹着的诏旨，双手恭敬地捧着，气宇轩昂地走在那一群迎迓他的人前面，笔直地走进他熟悉的军部正堂。这时所有正对正堂的大门都为天使打开了，手执刀枪矛戟的卫兵们好像生铁铸就一样直立在甬道和台阶两侧，形成了一种森严、冰冷的气氛。刘锜走到预先为他铺设好的香案面前，庄严地宣布："种师道前来听宣密旨，余人免进！"

种师道带着不乐意的表情，向跟在后面的人们有力地摆一摆手，仿佛只消摆动一下这只在十万大军中指挥若定的手，就会产生意料不到的效果。果然，在一阵铿锵的刀剑触动声和急遽的脚步声以后，堂前堂外的人都迅速地退到远处。然后种师道蹩着右脚（那是在藏底河一战中被西夏人射伤以致成为轻微的残疾），撩起因为拐脚走路而显得不太合身的袍服，尽他年龄许可的速度，趋向香案面前，困难地跪下来，听着刘锜用明朗清晰的声音宣读诏旨。

敕种师道：

卿世济忠贞，练达兵情，比年宣劳西陲，蔚为国家干城。不有懋赏，何以酬庸？特晋升为保静军节度使，仍前统陕西五路兵马。朝廷属有挞伐，卿受敕后，可赴太原府与新除陕西河东河北宣抚使童贯、述古殿学士刘韐、知雄州和诜等计议军事。所期深叶同舟之谊，相勖建不世之功，毋负朕之厚望。刘锜乃朕之心腹，亦卿之故人，代朕前来布意，必能洞达旨意。卿如有疑难未释，可与刘锜分析剖明，深体朕志，迅赴戎机。

钦此！

刘锜一面宣读诏书，一面站在居高临下的地位上，冷静观察种师道的反应。

种师道给刘锜的印象一向是重、拙、大。在刘锜离开他的几年之中，种师道在生理、形态上已发生明显的变化，但是这种重、拙、大的感觉并没有随着他生理上的变化而改变。

种师道的变化首先表现在他的体质和外形上。

种师道从军数十年，身经百战，受过多次刀伤、枪伤、箭伤、扭伤、摔伤，但每一次的创伤似乎只为他补充了新的生命力，反而使他显得更加结实和壮健。刘锜吃惊的是：长期的战争生活没有能够摧毁种师道的青春，而这三年的和平却使他迅速地、明显地变得衰老了。他是这样的一种人，不老则已，一老就马上显得非常衰老。他脸上的皱纹加深、加密了。泪囊显著地凸出来，以致把他的一对眼睛都挤小了，看起来有些浮肿。他的胡须和露在幞头下面的头发都已雪白，他的动作比过去更加笨拙，他的思想反应也似乎比过去更加迟钝了。

现在他十分吃力地谛听着刘锜宣读的诏旨，一下子还不太能够完全理解其中的含义，并产生了一系列的疑问。节度使是武官们可以达到的最高官阶（再上去就要封王，那几乎是不可能的事情）。他们种家三代有几十个人在西北边防军中担任军职，有的还当上了全军的统帅和一路的经略使，立过不少汗马功劳，但是没有一个人获得过节度使的崇衔。可以说，它是种氏家族七八十年以来，也是他种师道本人从军四十多年以来所渴望、所追求的最崇高的荣誉。尽管如此，根据种氏家族多年传下来的一条老规矩：他们不随便给予别人什么东西，除非对别人有所差遣或酬功的时候；他们也不随便接受别人给予的东西，除非自认为有了十足的权力可以得到它的时候。在取予之间，都有一定的分寸。种师道虽然有着强烈的权力欲、升官欲，却有自知之明，并不认为在目前几年中，他立过什么超越祖、父两代的显赫战功，配得上节度使这样的重赏。那么这个突如其来、非分的晋升究竟意味着什么，其中蕴藏着什么他无从了解的奥妙呢？他的警觉性很高，十分害怕当道权贵会利用节度使这个香饵来钓取他这条大鱼。他可是一条深知冷暖、明辨利害的大鱼，轻易不肯上钩的。

再则，根据西军长期以来的传统，决不希望别人来干预他们的事务，他们也不愿插手去管别人之事。河东、河北的军事应该由北方边防军负责。一百多年来，由于和辽保持了一个屈辱的和平局面，没有发生过真正的战争，这支军队早已瘫痪，目前仅由一个对军事完全外行的和诜担任名义上的统辖者。他们西北军和北方军各有畛域，一向互不干涉。他，作为西军统帅的种师道，有什么必要到太原府去计议军事，并且跟他那么看不起的和诜去打交道？

还有，太监出身的童贯，在宦途上一帆风顺，从西军监军一直升到领枢密院事，现在又官拜三路宣抚使，这就意味着西北边防军和北方边防军两大系统的军事机构都要放在他童贯一人统辖之下了，这又令他大惑不解。天下有多少英雄豪杰，偏偏要这个宦官来总揽军事，岂不令志士气短！种师道曾经和童贯在西边共事多年，竭力克制自己对他的轻蔑感，勉强习惯了朝廷派内侍到前线作战部队来当监军的陋政，并且有效地把童贯放在坐享其成的地位上，把功绩与荣誉让给他，而不让他干预实际军事。虽然如此，种师道对童贯飞扬跋扈的性格、颐指气使的作风还是怀有很深的戒心。跟这样一个内宦，根本没有什么同舟之谊可言，跟他又能计议出什么好的结果来？

这一连串疑问都不是目前种师道的理解力所能答复和解决的，他恰恰漏听了官家诏旨中最重要的一句话："朝廷属有挞伐。"虽然他在事前已有所估计，但因没有听清楚这句，因而对上面的一些疑问更加捉摸不定了。他只是从诏书中隐隐约约地感觉到有一股将要把他卷进急遽的旋涡、可能使他发生灭顶之祸的强大浪潮向他猛烈地袭来。

种师道是老派的军人、守旧的官僚，在军事上满足于防御，即使出击也只是为了防御的需要，在政治上只要求按部就班，害怕变动，也不想邀取非分之赏。政宣以来动荡的朝政，不可避免地要反映到军队中来，这一切都不符合种师道做人行事的老规矩，也不符合西军多年来的老传统。他努力在他力所能及的范围内，筑起重重堤防，企图防止受到波及。现在，面对着这一纸诏书，他竭力想要躲避的事情终于不可避免地找上门来了。

　　种师道的反应虽然迟钝，这些零零碎碎的想法连贯起来，却给他构成一个很不满意的印象。对于这个，他做出了相应的反应，他几乎是含有怒气地高唱一声："领旨！"

　　接着就用刘锜意想不到的急促的动作站起来，从刘锜手里接过诏旨。刘锜感觉到他那双稳重的手似乎有点颤抖。

2

2

刘锜从东京带来的轻松情绪，经过东辕门外一度冲淡，现在几乎完全消失。

注意到种师道听了诏旨以后的疑惑和含愠的表情，特别注意到一向对朝廷抱着如临深渊、如履薄冰那种恭敬虔诚态度的种师道，今天竟然会失仪到这种程度：他既没有对诏旨前半段对他的褒奖和升擢表示"谢恩"，也没有对诏旨后半段对他的明确指示表示"遵旨"，而只是笼统地唱一声"领旨"。这是间接表了态，表示他对朝廷的军事行动意怀不满或者至少是丝毫不感兴趣，这是一个大臣对朝旨表示异议可能采取的最强烈的手段。

刘锜在出发前，在旅途中，曾经有过种师道可能很容易就范的幻想，现在是明显地破灭了。那么，他就必须迎接一场紧张的战斗。他清楚地知道，对于顽固的自信心很强的种师道，除非是一拍即合、水乳交融，否则就必然是一场紧张激烈、针锋相对的交锋。

刘锜考虑了第一个作战方案。

现在他还摸不准种师道是否已经完全了解朝廷北伐的具体内容。种师道既能打听到自己出使的消息，迎出辕门外，也可能早已了解自己此行的任务和目的了。但也可能不很清楚，朝廷北伐之举，毕竟是在极端秘密中进行的，而西军将领们，一般除了本身业务外，很少过问外界事务。去年两浙之役，西军许多高级将领直到命令下达之日才知道有这么一个任务，有的身到行间，还不知道跟谁作战。不管怎样，就刘锜这一方面来说，坦率和诚恳是最必要的。把目前的有利形势和朝廷意图全部告诉种师道，向他和盘托出，使之参与其中，让他对这个计划也热心起来，双方推诚相见，无所隔阂，这才是堂堂之阵、正正之鼓的作战方略。

按照这个决定，他当晚就去找种师道谈心。

他们进入种师道的机密房。种师道喜欢"大"，连他的机密房也是很大的，在一支蜡烛的照耀下，不但显得很空旷，并且使刘锜产生了泄密之虑，但是种师道完全不考虑这个。

"贤侄远道来此不易，"他尽地主之谊地说了一些客套话，"舟车劳顿，正该好好休息一宵。今晚草草不恭，简慢了贤侄，容于明晚补情。有话何妨留到以后再说。"

[1] 宋朝特用的量词，这里指二十万两银子、三十万匹绢。

[2] 马植逃到北宋后，先后改易姓名为李良嗣、赵良嗣。

"正是为了这件事出入重大，时机紧迫。愚侄自受命以来，寝食难安。此刻深夜来此，先想听听世叔的教诲。"

这是一个迫使种师道不得不听下去的开场白。"听你道来吧！"种师道心里想，"俺是以不变应万变，不忙着说话。"此时种师道的一时愤慨已经过去，他早在思想上准备了刘锜前去找他谈话。他不再用冲动的感情，而是以冷静的理智，脸上不带一点表情地听刘锜说话。他的神气仿佛张开一个大口袋，刘锜要给他倒下多少东西去，他就准备接受多少。这仍然是一种没有表情的表情、没有表态的表态。

刘锜回溯了历史往事。河北北部的燕州（今北京市）和河东东北的云州（今山西大同）及其附近的十多个州，原来都是汉家疆土。五代时为契丹族所建立的辽所占有，大宋建国后，曾想恢复这一带失土以巩固北方边防。两次用兵，不幸都遭挫败，反而受到辽的侵袭，后来不得不每年付出五十万两匹[1]的银绢赂买辽朝，换得屈辱的和平。这种情况已经继续了一百多年，使得北宋的广大军民感到奇耻大辱，有志之士莫不要求收复这些失地，雪耻湔恨。

身为西军统帅的种师道，当然熟悉本朝的军事历史，了解这些情况。刘锜重新述说往事时，特别强调收复失土的国防意义和民族意识，他自己就是为此而热心地支持这场战争的。他希望以此来影响种师道并煽动起种师道的功名心。

"千里江山，沦为夷疆。"他慷慨激昂地说道，"百年奇耻，亟待湔洗。何况北方之险，全在塞北。燕、云以南，平坦夷衍，无崇山峻岭之固。国初时掘得几条沟渠，至今已涸干湮没，济得甚事？一旦胡马南牧，旬月之间，就可渡过黄河，出没畿甸。当年太祖武德皇帝说过：'卧榻之旁，岂容他人酣睡？'今日之势，正复如此。我公身为国家柱石，怎可不长虑及此？"

种师道半闭上眼睛，频频颔首，既好像同意刘锜所说的一切，又好像说，这些老生常谈俺早已耳熟能详，何必你刘锜这个后生小子来向俺说教一番而加以含蓄的嘲讽。刘锜对种师道的难以参透的表情惶惑了一会儿，然后把谈话的内容急转直下，一直推到问题的核心。

目前形势正在发生重大的变化，随着辽统治日益腐朽，它东北的女真族建立的金朝却日益强大起来，十年之间，与辽多次战争，都赢得重大胜利。面对着这个风云变幻的新局面，朝廷采纳从辽逃亡出来的官员马植[2]的建议，派出马政等人渡海和金朝进行谈判，双方最后约定共同出兵，南北夹攻残辽。功成之日，宋朝收回燕、云等州，其余土地归金所有。这个被称为"海上之盟"的外交活动在极端秘密中已进行了几年。谈判中充任活跃角色的马政、马扩父子俩都是西军出身的旧人。由于事关重大，没有向任何人泄露秘密，连身在东京、作为官家的亲信，消息又是十分灵通的刘锜尚且不知其详，远处西陲、一向消息闭塞的种师道当然更难了解其中的曲折了。

现在谈判顺利，双方夹击的时机已经成熟，大宋政府必须准备出兵，在南线发动进攻。事实上，朝廷早在去年就秘密决定把西军调到河北战场上去执行这项军事任务。无奈浙东地区反了方腊，朝廷急其所急，不得不抽调一部分西军前去镇压这一规模宏大的农民起义，北伐的计划暂告停顿。今年以来，金朝方面一再催促宋朝出师。伐辽之战，势在必行，朝廷赓续前议，内定种师道为都统制，在宣抚使童贯的节制下，统率西军全军东调。这事已成定局，朝廷不日就要告庙宣猷，明令出师。官家派了刘锜用节度使的香饵来钓取种师道这条大鱼，目的就是要说服他积极参加太原会议，热心支持这场战争。

刘锜忠实于自己的任务，恪遵事先拟定的作战方案，毫无保留地摊开了手里的牌，反复分析天时、地利、人和三方面的因素都绝对有利于我。他甚至越俎代庖地代替种师道做出了结论：像他这样一个统兵大员，势必要热心参加战争，不辜负官家对他的殷切期望才是。

刘锜反反复复谈了两个时辰，一直谈到四更，但是谈话似乎只在单方面进行。种师道一直不动声色，保持着他在谈话开始时那种没有表情的表情。他极少开口，只有在关节处，才插问一两句要紧的话，接着又闭起眼睛，有时还发出轻微的鼾声。听到刘锜停止说话时，他又忙着睁开眼睛，为自己的失礼告罪。种师道显然要用冷淡、僵硬的胄甲把自己掩护起来，以便躲过刘锜敏锐的观察力。其实他也在深沉地思考，只是在他还没有形成成熟的结论以前，不愿表示任何明确的态度。这是种师道一贯的作风，今天面临着这样重大的问题就更是如此了。

最后轮到种师道来结束这场冗长的谈话。他好像从半睡的蒙眬状态中苏醒过来，含糊地说了一句："这等大事，怎容仓促定议？稍停数日，再和贤侄及诸将从容计议。"

这就是他对刘锜殷勤劝驾的唯一答复。然后他拿出通家长辈的友好态度，邀请刘锜出席明晚军部特地为他举行的接风宴会。

3

好像镰刀斫在岩石上一样，刘锜明白的阐理和锐利的词锋丝毫未能把种师道身上的顽固性切削一点下来。看起来他是毫无反应的，从他的深沉不露的表情中根本无法揣测他心里究竟在想着什么，刘锜的第一个作战方案可以说完全失败了。但是种师道毕竟也漏出一句话，他表示在这样重大的问题上必须与诸将计议后才能做出决定。本来种师道作为一军统帅，完全有权自行决策，现在他这样说，可见得心里也有点犹豫，有点害怕，希望诸将来与他共同负责。这是一个破绽。抓住这点，刘锜立刻拟定第二个作战方案，是要说服诸将，争取他们，使他们同情和支持这场战争，与他一起来影响种师道。这个方案本来是容易完成的，他跟西军的高级将领们都有相当的或者是很深的交情。但是从辕门出迎一幕来看，他的高不可攀的天使的身份使得他们对他已发生隔阂和疏远的感觉。那是横亘在他和诸将之间的一座冰山，不把它融化掉，就谈不上同情和支持。他抱着要努力融化这座冰山的目的来参加晚上军部为他举行的接风宴会。

军部里举行的宴会是按照西军中传统的规格进行的。它当然不可能是东京式的权贵们举行的那种豪华宴会，那是刘锜十分熟悉的，不说别的，单单蜡烛、灯油，一夕之间就可以消耗几十斤。有时一场宴会要延续到两天以上。就是比较起州郡长官的诗酒风流的宴会也相差得很远，那种宴会至少也得传些乐部官妓在旁侑酒劝觞。用军部这样简朴的宴会来替天使接风，这要使得一般来自东京的大员们感到吃惊、感到自己受到简慢了，假使他是第一次来到西北军部。可是刘锜也是西军旧人，对于他，这不过是旧梦重温罢了，根本不会产生上述的感觉。

虽然已经阔别几年，不出刘锜所料，先他而来赴席以及陆续来到的陪客中间绝大部分都是他的旧交。这里不仅有军部的骨干，还有所辖各军区的主要负责人，原来西北边防军统称陕西五路军，管辖着泾原、秦凤、环庆、鄜延、熙河五个军区的边防军。种师道本人是由泾原路经略使升任陕西诸路都统制的，都统制原是作战时期为了统一指挥临时设置的统帅，后来积重难返，变成常设的官职。种师道虽然任为都统制，但他仍不肯放弃泾原路经略使这个抓兵权的实职。他的兄弟秦凤路经略使种师中（当时军中称他们为老、小种经略相公，或者简单亲热地称之为"老种"和"小种"），还有他的部属环庆路经略使刘延庆带同他的儿子刘光世，以及熙河

〔二〕当时西北人自称为自家，读为「洎家」。洎为〔们〕的意思，但有时也用于单数。

第二章

3

路经略使姚古的儿子姚平仲等人都出席了宴会。把这些军区负责人遥远地召集到军部来（其中刘延庆父子和姚平仲都在宴会前不多一刻才赶到军部），这一方面说明种师道对于刘锜的受命前来传旨事前确有所闻，并且有所准备，另一方面也说明他的得知消息和准备都是十分仓促。此外，军部的重要将领也都出席宴会，其中有大将王禀、杨可世、辛兴宗、杨惟中，以及刘锜当年在熙河军中服役时的老上司熙河兵马钤辖、现任全军总参议的赵隆等人，还有一些中级将校。刘锜不但都熟悉他们，深知他们的经历、地位、个性，并且也了解他们彼此间的关系以及能够对种师道施加影响的程度。最后的一点，今天对刘锜来说是很重要的。

无论军区的负责将领，无论军部的人，他们一例带来最初的冷淡和犹豫，使得宴会一开始就有些僵化。刘锜发现自己就是使宴会僵化的主要原因。他们虽是旧交，但已产生距离。在他们心目中，刘锜已经是官家的亲信、东京城里的红人，这次又赍着他们无法推测的特殊使命前来军部，他们不知道要怎样对待这个贵宾，才算合于礼仪。

其次，主人种师道的态度，是造成宴会僵化的另一个原因。他不仅不想使宴会的气氛热闹起来，反而努力把它推向反面。

打破冰冷局面，改善宴会气氛，全靠自己努力了。刘锜抓住第一个机会，和一个中级军官打个照面就热络地攀谈起来。他们曾经在熙河战场上一同作过战，最有趣的还是他们一起瞒过上级，潜入敌方阵地去猎取一种美味的牦牛。这是毫无意义的冒险行为，要冒生命之险，却不会有人因此赏一面金牌给他们，最多的奖赏不过是大嚼一顿而已。但这是行军中最大的乐趣，他们乐此不疲。大概很多勇敢的军人都曾有过类似的经验。刘锜巧妙地回忆起这件往事，顿时使他和大家之间的距离缩短了。

然后刘锜举起酒杯为对座的一位老将军祝酒，谈起他当年的好酒量，刘锜清楚地记得这位老将军跟别人打赌一晚上喝了三十斤黄酒的豪举。

有过喝酒三十斤的纪录，在军队中也是一种资格。这位老军人赵德从军几十年，积劳升至泾原路第五正将之职，却没有立过什么显赫的功勋，只有这个纪录才是他一生中最大的光荣。现在被刘锜重新提起来，他得意地红了脸，连同鼻尖上的酒疱也一齐红出来，摇摇头说："自家洎[1]老了，不济事了，喝不到三斤老白酒，就酩酊大醉，哪里还有当年意气！"

"老前辈说的什么话？今天正要看您赵将军重显身手，老当益壮。"

〔1〕 信叔，刘锜字。
〔2〕 马扩字子充。

　　然后刘锜又问起隔座一个将校的儿子："虎子长得好条汉子，又练就一身好武艺。"他亲昵地呼唤着那小伙子的小名儿，并且惋惜地说，"可惜闲了三年，叫他英雄无用武之地。"

　　"还提什么虎子，"那个将校气呼呼地回答，"哪个促狭鬼把他调到甘肃茶马司去干些没出息的勾当，自家算是白养了这儿子。"

　　把茶马司这个主管贸易机构的肥缺看成没出息的勾当，这是军队里一部分所谓"真正的军人"的淳朴观点，别人花了大气力，钻了门路还没弄到手哩！刘锜跟着叹息了三两声，他的恰如其分的同情，表明他的思想感情仍与他们一致，这就进一步地被他们认为是可以信赖的自己人。

　　宴会的主人和宴会的主宾形成强烈的对照。

　　种师道一直收敛起笑容，即使对一个通家子弟情谊上应有的殷勤，即使对一个朝廷派来的钦使礼貌上应该尽到的义务，他都靳于付出。主观上只想把刘锜推得越远越好。他指挥这个宴会，好像指挥一场他不愿参加的战争一样，显得那么生硬、不自然和抵触。反之刘锜却使出了浑身解数，运用灵活多变的战术，获得越来越大的成功。

　　回忆是涤垢去锈的润滑油，一经注入友谊的齿轮中，就能使它重新灵活地转动。这时宴会的空气显然稠密起来，人们对他身份上的距离和礼貌上的拘谨，在不知不觉间已逐渐消泯，甚至对他的称呼也改变了几次：最初是尊敬而疏远的"天使""钦使"，后来变为试探性的"贤弟""贤侄"，最后索性不客气地直呼他的表字。做到这一步，他的工作才算成功。

　　刘锜的老上司赵隆追述了当年刘锜到臧征朴哥那里去当人质的往事：

　　"记得当年信叔[1]慷慨请行，偕同马子充[2]毅然首途。"他不断地点头赞许道，"那一副勇往直前、旁若无人的气概，把朴哥派来的使者惊呆了。在此以后，朴哥不侵不扰，西边安靖，我军也得稍歇仔肩，免得厮杀，这都是信叔的大功。"

　　这是大家知道的往事，并且早被反复讲述过多次，现在由目击者赵隆当着当事人刘锜的面把他冒险出发到龙潭虎穴去的那副气概重述一次，仍然引起大家那么高的兴趣。他一说完，许多人就哄叫起来：

　　"干杯！干杯！"

　　"为信叔的英武干一杯！"

　　"信叔去当人质，固然胆气过人。"有谁又讨好地提起刘锜一件得意的往事，

"可不要忘了那一回的'眉心插花'，俺记得……"

"王总管那回在旁亲眼看到。"有人嚷道，"请他来讲，才是有声有色！"

大家又一齐嚷道："请王总管讲！"

"且待俺干了手里的这杯再说。"偏生这个大将王禀是个慢性子的，他一定要喝干这杯酒，啃掉一只已经啃去一半的鸭腿，用手抹去留在胡子丛里的碎屑，然后咳嗽一声，清清嗓子，慢条斯理地讲起来，"记得那年金明砦一战，大军失利后撤。俺和信叔奉命断后。"他看看刘锜，似乎要等待他证实后，才肯说下去。刘锜只是笑笑，众人又在旁催促，王禀这才眉飞色舞地继续下去："眼见得敌方三员统将率领几百骑从后追来。信叔唱出'空城计'，他骤马从隐蔽的山坡后冲出。俺紧紧护着他，为他捏把汗。只听得他高喝一声：'歹徒们，有种的留下来，吃俺一个眉心插花！'敌将冷不防信叔这一喝，正在错愕观望之间，信叔已经嗖嗖两箭，连珠射出，都中了敌将的面门。第三个急忙拨转坐骑待逃。信叔骤马追上，又是一箭叫他倒撞下马来。俺在旁装出招呼后面大军的模样，大呼追杀。顷刻间，几百骑敌军逃得无影无踪。俺两个缓骑而归，还牵来一匹'五花骦'，可惜坏了蹄子，不得驰骋。这一仗可真打得痛快淋漓！"

他的回忆博得大家的喝彩声，有人高吟："将军三箭定天山……"

许多人接着吟道："壮士长歌入汉关。"

接着又是一片"干杯"声，连种师道冰冷的脸上也冒出一点热气。

"贤侄真是如此英勇。"他随着大伙儿举杯道，"愚叔借花献佛，也要斟此一杯，相为庆贺了。"语气之间，似乎还有些保留。

无论战争的插曲，无论和平谈判的发轫，人们都同样为它举杯欢呼。当然这些片断确乎是吸引人的，甚至也打动了平日不肯随便赞许别人的种师道。可是更重要的是宴会的本身这时已经发展到欢乐的白热化，即使没有这些故事，凭借任何一个理由，都可为它高呼干杯。刘锜紧紧抓住机会，喝干了种师道为他斟下的祝酒后，出其不意地宣布道："刘锜些微效劳，值不得诸公挂齿。诸公可知道……"他有意停顿一下，要吸引大家的注意力，"这番刘锜赍来官家的手诏，特旨晋升种叔为保静军节度使，这才是天大的喜讯！"

这个意外的宣布，一下子就震动了全体将领。多年来，在这支大军中荣获节度使崇衔的前后只有两人：一个是刘锜的父亲刘仲武，另一个就是眼前的种师道了。几天来，将领们纷纷在背地里猜测刘锜此来的使命，他们也曾预料到种师道升擢的可能性。但是恰巧在宴会的白热化高潮中，由天使本人宣布了这个喜讯，这却大大出于他们意外。大家又哄然地欢呼起来，一片"干杯"声一直涨溢到厅堂以外。

所有的酒杯都冲向种师道，在潋滟的酒波中浮泛着高官厚禄的影子，将领们从种师道的升擢中看到了自己的利益。水涨船高，主帅的晋级，一般总是意味着部属的跟进，刘锜有意挑动了大众欢乐的情绪来和种师道的愁眉苦脸做对头，且看看他怎生应付这个场面。

但是运筹帷幄，决胜千里，积有数十年经验的种师道却也不是轻易可以击败的。他不慌不忙地说了事前早有准备的话："且慢！非是种某扫诸君之兴。"他的被挤小了的眼眶突然张大了，放射出熠熠的光芒，对有意向他挑战的刘锜横扫一眼，然后推开酒杯道："此中尚有别情。诸君和信叔贤侄都知道俺种某滥竽此军，三年来上托朝廷洪福，下赖诸将才武，幸免陨越，实无寸功。年来年迈多病，更是才疏力薄，但图得个太平无事，一旦卸肩，把西陲的金瓯和全军交还朝廷，告休回乡，私愿已足。岂可谬领节钺，再当艰巨？非但种某不敢作此想，就是诸君厚爱种某，也当代种某向朝廷力辞这非分之赏才是，这杯酒是万万不敢领的，务请诸君及信叔贤侄原谅。"

刘锜的一杯祝酒，逼得种师道非要对官家的诏旨表态不可。这席话说得虽然委婉，含义却是明显的。他种师道虽然当了一军之帅，却不是贪功逞能、惹是生非之辈，这种消极的反应，明明是为未来的军事会议预作伏笔，向诸将暗示他反对这场战争。刘锜洞察他的隐微，立刻进行反攻。

"世叔这番话，未免说得谦逊过当，不中情理。在座诸公，岂敢苟同？"刘锜将计就计，借着推重种师道的勋业，抬高诸将，一下子就收揽了大众的心，博得多数人的支持。他说："想世叔统领此军，久镇边陲，靖边安民，威震羌夏，岂止得'太平无事'而已。今日水到渠成，实至名归，荣膺节钺懋赏；他年飙发电举，荡污涤腥，裂土分茅，都是意中之事。诸公久隶麾下，多立功绩，将来还要更上层楼，步世叔之后尘，刘锜敢为预祝。官家恩赏，怎可推辞？这杯酒是务要赏光的。"

刘锜针锋相对地回答了种师道的话，却说得冠冕堂皇，击中了诸将的心窍。只有少数几个幕中人才听得出他俩是话中有话，各藏机锋。其余大部分将领都鼓噪起来，嚷道："信叔此言有理。主帅劳苦功高，官家恩赏，怎可推辞？主帅这杯酒是省不掉的！"

种师道默察时机，眼看自己陷于孤立中，再要推却是不可能了，就以战略家决心要在大会战中争胜，在前哨的小接触中不妨退让一步的防御姿态，举杯道："既然诸君厚爱，信叔贤侄又殷勤相劝，种某只得暂领此杯。至于节钺之赐，实属逾分，只好再作商量。"

说罢谢了众人，一饮而尽，举起空酒杯来，向四座环照一下。

刘锜感觉到在这个回合中，他把握战机，已打了一个小胜仗。

宴会进入新阶段。

经过短时间的沉默后，环庆路经略使刘延庆忽然出乎意料地提议道："今日宴请天使，更祝主帅高升，理应尽欢极醉，才是道理。这寡酒淡菜，叫人如何下得咽？依刘某之见，这里可有伎乐舞儿，且传一部来演奏演奏，为大家助兴如何？"

刘延庆是番人出身，从偏裨积功一直升任为大将，官拜承宣使，只比节度使低一级。他在生活上不仅早已汉人化，而且早已官僚贵族化了。他自己家里宴饮，每回都少不了丝竹弦乐、歌舞侑酒，而不理解为什么军部的宴会老是墨守成规，弄得好像在大寺院里吃斋一样，令人索然无味。但是这个建议不符合西军传统，与当时当地的气氛不相适应，甚至是愚蠢的。像他通常的发言一样，话刚说完，就招来了尖刻的反应：

"军部里只有发号施令的金钲鼙鼓，哪有侑酒佐饮的歌女舞伎？"

"这话对了！要取乐早该自家家里带一部伎乐来才是。"

"独乐乐，孰若与众乐？"

是谁飞来了几支冷箭，最后的一句已经是含义十分明显的讽刺。刘延庆还辨别不出它的味道，侍坐在一旁的儿子刘光世，虽然识字无多，却也听得出弦外之音，早已露出悻悻不满之色。

"信叔是天子脚边的人，听惯了天上的法曲仙音。"布阵作战果断非凡，说话行事却异常温和谨慎的种师中急忙插进来缓冲一下，"军中纵有些粗乐，如何入得他的耳中？还是请哪位将军出席来舞剑一番，倒不失我辈本色。"

"端帅说得妙！"

种师中的为人，深受军中爱戴，与刘延庆形成明显的对比，因此他的提议也和刘延庆的提议形成对比，大家一致叫好，都把眼睛瞭着以击剑著名的大将杨可世。杨可世当仁不让，正待要站起身子，索剑起舞。忽然又听得一个年轻性急的声音从座位上一下蹦了出来，他说："且慢！"众人急看，说话的却是说话行事和行军作战都同样勇敢豪爽的姚平仲。他冲着杨可世告个罪，接着就提议道："久闻得信叔兄神射，绝世无双，恨未目睹。适才听了王总管所讲，更为之神往。今日在座的高世宣将军，在军中恰也有'高一箭'的雅号，羌敌闻之丧胆。小弟斗胆建议请他两位施展绝艺，对射一番，以饱大家眼福，众位以为可否？"

如果刘锜不是西军旧人，如果宴会中没有刚才那一番热情叙旧，这个放肆的建议确是大大冒犯天使了。但是姚平仲的脾气就是想到哪里说到哪里，丝毫没有拘束，又何况他这个建议确实是热闹、新鲜的，提得十分及时。酒酣耳热之际，大家都需要活动活动、刺激一下，经他一提，把大家的兴致都鼓舞起来了。问题要看他两个本人的意见如何。

高世宣是杨可世的部将，是目前西军将校中公认的第一名射矢手。西夏诸羌多少勇将锐士丧生在他的一箭之下。在敌军中间，他的名气甚至比在本军中更响亮。"高一箭"这个由敌方奉赠给他的雅号是他莫大的光荣。他当然很乐意在天使、主帅和诸将面前献献本领，只是限于礼貌，不得不谦逊一句："天使珠玉在前，末将一点小小薄技，怎敢在这里放肆献丑！"

他的推辞是不坚决的，经过众人撺掇，再看着刘锜的面色，就掉转头来说："天使如有雅兴，末将谨当奉陪，只是相形见绌，众位休得见笑。"

对于一切行动都要考虑其后果的刘锜心里也愿射箭。他自信技艺，百不失一，射好了可使众人对他更加敬服，增强他在未来军事会议中的发言地位，但他又不愿过于卖弄手段，占了高世宣的上风。他知道自己以客人的地位，一下就凌驾于主人之上，是很容易惹起反感的。他小心翼翼地在两者——既要显示自己的技艺，又不能贬损高世宣——之间，见机行事。

"刘锜久疏弓马，不弹此调已久。"他踌躇一回，含笑道，"怎比得高将军日常挽弓射矢，熟能生巧。还是请高将军先射，刘锜在一旁瞧着学吧！"

"天使神箭，久驰大名，怎么把话说颠倒！"高世宣少不得又言不由衷地客气一句，"既然如此，小将抛砖引玉，就僭先射了。"

众人看到两个都愿比箭，一齐起哄，簇拥着他们离开筵席，一迭声地叫："取弓箭来！"

高世宣唱个无礼喏，先去脱了袍服，扎拾一番。他的从卒早把他用惯的几张弓和一箙箭取来。他选了一张"西番竹牛角弓"和几支"大镞箭"，这都是他在战场上克敌制胜用的锐利武器，不是东京的公子哥儿们为了装潢门面随带在身边的那些小玩意儿。他拿了弓矢，走上平台，找寻合适的箭垛。

宴会场所，没想到要布置箭垛，他光着眼四下乱找。"把仪门口的两盏灯笼射灭了，倒也可以。"他心里想，"可是太容易了，不足显示自家手段，压倒天使。别的呢……"他自己练就一副在黑暗中也能明察秋毫的目力，别人却没有这副本领，要是在黑暗中射中了也是白费气力，只好再找。忽然间，瞥见厅堂外有一对水桶，他灵机一动，叫声："有了！"就饬令士兵们把水桶挑到甬道尽头的墙脚下，就地燃起火把，把那个阴暗角落照亮了，叫人看他施射。

3

"偌大一对水桶，有什么好射的？"有人议论起来。

"休看水桶大，距离却远，俺目测一下，怕有二百来步，你倒来试试看。"

"高一箭吩咐了，自有道理，你们先别嚷嚷！"

"别嚷，别嚷！瞧他这一箭。"

这里高世宣已经客套、谦逊过了——这对他是多么不自然，多么别扭，忽然露出一副认真严肃的神情，好像身在战场上已经找到一个主要目标，就紧紧盯牢它，瞄准它，准备把它一箭消灭掉。这是一个射手长期养成的习惯——这才是他的本来面目。他摆好架势，曲一曲臂肱，把空弦连拽几下，先试试自己的臂力，然后搭上箭，拽圆弓，回头对众人说："俺这一箭要射在右边那木桶盖的把手上，射不中时，众位休笑。"

一语未了，他陡然扭转身躯，以闪电般的速度，把弓矢换了手，从前胸移到背后，反手背射一箭。他在作战时，就常用这个假动作欺骗敌人，迷惑敌人，因而一箭制胜的。这一箭射去，正好射在木柄正中，尺来长的白箭翎还在木柄上颤动了几下。

"好快，好快的箭！"众人被他的假动作，特别被他的速度吸引住了，一齐称赞道。

"俺的眼皮还来不及眨一眨，箭已射出，这才叫作神乎其技。"

"这一箭要对准你老哥脑袋上射来，只怕也难逃此劫了。"有人俏皮地打趣说。

"不怎地，怎又称得上'高一箭'？"

这里高世宣又搭上第二支箭，趁着眯起眼睛来打量箭杆是否笔直的机会，心里掂掇道："可不能炒冷饭！这第二箭更要出奇制胜，才能叫众人吃惊，天使敬服。"顷刻间，他又有了新主意，他从箭簇中换来一支平镞凿子箭，拉足弓力，觑着左边桶盖薄薄的边缘上射去。只听他喝一声："着！"神箭到处，桶盖应声掀去，一股水蒸气顿时弥漫上腾。在众人一片喝彩声中，高世宣得意地呵呵大笑道："小将不才，这一箭射去，却省得工兵们洗涤碗盏时再去揭那桶盖。"

说了就躬身把手里的弓箭交给刘锜道："这张弓，天使试试可还使得？如若不称手，那里还有几张好弓，尽天使挑用。"

刘锜含笑从高世宣手里接来竹牛角弓，掂了一掂，这确是第一流的好弓、硬弓，这里还有第一流的对手，不仅过去耳闻，今天已经亲眼看到了，还有第一流的观众，这是不问可知的。如果他刘锜拿不出第一流的技艺来射，怎生下得了台？经过一瞬间的考虑，他已经成竹在胸，迈步走到高世宣原来站立的位置上说："高将军再献神技，妙到毫巅，真叫刘锜无从措手了。"

他向从人讨根带子，把宽大的袍袖扎缚一下，既没有脱去身上的袍服，也没有褪去脸上的笑容，他带着对高世宣所选定的弓、矢、箭垛和发射的位置都十分信任的神情，对准目标，一箭射去，正中在水桶的腹部。他就挥手示意，叫那边秉着火把的士兵们把射中的箭从水桶上拔出来。

这一箭平淡无奇，看不出有什么突出之处，似乎只是刘锜的试射。对于第一次上手试用，还没有熟悉它的性能、特点的弓矢，即使是第一流的射手也需要试射一箭，这在内行之间都是理解的。可是众人看见那边士兵要拔下箭来却不容易，原来这一箭已经射透了厚实的木板。箭镞拔出后，木桶面上裂开一个菱角形的口子，还冒着一点热气的水从口子里汩汩不绝地流出来。

瞒不过这些久战疆场的将军的眼睛，这平淡无奇的一箭，在两百步外，却射得十分有力。在军队中，能够射到一百六七十步的就算好手了，更加谈不到要射透木板。

"好硬的弓力！"几个人同时叫出来。

以姚硬弓家出名的姚平仲心里也为之骇然。他想道：这一箭如果让他来射，至少也得摆好架势，用足气力，才能射得这样有劲。一箭破的，举重若轻，真个是名不虚传。好强逞胜的高世宣已经在心里承认刘锜是个劲敌了，但还不相信能够超过自己，想道："且看他第二箭怎么个射法。"

这时刘锜已经掌握了这张弓的性能、特点，喝声："站开！"第二支箭早已应弦飞出。这一箭势如追风，迅若激电，恰恰好像丝线穿过针眼一般，不偏不倚，正好从第一箭穿透的那口子里穿进去，紧紧地揳住裂口，一下子就把冒出来水的口子堵上了。

厅前厅外，霎时间爆发出一阵雷鸣般的掌声、喝彩声。当士兵把这只带箭的水

第二章

3

桶扛回来时，人们彼此传观，益发赞叹不绝。

"两箭插眉心之花，"种师中俨然代表全体将士，文绉绉地致贺词，"一矢窒水桶之穴。信叔神射，要记在史册、流传千古了。"

这时众人还是乱哄哄地挤在平台上，高世宣一时忘情，拉着刘锜的袍袖，泄露了他生平第一次向别人公开的秘密。

"小将在弓箭上生平只敬服一人。"他红着脸，像个做了错事的小孩儿说道，"十年前一天单身出去巡哨，被一队羌骑围住了。为首的羌将摆开人马，把小将团团围住，却引弓不发，让小将先射。小将心里吃慌，连发两箭，都被他闪过了。他这才回手一箭，就劈碎小将手里拿着遮拦的弓杆。这时小将只剩得一把单刀，正待舍命冲杀出去。不料他摆摆手，约退自己的人马，还装个手势，微笑着请小将回去。小将又是惭愧，又是敬服，只恨仓促之间，不曾问得他的姓名，只把他这支箭携回来，留个纪念。以后在战场上留心细找，想要找个机会还他的情，竟没再看见过他，从此也碰不到这样的对手了。不想今天又看到天使的神射，不由得叫小将再次心折。"

高世宣朴素的告白是对刘锜衷心的赞美，众人还是第一次听他说到这件事，不由得都啧啧称奇。刘锜体会到高世宣的这层意思，深深领他的情，并且连声谦逊："惭愧，惭愧！小弟只是射他一个巧劲罢了，哪里比得上兄长的真才实学？今后还要多向兄长请教。"说着，就紧挽他的手臂，一起回到大厅。

宴会在欢乐的高潮中结束时，已经过了午夜。种师道这才约定部分高级将领明晨到军部来会议，说是要计议重大事项。

见分晓的时刻即将来到了。虽然自信心很强，并且随时不失其常度的刘锜，也感觉到决战前夕的紧张和兴奋的情绪，这半夜辗转反侧，难以成眠。

4

跟来的是一个严寒凛冽的早晨。

整个军部好像一座被冻得十分坚实、攻打不破的冰城。

还不到卯正时分，将领们纷纷披着重裘，赶来开会。他们中间大部分人还没有进入统帅部的核心集团，因而都不知道今天会议中将要讨论什么重要的内容。他们只是习惯地服从命令，前来参加会议，不关心它的内容，而且也不准备去关心它。他们具有西军的老传统，在一般情况下，不太肯在决定方针政策的重大问题上动脑筋、花心思。因为他们认为这些应该是由朝廷、统帅，特别是文官们来决定的事情。他们的任务，只是服从它，遵照上面的意思动手去干罢了。只有讨论到具体的军事行动和作战方案时，他们才感兴趣。

但当他们进入会场后，感到今天的气氛大大不同于往常。这不但因为凛冽的气候，也因为会议的召集人、主持人种师道不断地皱着他的眉毛，在那上面也似乎罩上了一层浓霜。他早就到场了，甚至于比第一个赴会的将领还先进场，因此整个会场都是静悄悄的，没有人敢于出声谈笑。种师道有时蹩着脚在大会场中环行，有时小山般地坐在座位上，使得这张垫着虎皮的帅座好像用生铁铸成一样。一个年老的将领，不确定自己应否参加会议，按照他的身份、地位正好处在两可之间。他弄不清楚昨夜种师道邀约杨可世时有否也把站在杨可世旁边的他包括在内，今天赶来了，在会场门口探一探头，试试反应。种师道一眼瞥见了他，严厉地挥一挥手，把他斥出门外。这个严峻的动作预示今天的会议非常重要，使得即使最不敏感的将领也感觉到将有一场风暴来临。刘锜自己也感到在昨夜欢宴中取得的欢乐和轻快的效果已经一扫而尽，那似乎是十分遥远的事情了。

最后一个与会者刘延庆带着儿子刚进入会场——连他也没敢迟到，可是种师道已用了一个觉察不出的动作，微微地蹙蹙额，对他来晚了表示不满。显然今天种师道的火气很大，一点小小的冒犯都可以使他激动。刘延庆的座椅还在嘎嘎作响的时候，种师道就开始会议，扼要地谈了会议的要旨。

"朝廷近有大征伐，"他的语气不可能是平静的，"特命信叔前来，调我军尽数开往河北击辽。事关重大，本帅也做不了主，今天特请诸君前来会商。诸君听了信叔所说，可以各抒己见，详尽议论，不必拘泥体貌，弄得大家钳口结舌，日后又有后言。"

要明白违抗朝旨、反对出兵是不可能的，种师道只好鼓励部下表示反对的意见，让官家派来的特使刘锜亲自看到将领们对这场战争既不热心，又不支持，把这个消极的反应带回朝廷去，也许有可能改变官家的决策。种师道的用心在刘锜看来是洞若观火的，刘锜早已拟定了第三个作战方案，他赋予自己的使命是尽可能清楚地把问题向大家摊出来，使大家明白这场战争的重大意义，明白朝廷对此已痛下决心。他要鼓舞起大家的热心，竭力摆脱种师道的影响，做出自己的结论。

刘锜不幸处在和他那么尊敬的种师道相互对立的地位上，既要贯彻自己的任务，就不能不排除种师道的消极影响和冷淡反应，这是他在两天的试探观察中确定无误的。但是种师道毕竟是一军的统帅，是他争取、团结而不是排斥、打击的对象。到头来，他还必须取得他的合作，才能真正完成任务。他巧妙地尽量不伤害种师道的尊严，免得招致他以及西军核心集团的成员们的反感。他热情焕发地复述了曾经给种师道谈过的话，企图用自己的"热"来抵消种师道的"冷"，并且随时在探测将领们理解的程度，加以补充和阐发，注意着每人听了他的话以后反映出来的各种表情。

种师道冷冰冰的开幕词和刘锜火辣辣的介绍词果然形成两股不同的气流，两者都产生了强烈的影响。热流与寒潮、高气压和低气压在会议一开始就进行了锋面的接触，一场意料之中的风暴不可避免地来到了。将领们听了两人的话也各自出现了多种多样的表情，表明他们中间的大部分人已被卷入这场交锋。他们有的是喜上眉梢，感觉到烫手的富贵已经逼人而来；有的是面含重忧，唯恐一场不可预测的祸患找上头来；有的心里热辣辣地想到马上就可以在燕山、易水之间跃马横戈施展好男儿的身手，最近三年来前线的沉寂状态使他们早有髀肉复生之叹；有的则在沉思着，反复考虑这场战争的得失，衡量它的胜负因素，并把考虑的范围扩大到本军之外。当然也还有人根本没有把双方的话听进去加以咀嚼和消化，他们只是装出在听话，并且装得已经听懂了，听清楚了，准备在必要的时候发言的样子。

在刘锜发言过程中，种师道一直闭目养神，似乎找不到比这更加合适的机会来休息一下，以恢复夜来的疲劳。人们感觉到种师道什么都没有听，什么都不想听，但是一等刘锜发言完毕，他的厚重多褶的眼皮忽然大大地睁开，以逼人的光芒环视诸将，一面不住地点头，仿佛在对大家说：不管信叔说些什么，蛊惑大众，俺的主意早就打定。诸君有何高见，就请充分发表。

虽然各人有着不同程度的理解和各种思想活动，但是这点认识在大部分人中间还是一致的：今天的会的确不同寻常，刘锜所传达和种师道所反对的这场战争将是一场非常重要的战争，关系到全军和每个人的命运，这就不可能像往常一样对它漠不关心或者轻率地表示自己的看法。他们相互观望、相互窥测着别人的面色和表情，准备等到别人发言后再表示附和或反对的意见，谁都不肯开第一腔。长时间的沉默统治着会场，这种沉默对于战争的支持者、相信可以击败种师道的刘锜，以及战争的反对派、相信可以得到大多数部属支持的种师道，都是十分难堪的。现在他们都急于想要获得自己的支持者。

过了好久，大家才听到环庆路经略使刘延庆的发言。在熙河路经略使姚古没有到场的情况下，他认为自己在西军中所处仅次于种师道的地位决定了他的优先发言权，如果别人有顾虑，不敢首先打破沉默，那么理应由他来打破。

"自家滠半生戎马，出生入死。"他字斟句酌，尽量要装出很文雅的样子，可是别人知道，说不到三言两语，他就会露出马脚来，"去年还在江南拼命厮杀，好不容易博得个衣蟒腰玉、妻荣子贵。如何今年又要出征河北？依自家之见，还是按兵不动为是。"

刘延庆去年曾率领部分环庆军、鄜延军和童贯一起到江南镇压方腊起义，血洗两浙地区，当地人民恨不得剥他们之皮、食他们之肉。在战争中，他自己的部下也遭到严重损失，因此颇具戒心，深恐朝廷再调他出去作战。而且因为他的一部分部队目前还戍防在京西路淮宁府一带，没有调回西北复员。如果再次发动战争，他是最可能被点到名出征的。

刘延庆的结论虽然符合种师道的愿望，但他说得太赤裸裸了，甚至太愚蠢了，非但不能为种师道张目，反而可能成为对方攻击的口实，番人出身的刘延庆做了多年大官，虽已有了相当程度的汉化，却还没有学会在公开和必要的场合中说些冠冕堂皇的门面话为自己打掩护，因此他的话刚说完，就遭到许多人的围攻。

大将杨可世的面颊抖动了几下，连带也扯动他的颊髯，似乎有飞动之势。这是他的生理反应，每当他要冲锋陷阵，或者激动地想要发表什么重要意见的时候，两颊就会神经性地抖动起来。种师道引用北周宇文泰称赞大将贺拔胜的话"诸将临阵神色皆动，唯贺拔公洋洋如平日，真大勇也"来告诫他，劝他临阵镇静。他表面接受，心里不以为然，并不认为自己临阵会发慌，而且也改变不了这个习惯。

但是在别人看到他将要发言之前，年轻性急的姚平仲已经抢在他前面说话了。

"刘太尉此言差矣！"姚平仲勇敢地面对着刘延庆说，他对任何人，无论在什么场合中都是无所畏惧的，"俗话说，'养兵千日，用在一朝'，我辈分属军人，久受朝廷恩禄，一旦官家有公事勾当，正是我辈效命之秋。怎得推托抗违，私而忘公？小将之意，还当遵旨出师、报效国家为是。"

姚平仲的话表面上是驳斥刘延庆，但"项庄舞剑，意在沛公"，这"私而忘公""报效国家"八个字的分量下得很重，种师道听了，不禁又皱皱眉头。

原来河南种氏与山西姚氏是当前西军中两大著名的家族。两家都是累世簪缨，代产名将。姚平仲的父亲姚古是有资格与种师道竞争统帅地位的对手——他们都没有把刘延庆看在眼里。自从刘锜的父亲刘仲武卸任都统制后，种师道与姚古两人展开剧烈的竞争，最后姚古失败，退处在熙河经略使的原来位置上，就常常托病不出，军部中有重要活动，都让儿子出来周旋应酬，姚平仲年纪虽轻，却已战功卓著，成为全军中出名的勇将。作为西军共同体的一个成员，他爱护本军，献谋划策都能从全军的利害来考虑。但是作为姚氏家族的代言人，他又不可避免地与种师道本人发生矛盾，常常持着与之相反的观点，有意使他为难。有时还要找寻种师道的罅隙，借机攻击，以此为乐。

他主张遵旨出师，是既考虑了全军的荣誉，也窥测出种师道害怕出兵的隐微，故意针对他抢先提出来，含有对他挑战的意味。

然后是杨可世和辛兴宗相继发言，都以相同的理由支持姚平仲的主张。杨可世强调好男儿应当从一刀一枪上博得本身的荣誉，大好机会，岂容错过。辛兴宗强调的要遵旨出师，恪遵朝命。

杨、辛两将都是童贯赏识、特加提拔的人，在军中都有特殊的地位，不同的是杨可世以此为耻，辛兴宗以此为荣。杨可世本来就是西军中最著名的战将，自恃材武，多立功勋，一旦受到童贯的赏识，反而使军队中对他产生了看法。他希望出征作战，为自己进一步树立功名，也借以洗刷那个难听的名声。辛兴宗没有杨可世的自信，只好更多地依赖"恩相"的庇护。他们辛氏一门，兄弟五人，都由童贯一力保荐，在西军和京师的三衙中做到大将或高级偏裨的地位。对于他，"恩相"和朝廷是同义词，"恩相"就是朝廷，朝廷就是"恩相"。遵奉"恩相"之命，出兵一趟，有酬可索，劳而有功，何乐而不为？

非种氏系统的将领纷纷表示了意见，一般都倾向于出师，他们的主张非种师道所能左右，但是他们的发言权毕竟是有限的，现在要听种氏的人说话了，大家都把

〔1〕 夷适，姚平仲字。

〔2〕 端孺，种师中字。

眼睛觑着老成持重的种师中。

种师中是种氏家族的人，具有限于他的识见难于避免的狭隘的家族偏见，但也仅仅不过是那么一点儿，他并非依靠家族、祖先和老兄的力量，主要是依靠自己多次陷阵血战，真正在战场拼命，才取得目前的声誉和地位。作为一个经略使，种师中是由朝廷批准任命，而作为一个"真正的军人"，却需要由部队、广大官兵共同的"批准"，这和朝廷的任命完全是两回事。种师中是在高级军官中享有那种"真正的军人"荣誉的少数人之一。还有更重要的是，种师中不像他老兄那样锋芒毕露，而常常能够克制感情，顾全大局，用自己的谦逊和诚恳来满足别人的自尊心。由于他不强迫别人尊敬他——这在他的地位上是容易做到的，因此他在全军官兵中获得了许多自尊心很强、往往要采取一些措施强迫别人尊敬他的将军所不能够获得的普遍的尊敬。

"官家手诏，岂可违背？夷适[1]言之极当。"他沉吟半晌，似乎经过极大的思想斗争后，才毅然提出自己的看法道，"弟所深虑者，我军自成军以来，百年中只与西夏及诸羌对垒作战。除去年刘太尉去江南一战外，其余各军，不出西北一隅，见闻有限，河东、河北，足所未履，燕云诸州，目所未睹。人生地疏，军情不谙，一旦大军东出，制胜之策安在？这一点，诸君倒要慎重筹思才是！"

种师中提出一个具体的困难，引起大家思考。接着，众人又听到全军总参议赵隆深沉的声音："端孺[2]所虑甚是。这等大事，必须计出万全，才有胜算。岂可孟浪从事，陷此一军，兼误了朝廷。"

赵隆长期在熙河军中服役，不仅与姚平仲的父亲姚古，还与姚古的父亲姚兕共事过，本来早已到了退休告归的年龄，无奈种师道出任统帅时，死活把他拖住了，一定要他担任全军总参议之职。种师道以与他共进退为要挟，使他不得不勉为其难地允承下来。他是那种与军队同呼吸、共命运的职业老军人。他除部队生活以外，别无个人的家庭生活（他的妻室和早年生育的子女早已去世，只留下一个孤女，在军队里养大），除军队的利害外，别无个人的利害。既然承担了总参议，就决定不做一个素餐尸位、拿干薪、领请受而无所事事的那种幕僚。那种人，在部队里也像在其他的机关里一样多得是。赵隆没有把军队当作养老院，没有把自己当作统帅的清客，而把自己看成一张弓弽，专门用来矫正军队中发生的一切不平之事，有谁的言行不符合全军利益，他就要出来讲话干预、不徇情、不姑息、不纵容、不怕得罪人。他就是以这种伉爽直率的性格为人们所喜欢、所容忍、所气恼、所敬畏的。

［3］当时北宋人称从辽的统治区域逃亡归来的各族官民为『归朝人』。

［2］赵隆字子渐。

［1］『弭』是木制的弓末，弓不用时用木夹起来以免日晒、受潮而发生高低不平的现象。

有人在他的背后说笑话，说他的大名和表字应该改动一下，改名赵弭[1]，字子正，才符合他的性格与实际。他的为人实在太严肃了，以至像这样一个丝毫无损于他的尊严的笑话也没有人敢于当着他的面讲出来。有一天他倒反向别人请教，这个他间接听到的赵子正是从哪里冒出来的？干过些什么？要来干什么？一般说来，军队里都不欢迎朝廷派来干预军事的文员，赵隆还当这个自己的化身赵子正是朝廷派来的文员哩！

4　　在这次军事会议以前，赵隆是种师道把刘锜的任务向之透露的唯一的僚属。他考虑了全盘利害，认为不依靠自己力量，只想利用他人投机取巧，侥幸徼利，照这样发动的战争，不会有好结果。他发表了比种师中更加坦率的意见，反对出师伐辽。他引用了《孙子兵法》"知己知彼，百战不殆"一句格言后，接下去说："近年来邀功好事之徒，对北边情事，颇多增饰，尚难信实。我辈僻处西陲，孤陋寡闻，对辽、金及朝廷情事，均难了然。辽朝虽君侈臣汰，积弱已久，但军备如何，现有兵力若干，尚堪一战与否，可有真正的情报？信叔说金邦崛起，已抵辽之背而蹶之，此话俺也早有所闻。如属信实，两虎相搏，我正好坐观成败，伺隙而动。今日如急于用兵，为祸为福，或胜或负，尚难逆料。我西军虽号强劲，诚如端孺所说，从未去过河北，与辽人角力，可有胜筹？今日之事，可谓既未知己，又未知彼，倘有蹉跌，将何以善其后？信叔虽赍来了朝旨，力促进兵之议，赵隆不敏，却期期犹以为未可。"

这是刘锜碰到的第一号劲敌，在他以前发言的诸将，无论赞成或反对出兵，都没有像他这样在思想上已有所准备，对问题已作了全面考虑，因此他的结论是强有力的。他不仅以理智，同时也以平素在西军中的威信说话，他的话就显得更加有分量。

又是一阵深沉的沉默，使得会场的气氛顿时降到最低点。

到了关键时刻，刘锜不得不再度出来说话。赵隆所持的理由似乎相当充足，谈的仍是具体问题、枝节问题，没有接触到事件的本质。哪有失去的疆土可以不去收复之理？已经掌握了最有利的时机，为什么不马上行动起来，还要待什么机，伺什么隙？何况他手里持有几张有利的王牌，只要把它们摊出去，他就有把握把胜利争回来。他不回避种师道咄咄逼人的眼锋，反而迎着它，更加流畅、激昂地谈起来："端叔和渐叔[2]所说诸端，虽属老成深谋，据刘锜所知，却都是鳃鳃过虑，尽可放心的。辽金之事，这些年来，归朝人[3]梯山航海，纷至沓来，迭有所闻。朝廷并未据以定策。直到后来派了专使去和金主完颜阿骨打通好，又派专人到辽廷去觇探虚实，三番五复，相互对证，这才知道所传非虚，端系实情。渐叔可知道令姻亲马都监和令坦子充父子俩这几年就被派往金邦，与完颜阿骨打折冲樽俎之间，已见成效。刘锜出都之日，闻得子充已经伴同金使入朝，御前奏对，定夹攻之期。诸位如有不信，何不派人向子充打听一下，对辽、金之事及我军所处胜势，均可了然了。"

刘锜发出了第一张王牌，突然提到马政、马扩的名字，众人的眼光顿时发亮，彼此交换着视线，似乎在点头议论道："别人干下的事，也许不定可靠，他俩干的事，难道还会有错？"

好像这父子俩的名字就是双重有力的保证，只要真是他俩出头干的事，就足以打破赵隆提出的任何顾虑而有余。

全场的气温顿时升高。

有人怀疑地、其实是希望得到进一步的证实地故意问道："难道子充小小的年纪，也干得出这等大事？"

"诸公都读过《三国志》，岂不知诸葛孔明隆中对时也只有子充这般年纪，对天下大势就了如指掌。安见得子充就不如古人？刘锜这番受命时，官家还亲口说到子充，说他办事干练，成效卓著哩！"

"俺早说过这小子有出息，不枉赵参议结了这门亲事！"

许多人同声称赞马扩，承认他立了功劳，干成大事，也就等于承认决策伐辽是正确的、英明的，他们的推论是简单的。刘锜抓住这个有利因素，趁机扩大战果："马都监、马子充几番出入金邦，备悉辽、金两朝底细，将来用兵运筹之际，都是前线不可少的人才。只怕朝廷到时又另有任使，不肯放手。这个，种帅倒要向朝廷力争。"

马政离开西军时，只是一个中级军官，马扩还只有承节郎这个起码的官衔，但在西军中有一条不成文的法则，单单只有朝廷任命而未经基层战士批准的军官，他就不能够享有职位上应有的威信，他的指挥权和发言权都是不完全的，甚至在人们的心目中是无足轻重的——刘延庆就是这样一个例子。反之，如果他真正立过战功，具有"真正的军人"的素质，而为基层所公认，那么他即使没有任何军官的职衔，在实际工作中，特别在具体作战时，他就是事实上的长官了。大家听他的指挥，连军部也承认这个事实，马政、马扩都是属于那种"真正的军人"，在部队中享有比他们的职位高得多的信任和声誉。刘锜发出这张王牌是明智的，完全收到事前预计的效果。

第二章

4

只要把赵隆打败，对付种师中就比较容易了，他接着又说："至于端叔所虑我军未到过河北，虽是实情，但兵家用兵，全靠机动灵活，因时制宜，因地制宜，岂可局限于一隅之地，故步自封。记得当年周世宗统率禁旅北征，高平一战，大败河东兵，略地直至晋阳。后来旋师西南，席卷秦陇，饮马大江，后蜀、南唐望风披靡。后防既固，养锐北上，亲征契丹，刀锋所及，捷报频传，瀛郸诸州，相继底定，大功已在俄顷间。倘非因病昇归，这燕、云之地，早已归我版图了。今我西军荟萃了天下的劲士才臣、锐卒良将，是朝廷的柱石、国家的干城，东西南北，何施而不可？周世宗能做到的事，又安知我们就做不到！端叔这论，未免有点胶柱鼓瑟了。愚侄妄言，请端叔赐教。"

这席话说得讷于言语的种师中只有点头称是的份儿，他原来就不是坚决反对伐辽的。可是赵隆却非片言只语就可以折服，他不仅仍然要坚持"两知论"，不相信他的姻亲和未婚女婿办的事一定妥当，并且进一步提出一个更加尖锐的问题："童太尉新除两河[1]、陕西宣抚使，眼见得此军就要归他节制，将来用兵时，种帅在军事上可做得了主？"他停顿一下，毅然说道："不但如此，伐辽之役，在朝廷中又有何人主持其事，难道王黼、蔡京、蔡攸之辈担当得了这等大举动？自古以来，未有权臣在内，大将得以成功于外者。贤侄岂曾长虑及此？"

这确是问题的症结，但事涉庙算和官家的用人，在这等公开场合里正该竭力避免说到的。赵隆不仅十分直率地还是非常轻蔑地提到这些权贵的名字，使得众人都吃了一惊，连种师道也不便表示什么。辛兴宗张口摇舌想要说几句话来回护恩相的威信，看看赵隆严肃的表情和周围的气氛，又把话缩回去，弄得十分狼狈。

刘锜也没料到赵隆会有此一问，但对这个问题，他自己是有答案的，否则他就不可能支持这场战争了。他说："此番大举，全出官家圣断，王黼、蔡攸不过在旁赞和而已。刘锜赍来的诏书，就是官家御笔亲制，书写时除刘锜外，并无别人随侧，刘锜岂得妄言？"接着刘锜又发出第二张王牌，说道："官家对种叔可说是简在帝心，倚任独专。记得早时，京师传诵着两句断诗，称颂种叔功绩，道是'只因番马扰篱落，奋起南朝老大虫'，不知怎的，传入禁中，官家讽诵多次，并对宰执大臣道，'老种乃朕西门之锁钥，有他坐镇，朕得以高枕无忧'。今日简为统帅，可见早有成算。刘锜此来，官家再三嘱咐致意，温词娓娓，这是种叔的殊荣，也是我全军的光彩。将来总统帅旅，电扫北边，事权在握，进退裕如，宣抚司怎敢在旁掣肘？凤昔童太尉曾来监制此军，家父与种帅都不曾受他挟制，这个实情，诸公想

［1］景德，宋真宗年号。

都记得？"

"今昔异势，不可一概而论。"赵隆还是摇头说，"贤侄怕不省得童太尉之为人。如今除了宣抚使，朝廷明令节制此军，非当年监军可比，怎容得种帅自由施展手脚？"赵隆还企图为已经激升的温度泼冷水，但是整个会场的气氛改变了。

大将杨惟中欲前又却地问了句："今日伐辽，是否师出有名？"

刘锜抓住机会，理直气壮地驳斥他，这时他感到已经有把握操纵与会人员的情绪，因此就更有信心地把自己的道理阐发无余："燕、云乃吾家之幅员，非辽朝之疆岩，景德[1]中将帅巽懦，朝廷失策，与它订了和约，致使形胜全失，俯仰不得自由。更兼脧刻百姓，岁赂银绢，国耻民穷。这正是有志之士、血气之伦痛心疾首、扼腕抚膺而叹息不止的。今辽、金交战，鹬蚌相争，我朝正好坐收渔翁之利。因势利导，大张挞伐，雪二百年之奇耻，复三千里之江山，这正是名正言顺，事有必成的。杨将军——"杨惟中在西军中也是个趋奉唯诺、专看主帅眼色行事说话的阘茸货，刘锜提到他的时候，连正眼也没瞧他一下。"说什么师出无名，岂不是混淆黑白，把话说颠倒了！"刘锜很容易就把他驳倒，然后再流畅地说下去，"辽积弱已久，将愒士玩，怎当得我精锐之师，与金军南北夹攻。大军一出，势如破竹，数节之后，便当迎刃而解。这等良机，可说是百载难逢。所望大将们早早打定主意，明耻教战，上下一心。异日前驱易、涿，横扫应、蔚，燕、云唾手可得，山前山后，都将归我版图。诸公建立了不刊之功，垂名竹帛，图画凌烟。刘锜也要追随骥尾，请诸公携带携带哩！"

刘锜这番话说得意气风发，神采飞扬，犹如一轮炎炎的赤日，把诸将心中残余的冰雪融化得一干二净。将士们受到感染，不知不觉间也把刘锜描绘的一幅胜利图景写在自己的眉宇之间。很多人似乎已看到胜利在握，许多人都想到那一天得胜归来，官家亲自驾到陈桥门外迎接大军、老百姓夹道欢呼的盛况。大家都要分享这一份唾手可得的胜利的光荣，唯恐落在别人后面。连一开始十分害怕出征的刘延庆也被打动心坎，不住地向邻座的杨可世打听此去燕京的

★"俺种师道也只好听天由命了!"

日程，并且不掩饰他对战争改变态度的原因。"照信叔这一说，不等到来年麦熟时节，"他站立起来，敞开大裘，把一只脚踏在座椅上，仍然保留了一个番部酋长的习惯，大声嚷道，"大军就可开进燕京城去痛快一番了。久闻得燕女如花，如若俘获个把北番的后妃、公主，将来伴酒作乐，却不是一大快事！"说到这里，他忽然忘形，哈哈大笑道："契丹皇帝，自家不要，契丹皇后，手到擒来，就是自家的人了。这话言明在先，省得日后争闹起来，伤了和气。"

刘延庆的愚蠢，常在不恰当的场合里说不恰当的话，但是他的倒戈大大增强了主张北伐营垒的比重。

一场热和冷、炎日和冰雪、出师与拒命的激烈交锋结束了，前者获得全面的胜利。种师中默然退坐在座隅，顽固的赵隆也无法独自压住阵脚。种师道默审时机，一来知道朝廷之意已决，天心难回；二来看到诸将跃跃欲试的神情，绝非自己力量所能控制。他秉着"善战者不败，善败者不大败"的军事教训，决心由自己主动来收拾残局。这时整个会场处在连佩剑的钩子略为挪动一下也可以听清楚的大静默中，大家听到种师道微微叹口气，声音略微有些发抖，但是不失为清楚地宣布他的最后结论："既然天意如此坚决，诸君又佥同信叔之论，俺种师道也只好听天由命了！"这"听天由命"四个字说得十分颓唐，充分表示出他的不满情绪。然后转向刘锜道："贤侄回去缴旨，就可上复官家说，微臣种师道遵旨前赴太原。"

听了这一句有千钧之重的话，压在刘锜心头上的一块大石头才算砰然落地。

5

遵旨前往太原去是一回事，什么时候去，赴会前还要做些什么准备工作，那就是另外一回事了。会议结束后，种师道把刘锜和赵隆两个留下来，继续研究具体问题。

种师道虽然身为西军统帅，却不是什么杰出的战略思想家，他只是一个有经验的老兵，一个永远从实际出发的指挥官。从前一点出发，根据他的经验，他看不出这场投机性很强的战争会一帆风顺地产生像刘锜所估计的那种乐观的结果。在他的年龄上，年轻人丰富的幻想力早已荡然无存，所以他反对这场战争，即使在被迫同意之后，仍然在内心反对它，并且要想出种种托词来推迟前往太原开会的日子。从后一点出发，根据实际情况，既然战争已成定局，非他的力量所能阻挡，即使他推迟了赴会的日期，会议还是需要他参加。既要出席会议，他就迫切地需要掌握敌情，了解形势，作为会议中制订军事计划的重要根据。童贯、和诜带来的情报，大多数是根据他们的利益和需要"创制"出来的，怎样评价他们的为人，就可以怎样去评价他们的情报。对于他们，种师道决不信任，他相信的还是西军旧人，他希望刘锜和赵隆二人能为他提供马氏父子近年的活动情况和目前行止。

赵隆虽是马政的姻亲，对他的情况也所知不多，谈不出一个所以然来，他说："仲甫[1]自受调离军后，即把家口迁往牟平，后来又迁往保州，未尝再见过面。间有书札往来，深以故人为念，情意缱绻，却未涉及朝政。对自己的任使，更是讳莫如深，只字不提。去春曾托便口来说小女已达于归之年，子充得便，即将西来迎亲。旋又来信说，子充受命出差，归期难必，完婚之议只得暂时从缓了。以后再无音信。信叔在京见闻较切，对他们的行踪是否了然？"

刘锜也摇摇头道："子充受命以还，行踪飘忽不定。去年回京时曾来见访，正值愚侄出差未归。及至赶回，到行馆去访他时，他已伴同金使泛海出去了。参商乖离，暌违已逾三载。只是此番受命来此时，官家面谕子充接伴金使，不日就要回京，还嘱愚侄早早回去复命，以便与金使约定夹攻之期，后来王黼也是如此说。想来子充在京等候约期，必有数月之勾留，愚侄此去定可与他叙旧。"

"既然仲甫不易踪迹，"种师道想了一会儿，提出一个具体的主意，"俺这里何不派人去京师走一遭，找到马子充，向他询实敌方情况，这倒是切实可行的。只是……只是派到京师去，难得合适的人。"

赵隆点头称是，考虑了片刻，问道："派杨可世去如何？"

"杨可世将来在军中也是可用之才。"种师道断然摇头反对道，"只怕童太尉见到他，就不让他回到本军来了。"

种师道的顾虑是有根据的。早就有人传说童贯想要调杨可世到陈州府去统率刘延庆所属那一部分尚未复员回来的环庆军。种师道和赵隆都明白如果让杨可世调走了，会给本军带来多大损失！

"夷适也是子充的故人，"赵隆再一次建议，"他哥哥鹏飞现在京师禁军中供职，与信叔同僚。派夷适去走一遭如何？"

种师道提不出反对派姚平仲去京师的理由，但他仍然摇头不同意这个建议，显然是从家族的偏见出发，不愿让姚家的人去担任这个重要的差使。

"既然军情如此紧急，"刘锜插进来，毛遂自荐道，"愚侄回京缴旨后，找到子充，问明情况，就往太原府等候种叔，这个办法可行得？"

"贤侄是官家身边的人，不得诏旨，怎能擅自行止？这个万万使不得。"

种师道当机立断地截断了刘锜的自荐。看来他已经意有所属，只是不便自己启齿。机灵的刘锜猜到他大约希望赵隆亲自去京一行。赵隆是种师道的左右手，如果让他从马扩处多了解一点敌情，将来制订计划、参谋作战，都有好处。刘锜前前后后想了一想，心中豁然开朗，顿时又提出了新的建议："愚侄不才，却有个计较在此。马都监既有信要为子充完婚，恰巧子充目前正在京师，渐叔何不就此携令爱前去京师，一来为他们完婚，二来向子充打听敌情，三来也可伺机向朝廷提出行军作战、辎重所需等事项，并力促子充回本军来服役。事毕后，渐叔就径往太原，参赞会议，这样岂不是公私兼顾，两全其美？"

"如得参议前去东京，种某最为放心。"刘锜的建议，正中种师道下怀，他看到刘锜如此机敏，十分满意，不禁露出了难得的笑容，趁势说，"况且令爱已经成长，正该为她完姻，毕了人生大事。只怕参议年来体衰多病，不胜跋涉之劳，这倒还要从长计议。"

种师道还要客套几句，赵隆不禁豪爽地笑起来："主帅在公事上有所差遣，赵某怎敢推辞？何况俺这把贱骨头，虽然使用得长久了，倒也还禁得起风霜雨雪，哪里就在乎这几千里路！"

赵隆热心地接受这项任务，并非因为他已转变立场，支持这场战争。恰恰相反，他仍然在内心中坚持自己的想法，并且深信种师道与他是完全一致的。他在这里，或跟随种师道去太原，都不能够再做什么来阻止战争，除非他到东京去和王黼、童贯等伐辽决策人进行辩论。他甚至想最好能当着官家的面，与他们廷争伐辽的利害得失，使官家听从他的意见，这样他还有最后的机会来阻止战争，改变朝廷决策。

自信力很强的赵隆，一经产生这种希望，就迫不及待地要求立刻进京。他与刘锜约定了日期，做伴同行，意味深长地向种师道暗示道："主帅如先已到了太原府，千万等候赵某的信息，再与童贯那厮定夺下来。"

种师道点头不语，这个表情在赵隆看来是像说话般明白的，他默默地表示认可了自己的意见。

十九年前赵隆丧失了妻室，便舍弃自己的家，带着孤女婵娘一起住进部队，在部队中把她养活，从此他就没有了自己的家，同时也割断了和非军事的人间世界的联系。

这个职业老军官的生活是完全、绝对地按照部队生活的板眼进行的，十分简单，却有着严格的纪律性。他自己早就习惯了它，不在乎有没有一个自己的家庭。可是女儿毕竟是女儿，有许多超过军事生活范围以外的麻烦事情要他照顾，她成为他生活中唯一的累赘。特别当他出去打仗，不能够再把女儿带在身边时，少不得要操点心，把她寄托到同僚家里暂时安顿一下，自己才能脱空身体，了无牵挂地出去征战。可是在另一方面，长期来，父女两个相依为命，女儿又成为他生活中最大的安慰，那种儿女的柔情的爱，与军队的严肃气氛格格不入，与他的为人行事也格格不入。这就是说，他摒弃了那种人间的、普通的方式，而用自己独特的硬派作风爱着女儿。没有人料想到在他的铁石心肠中也有一个柔软部分，女儿常常用她的独特的柔情打动他这个部分。结果是：他离不开她，她离不开他。

现在他们三言两语就决定了要他把女儿遣嫁到东京去，马扩家住保州，女儿嫁过去以后就要定居在保州，不得和他相见了。要是想到这点，也许他会感到痛苦。可是，现在盘踞在他思想中的那个重大问题，足以排斥一切、压倒一切个人问题。他连想也没有多想一下，马上就跟刘锜约定，后天一清早动身，首途进京。

刘锜诧异了，遣嫁女儿也是人生大事，虽说军队中一切从简，谈不上什么置备嫁妆、饯别亲友，但是花个十天八天时间，略略摒挡一下家务，总还是必要的。刘锜要他再考虑考虑行期，没想到得到的回答是："今天回家去跟女儿说一声，少不得到几家诸亲好友处去辞辞行。明天收拾一天，后天一早就走，还有什么牵挂、放不下手的?"

刘锜莞尔地笑了，原来他的老上司还是跟当年一样的急性子，还是跟当年一样，除军旅大事外，对什么都不关心，什么都干不了。

6

渭河早已冰冻，舟楫不通，他们只好走陆路。但是东去的官道也被漫天大雪封锁起来了。

大地变成白茫茫的一片，银子般地闪着亮光。

所有光秃秃的树枝，都好像盛开的梨花，这千树万树梨花不仅点缀了树枝，也在漫天飞舞。

那似乎很遥远，又似乎近在眼前，一招手就会落入他们车马之间的山谷丘陵，平日飞扬浮动的黄土尘埃和重重叠叠的磴道山沟这时全被白雪松松地覆盖起来，一切都变得臃肿不堪、界限不清了。它们欺骗着人和牲口的视觉，一个不小心就会岔出正道，跌落到同样被白雪松松覆盖着的干枯的涧沟中去，跌得头破血流。因此在这日子里，除绝对必要以外，很少有人出门。

他们几乎独自垄断了这条官道，稀少的辙痕，又被新的白雪遮没，只有经过好半天，才偶尔听到一连串清脆的铃铛声和吆喝声，逆着他们的方向慢慢过来。

他们一起挤在颠颠簸簸的大车里，一任那几匹喘着气、口中不断冒出热气的牲口拖着他们艰难地前进。进程显然是缓慢的。有时车辆一歪，半个轮子就陷进坑洼，这时赶车的和坐车的都得下来，费了很大的劲，托起车轮，端正车身，才能继续前进。有时大车转过一个山坡，正好迎着风口，朔风怒涛般地狂吼着，把浮在表层的干雪重新吹入天空，和天空中的飞雪混在一起，模糊了赶车者的眼睛。这时大车就不得不顾着风势暂时转过来避避风头。只有碰到风势较弱，又走在还没有被破坏、比较好走的官道正中，肯定不会岔出去时，赶车人才活跃起来，大声吆喝着，把马鞭在天空中甩得噼啪作响。这不但为了赶车，也为了活动活动身体取暖。

大车周围用粗毡围起来，它好像船帆一样，饱满地盛着风雪，一会儿在这里鼓起来，一会儿又在那里瘪下去。有时，毡幕突然裂开罅缝，朔风就带着拇指大小的雪花飞舞进来，刀子般地割痛着人们的脸、脖子和手。人们却趁此机会呼吸一口清冷的新鲜空气，并且从还没有来得及掩盖上的罅缝里看到在眼前延展着的无穷无尽的银色道路。

在人们的思想中，也延展着无穷无尽的道路。

　　自从爹告诉她，将要把她送到东京去完姻以后，啴娘就陷入深深的迷惘中。

　　啴娘是一个在特殊环境中成长起来的特殊的少女，但她仍然是个少女。

　　严格地说，啴娘没有体验过一般人所谓的"家庭生活"。还在手抱的婴孩时间，她就失去了母亲，由爹带到部队去养大。那时，她实在太幼小了，不明白失去母亲的悲痛意义，不明白她今后一生中为了弥补这个先天缺憾所要偿付的代价。在部队里，她和其他由于类似的情况带来的男孩子一起玩耍，一起受到锻炼。在部队严肃而紧张的空气中，在那绝对男性化的集体中，她是唯一的例外。她是一朵花儿，可不是在暖房里养大，而是受到山风谷雨滋润培育成长的一朵野山花。她受到男伴们的欢迎，受到士兵和军官们普遍的钟爱，她有点撒野，然而是活泼伶俐的、爱娇的。但是随着岁月的消逝，她逐渐成长为一个少女，她很快就达到并超过了那个社会所许可的女孩子跟外界接触的最大限度的年龄。这一条铁律是那么森严，即使在没有女性的部队里也没有例外，一道无情的帷幕落下来，隔断了她与外界的接触。人们仍然对她抱着友善的态度，可是无形中跟她疏远了。她又不像其他的女孩子，家里有母亲、姐妹、养娘和女伴们，外面还可以和亲戚女眷们走动。她几乎是在女性的真空中生活着，她反复而刻板地处理着日常事务，她劳动得多么勤快，她应付爹和自己的生活多么简单，多么有条不紊！但在她的意识中，却感觉到这里缺少一点什么东西，缺少一种随着她年龄之长大、特别是为了弥补她的由衷的缺憾所要求的温馨的柔情。

　　她要求温柔地对待别人、爱抚别人，也要求别人温柔地对待她、爱抚她。她要求自我牺牲，要求献身于人，却不要求别人给她以同样的酬答。所谓"自我牺牲"，从最深刻的意义上说来，就是一种不要求酬报的执拗的爱。她把所有的柔情都倾注在爹身上，这不但因为她发现在严厉的表面底下，爹在内心中确是爱她的，更因为除爹以外，她接触的人是那样少，使她无法满足自己不断发展着的自我牺牲和献身的要求。

　　只有那个将要成为她丈夫的人和他的家庭才是她生活孤岛中的一片绿洲。她带着特殊温馨的柔情回忆起十年前的往事。那时，爹出去对西夏作战，把她寄养在马家，"他"的父亲和哥哥们也一起赴前线了，家里只留下母亲、嫂子和尚未成丁的他。他们很快就成为亲密的伴侣。他比她大五岁，没有接受任何人的委托，就主动担负起教育她的任务，教她读书、骑马、挽一张小小的角弓，教她射箭。这一切，他都是那么内行，显得完全有资格做她的老师。他是严格的——作为一个老师，给她指定了一天之内必须完成的功课，绝不容许拖延，他也讲了许多古代和当时发生的故事，多半是关于战争方面的，要求她第二天能够一字不易地回讲给他听。她按照他的要求做了，却产生一点学生对于过于严厉的老师常有的那种反感。"爹还没有那么严咧！"她想，"你倒管得这样紧！"于是她逗着他玩儿，故意没有做完功课，或者有意讲错故事，惹他生气，等他说要责罚她的时候，一口气就做好功课，讲对故事，使他没有理由可以责罚她。

6

有一天，他们并骑出去驰驱，他对她的骑术已经很信任了，可以允许她离开他的视线纵骑奔驰。可是那一次，她刚从一个小山坡冲下时，忽然从驹背上滑下来，掉在地上。她听到他从后面气急败坏地驰上前来，她闭上眼睛，装作受了重伤的样子。他啜泣着，唤着她的小名儿，问她怎么啦，一连问了几声。她扑哧一声笑出来，飞快地跃上马背，头也不回地飞驰回家。他从后面赶上来，超越了她，转过马头拦住她的去路，恨恨地骂道："小蹄子摔了一跤不够，难道还想再绊一跤？"

这是多么愉快的回忆，他平日老是面孔正经地说："好汉子要像衮刀那样，用上好的精铁，灌了钢汁，经过千锤百炼，才打得出来。"没想到背着人时，他也会啜泣流泪。她在飞快的一瞥中，看见他用乌黑的手背去擦眼泪，把脸都弄脏了。她想：上好的镔铁，打了几百锤、几千锤也不会淌出水的……

这些愉快的回忆好像荡漾在天空中的游丝，只有在漫不经心中才会偶尔发现，而当她认真要去抓住它时，它却飘飘荡荡地不知飞到哪里去了。她不记得从什么时候开始，他们的关系忽然变得疏远了，他即使到爹这里来，也只找爹说话，看见她，点个头儿就走开。她惹他生气了吗？她竭力在自己稚小的心灵中找寻这个使他疏远了的原因，而找不出答案。后来，他从军去前线，愉快的回忆就完全中断了。不管她多么努力要用记忆的丝线把他们之间前前后后的关系绾结起来，可是做不到。她再也不能够把断去的丝线续上。对于她，他是既亲密又疏远、既严厉又体贴的人。可是他只是一个梦里的幻象、一个镜中的影子。

现在爹明确地告诉她，这次出门是要把她遣嫁出去。她和爹一起首途出行，回来的时候可只剩下爹一个人了。完婚对于她只是一个模模糊糊、飘飘忽忽的抽象的概念，和爹分离却是个不可避免的现实。她首先考虑到的就是爹离不开她。

当爹碰到什么不如意的事情，绷着脸回来时，有谁逗着他，使他破颜一笑呢？每年深秋季节，爹发起气喘的老毛病，半夜里起来坐在床头咳嗽，有谁照顾他吃药，给他轻轻扯上被子，免得受到风寒呢？还有爹这个老军人，几十年熟练地使用一杆三十斤重的铁槊，却拈不起一根细小的针。他的袄衲绽了缝，露出棉絮来，有谁给他缝补？他原来就是落拓不羁、不修边幅的，没有了她，他还会记得修剪须发，还穿得上一件像样的衣服？

这些生活的细节，在设想得特别周到的女儿心目中，都放大成为无法克服的灾难了。

可是她还是不能不离开爹，被遣嫁出去，嫁给这个既亲密又疏远，既像是梦幻又可能是真实的人。这是在她生下来几百年、几千年以前就定下来的老规矩，所有的少女都离不开这个命运，她当然也不能例外。

这是一条多么使她迷惘、又多么使她为之神往的道路。坐在颠颠簸簸的大车中，她回肠荡气、反反复复地就想着这一些，最后她下了决心，既然不得不离开爹，既然必须走上这条道路，那么她就坚决地迎上去吧！如果在他们之间失落了什么东西，她决心要把它找回来，如果联系着他们两人的丝线中断了，她要主动地把它续上。她是个勇敢的少女，要求有一个完美的人生——当她在生命发轫之初，当她对于那个她不了解的、正待去参与的世界抱着美丽憧憬的时候。

7

他们好不容易在傍晚时分来到郿河边，人与牲口的精力都已使用殆尽了，可是还有整整一半的旅程在等待他们呢！

他们在河边的一个小驿站里打尖过夜。

虽然在那一天的旅途中，各人都有自己的思想活动，但经过了那种销筋蚀骨的劳累以后，他们达到了共同的愿望，那就是希望有一间足以遮蔽风势、挡住寒流的屋舍，让他们歇一歇脚，忘掉疲劳的白天，舒服地享受一个安宁的夜晚，明天的事情到明天再安排。

在郿河边的这所驿站是属于最小型的、简陋的驿站，统共只有一个驿卒在里外照顾，兼顾人和牲口。房舍早已破损不堪，东歪西斜，到处是罅漏，就是要起到遮蔽风势、阻挡寒流的起码作用，似乎也很难做到。晚上，风势重新变得猛烈起来，使得这所驿站好像在洪波惊涛中漂浮着的一叶孤舟一样。说它像孤舟，那倒是真的，因为在周围十里之内，它是独一无二的建筑物。

所幸在这种气候里，没有其他的旅客，他们可以完全占有它。他们加旺了地炉里奄奄一息的火力，围坐在土坑旁取暖假寐，并且迅速沉入真正的酣睡中。

夜已经很深了，夹杂在狂吼的风声中，忽然听到门外有性急的铃铛声和叫门声。

"这早晚还来投宿？"被吵醒的驿卒一面拭着睡意犹浓的眼睛，不满地嘟哝着，"二更早过了。也不怕掉进冰窟窿里去见水龙王，那才叫你好受哩！"一面披上老皮袄，点起灯笼，出去开门。

来客似乎是骑了一匹火烧着尾巴的火焰驹疾奔而来的，似乎他的一只脚还没有跨下鞍桥，就大声在询问什么。驿卒不确定地回答了一句，他们的对答被关在门外，并且被锐利的呼啸着的西北风吞没了。只有最后一句是清楚的，那时，他俩都已经跨进门内。"俺进去看看！"来客有力地说，然后嘱咐驿卒喂饱他的牲口，天亮以前，他就要动身赶路。

这一切都是在所有驿站中随时可以碰到的情况，不值得注意。人们只是抱怨这个意外的干扰把他们的瞌睡打断了。只有第一遭出门，对于遇到的一切事物都产生新鲜感觉的弹娘才注意到它、听它，并且对它产生兴趣。她在自己的想象中刻画出这个来客究竟是怎等样人？为什么这样性急？并且在她的想象中出现了这个来客的形象。有一种遥远的记忆把她和这个来客联系上了，当她听到最后一句话时，忽然明确无误地断定这同乡人的口音是一个熟人的声音。

"爹听，是谁在说话？"她轻轻把瞌睡中的爹推醒了。

刘锜也同时惊醒了，听到了由于房门已被打开，很清晰地钻进棉帘子里的熟悉的声音，他们交换着惊讶的眼光，仿佛彼此在问："这样的巧遇，难道可能吗？"但是棉帘掀处，说话者本人已经大踏步走进来。借着驿卒手里提着的灯笼微弱的摇曳不定的光，他们看清楚了来客不是别人，正是他们千里迢迢要去寻访的老战友，马扩的父亲马政。他们三个不约而同地惊呼起来：

"巧遇！巧遇！"

马政是为了多赶一站路，冒着去见水龙王的危险，策马涉冰渡河过来的。他的随从们由于脚力追不上，早被远远地甩落在几站之后了。他的已经习惯了黑暗的眼睛，也在第一瞥中就认出朋友。

"果然是信叔，"他欣然欢呼道，"还有钤辖，正是'踏破铁鞋无觅处，得来全不费工夫'，俺找得你们好苦呀。"

驿卒给新来的有急差的军官送来分例的滚水、酒和蒸饼，剔亮了油灯，在地炉中又加上几块新的炭就走开。炭爆出欢迎新朋友的噼噼啪啪的炮仗声。由于人们的往来走动、水蒸气、酒香、灯光和炭的爆炸声，给这间冻结着的房间平添了不少生气，它好像从假寐状态中苏醒回来了。

马政顾不得寒暄几句，就一面掰开手里的蒸卷，大口地塞进嘴里去，一面谈起正经来。

原来从刘锜离开京师的一个多月来，时局又发生了急遽的变化。

先是马扩从金朝回来，把金朝的正副使节女真贵族遏鲁和渤海人大迪乌带到东京。这两个都是完颜阿骨打的亲信，是金朝的用事大臣，地位重要，不同于过去派来仅仅传达双方口信的泛泛之辈，因此受到朝廷的隆重接待，官家亲自在崇圣殿延见他们。

接着就正式谈判出师夹攻的具体日期。

奇怪的是夹击之议，虽由宋朝首先提出，及至对方同意，讨论到具体问题时，宋朝方面竟提不出一个确定的日期。王、蔡二相因为没有把握使自己方面迅速出师，又不愿对方出师过早，免得落了后手，采取了排日宴饮、陪伴游览等方法，使谈判长期拖延下去。他们绝没有想到，就在这段时间里，完颜阿骨打对辽发动了一场闪电进攻战，以迅雷不及掩耳之势，一昼夜急行军四百多里，袭破了辽的首都中京。辽天祚帝耶律延禧匆遽南逃，路经燕京时，只勾留两天，就携带一批军队、官员、宫眷直往云中的阴夹山方向逃去，从此躲着不敢出来。

现在的局势是：金军以全力封锁天祚帝的出路，三面兜捕他。燕京周围，局势云扰，抗辽义军蜂起，辽政府群龙无首，实际上已处于土崩瓦解的垂亡状态。

正在边境侦事的马政探听到这些千真万确的消息，认为这是收复燕云千载难逢的良机，同时也怕金军先下手为强，分兵南北，略取河北、河东之地，对我国防线构成莫大的威胁，因此立刻飞驰京师奏报。这时王、蔡二相也看到时势紧急，匆忙奏准官家，决定对策：一面仍由赵良嗣、马扩两个接伴金使，继续与他们酬酢宴饮，羁縻时日；一面就派了解这一切情况的马政赍着朝命，前去西军，严令种师道迅即集中全师，限期三月底开往河北前线雄州，听候进止。原定的太原会议取消。如有愆误，即以抗旨论罪。

这不是婉转的疏通，而是严厉的朝命了。官家毕竟是官家，当马政陛辞之时，官家又作了口头指示，以缓和命令中严厉的措辞。官家嘱咐马政到渭州时先去找刘锜，两人会商后，再向种师道传旨。在口头解释时，"务要讲究措辞，使种师道以下将吏心悦诚服，前去赴命。休得严词迫令，寒了他们的心"。同时又给了马政新任务，传达命令后，就留在军中参赞戎务，督同大军克日开拔，免得有所愆误。

屈指计算日程，马政估计到刘锜亟待复命，可能已经启程回京了。因此他一路沿着西去的官道，留心打听刘四厢的行止。却没想到在这深夜中，在这小小的驿站里和他们一行邂逅，这真使他非常高兴。

马政急于要知道西军将领对于伐辽战争的反应，刘锜扼要地介绍了他西行的经过，两人一起研究执行进军令的可能性和困难。马政赍去的朝旨既然如此严峻明确，种师道除迅速、切实执行以外，别无他途。刘锜估计到马政此去已无重大的阻力，他自己也该早些回京去缴旨复命、等待后令，还要考虑到赵隆晋京的任务，因此决定分道扬镳，各人去完成各自的任务。

在马政、刘锜长篇大论地交谈着的时候，赵隆一反常态，很少插进话去。

"好慌！好慌！"他已经得出带着成见的结论，对他们的计议评价道，"这样匆忙、慌张之间决定的事，哪会有好结果？"

他也对他们的谈话进行分析。他承认时局的确起了急剧的变化，正因为变化这样大，这样迅速，决策者更应冷静考虑，沉着应付。让一缸带着泥沙的水澄清了再去舀，不要急于喝混浊的水，这是他们军部中人处事的原则。宁可失之迂缓，不可失之孟浪。他认为己方平时既缺乏准备，临时又没有周密的计划，匆忙决定，老是跟在别人屁股后面转，怎能打好这一仗？他又找出理论根据，"百里而趋利者蹶上将"，这种做法，正犯兵法之大忌。他们对这些不利因素都没有加以认真的考虑，一心只想执行朝命，真可谓是利令智昏了。赵隆是个很难掩盖自己感情的人，当他产生了这种想法之后，听着他们谈话，他的不满情绪不禁流露出来。

在马政这方面，也并没有忘记亲家在座，他几次向赵隆移樽就教，都得到冷淡的反应，于是他明白了刘锜谈到的阻力就是来源于种师道的核心集团，而他这位亲家恰巧就是这个集团的中心人物。他必须承认这个：他们的意见已经有了分歧。可是他没有时间向亲家从容解释了，更不想与他争辩。他们西军中人情逾骨肉，分同生死。不管他们间有多大分歧，到头来总要被共同的利害关系捏在一块儿的，他以亲切、热诚的态度，回答了他的冷淡、不满，力图冲淡他的气愤，这样就使他在他们相处的关系中占了上风。

直到他们谈完正经大事后，赵隆才说到他这次东行的一个重要目的就是送女儿到东京去完姻，接着就把女儿唤来与公爹见礼。

马政这才想到除军国大事外，他们间还存在着儿女私事。他满意地看了看已经完全成长的弹娘，连声夸奖："好姑娘，好姑娘！"借以弥补刚才对她的疏忽。他又转过头来感谢他的老上司、老亲家亲自送亲的盛情，却不明白在这样军务倥偬、刻不容缓的瞬刻里，他的亲家怎么可能离开军队来料理儿女私事。

显然他们对于这场战争的看法、感情、把握战机之缓急是各趋极端的。

但是儿女私事在不妨碍公务的前提之下，也不得不办一下，他抱歉在前道："儿子目前在京，尚有数月勾留。等到战事一起，不特愚父子必将去前线从事，就是亲家身为种帅左右手，也必要亲莅前线，参赞戎务的。因此婚事只得凑在战前办好。"他特别向弹娘表示歉意道："时间如此匆促，彼此又都有军务缠身，定不下这颗心来，婚事必然办得草草，亵慢了姑娘，于心更为不安了。"

"都监王事倥偬，眼见不得回京去主持婚礼。"刘锜义不容辞地把这副担子承担下来，"渐叔向来又不惯于俗务。如不见外，子充的婚事就交与愚侄去经办了。东京的事好办，两位都可放心，只是要都监写封家信给子充说了，此事才妥。"

他们两人一齐称谢。

马政还有些不放心地说："这事让信叔去办，最是千妥万当。只怕信叔回京后，朝廷又别有差遣，不得闲儿，如之奈何？"

"都监放心，办事的人总是有的。"刘锜微笑一下，想起官家的诺言，料定自己也要上前线去的。只是计算日程，还有一段空隙，来得及给他们办好大事，再则，就算自己不得闲儿，家里还有个比他更能干、更可靠、更加千妥万当的人在等着呢，怕什么！

他向驿卒借副笔墨，剔亮了灯，就地炉边去烘开早已冻上的笔尖，让马政写了信，收在自己行囊中，才算了结了这件大事。

更漏将阑，这个残余的夜晚已经没有什么可以利用的了。马政只是略略打个盹儿，又立刻忙碌起来，准备上路。

马政是有权力可以谴责别人的人。

要说服和帮助种师道，使他在短促的三个月时间里，把分散在各军区的十万大军集合起来，输送到几千里外的河北前线去，按照常识来说，这几乎是不可能的事情。他的任务就是要促使不可能的事情变为可能。从受命以来——实际上这个任务就是他自己向朝廷提出来的——他就感觉到自己的手里好像握着一团火球。他必须珍重、吝惜每一个瞬刻。为了争取时间，他赍着朝命，独自西行，连伴当们也都远远地甩掉，没有一个相随。为了争取时间，在这样严寒的深夜中，他还冒险涉冰，投宿驿站。他宁可缩短自己十年的生命来换取大军提早三天集中，因为他了解每一天的拖延对整个战局可能带来的严重后果。他对待自己、要求自己简直到了苛刻和残忍的地步，而自己却没有意识到这一点。

他们一齐把他送出驿站。

大门刚打开，一阵刺骨的寒冽，好像一群正在号叫着的猛兽向人们猛然扑来。这时天色犹暗，只有大面积的层冰和积雪把大地照得雪亮。他们仰头望见月亮缩成一根弧形的细线，孤单地、不稳定地搁在一棵大树上。树枝抖下一点积雪，月亮就跟着抖动一下。凭借着这条孤单的线索，他们才憬然地省悟到这将要来到的黎明就是大年初一了。

"行程匆促，"刘锜感喟地说，"连除夕都记不得了。"

"可不是又到了大年初一，真是马齿徒增，所事无成。"这时马政正向驿卒讨来一把稻草，亲自把四只马蹄裹紧了，免得踏在冰上打滑。他回过头来对送行的弹娘道："过了一晚，姑娘又长大一岁，现在可是整整的二十岁了。"弹娘没来由地脸红起来，似乎长大了一岁年纪，是她的过错，要她对它负责一样。然后她看到公爹紧一紧行装，捎上包袱，一翻身就跨上坐骑，借着映射到冰面上来的月光和雪光的指引，走上征途。

刘锜、赵隆一齐道声："珍重！"

"俺这匹老马呀！"他挥挥手，在策动坐骑之前，还来得及把这句话说完，"一旦拴上大车，就得横冲直撞，把旅行者直送到目的地，却顾不得自己力薄能鲜，叫人坐在里面，颠着晃着不舒服。"

弹娘感觉到这句谦逊的话是公爹特别向她说的。它连同嘚嘚的马蹄声以及被马蹄踏碎的冰裂声搅和在一起，长期萦回在她的回忆中。

第三章

1

刘锜等一行人结束了长途跋涉的旅行，来到东京城。

赵隆在东京别无愿意借寓之处，父女俩就理所当然地在刘锜的寓所中住下来。他们受到居停主妇刘锜娘子殷勤的接待，这种接待是纯粹东京式的，豪侠、好事、热情、包揽兼而有之。

刘锜娘子母家几代都住在东京，在东京扎了根。她本人的足迹最远也没有超过东京郊外几十里方圆的范围。那是和女伴们一起到市郊去踏青、探春，暂时领略一会儿农村风光，犹如吃惯了山珍海味，偶尔也想吃点清淡的蔬菜一样。长期的都市生活，使她形成了一种优越感。她满心喜欢地接待了丈夫给她带来的宾客，把接待外路朋友，并使之彻底、完全地东京化，当作她眼下最重要的职责。她给赵隆请了安，以她特殊的敏感，马上感觉到这位老世伯不像是个随和的人。可是她不在乎这个，她相信到头来总是要让他来适应她，而不是她去适应他。纯粹的东京人，都是这样充满了自豪感的。

然后，她一把拉住婵娘，不住地上下打量她，最后得到结论，断然地称赞道："好俊的闺女！"

她用了外路人必须认识到一年以上的时间才可能达到的亲密程度说："哪阵好风把妹子吹到东京来了！这一来得在这里住上三年五载，这里就是妹子的家，休再想着那边了。"

"多谢姊姊！"被刘锜娘子这种东京式的速度骇异了的婵娘不知道还有什么别的话可以回答。

刘锜娘子十分喜欢这个简单的回答和伴随着这个回答的直率的表情。

刘锜背着婵娘，把她此来的任务告诉娘子，这使她更加高兴了。她立刻把婵娘拉进自己的闺房，用了必须经过三年的耳鬓厮磨才能达到的那种亲密程度，小声地告诉她："咱虽说还没见过马兄弟，你刘锜哥哥一天却要几十回念叨着兄弟，念得咱耳朵也起了茧。这回兄弟回东京来了，好歹要把他抓来，与妹子完婚。这件事就包在咱身上，他们男子汉省得什么？"

婵娘的生活经验是那样贫乏，她认识这个非军事的人间世界，就好像是个刚落地的赤婴一样。她不明白处在待嫁少女的身份上，被提到这种尖锐的问题时，理应红一红脸，忸怩一下，利用这点娇羞来增加客观上的媚态的。

"多谢姊姊！"她还是这样简单地回答。

她简单、直率得使刘锜娘子着迷了，刘锜娘子绝没有料到她会得到这样一句回答。她又拉起弹娘的手，继续说："可是这两天东京的灯市真是热闹极了，普天下哪有这样好看的灯市？咱非先陪妹妹去逛逛不可。逛过了灯市，再办妹子的喜事不迟。"

弹娘也曾在渭州逛过灯市，可是她绝不能理解一个东京人逛灯市的重大意义：东京人主要不是以年龄，而是以逛灯市的回忆来划分生活阶段的。

一个白发如银的老婆婆可以从六十年前那次逛灯市的回忆追溯到她的无邪的少女时代，还可以从逛灯市的伴侣中追溯她一生中最重要的社会关系。她们有的墓木已拱，有的已经是子孙绕膝⋯⋯她们流逝的一生犹如一串用回忆的丝线穿成的数珠儿，每一个灯节就是一颗数珠儿。她捻到哪一颗，就会想起哪一年灯市的情况和气氛——它们似乎都是相同的，又各具有特殊性。她想起她和游侣们挤来挤去的那些街坊，如今名称虽还如旧，有一半的房屋已经翻造过，一半的店铺扩大、缩小或者已经打烊了。她还记得跟哪个游伴小声地说过的一句话，这到现在想来，还要为此赧然红脸。她还会想起她第一次穿上身的那件青莲色的缂丝锦袄，当时是怎么轰动了九城阛间的！

所有这一切都不是弹娘所能理解的。

她惶惑地看看刘锜娘子热情洋溢的神情，对于这不可抗拒的建议，她再一次回答道："多谢姊姊！"

2

刘锜娘子说得不错，普天之下，哪有一座城市比得上东京，哪有一个节日比得上东京的灯节？绝对没有！把人类精心创造的有关的形容词，"繁华""缛丽""热闹""喧闹""金碧辉煌""光彩夺目"等字眼都用尽了，也不足形容东京的灯节于万一。

每天清早就向四面八方重重洞开的各道城门——南薰门、陈州门、戴楼门、新宋门、新郑门、封丘门、陈桥门、万胜门、固子门……都展开笑靥，张开两臂，欢迎一切初来的和重来的客人。它们毫不怀疑人们将带来更多的富足和更大的繁荣，为它添毫增色。它们带着那样的好心好意，站在人们来到东京的第一道关卡上，热情焕发地介绍道："你们快进城来啊！进城来寻欢作乐，尽情享受。俺这里什么都不欠缺，什么都不悭吝，俺代表东京城站到这里来欢迎您老人家进城，祝您愉快，可千万不要给俺带来愁苦和灾难就好。"

陶醉于一切愉快、新鲜、热闹的事物，乐于为居民和客人们提供无穷无尽的享受，这是作为帝京、国都，过着一百多年"熙来攘往"和平生活的东京城发展起来的特殊的性格。

作为一座城市的东京城有这种特殊的"城格"，而它的居民们，也发展着与此相适应的人生哲学。

东京人总是喜欢把各种色彩鲜艳的油漆不断地往它身上涂刷，在没有铲去的老底子上涂上一层层新的，又在新底子上再涂上一层层更新的漆。在光彩夺目的表层下面，还可以看到旧的痕迹，因此显得更加绚丽多彩。

东京城每天都在踵事增华。

春节的本身就是一种富丽堂皇的橙黄油漆。

去年腊月中，朝廷又玩出了新花样，明令规定把预赏灯节的日期提前半个月，这也是一种投合人心的轻倩的绯红油漆。

而在春节中刚透露出来，几天中就已遐迩遍传、妇孺皆知的征辽消息更是一种震撼人心的大红油漆。

东京人的生活方式虽是丰富多彩、变幻无穷，他们的生活目标却很单纯。他们只追求官能上的快乐和刺激以及达到这个目的所必要的物质条件，这些热闹的节目就是他们的食料、饮料、点心和零食，如果没有这些食品来填满他们饥渴的精神胃

第三章

2

口，他们活在这个世界上就将要感到索然无味了。

使赵隆等十分惊异的事情是，在西北军事会议中那么激烈地争辩着的一场战争，在鄜河边的小驿站中目击有人那么急如星火地传送出去的战争动员令，反映到东京人的生活中，却满不是那回事。现在东京人都知道这场战争即将爆发了，但他们一点也不着忙，更谈不上什么紧张、兴奋，反而感到十分新奇和轻松。征鞍甫解的刘锜甚至觉得今天的东京比几年前，比他两个月前离开它的时候更加繁华，更加接近升平时期的巅峰，何况很少来京的赵隆，更不必说从未来过的啴娘了。

东京人引以自豪的见多识广特别表现在他们对战争的无知上——在抽象领域中自命为最渊博的人，在实际生活中往往最无知。东京人夸耀他们在市场上看见过的各种加工装饰的武器甲马；他们看见过挎刀带剑的军官们在城门口进进出出；还有，他们在官家的卤簿[1]中见识过连人带马都披上铠甲的所谓“具装甲骑”，据说合天下都没有这样精锐的骑兵部队；他们还在“讲史”场中听到说话人讲“三分”，讲“残唐五代”有关的战争故事。这些就是他们对于战争的全部知识了。东京的上层人物和绝大多数的中层居民并不真正明白，或者是不想认真弄明白战争究竟是什么。他们既没有从积极的方面来理解它，为它做出精神和物质上的准备，也没有从消极的方面想过它可能给他们带来什么，或将迫使他们改变什么。他们对于传闻得来的战争的消息，第一个敏捷的反应就是把它当作一件新鲜玩意儿，当作一个最新添加出来的娱乐节目，当作一种掺和在日常生活中醇洌可口的美酒佳酿。总之，轻飘飘的东京人不可能持有与战争相适应的刚毅沉着的观念。如果说，他们中间也有少数人想得远些，想到战争不一定是那么轻松愉快，可能有一天会像个不速之客那样挑一担愁苦的礼物，登门前来拜访他们，那么它也仍然是遥远的事情。从现在开始到战争爆发，时间上还有几个月的余裕，从东京到前线，空间上还有一千多里地的距离，何必过早地、过远地就为它操起心来？东京人对于时间、空间的概念，一向采取现实的态度，只限于此时和此地。

疯狂地掠夺，尽情地享受，毫无保留地消费，完全绝对地占有。只要今天的这一天过得舒服，哪管他明天来的日子是甜酸辛苦？东京的上层人物就是用这样的浅见和短视、这样的豪奢和挥霍、这样的荒唐和无耻来制造和迎接自己的末日，使自己和追随者一起像雪球般在战争的烈焰中融化掉，并且祸延到中下层市民，使他们受到莫大的灾难。

这就是从现在到收复燕京的一年多时间（那是使他们的欢乐达到最高峰的日

子）中东京人普遍存在着的麻木不仁的心理状态。

打从去年腊月开始，以州桥为中心，向四面八方辐射的几条最热闹、宽敞的大街，诸如天汉桥街、临汴大街、马行街、潘楼街、界身、桃花洞、炭巷等街道两侧都已搭起彩棚露屋，作为临时商场，用来平衡市场上供不应求的拥挤现象。连宣德门外御街两侧的千步廊上也列满了这种临时商场。临时商场里面铺陈着冠子、帻头、衣衫、裙袄、领抹、花朵、珠翠、头面、匹头，以及鞍辔刀剑、书籍古董、时果腌腊、鲜鲊熟肴等各种档次的消费商品，达到有美皆备、无丽不臻的程度，吸引了成千上万的顾客，每天都挤得水泄不通。在这段时间中，顾客们甚至形成了一股风气，专喜欢在流动的摊铺中去选购货品。他们宁可舍弃百年老店，做成摊铺的交易，认为那里的货品更新鲜、时髦，连越陈越香的老酒和越古越吃价的古董也是从摊铺里买来的好。这样一来，使得久已脍炙人口的李和儿炒栗、王道人煎蜜、孙好手馒头、宋四嫂鱼羹、曹婆肉饼、薛家羊饭、赵文秀笔、潘谷墨、张家乳酪、李生菜小儿药铺等老店都不得不放下架子，随着大流在大相国寺、五岳观和其他庵庙寺院的两庑下租赁了摊铺，开设分店，应市买卖。其中潘谷墨店的掌柜又别出心裁地从老店里搬来苏东坡的赠诗和题跋，用个檀木框子罩上碧纱，张挂在板壁上，以广招徕，惹得多少风雅之士都跑来欣赏东坡的墨宝，议论它的真伪，从一点一撇一画一钩的色泽光彩中鉴定它是否用了潘谷墨或者是别人的墨。苏东坡大约做梦也没有想到他的墨迹已经产生了广告的效应。

在自由竞争的高潮中，老牌子不济事了，做买卖的也要适应时势，别出心裁。

大相国寺是东京第一座大寺院，东京人称之为"相蓝"。不懂得这个简称，还是一板一眼地称之为"大相国寺"的人，一听就知道是个外路来的乡巴佬。相蓝有相蓝的架势，平时每逢初八、十八、二十八，以及初一、月半才向外开放，一个月内只开放五天。前年冬季，为了配合朝廷的新鲜玩意儿——预赏灯节，居然打破成规，逐日开放。相蓝在东京宗教界中一向居于领袖群伦的地位，它既然带头破例，一马当先，东京城郊大大小小的一百六十八所庵庙寺观也乐得跟进，每天大开方便之门，广结仙佛之缘。人们到这里来，不但要礼神拜佛，烧香求签，同时还忙着讲斤头、做生意，零买趸批，一应俱全。更多的人到这里来是为了看杂剧、听说话、赌博弈棋，以及观看别人的看戏、博弈。人们的广泛活动，使得这些寺观真正成为东京社会中的宗教生活、经济生活和文化生活的中心。

当时全国各地著名的杂剧班子，每到腊月将届，就纷纷拥到东京来献艺。东京

2

是一座"不收门票"的开放性的城市，凡是到这里来消费的人以及为消费者提供愉快和享乐的人一律被宣布为受欢迎的人。这些艺员有的搬演杂剧，有的玩百耍杂技，有的讲史，有的卖唱，有的相扑，有的弄虫蚁，等等。他们一个个来自三江五岳，都是身怀绝技，名播江湖。他们走遍了天下二十四路、二百三十八州、一千二百二十个县。今天好不容易挨到天子脚下，谁都想露一手儿，博得个名利双收。春节前后，他们暂且在寄寓的寺观里逐日就地献艺。其中出类拔萃的节目，到了正月初九以后，就要被选到灯市中心的"棘盆"去连续演出十天，直到灯市结束为止。开封府为了选拔节目，特派乐官孟子书（有人说孟子书是他的艺名，以专讲《孟子》一书中的诨话出名，后来以假代真，就成为他的真姓名）、张廷叟两个主管其事，而当时的开封府长官开封尹盛章本人也是这方面的行家，自然要参加选拔。所谓"棘盆"，就是在禁城口的宣德门外一片大广场上，临时用彩绘色绢、芦席竹架围成的大剧场，容得几万观众，可算是演剧界的龙门。哪个节目被选上了，顿时身价十倍，成为事实上的国定节目。以后在外路演出时，就有权在一面两丈见方的锦旗上绣上一副金字对联：

今日江湖卖艺，人山人海；
当年棘盆献技，倾国倾城。

灯节前在寺观中的演出，实际上只是一种预演，含有互相竞赛的性质。江湖上最讲义气，哪个班子里发生了生老病死、衣食不给等意外事故，大家酿金募捐，演义务戏，十分卖劲。可是在竞赛性的演出上绝不含糊，谁都要争这口气，争得在龙门榜上题名，谁也不让谁。他们竞争得越激烈、演出越卖力，就越加饱了观众的眼福。因此内行的观众更喜欢去看寺观中的预演。

弹娘刚到东京的几天，刘锜娘子实践了诺言，每天带她出来赏灯、逛庙会、看百戏。刘锜娘子不但热情地介绍了自己所知道的一切——在这类事情上她几乎是无所不知的，并且坚决相信她感兴趣的一切也必然是弹娘感兴趣的一切——她几乎对一切新鲜事物都感兴趣。

在最初的周旋中，她根本没有考虑到弹娘是否希望知道这些，是否对它感兴趣，好像热情的主人摆出丰盛的宴席来招待客人，没有考虑到这些酒菜是否适合客人的胃口。

相蓝是不必说了，她好像是长期预订着座位的。可也不能忽略比较偏僻处所的寺观，譬如说，远在水西门口的醴泉观。刘锜娘子指点蝉娘道：在相蓝的演出甬说是好的了，可是醴泉观里却也常有出人意料、爆出冷门的节目。到相蓝去看戏，为的是"温故"，到醴泉观去是为了"尝新"。

她们到醴泉观先去东大院欣赏张金线夫妇演出的悬丝傀儡。张金线练就一套出神入化的指上功夫。他用十根丝线缚在每只手指上牵动着十只木雕傀儡，同时登场。依靠他的灵活的手势，傀儡们可以做出个个不同的动作，竖蜻蜓、翻筋斗、扑打扭杀，样样都来。临到大轴戏上场，哑剧忽然变成歌舞剧，男角色变成女角色。他的浑家，外号"一条金"。一条金的嗓子随着木偶的舞蹈动作抑扬顿挫地伴唱着。她有时唱得响遏行云，有时又轻微得像一缕幽泉在空谷中回旋呜咽。观众的心似乎也被他们用一根丝线悬起来了，上上下下地忐忑着，这才不愧叫作"男舞女歌，妇唱夫随，各擅一时胜场，共树千秋盛名"（这个戏班子刻在海报上的自我宣传）。

接着她们又去西大院看丁仪、瘦吉的"乔影戏"。影戏原是一种利用灯光设备演出的皮偶戏，是一种古老的剧种。丁仪、瘦吉，一肥一瘦的两位艺人推陈出新，首创发明让真人来扮演角色，代替皮偶的演出。于是一块素幔上出现了亭亭玉立的李夫人和气象威武的汉武帝的影像，同时也出现了肥丁自己扮演的梨园界鼻祖李延年和瘦吉扮演的影剧界鼻祖李少君的影像。可惜他们找不到"一条金"那样的好嗓子为影剧配音，只能出之以哑剧的形式，是一种无声电影。但是银幕传神，栩栩如生，李夫人含颦凝睇、脉脉不语的神情和汉武帝立而望之，内心充满着"是邪非邪？偏何姗姗其来迟"的疑问，都宛在目前，惟妙惟肖。无怪东京的观众为它拍掌叫绝。这种新品种，目前虽然还在试演的过程中，肯定不需多少时间，就会风靡天下。

外院连着一片广场搭起一座硕大无比的帐篷，都归"浑身眼"杂耍班使用。"浑身眼"是这个杂耍班的主要演员兼组织者和经理人。凭着他在江湖上饮誉二十年的声望，网罗了当时杂耍界所有的好手，使他这个班子在杂技界中高踞执牛耳的地位。

张七哥吞剑，麻猴子滑杆，董十七、赵七对舞砍刀蛮牌，还有一捻红走钢丝。据说前年春节中，她玩了个新花样，化装成仙女，在两所又高又大的住宅顶上系上钢丝，往来行走，还袅袅娜娜地走出各种身段和姿态，惹得人们真以为有这样一位仙女凌虚下凡了。所有这些脍炙人口的节目都是每场必上，每上就会轰动一时，使人百看不厌。

所有这些演员中，也许没有比"角抵李宝"更得人心、更受观众欢迎的了。李宝原是禁卫军步军司的士兵，早以角抵绝技闻名全军，三衙中没有他的对手，大家都称他为"小关索"，这个绰号是对他表示绝大的敬意。殿帅高俅也喜欢这个玩意儿，几番使人示意于他，只要在一场角抵中让他三分，就可提拔他当个教头，他都没有搭理。一天，高俅喝醉了酒，当着许多权贵的面，定要跟他角斗。他不容情，一跤就跌翻了高俅。从此高俅对他恨之入骨，他在禁军中容不得身，索性到艺场上来卖艺。高俅三番两次寻他生事，当不得观众欢迎他、掩护他。风声紧了，他到外码头去兜个圈子，不久仍回东京来，照样有人礼聘他登台演出，把高俅气得个瞪眼吹胡子，一时却也奈何他不得。

对角抵一道深有研究的刘锜，虽是高俅的下属，却是李宝最有力的保护人。他曾经表示意见说，李宝有的是真才实学，不是江湖上骗人好看的勾当。刘锜娘子加上自己的意见，评论道："李宝的玩意儿是实力加巧劲儿。"这个评语可能是中肯的。李宝每次上场都有禁卫军的官兵们冒着冒犯高太尉的风险，前去为他捧场，这还可以解释为军人们喜欢看角斗、相扑这一类的武技，奇怪的是不少太学生也十分欣赏他的演出，那是为什么呢？据刘锜娘子的分析，官兵们来看他的实力，文人们来看他的巧劲儿，这样把实力加巧劲儿的一个混合体截然分家，就不中情理了。人们不禁要问，她自己又为什么这样欣赏李宝的角抵呢？她既不是军人，又不是文士，也不像丈夫那样对角抵一道有兴趣、有研究，她只不过是个地地道道的家庭妇女罢了！

其实不仅刘锜娘子，场子里还有很多妇孺老幼，他们也都不是文人武士，可也同样喜欢看他的演出，为他捧场、打气。他赢了对方，大伙儿发疯似的喝彩；偶尔失手跌翻，大家叹息惋惜，仿佛丢失了心里的一件宝贝。对于李宝的角抵的癖好，在东京已形成一种狂热。有一个潜在的原因，人们其实并不是喜欢这个节目，而是敬重他之为人：敬重他不肯在高太尉面前低头的那股刚劲儿；敬重他虽然每天都在高俅的罗织中险象环生，却仍然行若无事，并且常在插科打诨中有意挑动、激怒高俅的那副英雄气概；敬重他虽明知刘锜和其他几位高级军官是他的保护者，对他们也并不格外另眼看待的那副丈夫意气。

群众憎恨权贵，敢于触犯权贵的人，就是群众心目中的英雄。由于人们尊敬他的为人，连带也喜欢上他的节目了，只是他们自己也没有完全明确地意识到。

以上这些演出都博得观众的欣赏和赞叹，可是具有最大吸引力的还是台柱子"浑身眼"演出的飞刀绝技。浑身眼凭着他特殊设计的一套行头，在镶着金边的黑缎底子的短靠和扎脚裤上绣着几十对闪闪发光的火眼金睛，成为他本人的绝好标志。

浑身眼一天只演出一场，出场前先有四名徒弟分别站定在场子四角，抚弄着八把扎了红绸子的明晃晃、寒飕飕的厚背薄刃柳叶飞刀。他们各自摆好架势，单等师父出场，刚在中心点站定，八把飞刀就同时从不同的角度向师父身上飞来。浑身眼张开了浑身的眼睛，用不是凡夫俗子所能有的正确和速度，先伸出双手接住最先从正面飞到的两把刀子，立刻侧转身子，翻过刀背，把第三、第四把刀子敲落在地上，发出清脆的铿锵声，接着又掷去手里的刀，同时用两腋夹住从背后飞来的第五、第六把刀，稍微偏一偏头，躲过擦耳根飞来的第七把刀，然后转过身子，张开大口，一下就咬住劈面飞来的最后一把刀。飞刀是用纯钢铸就的，浑身眼的牙齿好像是用更高级的、经过百炼百淬的优质锋钢铸造的，飞刀一经他的牙齿咬住，就像落网的鸟儿一样，只有发抖、挣扎的份儿。

紧接着，他以意料不到的神速的动作，把腋下夹着的两把刀子交叉着换到自己手里，只听得刀环叮当，红光飞处，两把飞刀闪电般地向徒弟的头上飞去。两个徒弟急忙歪头缩颈地躲闪，飞刀好像有灵性一样，偏偏向他们躲闪的一边飞来。只听得"嚓嚓"两声，两把刀子恰巧钉在他们靠背站着的木柱上，距离头顶只有毫发之差。

"险呀，险呀！这一刀稍微低些，就把徒弟的眼睛戳瞎了！"

"险呀，险呀！那一刀稍微偏些，就飞进人丛，把观众们误伤了！"

但是这些动作都是在观众来不及说句话、来不及喘口气，甚至来不及眨一眨眼睫毛的瞬间完成的。刘锜娘子虽然泼天大胆，在浑身眼表演的过程中，也不禁闭上眼睛，同时推推婵娘，要她照样紧闭眼睛，仿佛这样做了，就可以防止不测，免去飞刀飞到自己头上来的危险。然后在她们还没睁开眼睛以前，听到一阵震天撼地的叫喊声、喝彩声、鼓掌声，人们大幅度地摆动着身体，怪声叫好，几乎要把这座扎缚得十分牢固的帐篷喝垮、鼓塌了。等到她们张开眼睛时，只见浑身眼嘴里仍然衔着那把飞刀，满面含笑，罗圈向三面的观众唱喏、道谢。

这时，场子中间忽然拥出十多个执事人抬着大箩筐，一一向观众们收戏钱。观众们根据自己的经济能力、慷慨程度以及特别喜欢在大庭广众之间表示阔绰的虚荣心慷慨解囊，随缘乐助。有的摸出一文钱，有的摸出十多文钱，有的掏出大把钱，铿然有声地丢进箩筐里，执事人员一律唱喏道谢。

刘锜娘子是老主顾，是剧团收费的主要对象。红演员一捻红托着一张盘子亲自跑到她面前来。刘锜娘子既不吝惜，也不特别炫耀，她按照老主顾的身份，而不是按照她丈夫的身份、地位，从绢包里掏出一两的小银锭，轻轻塞进一捻红的手里。一捻红会意地笑笑，行个屈膝礼走开。

东京的市民们就是这样在街坊、庙会、摊铺、剧场中打发日子。他们一年到头，都有许多闲工夫，而到了节日，就更像一锅滚水似的沸腾起来。

当然他们中间的绝大部分还是普通的城市居民。到相蓝摊铺上挑购旧书旧画的，固然有宰相的儿子赵明诚夫妇等风雅之士，但主要还是老百姓。那些惊心动魄的杂剧节目，基本上是投居民之所好，是为了适应他们的胃口与好恶而设计、编导和演出的。居民们带着欢乐、兴奋以及唯恐它们将在刹那间演毕散场的害怕心理，欣赏这些节目。他们也带着同样的心情赏灯、逛庙会。东京的社会为他们提供了这种浮靡的、轻佻的生活方式。

东京一般居民的悲剧在于他们虽然在道义上谴责、在理智上反对、在感情上深恶痛绝当时的达官贵人，而在事实上却跟踪着达官贵人的脚步，不自觉地、一天天地堕入无法自拔的泥坑中去。一直要到东京的末日，他们才真正了解到那个罪恶的阶层为他们带来什么严重的后果，可惜为时已晚，他们不得不成为它的牺牲品、殉葬品，跟它一起落进地狱。

3

高踞在东京社会巅峰上的是那些用老百姓的脂膏喂养肥大以至得了严重肥胖病的皇亲国戚、豪门权贵、大贵族、大官僚。由于他们所处的地位不同，难得去逛庙会、看杂剧。他们另有寻欢作乐的场所和方式。当朝太师蔡京有一天得意地说："老夫忝一官之荣，诗酒风流，自有三十三洞天胜境在，岂可溷杂尘俗，现迹人世？"真可谓是一语泄露了天机。

宣和年代特别标榜"与民同乐"，在灯节中，在正对大内的宣德门外搭起的大牌楼上，就挂着"宣和与民同乐"的六字金牌。在那狂欢的几天中，也的确有了那样的气氛，老百姓甚至可以隐隐约约地听到宣德楼上透过重重珠帘彩幕而泄露出来的宫嫔们嘻嘻哈哈的嬉笑声和叽叽呱呱的谈话声。但是双方心里明白，把老百姓暂时升格为"钦定"的观众，允许与官儿甚至与皇家同乐，只限于特定的时间和特定的场合。那是朝廷需要钦定的百姓们来装扮出一个歌舞升平的花花世界。

可是招牌还是招牌，并不代表实质，即使它填着金字，也填不平官儿们和老百姓之间不可逾越的鸿沟。蔡京说的才是真话。

官儿们愿去并且常去的地方，所谓三十三洞天都是一般老百姓进不去的。仙凡有别，社会的阶梯给他们设置了重重障碍，同时，他们也拿不出那块到哪儿去都可以通行无阻的腰牌——银锭。在通行证被发明以前，代替它行使职权的就是这块腰牌。譬如说，要欣赏灯节，老百姓只好在宣德门外的御街和州桥大街那一带挤来挤去。那样的挤法，据说是有失体统的。根据不完全的统计，从初九到十八的十个夜晚，人们被踏掉的鞋子每夜就有五六千只之多，这在老百姓犹可，如果一个官儿被挤掉了靴子，再加上丢了幞头，松了头巾，科头跣足地在大街上打旋，这还像什么官儿？他们享有赏灯的特权，可以按照品级在指定的地段上搭个临时帐幕前来赏灯。有的官儿还嫌看不畅快，宁可把这个特权转让给同僚，自己就在马行街大货行转角的丰乐楼上订个临街面的阁子，坐下来笃笃定定地赏灯，连带喝酒、听曲子，他们还怕拿不出腰牌？

丰乐楼原名"樊楼"，是驰名全国的高级酒家，是名副其实的"天下第一楼"。它本来由五座格式相同、彼此独立、只有在底层中才能走通的两层楼房组成，去年秋冬大大翻建了一次，不仅油漆重施，丹艧一新，并且都翻造了三层楼。各层之间又都增修了飞桥露梯，既可互相走通，又可凭栏俯眺。除底层全部作为散座之用以外，每座二、三两层各有几十个大小阁子，全部开放。珠帘绣额，翠飞红舞，布置得十分富丽堂皇。

每届灯节，有头面的官儿们，早就预订好阁子，到期携带内眷、歌伎，或者约几位同僚好友，一起到这里来浅斟细酌。这才不愧是欢赏灯市的龙门。他们居高临下，一眼望去，可以完整、清楚地看到搭制在宣德门外以及重要街道上的几十座鳌山灯楼。鳌山灯楼上都扎有硕大无比的龙凤，在它们的口、眼、耳、鼻、鳞甲、羽翼之间都嵌着大大小小的灯盏。它们振髭张翼，昂首向天，似乎都有飞升之势。在它们周围又张挂着各式各样、多得不可胜计的灯彩：有成组的天下太平灯、普天同庆灯，有单独的"福"字灯、"寿"字灯、"喜"字灯、方胜灯、梅花灯、海棠灯，有制作繁复的孔雀灯、狮子灯，有虽然简单却也惟妙惟肖的西瓜灯、葫芦灯……说得夸张一点，天上、人间一切有形可象的事物都被复制在灯彩中了。这些灯，有的大至数丈方圆，有的小到可以袖珍，有的需要很多人一齐动作，才能把它挥舞起来。它们一经点亮，霎时间就涌现出一片光明世界，把千门万户、工巧绝伦的鳌山灯楼照得洞中彻里，一览无余。

这时遥遥相对的大内宣德门楼上也点起价值连城的琉璃灯、藕丝灯和裁锦无骨灯。这几种特制高级的灯都是两浙、福建等路的三司长官不惜工本，派人做了专程进贡朝廷，供朝廷"与民同乐"的。其中琉璃灯，据说是用玛瑙和紫石英捣成粉屑，煮成糊状，再加上香料，反复捏合而成。福建南剑州一州三个月的田赋收入，刚够制作和进贡这对琉璃灯。它们点燃起来，挂在琼楼玉宇的最高处，晶莹透明，宛如凭空升起两轮人造的明月。

用金银珠玉穿成的流苏坠穗，也挂在宣德楼的四角，微风一过，敲金振玉，仿佛从天上蕊珠宫阙飘来一阕阕仙乐。

这时坐在丰乐楼上的官员们，仰看碧空中三轮皓月正在万顷琼田中相互争辉，俯瞰一片融融泄泄的灯光把整个东京城罩上一层银色和金黄色的光彩，再看到楼底下的群氓熙来攘往的太平景象，真有飘飘欲仙之感。

蕊珠宫里的仙姝不一定有缘相逢，人间的仙姝，却是随时可以邂逅的，不过会仙也要那块腰牌。当时除丰乐楼、长庆楼等几家高级酒楼之外，官儿们平日最喜欢溜达到东鸡儿巷、西鸡儿巷（东京人有意把它们叫成姊儿巷）一带去"会仙"，那里真是群仙荟萃、粉黛满目的洞天胜处。名噪一时的歌伎崔念月、赵元奴都住在东姊儿巷。她俩住得贴邻，却是各立门户，鸡犬之声相闻，老死不相往来。她俩的见面，只限于在第三者的应酬场合中。奇怪的是，当她们见面时，是一对亲密的姊妹，嘘寒问暖，轻言蜜语，彼此同病相怜，友谊并不虚假。但这并不妨碍她俩争胜斗妍，同行相嫉。她们在背地里总是打听另一个最近新添置的头面衣饰、布置陈设，以及在笙歌弦乐、饮食酒肴方面翻出了什么新花样。当对方超过自己，就一定千方百计地要学习、模仿、竞赛，直到胜过对方为止。同样的命运和同样的身世，使得她们彼此爱怜起来，同样的职业和同等的地位，又使她们彼此嫉妒、彼此竞胜，这真是一对奇怪的姊妹花。

不用说，她俩对于当朝权贵、文武大员都具有莫大的吸引力。她们的两扇乌漆大门是用吸铁石制作的，权贵们的铁靴子一经走过这里，就不能不被吸进去。

成为东京人民憎恨对象的高俅是这里的常客。高俅出身于东京的破落户，多年在街坊混日子，后来当王晋卿驸马的听差，遭际官家，扶摇直上，一直做到太尉、殿前司都指挥使，成为合朝最高的军事长官。高俅的一生都和东、西姊儿巷结下不解之缘。不同的只是，前半生他在这里鬼混，给鸨母、角妓当些杂差（东京街坊中，像他这样的混混儿，何止成百上千）；后半生他做了大官，却成为这里的阔客（一个街坊的混混儿要爬到太尉这样高的地位，需要无数偶然因素凑合起来才行）。他时常左脚刚跨出赵元奴的门，右脚就跨进崔念月的门，用来平衡两人之间的均势。

官儿们到相好的歌伎行馆、勾栏曲榭中去寻欢作乐、饮酒买笑或者把歌伎请到外面去奉觞劝杯、歌舞侑酒，这不但不需要躲躲闪闪，反而成为相互追逐、相互夸耀的风流韵事。那些既要到行馆中去寻开心，又怕别人指摘，掩掩盖盖、藏头露尾的初出茅庐的官儿，才是十足的蠢汉哩！

从政和、重和、宣和以来，东京社会中忽然流行起一个"韵"[1]字。漂亮的妇人被称为"韵致"，新奇的服装被称为"韵缬"，美好的果品被称为"韵梅"，后来发展到对于一切美好的事物，非用一个"韵"字来形容它不可。韵天韵地、韵人韵事，无一而不韵。这个新兴的"韵"字，风靡全城，骎骎乎大有代替祖辈相传的"有巴"一词之势。甚至太宰王黼奉敕撰写的《明节贵妃墓志》一文中也用了"六宫称之为韵"一句，明节贵妃就是官家宠爱的安妃刘氏。想当年，蔡京曾受召见，从她手中接过一杯御赐的酒，在他的进御诗中受宠若惊地写道："玉真轩里见安妃。"如今这篇墓志不是敕令蔡京撰写，而让王黼主稿，自然要引起他的怨恨。他的一派人抓住这个把柄，大肆攻击王黼不该把这个市井俗字写入碑版文章，亵渎宫闱。其实蔡京的一派人自己也曾用这个字。派系攻击是排除自我的，只要抓到对方的辫子，哪管自己头上也长着同样的辫子。没想到官家本人也喜欢这个市井俗字，王黼的这句，可能出自官家的授意或修改，他引经据典地为它辩解，还责令攻击者回答："何俗之有？"

当这个韵字风行全城之时，各式各样的人对它有各式各样的理解。有人简单地认为只要穿上一身奇装怪服、招摇过市就算是"韵"了；有人进一步地认为一定要做到风流倜傥、不拘泥于礼俗才算是"韵"；又有人认为这样的理解未免太放肆了，韵是高华清雅的意思，要有高级的品位，才谈得到一个"韵"字，到歌肆行馆去固然是风流绝俗，并且已成为一时风尚，但要高雅一点，最好还是在自己的宅第里，置酒高会，邀请一些贵胄世家、文人学士，自然也免不了有些清客、帮闲相陪，谈论古今诗文，即席吟诗作赋，兴会所至，随手填两首小词，这才是真正的风流韵事。当然宴会也不能风雅到枯燥无味的地步，凡事都有个程序，风雅一番以后，大家酒酣耳热，形骸俱忘，这时光主人家才端出自家精心培养的一批家妓出来侑客，使宴会进入最高潮。

家妓们的风度打扮，按照高级贵族的标准，也称得上是十分"韵致"的。

她们梳一个当时最流行的朝天髻，穿一件织成"心"字图纹的合欢襦，系一条百褶凌波裙，踏一双用红白双色罗缎交错缝制的高帮凤头鞋。这种双色凤头鞋，当时称为"错到底"，叫不出它的名色，就算不得是熟悉东京行情的人。

家妓们娉娉婷婷地走到筵席前面，用一个媚笑劝嘉宾们干了门前杯，替他们斟上一巡热酒，然后轻敲檀板，慢启朱唇，用着滞人的、有时是慢得不能再慢的延长音唱个周学士的《意难忘》：

> 衣染莺黄，爱停歌驻拍，劝酒持觞。
> 低鬟蝉影动，私语口脂香。
> 檐露滴，竹风凉，拚剧饮淋浪。
> 夜渐深，笼灯就月，仔细端相。
>
> 知音见说无双，解移宫换羽，未怕周郎。
> 长颦知有恨，贪耍不成妆。

些个事，恼人肠。
试说与何妨？
又恐伊、
寻消听息，瘦减容光。

    家妓们特别喜欢唱这支曲子，因为它是她们生活的写照，道出了她们的痛苦、心思、生涯和理想。她们唱到过拍时，多情地把星眼乱睃，希望在许多宾客之间发现一个真正的"知曲周郎"。如果真的碰到他了，她们真愿把自己的衷曲，倾箱倒箧地向他诉述。别瞧她们现在满身裹着绫罗，谁知道她们在赋税和债务的重重鞭挞下，被逼卖到这里来，当着主人和宾客的面强颜欢笑，背地里却是热泪暗注的苦况？可是她们哪里做得了自己的主！慢说找不到这样一个周郎，就算找到了，自己的心里刚有一点根苗，他又像烟雾般地消逝了。她通过种种下层组织去打听他的消息，不知不觉间为他消瘦了，却还担忧那个幻想中的对象周郎也像她一般多情，为了寻访她而瘦减容光。

    家妓们是最懂得风雅的主人家笼子里的黄莺儿，她们的存在，只为了让主人家和他的宾客们共同风雅一番。她们只有一立方尺的空气可供呼吸，实在闷得透不过气来，巴不得要飞出樊笼，而没有想到，即便飞出这只笼子，仍然要被关到另一只笼子中去。她们的命运早被注定了。

    客人们也喜欢这支曲子，因为他们兴之所至，也不妨偶尔客串一个知曲周郎。他们自己家里的鸟笼子还有余额哩！逢场作戏，讲几句知"心"话，填一曲新词，都费不了多少本钱，就此窃取了一个女孩子的心，何乐而不为？他们用廉价的同情去骗取歌伎们所幻想的爱情，正是各投所好，互相满足了彼此的需要。

    可是他们的同情毕竟是廉价的，而她们的爱情也只存在于幻想中。只有残酷的现实生活一点一点地打破她们的幻想，一寸一寸地磨掉她们的青春，使得她们逐渐在轻歌曼舞的红氍毹上站不住脚，最后终于变成一个衣垢发腻、皱纹满脸的老婆子时，这桩风流韵事才算真正告一段落。在这些老婆子脸上的皱纹中，深刻地印刻着她们被剥削、被蹂躏，最后被人家像一面破鼓似的丢在垃圾箱里的一生。

    东京的达官贵人们（当然也包括外路的达官贵人）心里本来就是空荡荡、软绵绵的。他们全部的生活背景就是一些海市蜃楼和舞台布景。他们的两条腿站在一堆轻飘飘的云絮中。他们的自身和他们的立足点都是空荡荡、毫无重量的。如果没有这些豪华的饮食起居，没有这些浮靡的笙歌弦乐，没有彼此之间的争权夺利、钩心斗角，没有打情骂俏、欺骗买卖的男女关系来填补心里的空隙，他们就更加显得一无所有了。

他们昼以继夜地追逐这种生活，他们用一把看得见和看不见的刀子在老百姓身上刮下维持这种生活必需的血肉脂膏，想用来充实自己，结果他们心里的空隙却越发扩大了。正因为如此，他们就更加疯狂地追求欢乐，借以证明他们至少在富贵荣华方面还有高人一等的优越感，如果他们再也没有其他的东西值得在人前夸耀的话。

4

东京贵族三十三洞天的最高层就是官家本人居住的皇宫。刘锜回到东京的第二天就上第一洞天面圣复命。

那天官家特别忙碌，他手里有三件大事正待自己动手处理，处理的前景并不太顺利，心里感到烦闷。由此可以推想到管领三十三洞天的神仙们也并非是一直住在洞天福地中纳福，永远无挂无碍、永无烦恼的。

前些日子，他随手画了一幅《漪鶒[1]戏水图》，准备赐给乔贵妃，不料她有意泄露天机，到处张扬说：画中的一对漪鶒指的就是官家和她。这样的宣扬照例不会给她带来任何好处，只能成为一场风波的导火线。她也明知道会有这样的后果，却偏要如此做，可见神仙有时也不免要自寻烦恼。风波果然扩大了，最后只好由他自己出来善其后。其实他画的时候，并没有这样明确的隐射，乔贵妃也不是他理想中的鸳侣，现在既成问题，处理起来倒感到非常棘手，画已经裱好，要收回诺言，不再给她，这未免使她过于难堪了。托词技术上还有缺点，把它毁掉，这倒是干脆、彻底的办法，无奈他珍惜自己的作品，好好一幅画，把它毁掉了，岂不可惜！当然最好的办法是在画面上多添几对鸳鸯，使它具有更广泛的象征意义，大家看了，皆大欢喜，那就可以天下太平了，可惜这样做的结果要破坏这幅画的全局结构，再加上它已经裱好，要加添上去，也不容易。

他把画张挂在壁上，自己欣赏了半天，没个摆布处。这是第一件大事。

前天，他去参观了即将竣工的"艮岳"。这座皇家园林，已经造了三四年，花去他不少心血。总管艮岳工程兼着"应奉局"[2]差使的朱勔特别引导他去参观了一块高达四五丈、生有千百个玲珑剔透的洞窍的太湖石，乘机要求宸翰品题数字。这个朱勔的心肝也像这块太湖石生成千百个玲珑剔透的洞窍。他说这样的神石，几百年也难得一逢，倘非圣朝郅治，这稀世之宝，怎会现迹人间，供为御玩？不由龙颜大悦，当场索笔挥毫，题了"庆云万态之石"六个大字。后来又去看了两棵夭矫不凡的桧树。他回宫来忽然想到，那左边的一棵桧树，亭亭高标，遮云蔽石，正好象征大宋朝灭辽取燕、威震八纮的雄姿；右边一棵长得比较低矮些，逸枝旁斜，却也有一副偃蹇鸷桀的姿态，正好象征辽朝灭亡、天祚帝不得不匍匐在御座前俯首乞降的样子。这两棵桧树都迎合了自己的意思——实际上是朱勔的讨好的想法迎合了他好大喜功的心理，因而补题了"朝日升龙之桧"和"卧云伏龙之桧"两块字额，使内监送去给朱勔制下玉牌来挂上。这样做了，他心内犹感不足，想要御制一篇《神石赋》、一篇《双桧赋》以志其盛。无奈他笔底窘枯、辞藻贫乏，构思了一个晚上，只写得开头的几联，再也继续不下去，又放不下手，这又是大费脑筋的事情。

这是第二件大事。

元旦朝贺之际，他蓦然想起伐辽之役已经公开，需要举行一次隆重的"告庙大典"，把这件喜讯上告安置在太庙中的圣祖神宗之灵。想当年在涿州战败后，太宗皇帝背上中了辽兵追骑的流矢，后来，到底是因为陈伤复发晏了驾；真宗皇帝澶渊之盟，被辽人勒索去三十万两匹银帛的岁币；仁宗皇帝时又增加二十万两匹；先帝神宗皇帝时，辽人又来聒噪，割地数百里。银、绢、土地，都是小事一段，却无不有损皇家的体面。今天大张挞伐，好让受到屈辱的祖宗在九泉之下吐一口气。

同时，他还想让目前逗留在京师的金朝的使节遏鲁、大迪乌两人一起参加大典。一来使他们亲眼看到朝廷联金伐辽、同仇敌忾的决心，二来又可使他们震慑于我朝的朝仪威肃、卤簿隆盛，足以折远人之心。

官家虽然是个富于想象力的艺术家，这两条肯定又是受了别人的暗示、启发，算作自己的发明创造。这个发明，使他十分高兴。大典已定在元宵节那天举行，他特派兄弟大宗正燕王赵似主持一应筹备工作。既然是自己的发明创造，他对这项工作十分关心，亲自过问筹备经过，连一些小小的节目也不肯随便放过。刚才在苦思作赋、欣赏绘画之余，忽然又想到了有关大典的什么缺失之处，忙派了内监去召燕王，有所垂询指示。

这是第三件大事。

燕王尚未召到，恰巧此时刘锜进宫来了。虽然官家的主要注意力已被告庙大典所吸引，却仍然认为召见刘锜是重要的，不等燕王来到，就立刻宣旨传见刘锜。

刘锜用了像平常一样从容不迫的态度，奏对他去渭州传旨的经过以及与马政在归途中谋面，彼此会商、研究的结果。

"种师道愿遵旨北行，都是卿周旋之功。"官家听了奏对，频频颔首，"卿此行可谓劳苦功高。"

事情已经隔开一个多月，在此期间，日理万机的官家又不知办好了或者办坏了多少件大事，诸如作画、吟赋、题石、咏桧等，因此把刘锜赍去要种师道参加太原会议的原诏和马政赍去要种师道立刻出师雄州的诏旨，混为一谈了。刘锜听出这点，想要把这个重要的区别辨明一下，可是官家没有给他说话的机会。

"卿办得甚好。"官家连声道，"朕早与王黼说过，种师道之事，只有着刘锜去才能办得妥当。怎奈他们不听，白白耽误了两年，岂不可惜！"

"微臣离渭州之日，种师道已表示遵旨前往太原。"刘锜抓住机会，立刻奏明，"至于出师河北之事，虽已反复阐明，总要等到马政的明白回奏，才能算为定局。种师道的参议赵隆，久在西陲，多立殊勋，此番随同微臣进京，对辽事尚有陈述，乞官家恩准赐予面奏。"

刘锜进宫前，赵隆再三请求他向官家提出这个要求，刘锜答应他相机奏请。

官家是聪明人，一听刘锜此奏，就明白背后还可能有文章，伐辽之议已决，他再也不想听到任何异议。如果赵隆此来要代种师道有所请求，都可斟情满足他。用人之际，总要迁就些，才好把事情办圆。如果赵隆要讲什么扫兴的话，那就叫童贯他们去抵挡一阵，不要节外生枝才好。于是他向刘锜打听了赵隆的经历，顺势说："朕也久闻得赵隆的名字，铁山一战，羌人丧胆，功在社稷。卿既代他奏请赐对，可饬他先去经抚房与王黼、童贯说了，朕再作理会。"

官家看到刘锜还想陈述什么，就立刻用一种非常体恤的语气截断他道："卿鞍马劳顿，征尘未洗，可谓王事鞅掌。朕特赏假一旬，资卿休沐。元宵日朕有事太庙，这指挥卤簿之事，前日已委了姚友仲，不再烦卿了，卿可回家去好生休息。"

刘锜正待退出时，官家忽然想到刘锜此番汗马功高，必得好好酬庸才是。他忽然想出一个奇妙的主意，笑嘻嘻地说："元宵节热闹非凡，卿可陪赵隆在丰乐楼订个阁子，凭窗俯瞰，让他见识见识辇毂繁华，銮仪盛容。晚上卿夫妇就陪他在丰乐楼赏灯，得便把马扩邀来叙旧，却不是一举数得之计。"官家也明白东京的市情，知道时至今日再去丰乐楼订个阁子，绝非容易办到的了，于是回头吩咐张迪道："这订阁之事，你去办一办！"

"嗟！奴婢听旨。"张迪好像在膝盖上装着弹簧，一下就跪在地上，干脆地回答，但在他脸上却流露出为难的表情。

"难道订个阁子，还有什么难办之处？"

"嗟！"这一声回答得更加响亮，表示不管有多大的困难，他张迪，官家的这条忠实走狗，赴汤蹈火，也要去竭力办到。

"传旨高俅，叫他让出一间阁子来与刘锜使用！"官家在这些地方偏偏耳目甚

［二］北宋人习惯用语，正使、副使合称使副。

长，见闻真切，"就说是朕的旨意，谅他也不敢违抗。"

"嗻——"这一声拖得特别长，表示圣鉴甚明，奴才这才真正有把握办好这件差使了。

刘锜退出殿门时，看见大宗正燕王赵似已经朝服端正，环佩铿锵地肃立在殿阶之外等候官家传见。

燕王打听得在内里陛见的是他向来熟悉、喜欢，又有了两个月没见面的刘锜，心里十分高兴。他们一见面，还来不及打个招呼，寒暄两句，燕王先就伸出两手的食指，权充鼓槌，做出一个击鼓的动作，嘴里还啧啧有声地打出节拍。这样一个纯粹的艺术性的活动与此时此地在金銮殿下等候陛见的十足庄严的气氛显得十分不协调，但这是燕王一贯特殊的作风。

原来燕王在东京梨园界中素有"鼓王"之称。他的这个"鼓王"的名声仅次于教坊使袁绹的"笛王"，而其实际价值远远超过有名无实的"燕王"。连官家本人也曾有过"朕这个兄弟，封他燕王是虚。燕山一路，至今尚待收复，哪有封邑可以给他？倒是封他为鼓王，才是名实相符"的褒语。他此刻表演的一个新的击鼓点子，就是在等候传见的片刻中揣摩出来的，还没有就正于乐人和教坊，却先遇见刘锜。他相信这个崭新设计一定可以从业余的音乐爱好者刘锜身上取得共鸣。在达到一定造诣的艺人中间，只肯在彼此深知的内行人面前露一手儿。

他俩相视一笑，擦肩而过，里面的内监已经一迭连声地传呼："传赵似入内！"内监们打起珠帘，让他小心低头，照料着幞头两边的长翅，颤巍巍地进殿。

刘锜出得宫门，一骑飞奔陈桥门外的都亭驿。都亭驿已经明旨改称班荆馆，但在人们的口语上，还保持着容易记忆的老名称。他早已打听清楚，马扩入都以来就和赵良嗣两个担任接伴使，伴着金朝的国信使副[1]一块儿住宿在这里。但他去得不是时候，接伴使副和国信使副没有一个留在馆内。这几天他们几位可真忙坏了！据留下来的驿丞告诉刘锜说，今天接伴使副伴同国信使副去赴谭太尉的私宴，明后天政事堂都有会议，十四日晚使副们要斋戒熏沐和宰执大臣们一起在斋宫中住宿一宵，以便参加元宵日的告庙大典。那天晚上赴王太宰的公宴，再到宣德门外赏灯。

驿丞介绍的是东京城里人人知道的节目单，虽然如此，他还是乐于在这位尊贵的客人面前复述一遍，用以娱乐自己和对方。他一面津津有味地介绍着，一面却在打量刘锜，心里想道："这位贵官莫非是流放到琼崖儋耳岛，刚刚赐还回来的不成？连小孩子都知道的事情，他还特向俺打听！"

　　刘锜留下了名刺和写给马扩的字条。驿丞接受了它，却不保证什么时候可以送给他。"副使可忙着呢！"他把名刺和字条往怀里一塞，"还论不定他有没有工夫看。"

　　看来，这两天金朝的国信使副已成为东京城里最红的人儿，连带接伴的赵良嗣和马扩也变成红人，连带这一位伺候他们的驿丞也抬高了身价。刘锜向来吃香的侍卫亲军马军司龙神卫四厢都指挥使的头衔，在此时此地，也变得黯然失色了！

第四章

1

元宵前夕，刘锜对家人宣布了三天来他在外面活动的结果，包括一次进宫陛见、两次去访马扩都没有找到他。为了安慰女眷们的失望，他保证一过元宵，一定去政事堂找到他。

刘锜的宣布在家里各人之间引起了不同的强烈的反应。

刘锜娘子是见惯大场面的人，曾经多次参加内廷赐宴，根本不在乎到丰乐楼去宴客。她不但不以去丰乐楼为稀罕，反而专门喜欢挤在普通老百姓中间去赏灯。说实话，东京人赏灯一小半是真正为了赏灯，一大半却是为了赏赏灯的人。要充分满足后面一个要求，在她们同阶层之间的几张熟面孔早已看腻了，只有挤到老百姓中间去才行。可是明天她们将去赏灯的一间丰乐楼的阁子，却是奉了特旨从高俅手里夺下来的，这就具有重大的意义。

刘锜娘子除从丈夫身上感染到对这个上司特别的憎恶感以外，还感染到东京市民对高俅的普遍的憎恶感。权贵集团在人民群众中间是彻底孤立的，他们只依靠一根从天上挂下来的游丝悬在半空中生活，而雄踞人间。一旦天丝中断，他们就有粉身碎骨的危险。刘锜娘子早就听说高俅在丰乐楼预订了十个临街面的阁子，届期准备连续举行多次包括有清客、篾片、打手、妓女在内的合家欢，这个消息引起东京市民异常的反感，人人对他侧目，但又奈何他不得。现在由官家亲自勒令他让出一间阁子来，偏偏不给他凑成一个整数。这个小小的惩罚，对于只能依靠官家的宠幸作为他作威作福的资本的高俅来说，不啻是在他脸上狠狠地捆上一个耳光。说不定这还是一个信号，可能高俅从此要在官家面前失宠了。天底下哪有比这个更加令人痛快的事情！无怪乎刘锜娘子乍一听到这消息，像个孩子似的整夜兴奋得睡不着觉，期待明天的欢宴。

弹娘十分注意地谛听刘锜哥哥两次去班荆馆问讯的经过，她明白，如果她听错了一句话，或者听漏了一句话，她就不可能被纠正，或者被补充了，即使对于已经十分熟悉的姊，即使对于爹，她都不可能提出这样的要求。他们每个人也都明白她没有权利主动过问有关他的任何问题。社会条件限制了她。

但是刘锜哥哥为了安慰她而补充的一句话，对于她来说，毋宁是多余的。她处在这样一种矛盾的心理中，既希望刘锜哥哥能够早点找到他，又怕他们立刻见面。

她不仅怕他们见了面，万一会给她带来什么不利的、意外的消息，更怕他们见了面，把事情推进到具体的阶段，那样留给她自由骋思的余地就十分有限了。她唯恐现实的结婚会破坏那深刻地存在于她的回忆中，到现在也还是每天使她千萦万转的童年的邂逅。那种回忆是十分神圣的，她希望把它保留得越长久越好。

如前面所述，赵隆在西军中一向有"弓弼"之称，他认为校正别人的过失，使之符合全军的利益，乃是他的天职。现在他把这张弓弼的使用范围扩大了，他不但要校正士兵、将校、统帅在部队中犯的错误，还要用来校正宰相、朝廷在伐辽决策中所犯的错误。他的自信和对于前途的殷忧，使他忘记了必要的谨慎，甚至忘记了北宋朝廷一条严格的戒律：严禁军人过问庙谟。

除委托刘锜奏请面圣，以便在奏对时直陈己见以外，他在这几天中也出去走访了几家故旧。他们都是与西军有相当渊源而被调到东京来供职的。这些老朋友熟知他的性格，热情地招待他，但是几句话一说，就惊异他虽然到东京来了，却仍然保留着那种非东京式的顽固与执拗。这两样，即使在外路也算不得是美德，而在东京的官场上却是罪恶了。他们暗示他东京乃辇毂之地，太宰、太师都是炙手可热的人物，说话行事千万要小心在意，不可有一点儿孟浪。

他最后访问的一家是述古殿直学士刘鞈。那天恰巧他的儿子浙东市舶司提举刘子羽也在家里，刘子羽是为了要找寻机会投效前线才遄返东京来的。

刘鞈曾在西军中当过高级参议，在熙河军中与赵隆共事有年，是赵隆敬重的少数文职官员中的一个。这次官家给种师道的诏旨中也明令指定他一起参加太原会议，这个赵隆是知道的。可是他不知道刘鞈也是伐辽战争的热心赞助者。交情归交情，公事还要论公事，刘鞈显然不能够同意他肆无忌惮的议论，但仍然带着老朋友的关切，委婉地劝告他：庙谟已定，老哥休得再生异议，免遭……

免遭……免遭什么，刘鞈期期艾艾地好半天，才斟酌出"物议"二字来代替他原来打算说的"罪戾"。这个经过缓和的字眼并不能消除赵隆的满腔怒火，反而加深了他的反感。他憋着一肚子的闷气，问刘子羽道："闻得贤侄在两浙公干，怎得闲来京师跑跑？"

刘子羽也跟随他父亲在西军中待过多年，赵隆对他俊爽明朗的性格、快刀斩乱麻的处事方法，一向留有良好印象，对他刮目相看，把他列入刘锜、马扩、刘锡、姚友仲等后生可畏的一辈中。现在赵隆没料到得到的是一句不太客气的回答："谁耐烦去管市舶司的交易？大丈夫要干活就得到前线去，死也要死在疆场上，落得个竹帛垂名，才不枉这一生。"

如果不是在这个场合中，赵隆也许要像往常一样激赏他的这句豪言壮语了。可是现在刘子羽明明知道自己是伐辽战争的反对者，刚才还和他父亲抬过杠，说这样一句话就分明是一种刺耳的挑战，赵隆忍不住说："照彦修贤侄这一说，此来是要为那场战争卖命了！"

"伐辽之举，名正言顺，廷议已决，人心金同。"刘子羽冲着他回答道，"明日告庙后，即将露布出师。为它效劳卖命，正是侄辈分内之事，老叔倒说说有何不可？"

"彦修贤侄，像你这样年轻有为之士，去为童太尉卖命，依老拙看来，却不值得。"

"太尉是太尉，伐辽是伐辽。"赵隆这句话显然说得重了。童贯虽然一向名声不好，在伐辽战争的决策和执行上，却是刘韐的同路人，并且还是他的上司，刘子羽正要找他的门路去效劳前线。现在赵隆的一句话触到他父子的痛处，这就使刘子羽愤愤不平起来。他说："愚侄是为朝廷卖命，不是为童太尉卖命，老叔休得把两桩事混为一谈。"

大车已经撞到壁脚，话已说到尽头，再不转过头来就要炸了。刘韐机敏地递个眼色去截断儿子的话。赵隆一向是个不拘小节、不注意身边琐碎事务的人，这次却在无意中截获父亲递去的眼色，看出父子之间的小动作。在他自己愤怒的心情中，特别敏感地推测父亲给儿子的暗示中大有"跟他还有什么话可谈，不如罢休"那种不屑的神情。于是他立刻站起来，抱着被人家当作不受欢迎的客人的那种屈辱感，愤然告辞回家。

刘韐再三要把他留下来也留不住。

赵隆的愤慨扩大了。他原以为在东京可以找到一些支持者、同情者。他把自己诚诚恳恳去访问过的那些老朋友都算到这张名单中去，不料他得到的是完全相反的结果。他这才明白自己孤立无助的地位，人们只肯推顺水船，谁愿意去当傻瓜，顶逆风？

他把最后的希望寄托于面圣廷对上。刘锜迟迟没有给他答复，今天带来了这样一个审慎的结果，官家只允许他到经抚房去和王黼、童贯两个辩难。他两个这几天忙得不可开交，肯定要把约期延宕下去，等到木已成舟，还有什么可以辩难的？用兵几十年的赵隆识得官家用的是一条缓兵之计。

赵隆是个生铁似的硬汉，刀来枪对，硬来硬对，什么都不怕，就是受不得一点软气。那一夜，他叱咤怒骂，气涌如山。刘锜夫妇竭力安慰他，劝他明天到丰乐楼去痛痛快快地喝一顿，尽一日之欢，以排遣愁绪。

仅仅几天的盘桓，刘锜娘子与赵氏父女俩已经建立起深厚的友谊。

她敬重赵隆是个硬汉，特别因为赵隆是为她丈夫所尊敬的长辈，封建妇女一般对"内政"有着自己的主张，对外，却多半以丈夫的爱憎为爱憎。

她喜欢亸娘，却不仅因为亸娘是丈夫敬重的长辈的女儿，是丈夫最亲密的战友的未婚妻，更因为亸娘本身表现出来的那种纯朴真实的气质是那么吸引她。这是她在东京同一或接近阶层的少女中间绝对找不到的那种类型。她喜欢亸娘，但又想改变她。她是亸娘的监护人，将要承揽她的喜事，却不以此为满足。她感到有一种强烈的欲望要求把亸娘的一切都承揽起来，包括她的语言行止、服饰装扮，一直到她的思想感情。一句话，她立意要把那个西北姑娘改造成为东京美人，却不明白，一旦亸娘真的在意识和形态上被塑成她所希望变成的样子，就不可能再保持那一份如此迷惑她的动人魅力了。

到丰乐楼去宴饮赏灯，是亸娘来东京后参加的第一个盛宴。她要么不去，要去了，理应有与之相适应的盛装，这是刘锜娘子的逻辑。刘锜娘子执意要她梳一个最时髦、最适合她面型的鹅胆桃心髻，然后在她右鬓插上两支飘枝花，使她显得那么娟秀和飘逸。可是毕竟分量太轻了，还需要取得一种端凝华贵的姿态才能符合她待嫁少女的身份。这个可用人工来制造。于是又在她的后髻插一朵点翠卷荷。打扮少女犹如郎中开方子，君臣佐使，一定都要搭配得当。那里可以加强一点，这里需要中和一下，都有一定的规格。刘锜娘子是这方面的高手，深明其中三昧，她得心应手地把亸娘打扮出来了，自己满意地从前后左右各个不同的角度上来鉴赏这朵由她亲手剪贴出来的通草花。然后又取来两面铜镜，亲自照在亸娘的左右鬓边，一定要亸娘从正面的大铜镜里去看从左右两面镜子里反照出来的头饰发型的全貌。亸娘是一面镜子也不太用惯的人，忽然间来了三面铜镜，弄得她不知道看哪里才好。

"姊！这柄白角梳沉甸甸的，戴在头上，只怕它掉下来。"亸娘尝试要反抗一下，"还是换那柄轻的好。"

"那怎么行？"刘锜娘子在声声中自有教训的意味，连表情也是严厉的。她侧一侧头，让亸娘从镜子里看见她，然后指点道："妹子瞧姊头上的那柄，比你的还沉呢！那小的还是去年的式样，早已过时，变成老古董了，现在还有人戴出去？"

弹娘根本不懂得梳掠鬓发用的梳子还有质地和式样的区别，而式样大小又有去年和今年的区别，今年过了年才不过十五天，哪里又时兴出一种新花样来了？她自己，从幼小到长大，统共只用过一柄木梳子，还是母亲遗留下来的，后来折断为一长一短的两半段。这两段，她都带在身边，这就是她从西北带来的唯一梳妆用品。她对这一切都感到别扭，特别别扭的是戴在鬓后的那朵卷荷。她心里想道：这不要走两步路，准得滑下来。她没有征求姊同意，就打算把它取下。

这里，她才一动手，后面的刘锜娘子就惊慌地叫起来："别动，别动！"原来经过她的手，安插在头面上的首饰，好像她丈夫在官家卤簿大队中安排下的队伍行列一样，左右前后，都有固定位置，绝不允许随便挪动的。

等到一切就绪以后，她才心满意足地夸奖道："妹子！今晚你真是美极了，把东京城里所有的美女都比下去了。"

装饰的最后一道程序是她们换好衣服以后，各人再戴一幅紫罗幛盖头，把整个头脸都遮盖起来。刘锜娘子生性爽朗，不怕碰见任何男人。但是高俅的眷属恰恰就在她们贴邻的阁子里，她不愿理睬她们，宁可戴起面幕来，免得打招呼。这样一来，可把她们花了一个多时辰的精心打扮一笔勾销了。

妇人们的打扮，有时是单单只为了给自己欣赏的。

她们离家时，已过未初一刻，跸道上重新出现一大队一大队的禁卫军，正在进行今天第二次的"净街"。一会儿，告庙大典毕礼，銮驾就要经过这里，然后回宫。军士们手执朱漆木梃，把大街上行驶的车马——拦到支路别巷中去，把行人赶到跸道两侧，只许他们在路边迎驾，不许在街心逗留。

刘锜娘子一行人受到例外的优待，她的坐舆刚被拦下，一个正在值勤的军官认出这是刘家的舆马，急忙赶来，横枪施礼。刘锜娘子认得他是刘锜麾下银枪班班直蒋宣，连忙拉下面幕，含笑答礼。蒋宣唱个无礼喏，摆一摆手里的银枪，就让士兵们放她们过去了。

丰乐楼底层的散座上已经坐满客人，他们都属于那样一个阶层——在今天的节日中，走得进高贵的樊楼，但是还没有资格订个专用的阁子。他们为了看銮驾的经过，连带晚上赏灯，从早市一开就等到现在，不断地买酒点菜，还准备坚持到深夜。他们不得不固定在自己的座位上，因为大门外、走道上还拥塞了那么多的候补者，专等座位出缺，就抢上去填补。

〔一〕《宋史·舆服志》：襕衫以白细布为之、圆领大袖，下施横襕为裳，腰间有襞积。进士、国子生、州县生服之。

〔二〕尚书右丞李邦彦绰号「浪子」。

〔三〕太学生给秦桧取的绰号。

第四章

1

刘锜娘子在面幂中迅速一瞥，就认出许多面熟的人。其中最引人注目的是靠正东窗口座席的一大群人。他们头戴方巾，身穿青色襕衫[1]，表明他们都是太学生的身份。太学生是东京社会的骄子，是拿得稳的候补进士，有很大把握的未来的九卿八座，而现在却是一群摇唇鼓舌的酸秀才，有的甚至还是用诗礼易书文过身的街混儿，他们是庠序之地的太学和高度都市化了的东京社会通奸而生的混血儿。

他们总是喜欢议论，生张熟魏，碰在一起，就要议长论短、道黑说白，还有一股怪脾气，遇到什么事儿，都要分出两派、三派、四派，相互争辩，不闹到面红耳赤、揎臂捋袖，决不罢休。他们常常是为议论而议论。议论是太学生政治生活中的头等大事，而太学生的议论又成为东京政治生活中的一个重要项目。不要小看了他们，他们常常是舆论的主宰者，有时朝廷大臣也要听听他们的意见，才敢行事。

有关告庙、净街、灯市以至于从站立在丰乐楼大门口身穿紫色衣衫的招待人员所引起的分歧问题，都一一议论过、争辩了。现在辩论集中在新来上任的太学正秦桧身上。骂评臧否、月旦人物本来是太学生的专职，何况学正又是直接掌管他们的学官，自然吸引了更多人的兴趣。

"秦学正非礼勿动，非礼勿视，可谓是个端方君子了。"

"哪里的话？他是钻了李浪子[2]的道路，才进太学来的。岂有君子肯钻浪子的门路？"

"这话说得是。俺看他是内心有所不足，面子上格外装出道学气。信不得他。"

"你怎见得他的内心有所不足？这分明是'深文周纳、罗织锻炼'之词了。"

"有朝一日，你老兄要吃了他'深文周纳、罗织锻炼'的亏，方信余言之不谬。"

"子非秦学正，安知秦学正之心事？"

"子非我，安知我不知秦学正之心事？"

秦学正到底是哪一路人，现在还很难做出结论，重要的是借这个争辩发端，使他们说出了可与庄周并垂不朽的名言警句。说出了这两句，两个人一齐得意地哈哈大笑起来。这时，他们忽然瞥见光艳照人的刘锜娘子携着婵娘走过过道。

"好韵致的妇人！"一个太学生放肆地称赞。

于是秦长脚[3]的拥护派、反对派和中立派全都停止争辩，一齐把眼光投向她们。有个眼尖的，透过面幂，从服妆和体态上认出了刘锜娘子，急忙伸出食指放在嘴唇上，警告大众说："噤声，噤声！这是刘四厢夫人，可不许你们胡言乱语。"

"好个美人！"仍然有人用了恰好让她们听得清楚的低声，轻嘴薄唇地评议，"刘四厢真个是艳福不浅。"

"刘四厢是东京城里第一条顶天立地的好汉，他的那位夫人也是上、中、下三等地方乱跑，不怕见人的，可知是个伉爽俊朗的美人。"

"他俩是英雄美人，相得益彰。"

刘锜娘子一看见这些太学生，马上就知道自己要成为他们评头品足的对象。她一手挽着靼娘，一手提起裙裾，一阵风似的登上楼梯，把这股酸气冲天的议论留在楼下。

她们走进自己的阁子时，赵隆和刘锜已经等得十分不耐烦了。

刘锜娘子拉去面幕，先向赵隆告了罪，然后拍拍胸口，爱娇地对丈夫说："刚上楼来时，让楼下的跳虱们咬了两口——你猜他们嚼的什么断命舌头？"

"管他们嚼什么舌头，反正狗嘴里长不出象牙！娘子还怕谁来？"

"咱不怕大虫、长虫，"刘锜娘子勇敢地挺起胸膛，指着间壁高俅的阁子说，"倒就是怕这几只小臭虫。"

"谁叫你们来得这样晚？叫他们咬两口也是活该。"刘锜笑笑说，他一边招呼靼娘坐下，又问娘子道，"没见陈少旸[1]也在底下？"

"少旸是规矩人，他若在里面，容得他们胡说八道？"

"这倒不可一概而论，俺们来时，就和高彦先打过照面，他也在楼下散座里，他可也是个正经人。"

"这个高登哟！"刘锜娘子咬咬嘴唇道，"还有来过咱家的徐揆、丁特起，可只知道嚼舌头、骗酒饭吃，都不是什么安分守己的家伙。在楼底下就数他咬得凶！"

"也有几回，他们的舌头倒是嚼对了。"

"嚼对了又顶什么用？他们有本事把间壁那条毒蛇咬死了，才算是个人物。"

赵隆对太学生的事情没有兴趣，他早给刘锜娘子斟上一杯"樊楼春"，劝道："喝墨汁的人，哪有本领驱虎断蛇？贤侄媳休去管他们，且干了俺这杯再说！"

"侄媳还没给伯伯敬酒，倒先干伯伯的酒。"刘锜娘子一挺脖子就把酒干了，给赵隆斟上酒，告罪道，"侄媳来得晚，累伯伯饿得慌。"

"哪里饿坏了俺？"赵隆指着两只银托盘说，"这两盘叫什么软羊荷包的，倒好吃，俺只嫌它做得太精巧了。和着俺满腹牢骚吞下去，早就填饱了肚子。"

"伯伯今天正要在此地开怀畅饮，休去思那些愁人的事。"

刘锜娘子这一劝，倒反勾起赵隆的满腔怒火。"跳蚤噬人，把它赶走就是了，毒蛇可真要咬死人的。"赵隆一下拍着桌子，半盏酒就泼到桌面上，"俺可不是吸墨汁的人，拼着这条老命，也要跟这些长虫、大虫斗一斗，看看到底是谁死谁活！"

刘锜夫妇急忙把话岔开去。

今天的盛宴是专为赵隆设的，刘锜早就为他订下了许多名肴善酿，这时又经他娘子精心修正和补充，使这张菜单达到尽善尽美的程度。他们要了本楼名酒"樊楼春"和"玉旨"两种酒，又要来了声名卓著的美肴：玉版鲊肥、金丝肚、三脆羹炖虾蕈等，还要了一个名为"樊楼神仙会"的大杂烩，这是一锅足足可以对付十个人的胃口的高级大菜，作为一个家庭式的小聚，可算是十分丰盛的了。

果然不出他们所料，赵隆哪里耐得下心来细斟浅酌，他一口气把三十个软羊荷包都掰开来吃了，还嫌手里的金盅太小，喝不过瘾，一迭连声地呼唤："煥糟的，换个大杯来喝！"

"煥糟"是对酒店女侍应人员的普遍称呼。可是赵隆不明白东京社会的复杂性，在侍应人员中间还要分出好几个档次。这里的女侍们经过精挑细选，精心培养，都是才貌出众，应付合度，不愧为天下第一楼的侍应人员，她们理应得到更加文雅、更加高级的称呼。单凭赵隆"煥糟的"一声称呼，她们就掂出了他的斤两。

"东京城里响当当的刘四厢，"她们不禁在心里诧异道，"从哪里请来这一位江湖豪客？还让娘子和小姨作陪。你看他大呼小喊、狼吞虎咽，全无一点体统，看来只配到草桥门外'王小二酒家'去嗑十斤老白干，哪像个到天子脚下来做客的气派？"

她们观察得很有道理，这时赵隆确已有了三五分酒意，不待人劝，就大杯小碗地直灌下去，溅得胡子、衣襟、桌布上都是酒汁淋漓。他逐渐感到天旋地转，不知道是自己的头脑在旋转，还是天地真个在旋转了，好像有一匹牵着磨子的牛，老是绕在他周围转，转呀转呀，转个不停，连他自己也变成牵磨子的牛了。

不是他牵着磨子转，天地真在旋转了。他揉一揉惺忪醉眼，从窗口望出去，只见窗外凭空涌现出一个万头攒动、百音嘹亮、五色缤纷的花花世界。透过朱雀门，看见从御街到州桥，再通到大小货行、马行街、潘楼街，直到他视野模糊之处，一片都是人、马、车辆、仪仗、兵甲、旗帜、锣鼓、箫笛、绸帛、绢花组成的海洋，加上虽然还没有点亮却已放出万道光辉的彩灯，染上浴日的金光，翻腾出千重万叠波涛。这是一个用壮丽的声容和夺目的光彩奇妙地组合而成的浮华世界。它迷糊了人们的视觉，蛊惑了人们的听觉，潜移默化了人们的意志，把他们带进一个用幻想和错觉构成的海市蜃楼中去。

不配到樊楼来做贵宾的赵隆，偏要掇张椅子，坐到窗口来观光观光。他再一次揉揉醉眼，装得比实际更醉一些，故意大惊小怪地问道："信叔你看，这些人挤在一处干什么？"

"大礼告成，朝仪已散，眼见得銮驾就要行经这里。"刘锜指着楼下警戒森严的街道回答道，"那是卤簿大队的前驱，六匹大白象已经走过来了。"

"大象有什么好看的？"赵隆呵呵大笑起来，"俺只要看人。停会儿宰执大臣们可要从这楼下走过？"

"銮驾也要从这里走过，宰执大臣岂有不扈驾从行之理？"

赵隆又一次呵呵大笑起来，笑声中夹杂着呛喉咙的咳嗽声和一口痰在气管中上下的锯动声。

"童太尉有缘，早在西边识荆过了。"在笑声的间歇中，他发音含混不清地说，"王太宰、蔡学士都是素昧平生。今天俺好不容易来到天子脚下，倒要好好地结识他们一番。一杯酒泼下去，却不是与他们结了水缘。"

可以听出来，他的那种狂笑，正是借着五六分酒意，把自己多日来的积闷，包括对于这个浮华世界以及它的创作者的强烈谴责的痛快、豪放而含有恶意的发泄。这是一种摧折心肺、撕裂肝肠的恶笑。一个人这样恶笑一次，就会减损十年寿限。

2

这时，他们从楼上望下去，楼下街道两侧的禁卫军，背向街心，面对店铺居户，用手里的朱漆木梃，一根接着一根地连接起来，好像筑起两道临时的人墙，把挤着、挨着的人群都圈到墙外，空出中间大段地方，以便銮驾在这里通过。

卤簿大队的前驱是六匹大白象，它们一律络着金笼头，披了各色彩缯色绫、璎珞流苏，并排地走在队伍前面开路。驱象人各自坐在象颈上一张小小的木莲花座椅上。他们走在拥有两万一千五百七十五人的大卤簿队的前列，负有调节这个行列前进速度的重大使命，因而左顾右盼，十分自豪。

他们原来都是小人物，骑在大象身上显得特别渺小，但在这个行列中，在两旁观众的眼睛里，忽然都变成了大人物。跟在他们后面的是太常卿、光禄卿、太仆卿、开封尹等官儿，他们面前都有一块朱藤衔牌，表明他们的官衔、身份，同时穿着的绯色和青色朝服也表明了他们不太高的品级。他们虽有资格参加这个行列，却够不到侍从官家、紧随玉辂的地位。他们原来也都是一寺之长、一府之长、一署之长，平日在老百姓和属吏面前好像是吹足了气的气泡，唯恐自己的体积不够膨胀。现在，在这个场合中，他们以特别灵敏的嗅觉，嗅出不宜把自己扩大而应该尽量缩小，于是他们一个个低头缩颈，矮矬身躯，猴在马上，把所占的空间面积压缩到最小限度，免得在这个大行列中显得不恰当的突出。

跟着的是一队队的步兵，然后是侍卫亲军马军司所属军官们所组成的铁骑大队，称为"甲骑具装"。这支特别挑选出来的骑兵是禁军中的精华、仪仗队的中坚。他们一律手执兵刃，跨下骏马，应着铜鼓和金钲的节奏，踏出一阵阵齐整匀称的马蹄声，在观众们的欢呼声、喝彩声中，操纵自如地缓步而进。

这个队伍的最后一人是临时派来指挥卤簿的姚友仲。他头戴朱提兜鍪，身披光明细鳞金铠，外面罩件绿袍，显得雄赳赳、气昂昂的样子。兼着卤簿使的刘锜，如果不在假期中，这原应是他的差使。

这支甲骑具装正是刘锜来到马军司当差后，花了不少心血，把它整顿得面目一新的。现在刘锜娘子看到赵隆不满意地摇摇头，猜中他的心思，就指指窗下的铁骑，洒脱地说了一句："他们都是'立仗之马'，枉自食了三品之料，派到正经用场时，却不会嘶叫一声。伯伯你道这话是与不是？"

这个典故用得恰到好处，赵隆不由得痛赞一声："贤侄媳把他们比喻得绝妙，可不都是些立仗之马。愚叔要为侄媳浮一大白了。"

说着，自己端起酒碗来，就鲸吞了一大碗。这时，他已有七八分酒意，忽然瞥眼看见姚友仲也在队伍里，就大声嚷道："鹏飞也在这里，鹏飞也在这里。鹏飞也是一条汉子，当年在部队中何等意气，不想今天厮混在这些绣腿花拳的小厮中间，胡闹些什么？"

"鹏飞今天是顶了他的缺。"刘锜娘子指着丈夫咯咯地笑起来，"他今天要不是陪伯伯出来喝酒，少不得也要做一匹立仗之马。"

"他呀，他刘信叔，"赵隆又大声嚷起来，"却是一匹超群轶伦、目空冀北的千里马。咱西军把他培养出来，可不是到御前来摆样的。"蓦然之间，他想起昨天刘子羽顶撞他的话，隔宿的积愤和十年的往事，连同眼前的种种拂意事，化成一股郁勃之气，兜上心来。他愤愤不平地用筷子敲着窗沿说："贤侄呀！你这副气概，你这身铜筋铁骨，可要善刀而藏，用得其所才好。"

这时下面的銮驾，已经冉冉行近，吸引了大家的注意力。只有赵隆喝得醉了，只顾按自己的思路往下说。"俺这副老骨头，早就卖给官家，"他的声音嘶哑了，完全不像他平日的说话，"火山肯上，海眼肯填，把这个闺女嫁出去了，还有什么牵肠挂肚的事？只是这场战争呀，真叫俺放心不下，死了也不瞑目。说什么大丈夫死也要死在战场上……好不冠冕，却不知道，死有重于泰山，有轻于鸿毛……"

"爹，"弹娘轻轻地推了爹一把，"且看看底下。"

"俺嘡得醉了，只顾自己说话，傻丫头，你在一旁怎不早提醒爹一句？"这时，他可是真正的十分醉了，俯伏在窗沿上，只说朝底下看，转眼之间，就发出呼呼的鼾声。刘锜娘子轻轻推推他，也没有反应，知道他真的睡熟了，就取一件轻裘披在他身上。

下面的旗队走过了，车队走过了，然后是御龙直的士兵们擎着二百对红纱贴金灯笼，执事内监们擎着十二对琉璃玉柱掌扇灯，然后是官家的亲信内监擎着他个人的日用品金提炉、玉柄拂尘、玉唾壶等，缓缓地成对经过。

这时弦乐大作，六十名衣锦腰玉的驾士们推着一辆玉辂缓缓行来。在玉辂的珍珠帘内，人们可以隐约看到穿着天子法服的官家本人，他正转过身体去和侍立在玉辂之内、御座之侧的皇子们说些什么。从表情和说话的姿态中可以看出他正处在踌踌满志的得意心情中。

　　紧靠玉辂，用着同样速度缓缓走着的八名卫士，四个一班轮番地高擎一面大旗，在杏黄的绫底上，用黑丝线绣出"天下太平"四个大字。这劲秀瘦逸的字体，分明出自宸翰。法驾临幸到哪里，它也跟到哪里，可以说这面大旗已成为官家个人的认旗。这几年，官家对这四个字似乎发生了特别的癖好。他爱听、爱说、爱写这四个字，无论在朝廷颁发的典谟文诰中，无论在他召对臣下时的皇皇天语中，无论在百官颂扬圣明的奏章中，都少不了它。甚至据说在建州锯开的一段木心子里也清楚地印刻着这四个字的木纹，如果传闻属实，而不是出于人为的加工的话，那真可以说是天意人心、桴鼓相应了。

　　如果官家的耳目仅仅限于他接触得到的见闻中，他原可以心安理得地躺在这条考语上的。可惜在他安然躺着的四个大字底下，却翻腾出一个不平静的大海，它迟早要把这艘天下太平的画鹢掀翻在惊涛骇浪中。官家虽然天纵睿智、绝顶聪明，却不可能张开耳目，于深处去听听、看看正在发生的和将要发生的什么。

　　这时，忽然在街道两侧的观众之间迸发出一阵抑制的欢笑声。他们看到老态龙钟的太师蔡京坐在特旨恩准的小舆内，领枢密院事、新任河北河东陕西宣抚使童贯骑了一匹白马紧紧相随。有人出声地叫道"公相""母相"。这两个称呼已经这样普遍，老百姓看到他俩联袂出来时就免不了有这样的联想。还有人进一步发挥道："公的乘轿，母的骑马，未免是颠倒阴阳了。""何止骑马乘轿？公的安居朝端，母的还要领兵出去打仗呢！"周围的观众听了这些肆无忌惮的议论都禁不住大笑起来。连得执梃拿棍、维持秩序的禁卫军们听了，也没法抑制住自己的笑容。

　　蔡、童两个过去，接着是炙手可热的王黼和蔡攸，然后是郑居中、白时中。这两个中而不中，庸而又庸，早已落到伴食宰相的地步，他们却不在意，走在行列中，悠然自得。然后又是一对阉过的显宦，开府仪同三司梁师成和李彦，然后是向有浪子之称、最近跃升为尚书右丞的李邦彦和尚书左丞张邦昌，然后是蔡太师门下的哼哈两将，礼部尚书余深和兵部尚书薛昂，然后是艮岳大总管朱勔和殿前都指挥使高俅，东京人对高俅特别熟悉，称他为高球，并把他看成权贵集团的代表人物。这倒过于抬举他了，无论从身份、地位、官职以及祸国殃民的能量来说，他都够不上成为他们的代表。

　　这一群都是朝廷的心膂股肱、宰执重臣，他们紧跟在亲王、郡王、驸马都尉后面，亦步亦趋。他们是伐辽战争的首创发明人、具体执行人或者是热心的赞助者。

在刚才举行的大典中,他们陪侍官家,担任重要的配角,并且尽量表现出在那种场合中所必需的虔诚、忠恳的表情。不过说句实话,他们之间没有哪个认真关心这场行将爆发的战争,仔细地为它妥筹必胜之策。反之,因为从昨夜斋宿以来,一点荤腥没有进口,再加上今天大半天的繁文缛节,要他们不断地跪起爬倒,把他们弄得精疲力竭,引起无限腹诽。现在他们急于想要摆脱官家,从这个大队伍中分散回家去,饱餐一顿,充分休息一回。先解决了生理上的饥渴,然后各人分头去干各人最关心和最喜欢的事情。

公相、鲁国公、太师蔡京并不像他的调侃者想象的那样"安居朝端"。在朝廷中,他的地位是极不稳固的,他的心情也是非常不安的,他是伐辽战争的创始者,但是这个发明权和主持权现在已被转移到太宰王黼和儿子蔡攸手中去了。不但如此,连得他的宰相地位也被优礼致仕掉,他现在只是一个过时的公相。不管他的涵养功夫多么高明,事情利害攸关,决不能漠然置之。他朝思夕想卷土重来之计。刚才行大礼时,已经甩个令子暗示哼哈两将,约他两个晚上进府来密叙。不管怎样,这两颗算盘子,总还可以拨在自己算盘上的吧!

但他显然是个过时人物了,形势的发展比他估计的还要严重得多。

余深早已从表面上的父党转变为事实上的子党。公相的许多机密都被他双手捧给蔡攸,当作进身见信之礼。儿子反过来把它们当作矢石放在弩机上发射,用来攻击父亲。这就是在一场父子交锋中父亲一方面节节败退的主要原因。现在公相不是泛泛地约他到相府去赏灯,这里分明又有一笔人情可送,怕只怕薛肇明走到他的前头去。他俩有二十年相知之雅,他深知薛肇明是个极端派,不论向哪个方向走,总喜欢抢在别人前头。

可是这次薛昂却是落后了。尽管他多次向蔡攸暗送秋波,可是截至此时,人家还没有要收容他的明白表示。细细推敲其中的原因,绝非他本人之过,完全要怪自己的老婆不争气。一想到她,他就不禁火冒三丈。

原来有一天,公相举行私宴,他老婆在相府的内眷中间,大出其丑。她竟然像个大傻瓜似的,口口声声称呼那些在象池中演习朝仪的大白象为"大鼻驴"。象驴不辨,其愚莫及,从此落下了话柄,受尽蔡攸兄弟的奚落。他们甚至当面称他为"大鼻叔",称他老婆为"大鼻婶"。这可真正冤枉了他,其实他薛肇明的鼻官虽然特别灵敏,鼻子却绝不比蔡氏兄弟大多少。受到奚落还是小事,他倒也有唾面自干的雅量,无如人家因为瞧不起他老婆,连带也看轻了他,竟然把他摒除在子党的大

［3］命妇的一个等级。

［2］相当于后代的履历。

［1］慧字无心便成「彗」字。彗星俗称扫帚星，是古人污蔑、诅咒女人的话。

第四章

2

门以外，这就关系到他一生的出处大节。此刻他又看到六匹大象前导，不禁触景生情，在心里咒骂这个娼妇，这个"无心之慧"[1]的晦气星，叫他丢尽颜面，分明已犯七出之条，非得把她休了，才出得他胸中一口无穷之气。

李邦彦和张邦昌都是刚升擢不久的大僚，初度尝到执政的甜头，心里飘飘然。他们受到蔡氏父子双重的恩惠，既看到儿子目前的炙手可热，也考虑到老子尚有一定的势力，一时不便也不急于要完全摆脱他。只要有人出价，哪管来的是老子或儿子，一律都是他们的再生爹娘、衣食父母，一概受到他们的顶礼膜拜。不过他们也懂得待价而沽，后来他二人，一个做到卖国首相，另一个竟然爬到傀儡皇帝，证明他们都能恪遵信条，坚守不渝，不愧为这个集团的后起之秀、杰出人才。

高俅的脸上火辣辣的，真像被人掴了耳光。"刘锜呀刘锜，你是从哪里钻出来的小野杂种？"几天来他的头脑中一直无法摆脱这个苦恼的想法，"俺高某一向对你不薄，礼貌有加。不想你恩将仇报，反而在官家面前烧了一把野火，夺了俺的阁子。这阁子是俺花了钱预订的，怎可为你所夺？这一箭之仇，权且寄下，将来好歹要给你颜色看看，到那时，休说俺高某睚眦必报，容不得人。"

将来的账，有机会再算，现实的好处，却断断不可放过手。他虽然栽了个小小筋斗，老交情还是有的。他把自己侄儿的一份脚色手本[2]悄悄地塞给王黼，要求在前线转运司机关里谋个美差。同时又邀请王黼去参加他在十八日夜晚举行的"饯灯"盛会，王黼犹豫一会儿，接受了手本，却拒绝赴宴，暗示这个逐鹿大有人在的肥缺不能那么贱卖。

王黼已经听说高俅的阁子被夺之事，仕途中人，感觉灵敏，现在还说不定会给他带来什么后果。但毕竟他们是一个班底的把兄弟，有唇亡齿寒的关系，姑且接受了他的手本，看看风色再说。

但是此刻王黼最关心的事情是他的宠姬田令人[3]手制的"新法鹌鹑羹"是否已经炖到烂熟的程度，它是今晚招待金朝使节筵席中的一道主菜。这道菜的火候是否到家，配料是否整齐，咸淡是否适中，都要涉及朝廷的荣辱，真是非同小可的事情。用一场隆重的告庙大典，或者用一道宠姬手制的名肴来代替必须在一场真刀真枪的血战中才能够获取的政治上的好处，这是宣和君臣得意的外交手段。

蔡攸是目前红得发紫的官儿，今夜要伴随官家去宣德门赏灯，然后随入禁中侍宴。这是他独得之荣。他准备今夜酒酣耳热之际，要假装大醉，老着面皮，向官家索取官嫔念四和五都，这两个都是使他馋涎欲滴的宫人。他懂得向官家作战的策略，一本正经地去请求，那是绝对办不到的。只有突出奇兵，使官家猝不及防，才可能获得意外战果。

童贯靴筒内已有了那么一大叠脚色手本，正在掂斤拨两地估计它们一进一出的价值。他曾经慷慨地在同行内押班张迪、传旨官黄珦两人面前表示可以免费供应几个优差，一方面是酬答他们在内中奔走周旋之劳，一方面也是留个余地，将来还有需要他们效劳之处。叵耐这两个竟然漫无边际地把手本源源送来，还带着满面笑容说："忝在相知，务乞从优安排！"看来他们是有意把交情和交易的界线混淆，如果他两个把他与他俩的交情当作与别人交易的资本，那未免把他看成大傻瓜了。在利害关系上，童贯不是一个糊涂蛋，虽然他一向以出手阔绰出名。

…………

这些就是那些穿着紫色袍服、在实际和名义上都掌握着大宋朝廷命脉的宰执侍从大臣在扈驾途中形形色色的思想活动。只可惜那时赵隆已沉入醉乡，无缘一个个去结识他们了。

3

在这个扈驾的行列中，有一个看起来与全体不太协调的人。

他个子不高，年纪很轻，如果不是仆仆风尘之色在他脸上留下深刻的痕迹，他几乎可以被人看成二十刚出头的年轻人。他穿着绿色的袍服表示他的品级很低，远远够不上挤进这个穿着紫色袍服的侍从大臣的行列。可是他伴着两个穿了异样服饰的人，排列在和御驾很接近的位置上，无怪人们对他要刮目相看了。

他矫健地控驭着坐骑，与文臣们那种牢坐在鞍桥上，唯恐一个不小心从马背上滚下去的姿势完全不同，表示出他是个骑兵军官的身份。他的表情是自然而大胆的，没有因为自己的品级低、年纪轻而跻身在这个高级行列中感到屈辱或自傲，如果他关心到这两者，或者其中之一，那就要破坏他自然大方的表情。可是这两者都没有引起他的注意，他的思想倾注在他所向往的事业上，想到不久将成为战场的北方前线。他是这个庞大行列中唯一真正想到那场战争并且正在认真地为它考虑取胜之道的人。他抬起澄澈的眼睛，时而望望左边，时而望望右边，理解到他将要从事的事业必须和普通老百姓密切地联系到一块儿才可能有所成就。这是一个来自人民中间的，或者是还没有长久脱离人民的人保留下来的想法。一般的官儿既没有这种信赖，也不可能用那种亲切大胆的眼光去看老百姓。因为他们在内心中，与其说是轻视老百姓，毋宁说是害怕老百姓。他们必须搭足架势，用认旗、衔牌、仆从、爪牙、鞭扑、刀剑来威吓老百姓，以掩盖自己内心的惬忕，然后才敢出现在老百姓面前。

现在这个年轻人想到了很多事情。他奉命出使金朝，并接伴金朝派来的国信使。他明白朝廷的真正意图是想不劳而获胜利成果。朝廷幻想通过一系列的说好话、许愿、告庙、请吃鹌鹑羹、做出进兵夹攻的姿态等方法，总之是一整套雷声大、雨点小的空词虚愿，使得在政治和外交上还比较幼稚的金朝君臣，把他们血战得来的胜利果实像一盘新鲜荔枝顶在头上献上来。但是根据两年来办理外交的经验，他明白只有真正打赢了伐辽这场战争才能获得他们希望的东西，其他的捷径是没有的。他认为目前形势已经进入以军事为主、外交为辅的新阶段。像所有活力充沛的人一样，他们总是希望自己站在第一线去参加最主要、最艰巨的活动，因此他以无限的热心注视着北方行将发生的那场战争。

这是一颗刚刚上升的曙星。东京人还不太熟悉他，可是最敏感的观众把这个新人跟他们最近听到的一则小道新闻联系起来了。

东京是一切小道新闻的发源地、传播地，一年到头不知道有多少小道新闻被创制、衍化出来，广泛地在市民中间流传。

那则新闻说这个年轻人出使金朝时，金主完颜阿骨打邀请他一起出去围猎。完颜阿骨打有意要试试南使的手段，传令全军在南使开弓前，大家不得动手。一头受惊的黄獐忽然在他们面前发疯似的飞奔而过。他不慌不忙，骤马追上，弯弓一箭，就把黄獐射倒。完颜阿骨打不禁驰骑上前，笑嘻嘻地竖起拇指来，赞一声："也立麻力！""也立麻力"在女真话中意为善射的人，含有很大的敬意在内。国主一声称赞，全军几万人跟着轰动起来，狂呼"也立麻力"。

这是这个新闻最初、最正规化的版本，是金使遇鲁亲口向宰执们讲述的内容，后来被辗转复述得更加神秘化和传奇化了。有的说，他射死的不是一头黄獐，而是一头白额吊睛大虫（传述这个新闻的人不知道射死一头大虫或许比射倒一头正在狂奔中的黄獐还容易些，只有老练的猎人才有那种体会）。还有人没有过足听惊险故事的瘾，竟然说他那一箭没有射死大虫，那大虫负痛，反而人立起来，向他猛扑，他急忙弃了坐骑抱住大虫在草堆里翻腾打滚，最后从箭壶中拔出一根狼牙箭，直往大虫的眼窝里刺去，才把它治死。最最引人入胜的一种版本说：这只大虫一时痛急了，竟然直扑完颜阿骨打，虎爪搭住他的坐骑，把他掀翻在地，他麾下枉自拥有这么多的猛士勇骑，一时都惊呆了，罔知所措。幸亏这个年轻人上前杀死大虫，把完颜阿骨打从虎口中搭救出来，所以才能博得他如此倾倒。还说完颜阿骨打自告奋勇要把燕京城打下来，双手奉献给朝廷，以酬南使搭救他性命之功。

这个人是新鲜的，这个新闻是耸人听闻的，而这个"也立麻力"的称呼更加引起东京人的好奇心。东京人无中尚且可以生有，何况这件新闻确实有些来头。有人试探地叫了一声"也立麻力"，这一声是冲着他叫的，没有引起本人的反应，但是被他陪伴着的两个人却高兴得拍手笑起来，这就间接证实了此人确是这件新闻的主角。于是到处都有人高喊"也立麻力"，顷刻间，几万条视线就集中在他一人身上。

这个矫健的人也吸引了丰乐楼上嘉宾们的视线，各层临街窗框里挤得满满的人，都尽量把头颈伸出窗外去张望这个受注意的人。

眼力很好的刘锜，远远望去，看不真切。他好像受了启示般地对自己嘀咕道："这莫是俺那兄弟！"忽然一下打破了他的疑团，惊喜地把这个发现告诉他娘子。

刘锜娘子忽然颤抖起来，把一盅酒乱晃，晃得她自己和亸娘的衣裙上都是酒。

"你看准了？"

"哪有认错之理！"

"你再仔细看看！"

"娘子，你还不信俺的眼力，凭他这副骑马的身段，"刘锜指着那越来越近、越近就越加证实了他眼力的骑手，忽然大声地说，"不是俺那马扩兄弟，还有哪个？你不信，倒问问贤妹，俺看错了人没有？"

亸娘起先还在怔怔地看着、听着，刘锜的最后一句话使得她连耳根一齐飞红起来。她羞涩了吗？不！她落落大方，没有什么好羞涩的。她不止一次地对自己说，如果她第一次看到他，一定要力持镇静，不失常态，否则她就不成其为自己心目中的亸娘了。可是她实在做不到，这个在思想中毫无准备突如其来的场面，使她太激动了。

"妹子，你可看清楚了那个人？"刘锜娘子轻轻地推着她问。

她不可能回答她，她连问话也没有听进去，因为她的确看清楚了是他，就是那个十年来一直萦绕在她的回忆中、干扰着她的思想的他。

这时楼下又发生了不寻常的事情。

正在大行列中缓慢行进着的马扩，忽然把他那活跃的眼光注视到丰乐楼上，蓦地发现了正在凭窗俯视着他的刘锜。一场大火顿时在他眼睛里燃烧起来。他多么渴望立刻就飞奔上楼跟已经睽别了三年之久的刘锜哥哥打个招呼，说几句话呢！他们距离得那么近，似乎在一撩手之间，彼此就可以搭上了。可是在这个行列和周围的环境中，一切语言和手势都受到莫大的干扰。于是他毫不犹豫地跃马驰出行列，就地找一名禁卫军军官（刘锜夫妇都认出那军官就是银枪班班直蒋宣，负责维持这个地段的秩序），指点着窗口的刘锜，说了几句话。这个行动是大胆而果断的，没有别的人敢于这样做，可是他的动作是那么迅速，在人们还来不及从惊愕中省悟以前，他已经回到行列中。他的脸上表现出一个执行自己意志丝毫不愿受到外界干涉的人所表现出来的自信和沉着。

刘锜娘子再也不用疑惑了，不多一会儿，蒋宣就挤上楼来找刘四厢，传达了接伴副使马扩要他传达的口信：今晚副使要来刘四厢的宅邸中找他，请刘四厢回到宅邸后休再出门。

这个头等的喜讯，顿时改变了现有局面和原定计划。他们还要逗留在这里干什么？这个身价十倍的阁子已经成为尘土，谁高兴，就让谁占去吧。他们还要赏什么灯？顷刻间就要大放光明的百十万盏灯，对他们已毫无意义，只有这一盏独放光华的明灯，才能把他们每一个人的心儿都照亮。

他们都在激动着，只有赵隆烂醉如泥，人事不省。唤他不醒，推他不动，好不容易才把他装上刚才刘锜娘子她们来时乘的车子，然后她们都步行着回去。这时已是元宵佳节的傍晚时分，这里又是东京城里最热闹的灯市中心，此时此地，人们只有往外面跑的，哪有往家里回的？

卤簿大队已经散去，临时在跸道上维持秩序的禁卫军都已撤走，集中到宣德门楼周围去护卫圣驾了。正对宣德楼的一根高竿上，用绞盘把绳索绞上去挂上第一盏红灯。这是一个信号，表示灯市即将开始。等到挂上第三盏红灯时，所有公家的灯都要点亮，在刹那之间就要涌出一座华丽庄严的光明世界。东京城里以及郊区所有人家几乎都已空了。男男女女，老老小小，一齐拥向街头。他们如痴如狂、如醉如梦地从这里拥到那里，又从那里拥回到这里，自己也不知道把身体放在哪里更合适些。

"棘盆"早已满座，人家是备了干粮水果，冒着严寒，隔宵就去占了位置的，已经整整待了六七个时辰了，这会子还留出空位子给你？到"相蓝"去吗？相蓝就算是只皮袋，也已膨胀到最大限度，再要塞一个人进去，准叫它绷破了！现在已经不是选择到哪儿去的问题，而是根本无路可走的问题。人们只好挤在街心。等到前面有一点空隙，就钻上去填补它。他们就是这样挤着、钻着、挨着一寸寸地夺路前进，挪动身体的。

一向以宽阔出名、容得六匹大象齐头并进、中间和两侧还留出不少空隙的东京街道，在那一夜间，忽然变窄，变狭，变得看不见了。到处只看见人，人堆成山，人汇成海，人砌成墙，人流好像已经湮塞了的、流得极慢极慢的河。每一个人都成为这个硕大无比的万花筒里面的一片彩色碎屑。每一片碎屑的微小波动，综合起来，就构成一个千紫万红、千变万化、千态万状的浮动的旋转世界。

刘锜等一行人就是在这个万花筒的旋转中，越过几座人山，跨过几座人桥，冲过无数人墙，渡过无数人河，好容易才挨到家门的，而从丰乐楼到他的家统共只有那么二三里路。

他们到家时，已经过戌时初刻了，没料到客人已经先主人而到达。不是主人在门口迎接客人，而是客人从客厅里来到大门口迎着主人。

"兄长！"马扩激动地叫唤了一声，携住刘锜的手，半晌说不出话。

"贤弟，你把俺的眼睛望穿了。好不容易打听得贤弟在班荆馆住宿，去了两趟，又不得见面。"

"早就打听到兄长到渭州去了，不知道要多久才得回来，日夜盼望，不得确息。该死的驿丞，直到昨夜去斋宿前，才想起兄长的信。吃兄弟发作了一顿。"

"这又何必怪他，贤弟这两天实在忙，就算打听得俺回来了，也不得立刻抽身出来，抵掌夜谈。"

"兄弟读了信，本来就打算今晚散队后来找兄长，只怕你们出去赏灯，扑个空。天幸在街上见到兄长的面，好不凑巧！"

"贤弟扈跸前进时，俺在楼上早就看出是你。你嫂子还一股劲儿地问有没有看错。俺心里想，这是俺的兄弟，连他十只手指中有几个箕、几个斗，俺都知道得清清楚楚，哪里还会看错？"

"正是嫂子也已回家，兄长领兄弟先去拜谒见礼。"

"贤弟要拜谒的人多着呢！"刘锜想起娘子在途中一再关照他，不许透露婵娘父女在此的消息，不禁卖关子地笑道，"何必忙在这一刻！"

"莫不是令尊节帅来京颐养？不然就是大哥、二哥、五哥他们来了？"

"贤弟休要胡猜。"刘锜又笑道，"且说今夜还要回班荆馆去住宿吗？"

"不去了。"马扩摇摇头，"夜来就和赵龙图商妥，今夜由他伴同金使去赴王太宰的宴席，兼去宣德门楼赏灯。兄弟今夜就留在这里与兄长联榻夜话。"

"最好，最好……"

刘锜的话没有说完，他娘子已经重新梳妆打扮好了，冉冉地步入客厅，与她第一次见面的兄弟见礼，接受了他的拜谒。

刘锜娘子是用双重身份来看待马扩的：一方面她是他的嫂子，一方面她又是婵娘的全权委托人。她既要用自己的观点，又要用婵娘的观点来观察马扩。这两者虽然有差距——根据前者的观察要求更多的英俊，根据后者的观察要求更多的朴素。他两样都有，但每一样都没有明显地占到另一样的优势。因此，在刘锜娘子的观察中，这差距就很容易地统一起来了。

在开始时，她感觉到他大约应该是这个样子，过了一会儿，她就感觉到他必然是这个样子，不能不是这个样子的。这是因为在见到他以前，她早已在自己心目中千百遍地琢磨过他。她第一眼看到他时，就把他放到最亲热无间的朋友和兄弟的位置上了。

他的确给予她良好的印象，这不仅是客观观察的结果，也出于她的主观愿望。她早已在自己的思想中准备接受这样一个印象。

然后，她也愿意给他一个良好的印象，这是人们看到他喜欢的人必然有的反应。

她不自觉地要炫耀自己的美。她在每句话、每个行动中都把她甜美俏丽的韵致、仪态万方的风度发挥无余。特别当她此刻在心中涨满了善良的愿望，涨满了一种近乎母性的爱。她渴望要成为这一对她那么喜欢的青年男女的保护人，要尽可能快、尽可能好地促成他们的婚事，这使她焕发出一种任何打扮都不可能达到的美。

她从丈夫手里夺来了马扩，把他放在自己的臂肘之间。

"你哥哥一年不见你，就少去一魂二魄，"她还是不得不从丈夫的角度说起，"三年不见，把他的三魂六魄都丢了。他哪天不说到你？连睡梦中也是俺那兄弟长、俺那兄弟短，放不过你。兄弟这一来了，嫂子倒要仔细认认清楚。"

东京贵妇人对待初次见面的男子总是在亲切之中保持几分矜持。华贵的仪度是要用矜持来平衡的。刘锜娘子在一般的交际中不缺少矜持，可是对待这个兄弟，他们之间存在着的亲密关系，把一切清规戒律都打破了。她一下子就把他放在这个地位上，感到十分欣喜。矜持是一件用华贵的料子剪裁成的外衣，许多人羡慕它，渴望要把它弄到手，但是穿上身去，就感到不舒服、不自然。刘锜娘子早已穿惯了这件外衣，她穿着它显得多么服帖、合适，可是她不喜欢它，只在礼貌所拘的不得已的场合中，才勉强穿上它。

马扩敬重他的兄长，敬重他的嫂子，在顷刻中，不但已经适应了这里的气氛，并且十分喜欢这里幽静的环境。他知道，从现在开始，直到他出发去前线之前，他的每一个多余下来的瞬刻都要在这里消磨掉。他对倚在壁间的几盏莲花灯多看了几眼，这是一种名为"灯槃"的高级手工艺品，一盏灯既具有莲花的形式，又取得了"槃"的名称，这就怪不得要引起这个本质上是个军人的他的注意。刘锜娘子看见兄弟喜爱这个，立刻自己动手把它们点起蜡烛来，问道："兄弟喜欢这几盏灯，可知道它们是谁糊制的？"

这是一句危险的问话，果然她情不自禁地自己回答了。

"它是你的——"一句完整的回答已经冲到她性急的嘴唇边，临时却被狡猾和淘气截留住。她还得逗他一逗，她竭力克制自己，于是这一句妩媚的回答就变成"——它是你的嫂子亲手糊制的"这样亲切的话。

做到了亲热的嫂子以后，她还得做一个体贴周到的主妇。她估计到丈夫和兄弟之间将有长夜的对谈，她替他们准备了一切：她熄灭了不必要的灯，烧旺客厅的炉子，预备下应时应景的点心，剪去烛花，到了一切都就绪后，就对他们说："灯烛、茶水、点心一件也不欠缺，这该是咱走的时候了。你哥儿俩爱谈多久就谈多久。"她睐了丈夫一眼，接着说："你也该把你的三魂六魄收回来了。可别忘了谈到结末，咱还得下来和兄弟说句要紧话！"

"娘子先请上楼去，少不得要留出时间来让你和兄弟谈——少了你，天下的大事还办得成？"

"瞧你急得这副样子，恨不得把咱早点撺上楼去。你越性急，咱偏不走，看你又待怎样？"

她只好要走了，又实在舍不得走，生怕刘锜抢在她前面泄露天机。谁叫今天是元宵呢？元宵节规矩要放大炮仗的，她一定得把手里的这个大炮仗放出去，才离得开他们。她专爱放大炮仗。

"兄弟！"她回过头来，一本正经地警告马扩道，"你得留点精神才好。不要谈得太疲乏了，停会儿去拜见泰山时，抠眼攒眉，打起呵欠来，可不是女婿头回拜见岳丈之理。"

"泰山？"马扩惊奇地问道。

"还有哪个泰山？"刘锜娘子由于取得了事前预计到的惊喜效果，咯咯地笑起来，"还不是你那个人的爹！"

"泰山几时进京的？怎么兄弟一无所知？这个时候泰山怎离得开军队？"

"瞧你们只想打仗，把多少大事都丢在一边。"刘锜娘子谴责地朝他看了一眼，"不止泰山，还有你的那个人也在这里了。你不说自己到渭州去迎亲，却让泰山把女儿送来，你心里岂不惭怍？"

当然这一切，马扩事前都是一无所知的，他不知道要从哪里谈起才好，他望望刘锜，希望刘锜能够替他证实这些。

"不错，"刘锜点点头说，"钤辖和贤妹都在这里了，俺路上还捎来了令尊都监给兄弟的信。要……"

"不许你说，不许你说，你们先谈你们的正经，这个等咱下来后再说。"

刘锜娘子盈盈一笑，快步登上楼去，同时也带走了轻佻的空气，把哥儿俩留在沉重的气氛中，他们一时也不知道从哪里谈起才算是正经。

［一］唃厮罗是北宋中期羌族的领袖，是唐朝时吐蕃西陇觉阿王系的后裔，在青海、甘肃一带建立政权。

第四章
———
4

4

"从别后，忆相逢，几回魂梦与君同。"过了半晌，刘锜才轻轻地念一句词，然后他俩一齐把它念完。

"今宵剩把银钅工照，犹恐相逢是梦中。"

他们拭一拭眼睛，肯定了这里被刘锜娘子布置得好像梦幻般的环境确实是一个现实世界，可是他们仍然不知道怎样开始现实的谈话。

他们要谈的不是太少，而是太多了。他们首先要谈到三年来两人的经历和现实迫使他们立刻要去办的事情。他们要谈到马扩两次使金的经过，谈到朝廷的决策和准备，谈到刘锜的渭州之行，谈到迫在眉睫的战争。马政的家信和马扩、弹娘的婚事虽在禁例之内，也免不得要谈个大概。可是这些话题好像蜻蜓点水，略为沾着点儿，就掠过水面飞走。他们的情绪实在太激动了，他们的思想实在太活跃了，他们的共同语言实在太丰富了，一连串青少年时期的回忆如此强烈地盘踞着他们的心胸，以至于把一切现实的谈话都挤掉了。他们知道这些暂时被搁置起来的话题停会儿还是要谈到的，到头来问题总归要解决。可是这会儿他们的心情像波涛般澎湃着，倒反而使得他们感到一切都无从谈起。

既然没法进行现实的和冷静的谈话，索性把它们搁置起来，一任回忆的驰骋把他们带回到印象如此深刻、如此新鲜的西北战场去，带回到那个激动、欢乐、令人惋惜、一去不复返的青少年时期去……

马扩、刘锜都是军人世家，两人都隶属于西北边防军军籍。

马扩是熙州人。熙州是古战场，它和邻近的河州、洮州、鄯州、湟州、廓州一带都是北宋政府与以唃厮罗[一]父子祖孙为首领的青唐羌政权长期战争争夺的地区。熙州最后一次易手，被宋朝所占有，不过是四十多年以前的事情。在那些地区中，每一寸土地上都留下剧烈战斗过的痕迹，抛弃在山谷里的战死者的白骨，比当地活着的人口还多些。

只是到了最近两三年里，双方才实现了对彼此都有好处的停战。

马扩的家族史几乎可以与熙、河、洮、湟、鄯、廓地区的战斗写在同一本血迹斑斑的编年史里。马扩的祖父，农民出身的马喜最早参加四十多年前收复熙州的那场战争，并且因此丧生。从此马家的子孙都正式取得军籍，成为军人世家。十多年后，马扩的伯父马效在河州附近战死，再过了十多年，在北宋军获得空前大捷、歼灭青唐羌战士三千多名的宗哥川战役中，马扩又丧失了他的大哥马持和二哥马拙。

军队的袍泽们在许多年以后还记得那兄弟俩在战争关键时刻是怎样奋战到最后一息的。

这个人口原来不是很多的家族，受着战争和伴随着战争而来的疫疫的袭击，变得更加萧条了。马政夫妇、马扩和他大哥的遗腹子是这个家庭在几十年血战中留下来的孑遗。然而，他们仍然不能不是军人，仍然不能不接受他们祖、父和兄长的命运。这是因为在他们狭隘的生活领域中，除了战争，很少能够想象别种生活方式的可能性。

可是他们从来没有考虑过这些战争是什么性质，对哪个有好处，他们为谁、为什么而作战，他们的牺牲有多大意义。这些对于他们是过于高深的战争哲学和政治哲学了，他们不想去理解它。他们的任务，只有打仗，要么是打胜这一仗，要么是被打败了，准备战死。

生于熙州、长在洮州的马扩就是在那种特殊环境中锻炼出来的普通一兵。他在学会走路的同时就学会了骑马，学会写字的同时就学会了射箭。他看到、听到、学到的一切，都离不开战争与军事。他出身于军人的家庭，他们几家简单的亲友们也同样是军人，是战友，他们的社会关系是单纯的。

起先做熙河兵马都监，后来升任为熙河路兵马铃辖的赵隆就是他父亲的上司，也是他家亲密的朋友。在战争的环境中，上下级军官以及官兵之间的关系要比平时亲密得多。他和亸娘就是在那个时期相识，后来缔结了婚约的。

到他成丁以后，被正式编入军籍，跟随部队辗转作战，接受来自战场上的考验。战争是粗线条的事情，可是要把一个普通的战士培养成为"真正的军人"，却需要一系列细致的工作。他就是经过战争的磨子长期精磨细碾，逐渐成为真正的军人的。

这些真正的军人是构成军队的骨干。在广大士兵和中下级军官中间都分布着一些真正的军人，但在中上级以上的军官中，它的比例相应地减少了。有些从士兵出身逐渐升擢上去的军官，尽管他的军衔、官阶、地位不断地提高，这种真正的军人气质却相反地减少了。优裕的生活条件，脱离了广大士兵和战斗的实践，都是使这种气质减少削弱甚至到完全泯没的原因。到了那时，人家虽然尊敬地称他为"经略使""都总管"，却不再把他看成同甘共苦、生死同命的伙伴。这种军队里公认的无形的头衔，比朝廷任命的经略使、都总管更吃价，具有更加实际的意义。

西军之所以号称精锐，除广大素质优良、训练严格的士兵以外，主要还是依靠这批骨干。但他们毕竟还是为数不多的，并非每一个战士都可以培养成为真正的军人。

在西军中有许多非军人的军人，他们有的因为犯罪充军，流放到边地来，被迫从军，一心只想回家；有的则是为了吃饭糊口，把从军看成一种谋生的手段；还有最突出的一批人，被士兵们愤懑地称为"东京来的耗子们"。其实也不一定来自东京，但他们的来头和靠山大都和东京的权贵们有直接或间接的关系。他们凭着一纸告身或是权贵们的一封八行书，高视阔步地走进军部，很容易就可以取得"参军""参议"等好听的头衔。他们高踞在军队之上，出入统帅部，参与各军区的机密，专门干些成事不足、败事有余的勾当。

他们在军队里随心所欲地挥洒一番以后，回到东京就变成了不起的人物。他们凭着在军队中直接、间接的见闻，加上自己丰富的想象力，创造出一系列英勇惊险的战斗史。他们总是运筹帷幄，决胜沙场。他们总是搴旗斩将，出奇制胜。一切胜利的战争，都是依靠他们的力量打下来的，偶然有些战争，还不能尽如人意，那都是因为西军将士的掣肘所致。他们立了"罄竹难书"的汗马功劳。

这一切被创造出来的胜利，被讲述者渲染得如此惊心动魄、如此绘声绘色，以至于要怀疑它们的真实性是不可能的。这些故事不仅在达官贵人的客厅里反复转播，而且跑进枢密院、政事堂，成为宰相、枢密使升黜前线将领、调整军事机构、判断敌我强弱的主要依据。

这些荒唐的故事回传到边防军中，其反应是多种多样的。

统帅部照例保持缄默，既没有在正式的奏章文告中予以否认，也没有在公开的或半公开的谈话中给予证实，给人的印象是"似有若无"。和朝廷宰执们打交道已经积累了将近百年经验的边防军统帅部对待"东京来的耗子们"好像对待东京来的饿虎饥狼一样，一向采取略为满足、敬而远之的态度。

非军人出身的闲杂人员非常羡慕"东京来的耗子们"，因为他们做到了自己想做而没有做到的事。一套谣言能够造得如此有声有色、娓娓动听，使衮衮诸公深信不疑，这不但需要造谣言的艺术，更需要开辟一个传播谣言的市场，这两者都要有点本领才做得到。虽然他们对于谣言的本身一个字也不会相信，因为他们也好像广大官兵一样十分熟知这批耗子在部队中干些什么。

只有少数像马扩这样真正的军人才会对那些荒诞故事和它们的创作者感到极大的愤怒。"东京来的耗子们"把战场当作猎取功名的围场，他们一定要把自己打扮成英勇的猎手才能猎获他们的目的物，这倒不足为奇。但他们为了要达到这个卑鄙的目的，不惜玷污西军的荣誉，把全体官兵都描绘成为他们英雄业绩的丑陋陪衬。让这样一批对战争一无所知的人垄断了对战争的发言权，这使真正的军人们感到莫大的耻辱。

再则，这些耗子由于对战争的无知，特别是对于战争的极度害怕，因而捏造出这些惊险的场面，表示他们的勇敢和对战争的贡献，这又使得真正的军人们发笑。其实，战争既然是一种军人必须习惯和适应的日常生活，那就没有惊险紧张可言。

马扩本人七年的从军史就有力地证明这一点。他没有经历过像他们那么夸张、歪曲描述的那种心理历程。当然，在他初上战场时也难免有些紧张，但随着反复的实践，他很容易就把它克服了。以后他变得越来越沉着，越来越不把战争当作一件越出他的生活轨道以外的非常事件。其实，他们在前线的日子里，也不是每天交锋、时刻搏战的。有时，倒觉得太清闲了，就冒着被敌方发觉的危险，潜入属于敌方警戒区域的深山草原上去狩猎一番。你打到一头狍子，我射倒一匹黄羊，大家兴高采烈地把猎获物扛回来，晚上一顿丰盛的酒菜就有了着落。他们在痛饮快啖以后，就在一堆篝火上添几段枯木，海阔天空地谈论朝政、战局以及从祖父时代就流传下来的关于乡土地方的回忆。但是，最让他们感兴趣的还是谈到某一个从东京来的参议官在军队里闹的笑话。尽管这件笑话已经过了许多年，他们每次谈到它的时候，还会发出那么高兴的笑声。从现役军人的观点看来，没有什么比嘲笑一个在军队里擅权弄威的文官更加有趣的了。擅权弄威是朝廷赋予文官们的特权，嘲笑文官们却是军人赋予自己的特权。军队的本身是一种排外性很强的机构，他们对于外来人员基本上是不合作和抗拒的。

他们对文官的嘲笑有时的确是过火和不公平的。譬如在熙河军区当过参议官的刘韐把两个儿子刘子羽、刘子翚都带到部队里来阅历阅历。事后证明他们表现得不错，不仅能够适应部队生活，有时还能做出一些贡献。马扩和他们之间也建立起友谊。但在马扩的传统心理中，对他们仍然不能够完全排除对文员的轻蔑感，这种成见在许多军人身上几乎是根深蒂固的。

当然，他们要打仗，战争最激烈时，甚至一昼夜要作战三四次、五六次，有时要连续几天、十几天不休息地行军作战。这在他们是早已适应了的。他们听到凄厉的号角声和急促的战鼓声催促他们进入战场的时候，好像听到钟鸣进入饭堂拿起筷子来吃饭一样的稀松平常。

在那种真正和敌人交手的白刃战中，敌人冷森森的刀锋，不断地在他们耳根发出清脆的响声，带着血污的闪光在他们眼前闪耀。一支不知从哪里飞来的冷箭仿佛长着眼睛、嘴巴和翅膀，急速地劈开长空，愉快地呼啸着、飞奔着，然后一下子就钻进他们铠甲的罅缝里。他们是多么冷静地对待这逼近到只有分寸之间的死亡啊！他们毫不在意地拔出箭矢，轻蔑地看一看刻在箭笴上敌将的姓名，随手就把它掷在地上，好像掷去一根烂稻草一样，他们的心也没多跳一下。

有时战局不利，陷入敌方的重围，他们依靠勇气、胆量和战斗经验，寻找敌方比较薄弱的环节突围而出。自然，突围并不是常常成功的，如果失败了，他们就得接受死亡。死亡是战争的自然结果之一，只要他们奋战过了，索取到代价，死亡也就无遗憾可言。他们绝不会在决战前夕，写下什么遗书，跟父母妻儿诀别。这种写在文字上显得悲壮的诀别书是别人干的，真正的军人们不干这个，也根本没有想到这个。

这就是包括马扩在内的一批真正军人的战争生活和战争心理的写照。他们和东京的耗子们有多大的距离！

只有对战争有同样的理解、同样的适应程度，战场上的利害关系又是如此密切地吻合一致的人，才会产生兄弟般的战友感情。他们爱憎分明，憎厌那些经不起战场考验而又妄自尊大的人；但如果是战友，属于自己人的范围以内，那就不用多说一句话，彼此都可以为对方贡献出自己的生命。他们的生命权不是属于私有而是属于集体共有的。

马扩和刘锜都隶属于那个无形的集体，在战斗中缔结起深厚的友谊。如果说他们两人有什么不同之处，那就是：马扩比较容易成为这个集体中的一员，而刘锜走的道路要困难得多。

刘锜的父亲，当时西北边防军的统帅刘仲武遵循着这支军队的传统，把他的三个儿子刘锡、刘锐、刘锜分别遣送到前线几个军区去当"见习军官"。这样做既锻炼了他们的军事才能，又取得作为一个高级军官的循序渐进的资格。这是不愿在宦途上走捷径的军官子弟们能够走得最坦直的道路。

刘仲武把刘锡派到泾原军区，把刘锐派到环庆军区，这两个军区当时处于比较稳定的状态中，和平多于战争，受到父亲偏爱的刘锜却被送到熙河军区，编制在兵马都监马政部下当一名偏裨。这个军区当时战争最激烈，刘仲武显然是愿意让他在这里受到更多的锻炼和教育。

虽然是大帅的儿子，刘锜在熙河军中仍然是一个客人。他必须在下面两条道路中选择其一：他或者做客到底，让长官、同僚和士兵们在较远的距离中对他维持表面上的礼貌，把他放到比较安全的后方，客客气气地把他留到他应该调离这个军区的年限，出去当一名较高级的军官；或者是争取主动，争取获得他们真正的友谊和信任，争取作为一个部队里的主人。

刘锜选择了后者。而且在他服役的五年中，努力实现了这个愿望。他没有使别人常常想到他是大帅的一个儿子，也没有使自己成为这支军队中的一个特殊人物。按照他的身份，要做到以上两点是很不容易的，他必须跟士兵及低级军官们一起生活、一起战斗，和他们平等相处，他们升擢机会甚至比一般的偏裨还要少，这样才可能接受战争的严峻考验。

他经受了并且胜利地通过了考验。

他和马扩编在一个支队里，二人经常一起出去执行任务。开始的阶段，两个相互竞赛谁比谁更勇敢些，后来这种竞赛变成更加要照顾对方、宁可让自己去冒险，带有非常友谊的性质了。这种友谊常常产生于一生中最富于浪漫气息的青少年时期。在他们缔结友谊的过程中，彼此尝试着要以自己的特点来影响对方。马扩从小就在军队中长大，对敌我情况、作战的技能技巧懂得更多些，具有更加充分的军人气质。刘锜却因为在童年时，父亲已成为当代名将，和朝廷的显要以及文人学士的接触机会较多，他自己也接受了这种熏陶，从而使他的视野超越了单纯的军事领域，而对于政治、文学等方面也发生了兴趣。他的天地要比马扩的天地广阔、复杂得多。此外，他的年龄比马扩大几岁，这使他在二人间的关系上取得领先的兄长地位。

他们彼此以对方的特长来补充自己的欠缺，他们就在这实际战斗的五年中完成了一个真正的军人应该受到的严格、完全的教育。

在刘锜服役的最后一年中，北宋政府与青唐羌政权的关系发生了出人意料的急遽变化。

原来宋、羌双方已经作战几十年，消耗了大量的人力、物力，并没有分出明显的胜负。近年，战争更加激烈了，几乎每年都有一两次几万人参加的大会战。北宋军取得微弱的优势，在某些地区中取得稍微的进展，但是距离战争的结束还很遥远。谁也不敢预言战争将在什么时候、以怎样的结果结束。

那年的春季和夏季都在激战中度过。

七月底的一个傍晚，由一名青唐羌的骑士带领一名掌旗官，一名带有一面战鼓、一管羌笛的吹鼓手所组成的小小代表团，没有经过任何事前的联系，忽然跑到前线来要求接见。他们被送到统帅部，受到刘仲武的接见和招待。骑士的神情不仅是泰然自若，还是十分骄傲的。他带着丝毫不容受到委屈的神气清楚地传达了他们的领袖臧征扑哥要他传达的话，如果北宋政府愿意罢兵休战，臧征扑哥不会反对，双方为此正式举行一次和平谈判。为了保证北宋军队不致在谈判期间突然变卦，臧征扑哥要求刘仲武把一个儿子送到他那里去当人质。不解决这个先决问题，就谈不上正式的谈判。

青唐羌的使者来得太突然，统帅部对此毫无思想准备。臧征扑哥的提议有无诚意，或者其中包含着什么阴谋诡计，一时都无法判断。刘仲武借口这是一个应由交战的军区来决定的局部问题，把代表团送回到熙河前线，要求军区的将领们就地研究一个对策，并授权刘锜自己决定愿不愿意去当一名人质。

前线的将领们和使者盘桓了六七天，每天举行宴会、围猎来款待他们，企图从他们的神情、行止或者偶然泄露出来的破绽中探索对方的真意。将领们得到共同的印象是：青唐羌统治集团内部可能发生什么性质的纠纷，急于要解决，要求停战是有相当诚意的。但是他们的军事力量和统治力量并没有被削弱的迹象，因此不可能在谈判中轻易达成协议。谈判的过程也许是曲折艰苦的，反复性很大，谁也不能保证人质的人身安全。刘锜愿不愿意去当人质，还得由他自己决定。

刘锜是能够深思的人，完全明白此行的危险性，他不怕在战争中英勇地战死，而怕去当了俘虏以后可能受到无穷无尽的折磨，因而丧失英名。但是他体会到父亲把敌方的使者送来，要他自定去留的深意。刘仲武没有以统帅和父亲的双重命令强迫刘锜去干什么，却希望他从军人的荣誉感出发来考虑这个问题。刘锜明白，如果他拒绝去当人质，那么青唐羌就可以肆无忌惮地嘲笑北宋军统帅和他的儿子都是懦夫，是贪生怕死之辈，这样就会严重地打击士气。为他自己，为他父亲，也为了全军的荣誉，他毅然决定到积石山溪哥城去做臧征扑哥的人质。他的好朋友、亲密的战友马扩也自告奋勇，愿意充当他的伴当，陪他一起到溪哥城去。他们谈笑风生，行若无事地随同暗暗吃惊的来使，深入龙潭虎穴，去当志愿俘虏。

他们的勇敢行为迅速产生了明显的效果。臧征扑哥没有料到刘锜会答应得这样爽快。他把刘锜、马扩待为上宾，还把自己的一个儿子送到熙河军区北宋部队中当作对等的人质。不出一个月，谈判就在双方接界的一座古堡中举行。

北宋朝廷十分重视这次谈判，特派在西军中当高级参议官的刘韐为计议使，主持谈判。刘韐的儿子刘子羽随同父亲参加折冲。统帅部也派出了人地相宜的马政充当刘韐的副手。谈判顺利进行，不到一个月的工夫，双方就达成协议。

臧征扑哥接受北宋的封号，主动让出两处军事上必争的要塞，和约成立后，他愿意入朝面圣，只要求一点物质上的补偿。手面阔绰的北宋朝廷很容易满足他这方面的要求，但是精明的谈判代表刘锜、马政把对方的要索压到最低限度，只答应一次付出"犒给费"白银五万两、绢帛五万匹，还要对方进贡良马一千匹作为交换条件。

这可以认为是外交方面的一个小小的胜利。

向来在这方面做蚀本生意的北宋政府把它当作头等喜事来宣传，宣和君臣乐得借这个机会来自我陶醉一番。臧征扑哥入朝的一个月里，朝廷三日一小宴，五日一大宴，以致招待他、馈赠他的费用超过了在谈判过程中好不容易压低下来的"犒给费"。

这件事结束，朝廷论功行赏，童贯以发踪指示之功，封为楚国公，得到的好处最大。西北边防军统帅刘仲武加上了节度使的崇衔，计议使刘韐也因此升为徽猷阁待制。

历次由刘仲武领衔上奏的奏章里都没有把儿子的事迹写上去，但是一个大帅儿子的功绩是不会轻易被抹杀的。善觇风色的刘韐为此独上一本盛赞刘锜单骑深入敌窟、为议和创造条件的勇气和贡献。这道奏章很快就批转下来，刘锜的传奇性行动深深契合圣意，官家不但对他慰勉有加，还特旨调他来东京充当环卫官。环卫官地位高、待遇厚，升擢的机会又多，一向是朝廷用来优待将帅子弟们的特殊官职。一方面是对他们的笼络；一方面也含有防止他们的手握重兵的父兄如果有什么异动，可以有所挟制的意思，实际上起了人质的作用。北宋政府传统上对武官是不信任的。刘锜懂得这个道理，因此他虽然不喜欢这个职位，却也无法拒绝。他必须到东京来做官家的人质，犹如他不能不到谿哥城去做臧征扑哥的人质一样，后者是对于他的勇气的考验，前者是对于他的耐心的考验。人们都不能够忘记他是一个大帅的儿子，无论从哪一方面来看，刘锜都不得不承受他父亲的余荫。

5

这都是三年前的往事了。

刘锜来东京不久，马扩也随着调离西北军。

一个从辽逃到北宋来的汉族官僚马植（后来改名李良嗣，又赐姓为赵），首先创议派人从登州泛海到东北去和新兴的女真领袖密约夹攻辽朝。这个创议富有吸引力，的确投北宋君臣之所好。但由于朝廷的办事效率向来很低，因循苟且，拖延了好几年，才被付诸实施。第一批派出去的人选值得慎重考虑，有人保举因公出差在青州的马政。因为他是个军人，胆气过人，不怕危险；又因为他有过和撒征扑哥谈判的经验，熟悉外交业务，并能谨严不泄；还因为他恰恰出差在青州，与登州近在咫尺，朝廷可以就地取材，不必另费周折。

古堡谈判，论功行赏时，朝廷中很少有人提到这个疏远的低级武官，现在他的名字被重新记起来了，大家认为派他出去是妥当的。就这样，他作为第一个使者参加了"海上之盟"。后来活动的范围扩大，人手不够，又有人保举了他的儿子，已经有了承节郎那个起码的官衔，正待要去充当京西路武士教谕的马扩做他父亲的随员。因为他也曾伴同刘锜到谿哥城里去当过人质，表现得很沉着、很有勇气；因为他恰恰是马政的儿子，这件事索性就烦他父子两个，省得再去物色其他的人。

马政父子被任为谈判的使者，是因为有了上面说的那么多的"因为"。这些把他父子俩抬举得很高的"因为"都是由刘韐直接或间接提供的。但是还有一个更加重要的"因为"，因为那是一份暂时还看不见有什么好处，却要冒杀身之祸，绝没有人出来竞争的"优差"（连得它的创议者马植也要看看风色，等别人去闯开了道路，他才愿去参加）。如果没有这最后的一个"因为"，上面的那些"因为"都要随之而化为乌有了。官场中的因果关系受到一种特殊规律的支配，此中人都很明白这个道理。

从登州到东北去的航道，已被官方封闭多年，初次出航，谁也不能保证一帆风顺。金和朝廷未通过一介之使，贸然闯入，去意不明，更兼身带礼物，随时有被劫杀的危险。再则，就算和金的首脑搭上关系，谈判还是需要极度秘密地进行，万一泄露机密，被辽方侦知，或者谈判进行得不顺利，朝廷怕受到辽的指责，很可能牺牲他们以灭口。总之，这是万死一生的差使。当他们欣然接受这个任务时，只觉得它非常有趣，富有刺激性，没想到那么多的危险，更没有料到它后来会发展成关系到三个朝代兴衰存亡的重大历史事件。

大风起于青蘋之末，他们就是这样偶然地、不自主地被投入一场历史的大风暴中。但是随着形势的变化和谈判的深入发展，随着任务的性质越来越明朗、牵涉面越来越广，随着他们自身见解的不断提高，他们一天比一天更清楚地感觉到自己肩负重担，意识到他们投身进去的这场政治赌博，是要把朝廷的命运当作赌注的巨额赌博。强烈的责任感迫使他们不但要完成别人指挥他们去做的工作，他们还要考虑应当让别人怎样来指挥他们行事。

马扩虽然强烈地支持这场战争，可是对于朝廷并没有对战争真正下定决心，特别对权贵们的泄泄沓沓、得过且过、缺乏深谋远虑，感到很不满。刘锜问到他关于"也立麻力"的传说时，他乘机发挥道："女真国家虽小，人口不多，却是万众一心，号令严明，分明是个强敌，岂可等闲视之？在围猎中就可看出，他们不出手则已，一出手就必有所获，否则决不罢手。相形之下，朝廷专门忙些不急之务。例如今天的告庙，就是一项色厉内荏的举动。正因为自己内视有所不足，所以要借这个大典来掩饰一番，以炫耀远人的耳目，实际上能收到什么效果呢？只怕金使正在暗中窃笑哩！"

"女真小而锐，"马扩接下去分析比较道，"久受辽廷压制，一旦奋起，猛厉无前，所以能在数年之内，纵横决荡，逐走天祚帝。我朝大而疲，朝士空论虽多，无裨实际。最可笑的是夹攻之议，已经谈了两三年，在军事上却漫无布置，一心只想坐收渔利、不劳而获。一旦时势紧迫，不得不仓促命将出师，心里还在害怕真正打起仗来。譬如弈棋，已经落了后手，还不奋发图强，所以处处受制于人。这件事说起来，令人不寒而栗。"

"如此说来，伐辽前途，隐忧很多，贤弟何不与令岳谈谈，他是坚持反对之议的。"

"这等大事，怎容得再生异议？"马扩坚决地回答道，"今日金人燎原之势已成，无论我出兵不出兵，它之灭辽已易如反掌。如让它独占了辽，尽占形胜之地，那时挥兵南下，长驱直入，大河南北就无一片干净之土了。泰山谙练军事，怎地见不到此？"

"依贤弟之见，金人居心叵测，今日与我约和，只怕也未必可靠的。"

"正是如此！"马扩以职业的自信，深有把握地说，"所谓约和，只因彼此利之所在，各有所觊，权为一时的苟合而已。小弟在金邦，见闻较切，深信它灭辽以后，不出数年，必将转而谋我。这和约是一纸空文，到了那时，还抵得什么用？"

"金人既然终将谋我，若按令岳之说，我方暂不出兵，养精蓄锐，坐观成败，这倒还不失为卞庄子刺虎之术？贤弟怎能把反对的意见一概抹杀？"刘锜又故意辩难道。

"不！"马扩再一次坚决地否定他岳丈的意见，"金人与我虽然终将用兵，但目前谁先占了燕云形势之地，谁就占了先着。不但主客之形有异，抑且劳逸之势不同。我方处处落后，这一着万万不可再落后手了。"

"贤弟所虑甚远。"刘锜过去也没有想得那么远，现在经马扩一说，才清醒地看到灭辽后可能出现的局面，不禁憬然说，"只是朝廷衮衮诸公，全不以此为念。即如愚兄一力主张伐辽，又何尝想到来日大难？"

"兵法不是说过，'无恃其不来，恃吾有以待也'。只要我方有了防备，金人又何足为惧！小弟区区之见，今日之伐辽，正是为了来日之御金。主其事者，倘能全局在胸，通盘筹划，前段伐辽顺利，异日防御金人，也就容易措手。"

"贤弟说得不错，俺所深虑者，也只怕朝廷对北伐一举，持之不坚。今日轻言伐辽，一旦事有蹉跎，又畏缩不前。攻辽尚且不能，遑论御金，那时进退两难，倒弄得势成骑虎了。"然后他又请教马扩道，"依贤弟看来，伐辽既属必要，制胜可有奇策？"

于是他们的谈话就转入两人都感兴趣的战略、战术的讨论。马扩临时在桌面上摆出一幅军事地图：他拈起一只瓯橘，就算燕京城；在它旁边，摆几个糖果，权充作涿州、易州、良乡等战略要地；自己解下腰绦，当作芦沟河和国境的界河白沟；抓一把花生、一把炒栗分置在白沟两岸，算是辽宋双方的大军。他们就在这幅临时地图上运筹布算，研究起攻守两方面的各种可能性。有时他们对垒不动，有时一进一退，有时吃掉敌方的一支军队——真的吃掉一粒花生，然后再从碟上的大本营里补充新的兵力。

刘锜倾向于设计一个大规模的歼灭战，想在白沟河南制造一个陷坑，把辽军诱过河来，聚而歼之。那一带的地理，他是十分熟悉的，当他还是个环卫官时，就曾几次前去视察，还绘制了多幅地图，可惜不在手边，一时拿不出来派用场。

马扩不排斥这种战略安排，他认为在白沟河南、北进行一次主力决战是必要和可能的，可是他还有一个设想。

　　"军旅之事，瞬息万变，非事前所能估计。只是小弟还有个奇招，兄长看看可行得通？"他抓起几粒花生，越过腰绦，迂回过几块糖糕，一直摆到橘子旁边，说道，"用兵之道，贵乎奇正相辅，将来种帅的正兵在白沟河边与辽军周旋，何妨派一支奇兵，得谋勇之将如杨可世、姚平仲等人率领，潜渡白沟，绕到敌方大军背后，取道涿州，抢渡芦沟，直袭燕京。此计若成，不出旬日，就能溃其心腹了。那时白沟河北的大军，还不是我囊中之物？"

　　"兄弟说得恁地痛快！"刘锜把桌子一拍，使得几座"城池"和"二十万大军"都蹦跳起来，乱了行列，"真叫人意气风发。只是辽全师还在十万以上，实力与我西军正相颉颃，怎可小觑了它？"

　　"兄长说得不错。辽军目前合奚、契丹之众，锐士尚不下十万，不可小觑。但我方除西军正待开赴前线外，尚有百万生兵，应援前方，兵源充沛，声势浩大，兄长不可不把它估计在内。"

　　"贤弟休得笑话，"刘锜吃惊道，"我朝精锐也只得这支西军。京师禁兵及各路厢兵、乡兵、土兵、弓手等，都徒有其名，仓促之间，怎得集合起来，开赴前线应援？"

　　"河北数百万汉儿，心向我朝，不愿臣虏，"马扩笑笑回答，"一旦大军渡河，自然要壶浆箪食，以迎王师。其中不乏年轻壮健的，尽可编为劲旅。再则，辽人历年用武力驱迫签征的汉军，为数不少，其中也多有雄武才杰之士，只要有人振臂一呼，就可反戈回击。那时辽军的后防，就成为我军的前哨了。这两支大军合流，就为我平添百万生兵。"

　　这又是刘锜没有考虑过的一个问题，乍一听认为马扩说得夸张了，仔细想想果然很有道理，不禁点头道："贤弟眼界开阔，所见甚远，俺坐井观天，怎见得到此？"

　　他们谈得如此入迷，以至于忘记了大门外面还有一个元宵佳节。刘锜供职禁廷，家住在距禁城不远之处，灯市的中心，宣德门外大街和棘盆，离他家只有数箭之遥。他们听到一阵阵犹如山崩海啸的呼声，从"无忧无虑、无挂无碍"的群众中间迸发出来。它的干扰如此之大，几次打断了他们的对话，可是并没有能够分散他们的注

★「从别后，忆相逢，几回魂梦与君同。」

意力。他们只等欢声一过，略为安静些，就又继续谈下去。

只有当刘锜听了马扩的这些议论，沉入长时间的默思中时，马扩才注意到外界的环境。他一仰首忽然瞥见窗外那根似乎要耸入云霄之间的高竿上，换上了两盏绿灯，接着观众们又以不可阻遏之势，热烈地、长久不息地欢呼起来。

"兄长，这长竿上的红灯为何换上了绿的？"马扩好奇地问。

这种问话的声音，刘锜是熟悉的。当年在部队时，马扩就常常向他惊讶地发问。如今他已经改变了很多。但在这句问话中仍然保留了那么多的稚气，宛如当初。刘锜的位置坐得别扭，看不到长竿，反问道："长竿上挂了几盏绿灯？"

"两盏。"

"升起第二盏绿灯时，已交三更天。"刘锜指着客厅里的一项奢侈设备——钟漏说，"贤弟看那铜箭不是正指到丑正。官家此时起銮回宫。稍停升起第三盏绿灯时，灯市也就散了。"

今夜的这一席谈话，使得刘锜又陷入深思中：他感觉自己好像一艘停泊在港湾里的海船，长期停航，它的底腹船舷已经长满海苔晶藻，正在发霉腐烂了。东京的宦场生活，就是它的腐蚀剂。可是他的兄弟却像一艘涨满着帆、正在惊涛骇浪中横冲直撞的船。他替马扩高兴，对他羡慕，却引起自己无限的感慨。他刘锜的一生难道就此毁了不成？他慨然对马扩谈到自己的抱负，希望官家实践诺言，放他到前线去参加作战。

"战端一启，前线正在用人之际。"马扩急忙安慰刘锜道，"兄长如此才略，官家岂有不加重用之理？何况又有成约在先。但愿我兄弟两个仍像当年一般，并肩作战，生死同命。"

"但愿俺兄弟两个，带了那支奇袭队，夺得燕京，成就得这段大功回来。"

第二盏绿灯在高空中逗留得那么长久，这临去的秋波一转，要给人留下特别深刻的印象。那盏灯刚挂上不久，从大内传来一阵隐隐约约的炮仗声，它们好像从远处滚来的雷鸣。接着到处都放起炮仗来，小炮仗噼噼啪啪，大炮仗砰砰嘭嘭，顷刻之间，就形成万马奔腾、万炮轰鸣之势，似乎要把这座欢乐的东京城埋葬在火炮底下，把百万东京人永远留在欢乐的高峰中。千万年后，人们重新发掘这座陆沉的古城，从每一块化石上都发现一张难以抑制的狂欢的脸，那该是多么壮观！

炮仗刚过，在宣德楼的高空中又出现了五色缤纷的焰火，它们是千百道射向天

〔一〕宋人称蝉为「闹蛾儿」，这里指用金属削成蝉状的饰物。

第四章

5

空去的玛瑙、翡翠、明珠、宝石的喷泉，在回落的途中又把珠宝的粉屑变成一场滚珠溅玉、抛红坠绿的倾盆大雨，洒落到观众的头面上、衣服上，让他们在万点陨火底下洗个焰火的淋浴。

然后，高空中才挂出第三盏绿灯，它是一个信号，又是一道命令。转眼间，震耳的炮仗、耀目的焰火和鳌山灯楼上的千万盏明灯突然都消失了、熄灭了。它们来得那么热闹，去得这样洒脱，犹如一个舞台上的红角儿，倏然而来，悠然而去，给观众留下这么多的去思。于是又是一阵黯然销魂的欢呼，人们希望出现奇迹，好像他们希望用一阵热烈的欢呼声催请这位名角儿重新出现在舞台上，向观众挥手谢幕一样。

到了一切都成为不可能的时候，有些人开始滑脚，然后成群的人都跟着走动起来，静止了的万花筒重新急遽地旋转起来。人山崩裂了，人海坍陷了，人墙倒毁了，人河分散了。人们从大集体中分裂出来，又分成无数细流支渠向大街小巷中流散。

这时官方的灯虽已熄灭，私家和行人手里提着的灯还有不少亮着，还有不少又换上了新的蜡烛。它们此明彼灭、此隐彼显，好像在浮动不定的天幕上眨着眼睛的星星。人们提着明灭的灯，携着乐器玩具，拿着从头饰上被挤落下来的闹蛾儿[1]、双飞蛱蝶、白玉梳子，带着方兴未艾的兴致，在街道上挤来挤去，没来由地喧呼着，没来由地嬉笑着，没来由地跟别人争吵，吵了又说笑起来。孩子们甩脱了妈妈的手，到处乱钻乱跑。妈妈找孩子，孩子找妈妈，没找到时又急又哭，找到了又笑又骂，没个了结。

初度钟情的少女，也找到她的男伴，大着胆破题儿第一遭地走在一块儿。在拥塞的大街上，人们挤来挤去，把他们两人间所有的距离——空间的距离以及传统观念给他们造成的精神上的距离一下子都挤掉了。两个人越来越挨紧地厮并着走。不巧，迎面走来一簇女伴，少女乖觉地甩脱了男伴，错眼不见，两个就分散了。他在成千上万的人丛中转来转去，兜过几条大街去找她，这恰似一枚绣花针掉在大海里，哪里找得到一点影踪？他不禁焦急起来，嗔怪那造成他们分散的女伴们，嗔怪那使他找不着她的人群，嗔怪……谁知道背后一串银铃似的笑声，他蓦地回过头去，在那灯火阑珊、光影掩映之处，她可不是就在他背后！

"你往哪里去了？"他狂喜地问，"半天也没见影儿，叫俺找得好苦！"

"俺这不是好端端地就在这里！"少女调皮地噘一噘嘴，却在心里暗暗笑道：

"咱跟你半天了，何尝离开你一步，只怪你背心上没长着一对眼睛，瞅不见人。"然后自以为理由十足地谴责他道："谁叫你背心上没长着一对眼睛，人家浑身长着几百对眼睛哩！"

夜这样深了！人们还尽在大街小巷中流连，谁也舍不得回去睡觉。这是个忘记疲倦、严寒，也不知道害臊的日子。十三四岁的女孩儿学着内家装束，俏皮得好像成年的少女，她们三五个一串，在街上边走边哼起流行的词曲来：

> 风销焰蜡，露浥烘炉，花市光相射。
> 桂华流瓦。纤云散，耿耿素娥欲下。
> 衣裳淡雅，看楚女纤腰一把。
> 箫鼓喧，人影参差，满路飘香麝……

她们唱到过片，就慢慢地把嗓音拉开了，许多行人跟在她们后面合唱起来。业余的伴奏者拿出箫笛，呜呜地吹着，为她们配乐。她们越唱越高，越唱越欢，顷刻间就围成一团，形成一个街市的中心。

舞儿们都有特殊的服装，他们头戴花帽，身穿满绣描金的紧身舞衣，脚踏软底舞鞋。他们应官方之命在宣德门、州桥街、府衙前的鳌山灯楼前已经舞蹈了大半夜，舞得腰酸背疼，舞得头重脚轻，可是还没有过足舞瘾——这用行家话来说叫作"婆娑之意"。他们一听到歌声和伴奏，不由得从脚底一直痒上心头，选择一方月华如水流泻着的石板地上，傲傲地踏起舞步来，从影子里欣赏自己美妙的身段和舞姿。他们整天为官府、为别人而舞蹈，只有这一回才是为自己舞蹈，留给自己欣赏。这种从内心流出来的舞蹈才是最富有感染力的，行人都被他们吸引住了，在内行人中间引起了"婆娑"的共鸣，两条腿不由自主地滑动起来，也加入他们这一群一起舞蹈。

卖焦䭔[1]的小贩，做了一夜生意，卖完焦䭔，这时收起担子，也赶来凑热闹。他们不管是否合舞蹈的节拍，咚咚地打起䭔鼓来，偶然打中了点子就赢得大家的欢呼。

受到大人欺侮，被哄出舞蹈圈子的男孩们围住焦䭔担子，团团打转，自认为也在跳舞。卖零食的小贩是小孩们天然的盟友，乐于为他们打拍子，他们也形成了一个欢乐的中心。

这里那里都是一簇一簇的露天的歌榭舞台，人人都是歌女舞儿，不然就是他们的伴奏者、助兴者。他们疯狂地歌舞着，直要把天上的这轮银蟾舞到人间来，唱到地下来，才算过足了瘾。这使得住在广寒宫里淡雅的嫦娥也被勾动了凡思，她撇开身旁的浮云，满涨着锦帆，沿着银河急遽地驶向人间，准备和欢乐的东京人一起歌唱，一起起舞。

门外越来越大的喧闹给刘锜和马扩的谈话带来极大的困难，现在很难找到容得他们说话的间歇了。而恰恰他们在这个时候正要讨论到具体问题，商量弹娘和马扩的婚事。

恰恰就在此时，刘锜娘子重新打扮梳匀了走下楼来。原来和哥儿俩一样，她和弹娘在闺房里也是彻夜不眠的，她们也在谈话，只不过在谈着与他俩完全不同的内容。刘锜娘子一边谈话，一边警觉地倾听着楼下的谈话声。听到他们比较长久地中断谈话时，就断定男子们已经谈完了男性间的谈话，现在将要进入一个必须由她参加才能达成正式决议的新阶段了。于是她果断地走下楼来。

"你们谈了一夜，还没谈够！"她问，"兄弟可是累了、饿了，还要吃些什么？"

她一眼看见为他们准备的元宵、焦馔，原封不动地搁在那里，早已冰凉了。满桌子堆着盘儿、碟儿，还有糖果花生，东一把西一把摆得满桌都是。她不禁"哎呀"一声，冲着丈夫责问："你这做哥哥的，不说招呼兄弟吃点心，倒把糖果乱丢乱撒，连个腌臜都不怕。还有咱好不容易弄来的两裹李和儿炒栗，规矩要趁热吃甜香，冰凉了就走味，难道连这个都不懂！你倒说说是什么道理？"

"战场上饿慌了，连马粪也要吃呢，桌子上摆摆打什么紧？"刘锜故意拿起一个乳糖狮子，掰开来与马扩分着吃了，笑笑道，"娘子也来一个！"

刘锜娘子从桌上拈起一颗栗子，轻轻地揩拭一下，吹一口气吹掉栗壳上根本看不见的灰尘，轻轻咬开栗壳说："咱不像你们吃过马粪牛尿，可是怕脏的。"

刘锜、马扩一齐笑起来。"娘子，你把良乡城里一万辽军吃掉了。"

刘锜娘子怔了一怔。刘锜指给她看：这是涿州城，这是燕京城，那是界河北的辽军大本营……她好容易才弄明白是怎样一回事，索性一把将桌面上的糖果都搅乱了，把他们的军事地图和兵力配备都搅得一塌糊涂，又剥着那只瓯橘道："咱的胃口可大呢！一口气就把燕云十六州统统吞下去，省得你哥儿俩再去前线动兵弄仗的。可是哟，总得先办好咱妹子跟兄弟的喜事，喝了喜酒，再好去办那桩事。"

"俺两个正待娘子来商量婚事咧。"

"咱早就说过，没有……"这时门外又是一阵巨大的喧呼，打断了她的说话。她提高嗓音，骂一声："崽子们！"听得出在这一声狠骂中仍然包含着亲热的庇护，她自己要在外面，肯定也要参加这些崽子的一伙的。"看你们闹到几时才罢休，都四更天了，还不回家去睡觉！……咱刚才说着什么来……哦是了，咱早说过，咱不下来，你们谈不好这桩事。可不是吗？好兄弟，你休去听哥哥的，这桩喜事算是你嫂子包下来了。只是到时，妹子跟兄弟让你嫂子多喝几杯喜酒。"

"兄弟人地生疏，又不会办事，这婚事全仗嫂子玉成了。"

刘锜娘子早已取得亸娘的全权委托，她是用默默认可的方式来委托她的，现在又得到马扩的委托，心里十分得意。更加得意的是她的这个兄弟已经办成了朝廷大事，而他个人的私事却要等待她来替他办成。虽然在她的心目中，并不认为前者要比后者重要多少。她只在口头上客气一句说："兄弟说得过谦了。"接着就提出具体问题，要求马扩，"兄弟把吉日定得从容些。别的都好办。"

"都是你说的，总要在战前办好喜事，"刘锜插言道，"大军出发在迩，眼见得兄弟就要被派往前线去，这婚期缓不得。"

他们屈指计算日程，目前外交谈判，即将结束，金使明天拿到国书，几天内即将返国。估计到三月中，宣抚司将在雄州前线成立，西军也将陆续开抵前方。马扩已由童贯保奏，调到宣抚司去当差。因此他只能凑在把金使送走、宣抚司尚未正式成立以前的这个空当里举行婚礼。时间很急迫，马扩除公务外，还得抽身去保州老家把母亲接到东京来参加婚礼。可是把十万大军从西北动员到河北前线去也只允许用三个月的时间，他们筹备一场婚礼，难道还嫌时间不足？再说，刘锜娘子虽然豪气冲天，却也没法命令辽、宋两军推迟战争的日期。她最后只好让步了，约定吉日就在三月初一。

这时银蟾初落，东方已现微明。马扩去拜谒了还没有从酩酊状态中完全清醒过来的泰山，禀告了他们商量的结果。赵隆也早已把一切都委托了刘锜夫妇，他们商量定当的事，他无有不同意的。

当天马扩的任务还是十分紧张，一清早就要去接赵良嗣的班，接伴金使，然后伴同他们入朝去领取国书，晚上还有酬酢。因此一到昧爽，他就告辞泰山和兄嫂，匹马径奔班荆馆。

经过了漫长的春节和灯节，东京人长期地、无休止地沉浸在欢乐中，已经支出和预支出全部精力，然后在一夕之间突然瘫痪了。马扩骑在马背上，看见除少数

"拾遗人"以外，大街上都是空荡荡的。拾遗人背了一个箩筐，用一副竹夹把夜来游人遗落的什物——夹起来，放进背筐去。即使经过这样规模的"净街"，地上还留下许多彩色炮仗的残骸、烧了一个窟窿的破灯笼、被挤坏和踩过的玩具，这些连拾遗人也不想要。偶尔还有逃过拾遗人敏锐的目光的坠珥遗履、金银首饰，静静地躺在街边闪光。东京真是个"遍地黄金"的世界。

过一个元宵佳节，犹如经过一场战争，在打扫过的战场上，仍旧留下战争的痕迹，表示它经过多么激烈、紧张的战斗。

5

可是战斗还没有完全停歇，有些深院大宅中仍然泄露出残余的笙歌声和零落的灯烛光。他们是属于最后一批的狂欢者。到了这时，歌唱者早已声嘶力竭，演奏者也已精疲力竭，连得掩盖在重重帷幕后面的灯光也显得油干炷烬、有气没力的了。节日的欢乐已变成痛苦的延续，不是他们还在享受残余的节日，而是节日的残余正在消竭他们的生命。可是他们还不肯罢休，他们无非是在为了最后总结自己的一生时，比别人多过十个八个完整无缺的元宵节而奋斗。

生命好像一丸墨，放在科举的、宗教的、诗酒的、节日的砚台上磨，很容易就把这一生磨完了。他们用消竭的生命来换取这些光荣的记录，多看几出戏，多喝几杯酒，多逛几处庙宇，多过几个节日，也就感到不虚此生了。

一夕长谈使马扩错过了欣赏京都元宵节的大好机会，可是在十六日清早，居然还来得及有机会在马背上看到、听到"笙歌归院落，灯火下楼台"的阑珊景象，倒也出乎意外。

第五章

[1]《兰亭序》是东晋人王羲之写的字帖，历来为书法家珍视，一再摹刻勒石，久已失真。

[2] 钟指曹魏时期著名的书法家钟繇，王即王羲之。

1

封建社会上层人物的幸福观，归根结底来说，无非是看一个人的私欲是否得到满足。但他们用以衡量幸福——欲望满足的程度，却有两种不同的尺度。

他们衡量别人的幸福，常常根据别人已经被满足了的欲望，那是一望可知，人人清楚的。他们衡量自己的幸福，却常常根据自己曾经设想过、希望过、做过努力或尚未努力过而还没有得到满足的潜在欲望，那只有他本人知道得最清楚，别人未必能够完全了解。

正是由于这两种不同的尺度，他们觉得别人常常是幸福的，而自己却常常不幸。

在旁人看来，宣和天子富有四海，贵为官家，已经享了二十多年太平之乐。据《宣和三年国计录》所载，当年全境户口之盛，赋税所入之多，不仅为本朝所未有，并且超轶汉、唐，蔚为郅治之世。此外，他住在富丽堂皇的宫室里，每年还要踵事增华，续建新的宫殿。他绣衮披体，玉食万方，又搜集收藏了天下的名画法帖、宝鼎铜彝，真可谓琳琅满目。他本人又是风流潇洒，书画双绝。凡是一切人间可以希望得到的东西，所谓富贵风雅，他莫不具备，无不擅场，并且一切都得到最大限度的满足。

难道他还不是天上人间最幸福的人儿？

可是这仅仅是别人对他的想法，他本人绝不是这样想的。他虽然贵为天子，拥有无限权力，却仍然有许多事情超出他的势力范围，无法得到满足。譬如，他的内府收藏，号称富甲海内，他枉自搜集了几十种《兰亭序》[1]的拓本、摹本，甚至把一些狼狼兀兀的石碑也收入内廷珍藏起来。可是王右军的真迹早被唐太宗埋入昭陵，久已化为尘土。如果当真如此，倒也心死了，谁也没有这样的本事，能把已经腐烂的字帖还原为真物。叵耐唐朝末年，昭陵遭到发掘，缄藏在陵内玉匣里的钟、王[2]墨宝，大量出土，《兰亭序》真迹，盛传尚在人间。他整整花了二十年工夫，千方百计地弄到十多本，虽然到手时都有一系列理由支持他，认为这回得到的肯定是真品了，可是经过一再鉴定，结果还是赝鼎。

看来，他的权力再大，也无法把它弄到手，又不能确定《兰亭序》的真迹到底还在不在人间。这真是一件令他十分遗憾的事情。

不但这样，在他的私生活中也有许多憾事。

首先，他的伉俪生活就不是非常美满的。自从来夫人、刘安妃相继逝世以后，他在宫闱里早已感到索然无味。其实，就是来夫人、刘安妃她们也还算不得真正是他心坎里的人，更何况郑皇后、乔贵妃之流了。他要的是"真迹"，后宫枉自拥有这许多后妃嫔嫱，她们都是些"拓本""摹本"，她们都是"赝鼎"，"赝鼎"代替不了"真迹"。"真迹"确实是在人间的，她就藏身在东京茫茫的人海中，不像《兰亭序》那样已在虚无缥缈之间。可惜她又偏偏不甘归他所有。他想尽办法，也不能使她回心转意，进入宫闱。这又是一件帝王之力不能办到的事情，叫他徒呼奈何。一般说来，官家的欲望总比别人容易得到满足，可是一切满足都有它的限度，即使是最大限度，而他的欲壑却是无限的，因此就得不到绝对的满足。因此他常常自怨自艾，认为自己是个不幸的人。有时陷入这样的迷惘苦恼，简直自认为是个十分不幸、非常苦恼的人。

现在，这个不幸和苦恼的九五之尊，正在葆和殿东序一间标着"琼兰之室"的书斋里盘桓徘徊。从他坐立不安、蹀躞环行的动作里，可以看出他的心情确是沉重得很。

"琼兰之室"是一间只有数楹之地的小小书斋。按照他的要求，一切宫廷的装饰，例如美丽的油漆丹艧、天花板上的藻井图案以及金碧辉煌的琉璃瓦筒，在这里统统蠲除了。它只在粉饰得雪白的墙壁上画着浙东山水的水墨画，把西、北两面没有门窗的墙上都画得满满的。余势不尽、滔滔不绝的钱塘江水一直灌注到东壁三分之一的地方，这幅壁画在不大的篇幅中，概括、提炼了千里江山的精华，显然是一幅杰构。它出自翰林院待诏张戬、王希孟二人的手笔，还融入了他本人的意见。他到这里来，本来可以享受一次卧游天姥之乐，可是今天他来此并不是为了欣赏壁画，而是自己要构思一幅画稿。墙上这些落笔烟云的重重叠叠的山和曲曲折折的水，虽然画得精神十足，却不能帮助他、启发他，反而扰乱了他的构思，使他心烦意乱起来。他头脑中构思的柔美的情致与壁画上雄浑的境界，从艺术上来说，是属于两个不同的范畴，怎么也不能糅合起来。他在构思失败之后得出一个结论：这雅致的艺术环境，反而妨碍他创作出良好的作品，他后悔不该到这里来画画。

他索性走出室外，靠在临漪亭的栏杆上，俯眺环碧池中春冰初泮，游鱼唼喋，在水面漾出一圈圈涟漪。一团食饵投入池中，几百条游鱼好像听到了号令，一齐涌来，抢得了被池水溶解、分成无数细屑的一份，满意地游回原地。得到食欲上的满足，游鱼们振鳍掉尾，悠然而逝的那种无忧无虑的境界，引起了他的兴趣。

他看了半天，然后若有所得地回到琼兰之室，走到画几旁边，望着一幅用玉石压在几上的晶莹透彻的鹅溪绢发怔。

知道官家在这个时候脾气很大的宫女们，远远地站在外面侍候，不敢走近身去。但她们还是要假借各种理由前去窥探、了解他正在干什么以及将要干什么，以便稍停见到圣人时，可以加油添醋地报告他的动态。圣人对官家的一切都是非常关心的，她不仅想知道他正在干什么，还想知道他下一步想干什么以及他干这一切的动机和可能产生的后果。

知道自己正在受到监视，并且早已习惯了这种被监视的生活的官家也锻炼出一种与此相适应的能力。他严密地防卫着，不让自己头脑中的思想，被密探般的宫女们偷窃去。圣人的监视，从宫廷的角度来看，并非没有理由。事实上，正在他头脑中酝酿、形成的一幅画稿，的确与宫廷中每一个人的利益相冲突。他明白一旦泄露了它，就会面临整个宫廷的联合挑战，虽说她们中间也存在着重重矛盾和尖锐的斗争。

上月间，他给乔贵妃画了一幅《鸂鶒戏水图》，结果引起一场风波，赐画不成，最后还是不免把画毁了，这使他十分痛心。如今，他仍要利用这个题材，运用被乔贵妃她们曲解了的象征手法，来画另外一幅画，赠送给另外一个人。这才是他真正愿意把赠画人和受赠者比拟为一对鸂鶒的人。他已经有了一个构图的腹稿，并且想好两句题词，但是转念一想，这个构图未免还有点落套，特别是没有跳出上月间那幅画的窠臼。他准备把画儿赠予的那个人有这么高的艺术素养和欣赏水平，如果他不能刻意翻新，把它画好，就不免见笑于她了。他没有意识到，作为一个高明的艺术家，决不愿重复自己的旧作。艺术家的逞强好胜，常常是创新的原动力。这个积极因素，虽然被他自己所忽略，却在不知不觉间起了作用。

他决定放弃第一个构图，重起炉灶，再设计一个新的。他不断绕室环行，苦思冥想，蓦地在脑中展现出一幅仲夏的图景：几片云彩轻快地飘浮在天空中，几丛水藻轻快地漂浮在澄碧的水面上，烘托出一个晴朗、明净的世界。水面上由浅而深地留着两弯波纹，它们始终保持着亲密的平行的距离，最后消失在一丛茂密的荷叶下面。荷叶在荡漾的涟漪中轻轻颤动，几颗溅上来的水珠正在叶面上滚动。荷叶丛中有一朵亭亭玉立的素莲含苞欲放。

要创作这样一幅在静止中蕴含着微妙的动态的画，显然是不简单的任务。他明白它的难度，但他似乎感觉到在自己的意识深处早就存在着这样一种朦胧的美的境界，而且早就渴望有那么一天能通过呕心沥血的构思，捉住这种美，化朦胧为清晰，运笔完成这幅图画。这样寄以心的呼唤和祈求的作品，才值得奉献给她。另一个艺术家的潜意识又被他忽略了。他们认为最新颖的题材，最能刺激他们的创作欲，越是艰巨的任务就越想完成它。这个潜意识在不知不觉间又起了积极作用。

他动手画起来，克服了最初的犹豫和手涩，随着笔意的深入，逐步沉入创作的境界中去。图画以外的客观世界正在逐步消失。

在他的心意中，只存在水的波动声、荷叶敧侧的媚态以及这一对甚至在画面中也没有出现的鸳鸯。这些客观事物，通过艺术家的折光，反映在他心室中的一个特殊结构的圆镜中——这是他长期绘画形成的结晶品。这对鸳鸯是多么亲密无间呀！大自然的一切似乎都是为了要爱抚它们、掩护它们、衬托它们而被创造出来的。他以自己也意想不到的得心应手，迅速用线条、笔触，用墨汁和颜料把那涌现在意境中的华严世界固定在素绢上。他赋予它们以生命。这固定在绢上的一切都活动起来，它们用着人的思想、语言、动作，想着、说着、行动着。而他自己却长时间地停留在艺术创作的喜悦和迷惘中。

如果他真能与她达到双栖之愿，跟这对只存在于想象中的鸳鸯一样，那是多么好的事情！他发誓不再为收复燕云之事操心，收复了她，岂不比收复燕云的价值大百倍、千倍。事实上收复燕云这件事，虽然有许多冠冕堂皇的理由，在他的内心，也无非是为了满足好大喜功的欲望，而且在他的衡量中，这个欲望远不如那个欲望重要。如果真有那么一天，他也不必再去管宫闱里那些钩心斗角、没完没了的闹剧——那实在使他腻极了。只要她一进来，她们都将化为尘土。如果真有那么一天，他也不必再去理睬朝野之间的流言蜚语，那些不识时务的言官，好像夏天的蝉儿，到时候总要鼓噪一阵——否则，为什么要称他们为"闹蛾儿"？倘使她进了宫，正式册立为贵妃，他们还有什么可以胡闹的，比不得她在外面当歌伎。

他又甜蜜又苦恼地想到她。她是他的痛苦和欢乐的源泉，也是他目前压倒一切的欲望。只要她肯点点头，她就是"李明妃"了！这是他为她预拟的封号，他有意要用这个"明"字来反衬她的"冷"的性格。

可是他做不到。

她宁肯做一个高洁孤傲、凛然鹤立于宫墙之外的李师师，而不愿做一个受到官家宠幸、人人艳羡的李明妃。这个弱女子具有无比的勇气，冷静而顽固地挡住他的一切攻势，使他真正尝到了一个失败者的滋味。

可是，在这个问题上，他也是不屈不挠的，一次失败了，再来一次新的攻势，不达目的，誓不罢休。

躲过了宫女的窥伺，他把亲信内监张迪唤来，要张迪把这幅刚脱手的画连同他早已准备好的一顶册封贵妃用的"九花九翚四凤冠子"装在镂金匣子里一并赐予师师。他要张迪当面告诉她：今天官家摒弃一切俗务，专心致志地为她画成这幅画，希望在她的"妆台旁拓得一方之地"，把它张挂起来。他要张迪记清楚她的每一句回话和每一个动作的细节，回宫来详尽复奏，不得有误。

平日，官家的一句话可以决定一个人或许多人的命运。现在，他本人的命运要由师师的一句话来判决了。这一天余下来的时间，他当真摒弃了俗务，只推说身体不畅，躲在葆和殿里看书——那半天肯定要使郑皇后为他大大操一番心的。

师师让他等候得很长久，直到晚响，张迪才垂头丧气地回来复奏。他说的是："奴婢去时，贵人正在鼓琴，饬奴婢在廊下等候。后来弹琵琶的刘继安去了，谈得很久。直到晚饭后，刘继安走了，贵人才叫小蒉传见奴婢。"

"这个姓刘的派头倒不小，"张迪在自己心里想道，"可他是官家身边红人的朋友，咱家怎敢得罪他？老远地听他下来，就侧转身子，叉着双手向他施礼。叵耐他竟不肯赏点脸，大剌剌地腆着肚子走过去了，连正眼儿也不瞧一瞧。哼……哎呀！咱家想到哪里去了？"他急忙来个急刹车，继续回奏道："贵人赐见后，奴婢就照官家的旨意回了。贵人看了画，搁在琴桌上——就是那张摆在东壁窗沿下的黑漆琴桌，叫奴婢回来道谢，却把冠子退回来了，说：'这个不如官家收回，转赐给别人也罢！'奴婢再三叩头，苦苦哀求贵人赏收，说冠子退回去，奴婢要受千刀万剐。贵人一言不发，只叫小蒉捧了盒子，把奴婢打发回来。"

张迪不禁又在心里想道："这个小蒉不知天高地厚，竟也把咱家看成低三下四的人，呼来喝去。还把咱家推推搡搡，扠出门外，全然不留点面子。这个黄毛丫头可知咱张内相在朝廷里的面子有多大！王太宰万事要让咱家三分，高殿帅整天跟在咱家屁股后面转，咱家还爱理不理哩！你小蒉又算得什么……哎呀呀呀！咱家想到哪里去了，活该打嘴。"

于是他大声地把最后的一句话说出来，清脆地在自己面颊上批了一掌，立刻又趴在地上，磕两个响头道："奴婢没有办好官家交下来的差使，特来领受千刀万剐！"

官家挥挥手，斥退了张迪，嘱咐他休得在宫里胡言乱道。

虽然他明白在宫廷的环境里，能够保守秘密的程度是十分有限的。他怀疑过不了半个时辰，这条狗子已经蹿到皇后寝宫中去搬弄是非了。可是让郑家的知道了又怕什么，他根本不把她放在眼里。

他斥退了张迪，自己陷入深思中。

赐冠和赠画是在他的头脑中酝酿了好多天的一个猛烈攻势的开端。师师退回冠子，连看都不屑一看，表示她仍然坚守壁垒，丝毫不愿退却。可是她又收下画。这幅画的示意如此明显，她岂能不明白用意？她既收下了画，等于默认了画中的含义，说明事情还有希望。他决定明天亲自去走一遭，来个奇袭，索性把话明讲了，看她又待怎样！

当夜他辗转不能成眠，他想出种种方法：软求、哄骗、轻微的要挟、坦率的诉告……一切他能够想到的花招他都想到了，准备明天使用。可是经验告诉他，不管他下定多大的决心，不管他准备多少套办法，一旦到了她面前，他的一大半的攻势都会被她一瞥轻蔑的目光所挡住。优势在她那方面，她是很难，或许是不可能被征服的。

这一夜，他觉得自己比往常更加是一个不幸和苦恼的人。

〔1〕大观，宋徽宗的第三个年号。
〔2〕陇西为李氏的郡望，这里用为李师师的代称。

2

官家第一次驾幸镇安坊李师师的行馆，已经是十三年前的往事了。那一天是大观[1]元年八月十七日，中秋节后第二天。官家之所以清楚地记得那个日子，并非因为它特别值得留念，而是因为那一天安排得异常别扭的戏剧化的场面，曾经使他丢脸，留给他的只是一个十分耻辱的回忆。

事情还不止耻辱。官家认为直到十三年以后的今天，他对她说过多少温柔体贴的话，起过多少海枯石烂、此心不渝的誓盟，仍然不能使她回心转意、心甘情愿地进入宫廷，其中一个重要的原因恐怕就在于她对他的第一个印象太不好。虽然师师本人没有如此明白地对他表示过，在他和师师的关系中，许多事情都要依靠他的感觉、体会、猜度来领会她的意思。除了在节骨眼儿上，她是不轻易表示心头的想法的。

他记得，那天为了驾临陇西氏[2]，确是做了许多准备工作。事前他让张迪和另外两名内监化装为亲随模样，用礼盒装了两匹内府的紫绒、两端霞光毡、四颗龙眼大小的瑟瑟明珠、四百两白金送去给师师的养母李姥，说是中州大贾赵乙歆慕师师的名声，要求"过庐一饮"。这笔稀有的重礼果然把李姥打动了，答应接待他。到了约定之日的傍晚，他在一批内监和禁卫军暗中保护下，跨着那匹"小乌"来到李家做客。李姥开始在堂户卑隘的外厅迎接他，坐了片刻后，就把他请进一间布置得较为精致的小轩里，献上清茗和时鲜果品。李姥陪他谈了一会儿市井杂闻，又趁机打听他的家世。对于前者，他虽然假充内行，毕竟所知有限，有时不免要露出马脚。对于后者，他更是讳莫如深，只好含糊其词地应答了几句。好在李姥的着眼点只在他的经济来源，并不需要认真核实，两下里也马马虎虎地对付过去了。不久李姥告罪出去，留下他独自在轩子里欣赏壁间挂着的屏条对联。这方面才是他的专长，他拥有充分发言权。他发现在这里张挂的古人和当代名士的字画中尽有精品。其中他最欣赏的是晏叔原写的一幅屏条，词字俱佳，词中还嵌有师师的名字。小晏十多年前已经去世，词中的师师不可能就是当前名噪一时的这个李师师。但她能够把这幅词弄到手，点缀在自己的客厅里，也算是难能而巧合了。

在这里，他初步看到师师的兴趣爱好，确是不同凡响。

到了晚餐的时候，他又被李姥逊进一间布置得更加华丽的后厅。那里已经备下一席丰盛的酒菜，仍由李姥打横陪坐，喝了几盅酒。李姥问暖嘘寒，说长道短，显得异常热络。他在这里受到一个送了重礼的富商的待遇，丝毫没有可以抱怨的。可是他是为师师而来，来了一个多时辰，已经换了三处坐地，仍未见师师的影子。让他这么久候，未免离题太远了。

最后，他才被送进师师楼上接待客人的一个小小的阁子里。令人吃惊的是，在那里也仍然是阒无人影，连贴身的侍女也没见一个。但是阁子里淡雅清远的布置陈设（后厅里那种华丽的气氛在这里已经一扫而尽），使他感觉到处处都有师师的存在，使他想到这个阁子和它的主人，才真正当得一个"韵"字而无愧。

他还没有看到李师师本人，可是一个根据见闻和想象组合起来的李师师的亭亭倩影，已经在他心意中浮现出来。

他不知道又等候了多久，才听见连接着内室的门里有一阵窸窸窣窣的衣服声，然后在荧然灯光的照耀下，看见李姥拥着含睇不语的师师姗姗而来。她在服饰打扮方面不符合他事前的猜想，她似乎完全没有装扮过，脂粉不施，黛眉不画，松松地绾一个家常的慵懒髻，穿一件平平常常的玄色衫子，却有着水芙蓉的体态，而在神情、姿态方面又宛然是他所理想的，甚至于比他能够想象得到的更美、更"韵致"。

她默默地坐在李姥身旁的一只素墩上，既没有特别招呼他，也没有对李姥有意要把他们撮合起来的说话接茬儿，看来她根本不想理睬他。原来在李姥身上起着重大作用的贶赆，在师师身上也起了同样重大的反作用。她听说来客是个送了重礼的富商，便不肯接待他。李姥费了多少口舌，才勉强说服她出来见一见面，但她在心里决定了只能以对待富商的规格去对待他，她倒不是看不起"商"，而是傲视"富"。李姥把她捺得越紧，就越发引起她的反感。素来知道她脾气的李姥，也生怕一下崩了，不敢把她逼得过紧。李姥只在暗中递眼色，要他主动跟她搭讪说话，讨她的好。

"敢问娘子今年几岁了？"

他拙劣地动问着，却不知道在这个环境中这是一句既没有必要，也不可能得到真正答复的蠢话。师师当然不会搭理他。他重复问了一遍，师师索性坐到对面的湘妃榻上躲避他，这使他十分狼狈。李姥得闲，附着他的耳朵，轻声道："师师是生就的小性儿，对陌生人不太肯搭腔，客官担待她些才好。"说着掀起门帘，一笑出去了。

〔一〕《蓼莪》，《诗经》中的篇名，以抒发对已经逝世的父母的哀思为内容。

阁子里只剩下他们二人时，师师仍然没有理睬他，却摘下挂在壁间的一张瑶琴，挽起衣袖，轻拢慢捻地弹起来。

她鼓琴，是为了要履行一个歌伎对于送了缠头的来客应尽的义务。这与其说是为了敷衍来客，还不如说是为了敷衍李姥，她要不为他做点什么，在养母那里交不了账。

她鼓琴，也为了要借鼓琴的机会阻止他说那些蠢话。到现在为止，她还没有正眼儿瞧过他一眼，但从刚才那句问话中推想出他的为人。她生怕阁子里只剩下他们两个时，他还会问出一些更加无聊和更加愚蠢的话，使她难以对付。

她鼓琴，也是为了表示藐视他，把他放在"牛"的地位上。在她心目中，一切达官富商，面对着她的"绿绮"琴，都变成了牛。可是这哀怨抑郁的琴声却把她自己打动了，引起了她的身世之感。她随便弹了一回以后，就完全无视他的存在，认真地弹起一阕她自己谱制的《吴江冷》琴曲来。一曲既终，泠然生寒，连屏风上画着的淡墨山水也似乎着上了绿绮琴的颜色，变成绿色，以后变成了更深的黛绿。这时黛绿色也染上她的衣衫、裙子、头发、手足，染上了她的思想感情。一切都变成深绿了。他蓦地抬头，看见嵌在梳妆台壁间一副小小的楹联，"屏间山压眉心翠；镜里波生鬓角秋"，那镶嵌在竹联上的蚌壳和石子的碎屑似乎也在闪着绿光。

接着他又听到她低吟道：

> 蓼蓼者莪，匪莪伊蒿！
> 哀哀父母，生我劬劳……[1]

晶莹的眼泪突然流出她的眼眶。

虽然生活在绮罗丛中，成为绝代名姝的李师师，却有着一段凄凉的身世。她是东京城里东二厢永庆坊染局匠王寅的女儿，她妈在她落地的当天就感疾死去，留下她和爹两个过活。早熟的师师还能回忆起爹用了豆浆、羊乳喂养她长大的一些片断。爹每天赚的二三十个大钱，养活自己也困难，哪能再拖上一个女儿。有人劝他把女儿卖了，说什么："娃儿家长得眉清目秀，到哪儿去都不会吃亏。你舍得把她卖给大户人家，自己轻松了，也叫她过好日子。"

爹生气了，发话道："俺穷也要穷得有志气，亲生女儿，颠倒卖给别人去养活，

第五章

2

叫她做一辈子的梅香丫鬟？就算过好日子，俺女儿也不稀罕!"

爹说到做到，宁可自己饱一顿、饿一顿，女儿面上却一点不肯亏待她。还亏得几个穷朋友帮忙，将将就就地把她养到四岁。那年春间，她又生了一场大病，爹急得像热锅上的蚂蚁，好容易凑了一二百个钱请诊赎药，到了药店，还差五十个大钱。掌柜的把包好的药高高地挂在钩子上，说："凑齐了钱，再来取药!"她爹只想到女儿危在顷刻，满心指望这服仙丹灵药起死回生，一时片刻到哪里去凑那五十文钱，只好两次三番地哀求，说明天凑齐了钱，一定补上，药先拿回家，治病要紧。你们如不相信，就留下衣衫为质。

掌柜的看见这件光怪陆离染满颜色的衣衫，不由得尖刻地笑起来："破布衫留下来，撕成抹布，还嫌腌臜哩! 俺这里不开当铺，留下衣衫何用? 穷小子没钱赎药，何不到保济惠民局[1]去求布施?"

"如今惠民局的施药，都施给阔官人了，哪里轮得到俺穷人?"

一句话触恼了掌柜的。原来这家药铺子里大大小小一千多个抽屉中的药材都是从惠民局的库房里变了个戏法搬运过来的。他顿时翻了脸，拍着柜台大骂："穷小子不长眼睛，一清早多少顾客，有工夫与你盘口舌?"两个争吵起来，掌柜的千穷万贱地骂。她爹一时情急，隔柜台一拳把掌柜的打倒在地，抢了药包就走。怎当得药店人手多，把他横拖倒拽地送进开封府。谁知开封府尹就是这家药铺的后台老板，掌柜的又是开封尹小老婆的老子，事情闹大了，他这才明白自己已惹下杀身之祸。

他最后一次在牢狱里看到手里抱着娃娃前去探望他的穷朋友时，扬着沾满了靛青的手，拜托朋友道："兄弟好歹照顾这个女小子，俺死了，来生变牛作马报答你。"

这是师师能够从别人口里听到她爹说的最后一句话。过不了半个月，他爹没等到结案发配，就死在了狱中。再过两年，受爹委托的那个穷朋友不知为了哪一桩，也被捉进狱里去。

失去了这些亲人后，师师就长期成为无依无靠、流浪街头的孤女，受尽生活的折磨。在她十一岁那年，隶属娼籍的李姥把她收养下来，花了一番心血，逐渐调理她成为名满京华的歌伎，改变了她的生活。成名以后，尽管锦衣玉食踵门而至，却永远揩拭不掉那深深地烙在她心头的创伤。她每次拨动琴弦，信手弹去，常会不知不觉地弹到《吴江冷》，并且低吟起《蓼莪》篇而汍澜不止。

这个时候的官家如果能以沉默的同情倾听她吟完下面的几句诗：

> 父兮生我，母兮鞠我。
> 拊我畜我，长我育我，
> 顾我复我，出入腹我。
> …………

她也许会改变对一个富商的轻视，把他看成至少是能够理解她的感情的来客，而与他款款地说话了。

她的琴声是这样凄楚，她的低吟又是这样沉痛，天地似乎又为她易了一次颜色。现在这间黛绿色的阁子，忽然罩上一层悲怆的、暗淡的银灰色。他是懂音乐的，常常自命为顾曲周郎，绝不是师师想象中的"牛"。可是他的所谓"知音"，无非是从理论和技巧上，从浮浅的、虚假的感情意义上来理解音乐罢了。既然在他的指尖上已经套上宫廷意识的薄膜，他怎能真正、直接拨动心弦，与一个哀伤自己流浪的童年生活的少女发生共鸣呢？他与她是完全不同的两种人，无论现在和后来，在这个皇帝与这个歌伎的全部关系中从来没有发生过真正的共鸣。只有他们最后一次见面，才是唯一的例外。

他不但没有把诗句接着念下去，反而做了师师在这个时候最不愿看到的事情——鼓掌称赞。于是琴声、歌声，一时都戛然而止。在师师琴台旁本来就已摇摇欲坠的大商赵乙，顿时被抛进万丈深渊。

这时天色将近熹微，他再也待不下去，只好匆匆地喝过半盏杏酪，搴帏出门，怏怏而去。

感到歉意的李姥把他送出大门时，忽然惊异地发现半条街上都布满了禁卫军和内监。他们一见他出门，就立刻迎上前，把他扶上轻辇，带着那匹小鸟，打道回宫。这个景象把她吓得半死。

官家第一次遭到一个女人的冷落，但他反而因此更加下定了要把她接进宫里去，成为他的私有品的决心。

第五章

——

3

3

官家再次去的时候，不再是大商赵乙，而是当今的宣和天子、道君皇帝赵佶了。既然撕去伪装，他索性摆出官家的派头，把内府珍藏的"辟寒金钿""映月珠环""舞鸾青镜""金虬香鼎"四色价值连城的礼物送给师师。他认为这种派头可能会改变师师对他的看法，很容易就能达到他的目的。果然，这一次他在镇安坊受到的不再是大商，而是官家的待遇。师师向他拜舞谢恩，做了礼节上应当做的事，并且庄重得好像在太庙里奏太常之乐、在圣殿上舞八佾之舞一样为他献艺，可是仍然保持着那副落落寡合的神情。

他害怕官家的气派可能使她们拘束了。下次去的时候，有意把李姥找来安慰几句。李姥确是像他估计的那样，一见到他就匍匐在地，半天说不出一句完整的话。八月十七日晚上，师师没有露面以前，李姥曾经发挥过蜜汁似的应酬功夫，如今那蜜汁似乎已从她的骨髓中抽干了。官家极力安慰她，亲切地称之为"老娘"，并且笑笑说："今后朕与老娘是一家子的人了，千万不要拘礼！"成为官家的一家子人，而且出自圣口御封，当世能有几人？这当然是莫大的光荣，是王黼、高俅之流千方百计求之而不可得的殊恩。官家说了这一句，偷眼瞟着师师，看看她的反应如何。没想到师师并不像他所想象的，她既不因为他暴露了官家的身份而自感卑屈，更没有因他这句话而得意起来，仍是冷冷的，无动于衷。

官家过去从别人的口传中得到师师的印象可以概括在一个"艳"字之中，后来他亲自见到师师时，才知道那个"艳"字不切，应改为一个"韵"字，后来去了几次一再尝到她的落寞，才深深地体会到那个"韵"字尚不足尽师师之生平，另外一个他十分不愿意的"冷"字不知不觉地在他的概括中占了上风。从此以后，他联系到师师时，就摆脱不开这个拒人千里之外的"冷"字。

大商之富、官家之贵、一家子之亲，是他事前认为可以决战制胜的三门重炮，没想到在冰冷的师师面前，这些热火器全然失效。他显然低估了对方的抵抗力。失败使他的头脑变得清醒些，他改变战略，从速决战改变到拉锯战，希望以旷日持久的"韧功"来争取她。可是改变的结果也没有使他的处境好转。这件事似乎一上来就形成僵局，以后也不可能变得顺溜起来。现在的情况是这样：他越想得到她，就越发不能得到她；他越发不能得到她，就越想得到她。这个恶性循环使他完全失去主动权，并且越来越发展成他私生活中的头等大事。

有一天，郑皇后酸溜溜地问了一句："何物陇西氏，使官家如此迷恋于她，为她烦心不释？妾等深为不解。"

这句措辞欠慎重的话，惹得官家十分火恼，他顿时发作道："你怎能与她相比，你们又怎能与她相比？"他显然轻蔑地把郑皇后以下的宫人们一概都贬下去了，"假使你们宫中一百人，一概都卸去艳妆，穿了家常便服，跟她站在一起相比，她自有一种鹤立鸡群的姿态，幽致逸韵，迥出尘表，绝不与你们同调。"

官家的话说得重了，不仅当场使郑皇后下不了台，并且也引起了宫廷的公愤，但他决不让步。她们很快就明白，官家平常虽然气性好，对她们不轻易发脾气，唯独这个钉子碰不得，谁碰上了，准得倒霉。

有个不识相的谏臣名叫曹辅的，上了一道奏章（很可能是出于郑皇后的授意，因为曹辅是枢密使郑居中的门下士，而这个郑居中又与皇后联了宗，被皇后认为本家。曹辅为了讨好皇后与枢密使，却得罪了皇帝，真可谓贪小利而忘大害），竟敢暗示到这件事，还威胁说"长安人言籍籍"，意思是现在已闹得满城风雨，对你官家的名誉大有妨碍了。官家读了这道奏章，龙颜大怒，立刻把他贬谪到远恶小州去当个吏司，还间接警告郑居中，叫他少管闲事。

这个小小的言官，浊气一涌，就得到应有的惩罚。官家希望以此来讨好师师，可是他仍然不能从她的心里攫取得到他渴望已久的东西。他以帝王之力，也无法强迫她献出自己的心。十多年来，他只取得有限的进展。她似乎要把他们的关系冻结在一定的距离中。他只被允许在这个幅度中自由活动。她答应他在相当的间隔日期以后，前来探访她一次，他可以跟她谈谈诗词书画。她可以为他鼓琴鸣曲，在她心境良好的时候，甚至还愿意绰起檀板歌唱一阕他为了取悦于她而填制的小词。这样的歌唱是比较接近他的欣赏水平的，因此她也能够接受他的鼓掌称赞。而当她的心境比较深沉，歌唱着另外一种曲调的时候，他也变得聪明起来，不再愚蠢地鼓掌，而是以一种深沉的凝思表示他完全理解她的感情。为了刻画这种对于音乐感情理解的深度，他甚至还画了一幅流传千古的《听琴图》，画出了鼓琴者与听琴者思想感情上的谐和和默契。可是她十分明白他的理解毕竟是十分有限的，她只是假装出在接受他的假装出来的欣赏罢了。任何伪装都不能突破心灵上的距离。

这已经达到她能够给予他的最高限度。如果他要鲁莽地去触动她不许碰的一根琴弦，暗示到他们之间的未来，她就会用种种办法阻止他进一步谈下去。他要保持既得权利，只好就此收兵，别无他法，否则，生怕连这点权利也要被取消了。

这是一场多么艰苦耐磨的持久战！

4

官家不是信口开河地乱许愿心，而是认真地、十年如一日地坚持他的要求，就是要把她——一个沦落风尘的歌伎，正式接进宫里册封为皇贵妃，这不仅在现实生活中从未听到，在史册中也是绝无仅有的。经过时间的考验，证明他的这个愿望是有相当诚意的。对此，师师不能不加以认真的考虑，并且必须随时准备给他一个正式的答复。

当官家第一次轻率地提出这个要求时，她当场就给了毫不犹豫的拒绝。如今时隔十年，他已经聪明地改变了方式，用了各式各样的暗示，坚持同一要求。她已经完全了解了他的顽固性、韧性，经过了反复、慎重的考虑，她可以给他的答复也仍然是一个"否"字。

官家设想师师之所以如此固执，其原因大约是她的性格中有一个"冷"字的缘故。所有被他碰到的女人都是热的，如果她们热得还不够，只要他稍微加温，就可以使她们热到他需要的温度，热到超过他需要的温度，以至于热到他受不了的温度，逼得他只好采取降温措施。偏偏这个李师师是一块燃烧不起来的顽石，又偏偏是这块不肯点头的顽石如此吸引着他，使他无法自拔。

不错，如果单从表面观察，师师的性格中确有非常"冷"的一面。官家把她的全部人格概括为一个"冷"字，甚至把她神格化了，这显然是片面的和肤浅的看法，但是多少也有些道理。

作为一个艳极一时的歌女，她的生活、兴趣、爱好几乎可以说是相当朴素的。她不喜欢用金玉珠宝把自己打扮出来，如同官家第一次看见她时一样。她平素也经常是不施脂粉，不戴首饰，家常穿一色玄色衫子，偶尔出门，也不过换一件半新的月白衫子。她不但不喜欢炫耀，而且还以那些搔首弄姿、喜欢穿着奇装异服招摇过市的庸俗贵妇人为耻。可是从她穿开头以后，月白衫子忽然成为东京妇女界最"韵致"的时装。东京的贵妇人，自己缺乏这方面的想象力和吸引力，只好跟在歌伎后面翻花样。可是没有一个美妇人有她那样的自信，敢于完全淡妆走出门外去。

她经常沉默寡言，不喜欢调笑雅谑，对于富贵逼人的来客，更是从心底里厌恶他们，避之唯恐不及。有时她对官家也是不假辞色的。这样做，似乎要为她所处的歌伎的屈辱地位取得补偿。在这点上，她显然十分敏感、十分自尊。她决不允许有人以低人一等的眼光来看待她和她的侪辈。她决不取悦于人，而只能让别人来取悦于她。她的这些行径的确提高了她这一行业的身份和地位。

还有，她爱读激情的诗词，爱唱哀怨的曲子，愿意帮助有困难的人，不轻易忘记患难时期的朋友……所有这些都是由于她凄凉的童年生活在她身上留下了深深的烙印的缘故。

4

从目前令人羡慕的生活地位和社会关系来看，她已经日益背离她所出身的童年生活，并且走得那么远了。她不自觉地、不断地被吸进上层社会，但这并不使她高兴，反而使她产生了痛苦、不满和反感。她企图挣扎、企图反抗，她的那种"冷"的性格，实际上就是反映了她的挣扎和反抗的一种特殊形式。

她的挣扎和反抗在与官家的接触中达到了最高潮，因此官家比较多地看到她的冷的一面，而没有想到她也有热的一面。事实上能够授人以手，又能不忘故旧的人就不可能没有热的一面，只是官家看不到此，想不到此罢了。

她没有跟哪个客人谈情说爱过，在这方面她的确表现得严肃而认真。但这并非因为她持有一个特别严格的道德标准，恰恰是由于她的职业就是制造"爱情"，她对自己的制成品已经腻得毫无胃口，犹如制作糕点的师傅不喜欢吃自己做的糕点一样。但她不能够拒绝来访问她的客人，不得不献出自己的技艺来博取缠头。她高兴的时候，也可以很活跃，甚至不免要打情骂俏。当官家缠上她以后，她也一度有过压倒侪辈的虚荣感……在任何职业范围中，如果不具有通常具有的职业病，这个人就不可能在他那一行业中出人头地。如果师师没有这样、那样的弱点，她根本不可能在东京的歌伎界中混迹，更加谈不上成为一个艳冠京华、名噪当代的歌伎了。

东京人并非因为她的性情乖张、行止独特，而是因为她也具有他们所能理解和接受的弱点才把她捧红的。人们只能喜爱他们能够理解和接受的事物。直到把她捧红后，才突然发现她还具有许多与众不同的行径以及他们不能够理解和高不可攀的赋性，这才对她顶礼膜拜起来。脆弱的东京人很容易在现实生活中寻找出一些非常规的事物来满足他们的崇拜狂。崇拜也是一种都市病。

正因为师师也存在着这样、那样的弱点，因此，她并非完全不考虑自己去当个皇贵妃，她也不能够完全拒绝那一份虚荣。可是有一股从她灵魂深处发出的力量反对她去当皇贵妃，这股力量才是她身上最宝贵的东西。它使她看到她与官家两人之间的分歧，使她从根本上认识到他与她并没有共同的感情基础。作为过访频繁的客人是一件事，要把她的命运联系在他身上，那又是另外的一回事了。

官家把自己的宫廷看成阆苑仙境、神仙洞府，单单缺少一位仙姝来管领；师师却把它看成一洼足以枯竭她的生命源泉的死水、一口机柄甚深的陷阱。她十分明白，自己一旦进入宫廷，官家确会非常宠爱她，把她当作一幅稀世名画，亲手题上标签题跋，钤上"宣和天子御览之宝"，然后深密地珍藏在葆和殿东、西序，以便随时展视珍玩。这样，她就是一幅失去生命力的名画，再也不能流传人间，让真正的赏识者鉴赏、观摩、赞叹了。十分重视个人身份自由的师师，不愿意牺牲它来酬答官家的厚意。她尊重自己，一顶皇贵妃的冠子买不动她，即使它是用纯金铸成的。当然，屈服于权势，不惜牺牲自己的一切，拜倒于冠子下，甚至利用它来作威作福、流毒人间的还是大有人在的。师师觉得这种人十分可耻，决不与她们同调。

再则，她以歌伎的切身体会，深深知道她如果待在自己家里，就可以使官家处在跟别人一起来竞争她的地位上；反之，她要进了皇宫，就会使自己处于跟别人一起去竞争他的地位上。一向高傲的师师不屑也不愿使自己处在这样一个屈辱的地位。

三十岁的李师师，饱尝人间的辛酸甘苦，已经有了丰富的生活经验。对于官家，她既不能决绝地摒弃他，这样就会堵塞她向上层社会靠拢的道路，也不愿顺从地屈就他，这样她就会丧失她好不容易才保留下来的一切。她既不愿市恩，也不想丛怨，所有这些在她心里千萦万转反复循环考虑的理由都很难向官家明说。但她有的是各种战术，她绰有余裕地可以把他的攻势挡住。在这场攻守战中，她始终掌握主动权。

昨夜，她退回了皇贵妃的冠子，毫不客气地把小丑张迪撵出大门。她预料今天官家可能作为不速之客到她的醉杏楼来发动一个新的攻势。对此，她已做好充分的准备，在思想上、语言上、行动上，严阵以待。

5

不出师师所料，第二天傍晚，官家果然跨着骏骡"鹁鸪青"，轻骑简从地来到师师家里。

从宫苑侧门到镇安坊李家有一道长达三里半的宽阔的夹墙，名义上是为拱卫宫殿的禁卫军建造宿舍而砌的。夹墙砌好了七八年，宿舍却一间也没有动工，后来索性造到别处去了，于是这道夹墙就成为官家到镇安坊微行的绝对安全和完全保密的专用孔道。但是官家只能有限度地使用它，因为根据他们之间的默契，官家要来访问，必须事前取得她的许可，而师师也不是每次都同意他的访问的。官家只取得百分之四十九的自由微行权。

今天官家破坏成约，突如其来。为了填补这个缺口，他特地携来一副围棋子相赠，作为借口。他刚走上醉杏楼时，像平时一样洒脱地吟了一句自己的诗"忘忧清乐在枰棋"（他曾命令待诏的棋手们编了一部围棋谱，自己题诗作序，这部棋谱就名为《忘忧清乐集》，不知道是先有了这个书名才题这句诗的，还是书以诗名），然后抱歉地说："今天朕替师师带来的这副棋子，是当代高手玉工高韫玉花了一年多功夫，细细碾成，贡为御玩的。棋子温润匀净，实在难得。朕今天才得了，心里喜欢，等不得派人来打招呼，就径自携来了。师师可莫见怪！"

师师谢了官家的厚赐，不无带点委屈的口气回答："官家今夜突然赐临，使臣妾莫测所以，惊讶万分。这个可是只此一遭，下不为例的。"

"当得，当得！只此一遭，也就够了，朕今后决不食言。师师尽可放心。"

这"只此一遭"四个字下得非常突兀，难道他有什么把握在一次谈话中就可以达到目的了吗？她倒不相信起来。有人干着很有把握的事情，故意把话说得很婉转、很谦逊，有人正在进行毫无把握的事情，却故意说得很响亮，表示自信。他对于今天要干的事情到底有几分把握呢？师师用充满了疑问的眼光咄咄逼人地一直看到他的眼睛中去。他果然不敢正面回答她的疑问，只好暂时避开她的眼锋。师师且不理会这个，先欣赏这副棋子再说。

其实这副用白玉和玛瑙精磨细碾而成的棋子也不算太稀罕，只是造型美观，大小厚薄均匀，无非说明玉工花的功夫很深罢了。倒是盛棋子的一对楠木盒子，完全按照《宣和博古图》中的古彝器"交虬盒"的式样制作，圈中有方，扁扁的肚子从中间鼓出来，笨得有趣。师师不由得低头抚玩了半晌。这对盒子是官家亲自画了图样，吩咐仿制的，还亲自过问了两次。当时没有想出它的用途，今天棋子取来，他嫌原装的玉盒太单薄，禁不起他一只手放在里面抓弄，取来木盒一试，居然大小、容积、颜色式样都样样合适，心里十分得意。如今再博得师师的这番抚玩，就更觉得这番操心确是大有所获了。

官家把这个借口制造得天衣无缝，但是今晚他显然不是专程为送棋而来。这个师师心里十分明白。师师对官家今晚的突然驾临，内心早有准备。这个官家心里也很明白。然而官家不得不找一个借口，而师师也不能不故作惊讶，这是由于双方策略上的需要，这一点他们彼此都是非常明白的。可是他们不明白正是因为他们的关系既没有共同的基础，又没有共同的目标，因而彼此之间永远做不到真正的推心置腹、真诚相处，而只能虚情假意、彼此周旋。

官家先要看看醉杏楼中的布置有什么改变之处。果然原先张挂在壁间那幅题着"金勒马嘶芳草地，玉楼人醉杏花天"两句诗的《醉杏图》已被摘去，换上了他昨夜送去的画。画还来不及裱褙，临时用绫底托了一下，就把它装在一个细木框子里，外面蒙一层透明的薄纱，表示受赠者对赠画珍重的程度。换画原是意中之事，但是师师处理得这样迅速、巧妙，毕竟说明她重视他的手笔，理解他画中之意。因此他感到很高兴，却故意谦逊一句道："张择端的那幅《醉杏图》，楼台工致，人物传神，必为传世之作。朕昨日意有所感，随手涂鸦。师师不嫌弃它，不拘在哪里挂上就是了，何必特意把张供奉的那幅画撤掉。"

"官家是丹青妙手，这幅赠画笔淡意远，已入神品，挂了足使蓬荜生辉。张供奉那幅画虽然工整，只是意匠豁露，未能抿去斧凿痕。相形之下，不免见绌了。"

艺术家的作品受到素心人的称赏，是人生最得意之事，何况师师素日持论甚高，即使对他的作品也是不多许可的。可见今日的称赞，确是出自衷心。他不禁得意忘形起来，却故意逼紧一句问道："师师可是哄骗朕家的？"

"臣妾之言，发自衷心，岂敢诓骗官家取罪？"

"朕一时写意之作，得到师师如此佳评，不啻置身于龙门之上，飘然欲仙了。"

"官家妙绘，在丹青界中早已是龙门以上的神仙人物，这个在朋侪中久有定评。臣妾的品赏，岂足为官家轻重！"

"神仙有什么稀罕之处？"官家抓住一个把柄，趁势说道，"朕昨夜画了这幅画，原想题两句词：'修到双栖，不羡神仙侣。'可是转念一想，师师是慧心人，读了此画，必能深解其中三昧，朕何必偷换卢照邻旧句，落了言筌。师师、师师，你道朕这话说得是与不是？"

官家展开第一个攻势，准备有素的师师轻轻就把它挡开了。

"一个师师也就够了！"她盈盈一笑，"何必双文叠称，来个师师师师！难道人寰之间还有第二个师师不成？"

"这可难说。"官家一本正经地回答，"卿家客厅里以前挂的那幅晏叔原的立轴，不是也嵌着师师的名字？只是人间虽有第二个、第三个师师，在朕的眼中、耳中、心中、意中却只有一个李师师。朕千思万想、万呼千唤，也只得眼前的这个师师。"

官家的攻势接踵而来，不是一般的战术所能抵挡了。师师立刻脱离接触，转移阵地。她提出建议道："官家今天厚赐这副棋子，道是人间难得的珍品，倒不可辜负了它。官家如属有兴，臣妾甚愿奉陪手谈一局。"

官家有无限的话要说，不想在此时下棋。但师师的要求是不可抗拒的。十多年来，她很少提出个人的要求，如果提出了，官家只有奉行的份儿，没有讨价还价的余地。这里师师已经摆开棋局，官家只得坐下来与她对弈。

官家一上手，就在师师右上角的座子右边小飞一子，接着又在左边小飞一子，这原是当时开局常用的定式。他却故意问道："朕一上手，就两面飞攻，师师可识得朕使用的这个势子叫什么？"

"官家高手，臣妾莫测高深。"

这显然又是一句谎话，官家不满地说："师师又来哄骗朕了，这烂熟的'双飞燕'之势，初学棋的小儿都已识得，师师岂有不识之理？"

"官家既然以为臣妾识得此势，又何必多此一问！"

师师这一驳果然击中了官家的要害，驳得他哑口无言，但他的攻势刚刚展开，岂甘就此罢休！

"燕燕尚且知道双飞，"他大有感慨地说下去，"玉人岂可长此单栖？师师难道真的不懂得这个天然的道理吗？"

正因为师师完全识得这个势子，并且完全揣想得到官家借端发问的用意，所以她只好佯作不解。官家的词锋比他的棋锋锐利得多，他在说话中占尽便宜，弈棋却有点心不在焉。连他自己认为是烂熟的双飞燕套子居然也出了错着。师师抓住破绽，利用他的一着错棋，扩大了战果，把左边的一小块棋完全拿下来。现在是轮到她逞词锋的时候了。

"鸿雁无心，翱翔天际，何等自由自在！"她点头微笑道，"官家硬要它们双飞，一旦折翼，好心反成虚愿，岂不十分可惜。"

官家失之东隅，收之桑榆。右上角的双飞燕失败了，又特意在她的左角上做个"金柜"[1]，意图引诱师师进来点一子，他抢得这个先手，就可以展开大规模的对杀。他还怕师师不上钩，故意诱说："朕营此金屋，专待阿娇进来居住。"

师师一眼就识破他的圈套，没有上钩去点他，反而把自己的棋补好了，笑笑说："官家虽然打了如意算盘，只怕阿娇深识此中甘苦，未必肯入彀中哩！"

"阿娇不肯入彀，朕自有办法让她入彀。"

这不仅是诱骗，而且带有一点威胁的味道了。师师庄容不语，却拈起一颗棋子，叠在食指和中指之间，反复放到桌边上去敲，"啪"的一声，把它砸碎了。

"师师的劲儿使得大了，可惜高韫玉的这一颗棋子。"

"官家硬要阿娇入彀，岂知她宁为玉碎、不为瓦全。"

官家在弈棋和说话的两条战线上都吃了败仗，看看大势已去，只好敛棋入奁，认输收场。

当然官家不是专程跑来跟师师下棋或猜谜语的。十年来，他对师师用尽了手段，目的只有一个，就是要动摇她的意志，接她到宫里去，单独占有她。他的耐心受到无限制的考验，已经到了难以忍受的地步。他屡次下定决心。而昨夜更是下定了最大的决心，一定要打破哑谜，直接摊牌。

双飞的燕子和藏娇的金屋都不能够帮助他起一根导火线的作用，发动一场攻势。经过一番沉思后，他只得重新拾起下棋前已经中断的话题，继续说下去。他虽然力持镇静，想要保持一个谈判者应有的安闲的态度，可是他的声音不听指挥，已经有点颤抖了。

"师师刚才……"他一开口就感觉到自己正在软弱下去，连忙鼓足勇气说，"师师刚才既然说朕的这幅画笔淡意远，当然知道朕之命意所在。师师，你可愿……可愿成全朕的意愿？"

　　最困难的是最后的一句，他射出了这盘马弯弓、蓄势已久的一箭，勇气骤然增加了。看看师师正在低头抚弄桌布上的坠穗，默然不语，他就流畅地说下去："夜来朕差张迪……"

　　师师忽然抬起谴责的眼睛，官家会意，急忙辩正道："是……是！朕下回绝不再派那奴才到这里来了……夜来朕差人送来冠子，师师又不肯赏收，师师真是不解朕的意思，还是嫌朕的诚心有不足之处？这样冷冰冰地拒朕于千里之外，使朕于天地两间之内，无一寸立足之处。"

　　师师还是没有回答。

　　"为了师师这个人，朕日夕思念，魂牵梦萦，方寸之内，千回万转，哪有一刻宁静之时？朕深知师师一诺重于泰山，但得这一诺，朕生生死死也都无憾了。"

　　官家似乎还怕师师不相信他的话，拉开窗上的帷幕，指着半轮明月，锥心镂骨地说道："朕说的都是从心肺间掏出来的真情话。师师可知道，这多少年来，朕总是夜夜凝伫，一灯煎虑，万感交集。这一切难道都不是为了这一桩？师师如有不信，这皎皎素月，长夜窥伺在朕的寝榻之侧，就是朕最好的见证。你可去问问它，朕说的是真话还是虚言假语？师师，师师！朕已言尽于此，你愿与不愿，总得给朕一个答复才是！"

　　官家雷霆万钧的正面猛攻，把师师逼得风旋云紧，没个转身余地。她虽然仍没有直接的答复，却早已盈盈欲涕。这时，站起身子来，从壁间摘下一管凤头碧玉箫，递给官家道："请官家伴吹，容臣妾唱个曲子与官家听。"

　　官家还在迟疑之际，师师已经把箫硬塞到他手里，不由得他不吹。师师起了一个音，合准箫声，就低低地唱起来：

　　　　缺月挂疏桐，
　　　　漏断人初静。
　　　　谁见幽人独往来？

　　这支曲子的含义如此明显，以至师师一起音，官家就明白她的用意所在。他实在不愿为她伴吹下去，可是师师用手势示意，一定要他继续吹下去。她已经在官家身上取得了她的个人要求不可能违抗的绝对主动权。他只好再吹。她继续把曲子唱完：

第五章

5

缥缈孤鸿影。

惊起却回头，
有恨无人省。
拣尽寒枝不肯栖，
寂寞沙洲冷。

这支凄凉的曲子，师师又唱得这样回肠荡气，唱到最后一个节拍时，在他们两人的感觉中，都仿佛真有一只无依无靠的孤雁，在寂寞寒冷的沙洲上顾影徘徊，却珍重地不愿随随便便飞到哪枝树枝上去栖身。官家为她伴吹，好像把一口冷气吹进自己的腹内，分明是为自己吹一首挽歌。他黯然了半天，还是忍不住地说："师师的回答，已尽在此曲之中。朕也不能再加勉强。但愿师师拣到一棵好树栖息，朕在旁也好替师师放心。"

师师已经完成了一半的战略任务，把他推开去，推到她愿意他退出去的距离以外，可是这已是危险的边缘地界了。现在她剩下的一半战略任务更加重要，她必须把他拉回来，拉到她允许他逗留在内的亲密范围内。在这个关键时刻中，她急忙正容回答道："官家休得错会了臣妾的心。"这个纠正是如此必要，她一个字一个字地说得又慢、又清楚、又坚定，丝毫不允许有曲解、误会的可能。她说："想臣妾乃一介弱女，孤苦伶仃，沦落风尘。一旦遭际官家，过蒙错爱，人非草木，官家的这番深情厚谊，怎不令臣妾铭感五中？只是外面已经人言籍籍，如果再听凭官家之意，混迹宫闱，册为贵妃，纵然官家厚爱，可以不恤人言，臣妾却不愿以不祥之身，牵累官家，徒增自己的罪愆。"接着她指指自己的胸口，郑重地说："至于耿耿此心，自从官家赐顾以来，早已属官家所有。区区私衷，只想向官家乞得宫外一弓之地，以为栖息盘桓之所，使臣妾在此调筝鸣弦、吟诗学画。如蒙不弃，就作为官家的一个诗朋画侣，了此余生，岂复再有其他非分之想。不意官家不察臣妾的心事，说什么另拣一枝好树栖息，这岂不是辜负了臣妾的一段心意，伤了臣妾的心？"

师师突出奇兵，用一支歌曲击退了官家的猛烈攻势，现在又用一颗缠绵的心，把官家拉回到原地来。她这段话明白坚定，却有好几层含义。它好像一钵醍醐，直往官家的头顶上灌去。官家被它灌得如痴如醉，自己也不清楚是辛是酸、是甘是苦。他以为已经失去了她，可她比过去更加接近他了，他以为他已重新获得希望，她却照样是寸土不让，坚决拒绝他的要求。她在实际的问题上坚持立场，在抽象的领域中，却大大让了一步。这把他的战略方针全都打乱了。

可是他还要为自己的利益做出最后的努力，他的决心虽然可以被抵制、被延缓，却也是不可动摇的。他抓住师师"人言籍籍"四个字，再度发动进攻。

"流言蜚语，到处都有，他们不过是信口开河地胡噪一阵，以博直谏之名，怎知得你我之心？"他加重语气，显得从未有过的严肃道，"在这滔滔的浊流中，谁又真正知得你我之心。朕在无意中邂逅师师，师师不厌弃，十年缔好，托知己于形迹之外，寄神交于方寸之间，人生得此，宁复有憾！朕为师师已一无所惜。"他指指大内那个方向，"连那里的千门万户、青琐绮疏，在朕看来，都如敝屣一般，还怕什么人言籍籍。师师又何必过于重视他们？"

"在这浊世中，谁又真正知得你我之心。"一句话把官家的感情净化了。他取得与师师一起超越于这个滔滔浊流之上的优越地位。

诚然，官家向来善于赌神罚咒、乱许愿心，更善于制造这些千锤百炼的深情话，说得像丝绵一样软绵绵的，像藕丝一样缠绵不断。师师向来只把它们当作耳边风。可是，此刻，他的样子是这样认真严肃，他的话又说得这样沉重有力，似乎非叫她相信这是真话不可。师师不禁无限深情地投去凝固的一瞥，心里想道："他说的话，可是真的吗？"有一刹那，师师真的犹豫了，动摇了。如果她真的相信了他的话，如果她沿着这个斜坡滑下去一步，继之而来的就是全线的崩溃。然而，在刹那间，有一种更加明彻和深沉的力量重新回到她身上，支持了她，使她能够克服感情中的软弱部分，而有勇气来抵抗他的柔情蜜意。她定了一会儿神，毅然回答道："不管别人怎么说，臣意已决，官家不必再加勉强了。"

官家从她的凝固的一瞥中看出她的犹豫和动摇，在这上面结成一朵希望的花。官家带着狂喜的表情，准备来采撷它，可是它只是一朵一瞥而过的昙花，在开足的同时就枯萎了、凋谢了。错过了这一刹那，官家再也不能够改变她的意志了。他只能满足于"耿耿此心，早已属官家所有"这一句慰情于无的话。他总算获得一半的胜利，获得一个抽象的、象征性的胜利。十年来，他还是第一次听到她有这样明确、坚定的表示。他既然已经取得一些战果，最聪明的办法莫过于把战斗结束在这里。

　　"师师的脾气真个是太倔强了。"为了结束战斗，官家开了一个玩笑，显然是出于欲退故进的战略上的考虑，以便给自己一个体面的下台，"记得朕初次来此，老娘曾说过，'此儿是天生的犟脾气'，今日看来，果真如此。朕深悔当日初来时，何不就派些宫女把你强舁入宫，想你当时也无可奈何。"

　　这个玩笑招来了严重的后果，师师登时沉下脸来，嗔道："官家说的什么话！臣妾一向看重官家，就为的官家从来不勉强人意。如有了这条心，臣妾唯有以一死自誓。一死之后，一了百了，还有什么可以纠缠不清的。只是臣妾从此把官家看低了，辜负了十年相知之心，死了也不瞑目。"

　　官家没想到师师竟会当面开销，说得这样决绝，急忙温词慰藉，连声道歉说："这是朕的不是了。朕只是开句玩笑，师师怎生当起真来？"

　　"官家这个玩笑可开得过火了。"师师还是娇嗔满面地说，"官家想想这个阿娇可是能够勉强叫她入得彀中的？"

　　官家又急忙说了无数好话，再三提出保证，才把师师的感情平复下去。一场紧张的战斗也随之逐渐缓和了。

　　春节早已过去，立春也已过了十来天，赶时髦的王孙公子、仕女贵妇们已经呼朋招侣，骑马的骑马，乘车的乘车，联翩到城外的玉律园、孟家花园等名胜之处去"探春"。可是事实上的春天仍然姗姗来迟。醉杏楼外的杏树丝毫没有抽芽苗青的消息。隔开一层半透明的明角窗格，窗外的夜晚仍是彻骨的寒冷。皎皎素月挂在纤尘不染的澄澈的太空中，与它的亲密的姊妹——几颗接近的星星凑在一起，似乎正在商量到了必要的时候，是否愿意出来给官家作见证。她们商量不定，官家的这些话似乎当真，似乎又不那么可靠，连得夜夜窥伺在他的寝席之间的她们也吃不准是真是假。停了一阵子的西北风忽然又低沉地吹起口哨，把几片吹落在地上的枯叶重新吹入半空，发出簌簌的和声，在寂静的大地上奏鸣出一曲商籁。不是人们的意匠所能结构的一层薄薄的霜华结满在窗格上。它们一会儿就改变一个样子，认为它们像什么就像什么。直到夜气十分浓烈的时候，才慢慢凝固起来，凝固成为一朵朵透明晶莹的冰花、成为明角窗外最新颖别致的装饰品。

　　窗外是寂寞的、寒冷的世界，窗帘以内却是另外一个人间。随着战斗的结束，室内的空气越来越柔和，越来越稠密，炭块炽旺地在地炉内燃烧着，衬着摇曳的烛影，把周围围着深紫色的壁幛的全室映得分外深沉。虬鼎的口子里不断喷出瑞脑香

〔一〕并州即今河北、山西一带，当时冶铁手工业很发达，并刀驰誉全国。

气，使室内的温度和密度不断升高。到了此时，师师才注意到官家近来真个是消瘦得多了，嘴角左右两道深刻的纹路，清楚地刻画出他的并不那么轻松愉快的心境。

"官家可要自己保重身体呀！"看到他的消瘦，看到他的垂头丧气，师师不由得对他怜惜起来，无限温柔地叮嘱他一句。说着就去找把并刀[1]，把官家带来的黄澄澄的橙子一片片地切开来，挑去筋络和核子，与官家分着吃了。那甜蜜蜜的橙子把一丝甜意慢慢地沁入心脾，口颊之间还留着余芬。师师喜欢的一种玩意儿是把吃下来的橙皮丢进炉子里燃烧，让这股清香带着焦味停留在空间。然后逼着官家，问他可喜欢这股香气，又问它比瑞脑的浓香如何。官家对师师的爱好怎敢说一个"不"字。他连声称赞："好香，好香！凡是师师喜欢的，朕无有不爱。"

"这是为了什么？"

"师师风华绝代，志趣迥异流辈。"官家信口胡说下去，"师师欣赏的无论色、香、味，都是人间的绝品，朕哪有不爱之理？"

"臣妾就是不爱听官家说的这些话！"

"好，好！朕从今以后再也不说这等话就是了。"

"官家改口得快，可是真要改起来就难了，不是这样吗？"师师又反问一句，说，"好了，如今不说这个了。臣妾要问官家近来为何这等清瘦？旬日不见，比上次相见时又瘦得多了。"

官家巴不得有此一问，他真想回答"可不是全为了师师一人之故"。这个回答倒是合乎事实的，可是一场风波，好容易平息下来，他刚刚享受到这点用自己的痛苦酿成的蜜，哪有勇气再去挑动她。他只得言不由衷地诿过于伐辽战争，说："金人已在北线动兵，种师道的大军尚未开抵前线。这件事把朕折磨得够了，将来还不知道怎样收场呢！"

他估计这不见得是个能够引起师师兴趣的话题。不想师师也不是生活在世外桃源，她早听说过这场战争以及与它有关的"也立麻力"的传闻，趁机打听起来。这倒出乎官家的意外，既然师师感兴趣，他也乐得加油添醋地渲染一番，把"也立麻力"其人其事，讲得活灵活现，末了还笑问："这个'也立麻力'，目前正在京师。师师如要见见他，"官家说得口滑，"几时朕传旨王黼，让他带同马扩前来与卿见面如何？"

"不要，不要那个王黼带来。"这是师师对朝廷内那个权贵集团最露骨的表示，间接也谴责了支持这个集团的官家，她还不留余地地加上说，"官家洪量，让王黼这等人参赞密勿，厕足庙堂；臣妾愚陋，在臣妾的门墙之内，却容不得这等人混迹！"

"也罢！"官家笑笑回避了这个尖锐的问题，说，"卿既不愿王黼来此，朕前曾听得刘锜说过，他与马扩是莫逆之交。让刘锜把他带来，如何？"

师师点头首肯，还叮嘱道："官家说过的话，可要算数呀！"

"朕几时哄骗过师师？"官家伴随着一个辅助动作说，表示他对师师的忠诚。

5

这时城头上清楚地传来凄清而单调的梆子声，它由远而近，接着又由近而远地逐渐消失在寂寞寒冷的长空中，最后只留下一缕缕绵绵不断的回声在黑夜中颤抖。

大半个夜晚在他们之间的紧张、缓和、彼此都不信任而又不得不表示信任的反复斗争的过程中滑过去。梆子声清楚地告诉他们现在已经是三更天。夜这样深了，师师催着官家回去，说是她累了，要休息，官家也该回宫去安置了。又说："外面冷，霜华又铺得这样厚，官家骑了牲口，万一有个颠蹶闪失，还当了得？官家快快回去才是。"

官家还想逗留一会儿，说是还有话要说，可是师师不容他再留下去，径自站起身子来，做出送客的姿势，说有话留到下次再谈。官家看看实在待不下去了，只得跟着站起来，约期三日后晚上再来。

"官家高兴哪天来就来好了，何必事前预约，多此一举？"

官家真以为师师取消默契，在这方面做出一个重大的让步了。可是他高兴得太早了，当他看见师师嘴角上挂着一个讽刺的微笑，才省悟到这是句反话。今晚他不速而来，实在是大大地冒犯了师师。直到此刻，她还要俟机报复。他连忙再度向她道歉，再次保证今后绝不食言，重蹈覆辙。师师这才回嗔作喜，说了一句："官家说过的话要算数呀！"接着就模拟他习惯做的辅助动作和声音回答自己道："朕几时哄骗过师师？可不是这样吗？"

官家无话可答，只好傻笑一阵。他虽然受尽奚落，借此却也多勾留了一会儿，也觉得合算。

师师秉了手烛，把他送到扶梯口，又换上亲热的口气嘱咐道："官家路上仔细，千万提防牲口滑脚，宁可走慢些！恕臣妾不下楼相送了。"说着不由得把他的斗篷披了一把。

官家惘惘然地离开醉杏楼，离开镇安坊，惘惘然地让内监们拥簇着，扶上鸹鸪青，打道回宫，惘惘然地思量着今晚一场斗争的经过。自己也弄不清楚心里是甜是苦，是悲是喜；是得到了什么，还是失去了什么；弄不清楚自己是个幸福的人，还是不幸的人——他的欲望既不是被满足，也不是它的反面。

第六章

1

继马政到渭州西军统帅部传达动员令以后，朝廷在旬日以内，又连续发出七面御前金字牌，传达了同样的命令，而且语气一次比一次更加严峻。最后一道命令中竟有"届期大军不能开抵雄州，贻误戎机，唯都统制种师道是问"的话。御前金字牌只有在传递十万火急的军报时，才能使用，一昼夜之间要走六百里，使人手捧金字朱红牌，每过一个驿站，就要换匹好马，疾驰而过，势如电光。现在朝廷在旬日之内，连发七使，朝廷急于用兵的心情，可想而知。对此，种师道不敢怠慢，急忙作了调兵遣将、紧急动员的部署。

西北边防军的组织虽然号称完整，正式列入编制的作战部队实际上不超过十一万人，其中多少还有些病号和缺额。朝廷历次下达的动员令中，根据官家的指示，都有"与河北军易防，全师以出"一句话。但是河北军名存实亡，并无军队可以开来易防，西军真的"全师以出"，那就是把国防当作儿戏了。种师道毅然做出决定，让熙河路经略使姚古统率各军区酌留的部队共三万人留守原地，全面负责西北的防务。姚古本来懒于出动，又不愿受种师道的节制，这一决定，完全符合他的心愿。他的儿子姚平仲却以勇锐自任，坚决要求去前线作战。种师道满足了他的要求，让他率领熙河军一万人赶赴河北。熙河路距离最远，估计这拨人马要最后才能到达前线。种师道把它作为后军，给了他接应全军的任务，实际上是让熙河军做全军的总预备队。

环庆路经略使刘延庆统率和节制的部分环庆军和鄜延军，自去年到两浙地区镇压了方腊起义以后，就留驻在京西北路，没有复员回到西北来。这支军队奉有朝廷明令，要随大军出发北征，从京西北路到河北去的路途最近，路又最好走。这部分军队是刘延庆麾下的主力军，种师道特命刘延庆的儿子刘光世赍着军令，督促这支军队，作为第一拨前军，首先开赴前线，不得有误。

种师道考虑到这支军队的战斗力较差，纪律松弛，没有把选锋军[1]的重任相畀，而是把它交给西军的著名勇将杨可世。让他率领全军精锐的泾原路主力一万五千人作为选锋，火速出发。种师中率领所部秦凤军，刘延庆率领其余的环庆军和鄜延军分别作为左、右两军，比杨可世晚些出发。种师道自己带着统帅部和余下来的泾原军作为中军，与姚古交割了防地，也跟着出发。

种师道考虑到大军出发后，军粮、马秣、兵器、火器、火药以及其他种种军需物资的供应与补充，势必要和朝廷及地方的转运部门打交道。他策略地委派了童贯的亲戚王渊和童贯的爱将辛企宗两人为护粮将，名为护粮，实际上是要利用他们跟童贯的关系，使全军的军需供应得到保证。种师道有时也会打小算盘，他早知道这两个已经变了质、走了味的军官一旦当上这份优差，肯定要为自己发点小财，但要与童贯打交道，却也少不得他们。如能完成任务，保证大军粮需不匮，即使让他们发点小财，也无所吝惜了。

西北军的指挥系统犹如一辆使用已久的古老的战车。虽然某些部分陈旧了，发锈了，或者已经损坏了，它的身骨还是相当结实的。只要略为修补一下，加进润滑油，它就会骨碌碌地滚动起来。

大军出发令下达到各军区之日，在各级军官与广大士兵之间，由于没有充分了解战役的积极意义和明确的战斗目标，从而引起了种种不可避免的推测和议论，由于出征日期过于仓促，物质和思想上都没有准备，从而产生了各式各样的具体困难，发生了不少阻力，有些人还口出怨言；由于某些命令下得不当，有的相互抵触，有的前后矛盾，从而造成某些人与某些部队之间的冲突和责难。尽管如此，这支军队节制有素的纪律还是把各种消极因素都克服下去。接到命令后，各部队尽快地做好出征准备，并且一般都能够按照命令中规定得十分匆促的日程，开始向前线出发。

已经沉寂了三年之久的八万大军，一旦行动起来就好像几条解了冻的河流，开始是缓慢地，随后加快了速度，穿过广阔无垠的西北原野，穿过山区，滚滚不断地顺流东进。

目前驻屯在京西北路淮宁府（或称陈州府）周围地区的那支军队——种师道希望它成为北征的先遣队，在西军中是一支特殊的军队。

这支军队在名义上还是属于西军统帅部节制，朝廷没有明文规定把它从西军的建制中分割开来，但它已另行取得"胜捷军"的番号，它的给养和军饷都由枢密院直接关发，在数量、质量、关发日期和其他待遇上都比西军本部的各军来得优厚；它的统领刘延庆的长子刘光国和辛兴宗的兄弟辛永宗等经常受到枢密院高级官员的邀请，到京师去领受渥惠的赏赐，迥非西军其他将领所能比拟。

这支军队受到这些与众不同的待遇，使人看起来，它好像是领枢密院事童贯的一个领养儿子，一个受到干爸爸特别宠爱的义儿。

人们或者可以把这些特殊待遇看成一种"补偿"。要说补偿，也不无理由，去年春季，童贯、谭稹两个内监统军到两浙地区镇压方腊起义，就是以刘延庆统带的这支军队为主力。杨可世、姚平仲、王禀等也受命被调去参加这一战役，但都没有像刘延庆那样卖力。这支军队受到农民军顽强的抵抗，以致在几个月的战斗中，损折了将近三分之一的兵马，后来在睦州城外青溪帮源洞附近的一场决战中，它又损折了留下来的三分之二人马中的半数。在这样短期中，损失这么多的人马，自西军成军以来，这还是极罕见的事情。它受到这样大的损失，理应向上峰取得补偿，这似乎已成为官场中一条不成文的规矩了。

但是单就补偿一点而论，这支军队的长官们手长脚长，不待上峰命令，自己早就取得了。他们每次损折一批人马、攻陷一座城市以后，就要放手进行一次洗劫，把公私财物，囊括进自己的腰包。青溪帮源洞一战，农民军英勇抵抗，流尽最后一滴血，农民军的家属和附近地区的妇孺老幼也遭到他们的清洗。他们彻底到这样的程度，把妇女们身体上最后一条布条都"清洗"掉了，然后把裸着的尸体悬挂在树林间，谎称她们是自杀的。这样悬挂着裸尸的树林绵绵不绝，竟达一百余里之遥。从人民英勇牺牲的惨重，就可以推知强盗们杀掠奸淫的彻底化。他们损失了大批人马，却取偿于累累结实的腰包，这对于刘延庆、刘光国、辛永宗以及其他参与这些暴行而侥幸逃脱惩罚的军官来说，都没有遗憾可言。

何况他们除自行取得补偿外，还可以取得官方合法化的补偿。例如优加物质上的赏赐，准予扩大官兵名额，增加军饷，给予好听的军号，升擢高级军官等。为权贵们效劳，一向是一场现买现卖的交易，双方互不赊欠，而以阔绰著称的童贯，对于供自己驱使的鹰犬，更加不会亏待，这一点他们倒是可以放心的。

童贯之所以特别优待这支军队，把它视为宠儿，其深心密机，绝不仅仅限于给他们以补偿。

原来在朝廷权贵集团中素有军事实力派之称的童贯，虽然长期在西军中以监军的资格参与对西夏和青唐羌族诸领袖的战争，实际上却是一个有名无实的"监军"。他发现西军的首脑们，无论是较早的统帅刘仲武，还是后来的统帅种师道以及有资格与种师道竞争统帅地位的姚古，尽管他们内部之间也有矛盾和斗争，对他童贯，都采取了同样的原则，就是"敬而远之"，把他当作鬼神，表面上很尊敬他，却不让他在实际军务上沾边。他们决不利用童贯拉拢他的关系来压倒竞争的对方。靠拢童贯虽然立刻可以增重天平秤上自己一边的砝码，但是违背军队传统的道德观念。他们如果这样做了，首先就要丧失自己在军队中的声誉，以后再也无法统率全军。西军是一支排外性很强的军队，有矛盾也只限于内部，外面的人，如果没有一点渊源，很难插手进来，即使朝廷派来的大员也不例外。

野心很大的童贯明白他要打进西军，做一个名副其实的实力派，必须拿出水磨功夫。多年来，他把自己的亲信例如辛氏兄弟、王渊等安插在军队的要害部门，又把西军中的材武之士如杨可世等人努力拉到自己的一边来，使之成为他夹袋中的人物。可是他们的地位、声望都远远不足满足需要。何况像杨可世这样的顽固派，也未必肯完全倒向他那一边。

在两浙战役中，童贯非常高兴地发现刘延庆这个宝货，这是他物色已久的理想人物。第一，刘延庆对人民凶狠如虎，对上司顺从如犬，这种气质完全合乎他的脾胃；第二，刘延庆早已爬到环庆路经略使的地位，也具有候补统帅的资格；第三，刘延庆在西军中受到普遍的轻视，这使他成为全军中的一个异端分子。他在任何时候、任何场合中，都不像种师道、姚古、赵隆他们那样顽固不化地表现出要保卫整个西军的利益和名誉的愿望，反而利用了两浙战役中统帅部鞭长莫及、管不着他的机会，捞进不少油水，肆无忌惮地破坏了全军的纪律，这增加了他对军队的离心力。这三点都成为童贯特别欣赏他的理由。

"咱家和刘延庆共事多年，一向小觑了他，真叫作是'门缝里张望，看扁了人'。"童贯暗暗地掂掇道，"谁知道他'刘家的'竟是大有可用的，岂可等闲视之？"

童贯决定了要在他"刘家的"身上大做文章，就制定两套方案：一套是要把西军分割开来，使刘延庆统率的这部分人马长期脱离母体，逐渐独立于西军之外，最后直接归自己掌握；另一套是要使刘延庆取代种师道的统帅地位。后者如果实现，他就可以通过庸碌无能的刘延庆来掌握全军了。去年两浙战役结束后，他就借口要雕剿"草寇"，使这部分军队在京东作战，后来移屯京西，不使复员，在军队里做了不少工作。他又在朝廷里，大肆宣扬刘延庆的才略，夸大他的战绩，提高他的官阶，优擢他的部下。所有这些，都是为以上两套方案服务。

童贯的设想虽然周密，无奈刘延庆真有点不识抬举，他既懒又蠢，一时还不大能够领会这个于他个人大有好处的分化运动。他的胃口只限于他看得见、捞得着的实际利益，他的野心也没有大到想把种师道一口吞下去的程度——像种师道这样一个庞然大物，谁要想把他一口吞下去，就会患消化不良症。童贯自己也明白，种师道在西军中仍然享有那么高的威信，没有十足的理由是很难动摇他的统帅地位的。因而童贯不得不把他的深谋密计暂时抑制一下，转入地下活动。

第六章
——
2

2

刘光世赍着种师道的军令到达淮宁府以后的第五天，还没有正式成立的河北宣抚司派来的文字机宜[1]王麟和贾评两个带着一大批随从也接踵而至。就他们的任务而言，本来没有派出这许多人来的必要，可是宣抚使是伐辽战争的最高统帅，宣抚司是指挥这场战争的最高权力机构，这支"胜捷军"是宣抚司直接可以调遣指挥的唯一的军队，而这道将要向这支军队传达的命令，又是宣抚司在正式成立以前就用它的名义发出的第一号军令。如果不派出这么多的人员来壮壮威势，就不足显示出这个机构的权威性。何况还没有正式成立的机构里已经挤满了那么多的闲杂人员，他们早已用灵敏的鼻子嗅出，来出差一趟，既有油水可捞，又能博得个"勤劳王事"的美名，一箭双雕，名利双收，何乐而不为？

于是他们赍着文书，带着大令，像一群过境的蝗虫一样，把他们所过之处的麦穗、稻粒吮吸一空，然后气焰十足飞到淮宁府。

实际上他们赍来的命令与刘光世赍来并且已经下达的命令内容一辙，并无不同，同样都要调动这支军队"克日北上，至雄州待命"。但是属于宣抚司管辖的西军统帅部没有通过宣抚司，竟然胆敢擅自调动宣抚司的直辖部队，这在宣抚司的人员看来，简直是目无王法、大逆不道。王麟、贾评一经发现这个严重情况，立刻把刘光世找来，迎头痛斥一顿，问他眼睛里有没有朝廷、有没有宣抚使、有没有宣抚司，责成刘光世当着全体官兵面前，收回成命，然后由他们出马去传达宣抚司正式颁发的出征令。

王麟和贾评明知道刘光世的官阶要比他俩高得多，刘光世借浙东一战屠戮人民之功，跃升为遥郡防御使，已成为当时知名的军官，他俩虽然仗着童贯之势，在外作威作福，却不过是权门下的两条走狗，还来不及弄到一个像样的官衔（人们称这批人为"立里客"，他们不以为忤，反而沾沾自喜，因为能够进出"立里"之门，成为他的门客，这也是非同小可的了）。他们也明知道童贯正在有意识有计划地培养、争取刘延庆和他所节制的部队，曲意笼络他的部下，另眼相待。主人的心思，走狗岂有不解之理！但是这些理由都不能抑制他们的发威狂，发威的本身，给他们提供了一种近乎肉体享受的快感。这种快感是出于生理上的需要，他们抵抗不了它的诱惑力。

此外，他们也窥测到这次童贯已经下定决心，要把西军抓到自己手里来，而不像过去仅仅在名义上节制西军。他们对刘光世的咆哮如雷，实际上也是间接向西军统帅部示威。打击了统帅部的威信，也就是为"宣相"效劳。如果宣相知道了这一情一节以后，一定要击节称赞他们道："孺子深获我心！"

刘光世受到申斥，只好诺诺连声，他老子既然连儿子一起都卖身给权门了，他又怎敢得罪这两条权门中的气势汹汹的狗？可是要纠正他的错误，却是很难做到的事情，连得直接带兵的刘光国、辛永宗也感到束手无策，何况他呢！三天前，他们好不容易把部分军官找来，由刘光世宣读了统帅部的出征令，命令还未读完，军官们就一哄而散。这几天，军官们更是跑得无影无踪。部队中当然找不到人，临时寄寓的处所也不会有他们的踪迹。这大半年以来，他们十之八九的时间都在窑子、勾栏、赌窟、博坊中混过来的。自从这支军队从京东调驻京西以来，淮宁府干这一行的突然兴旺了，外地同行也纷纷流入，赶来凑热闹。军官们一头钻进这些老窠、新窠，过着优哉游哉的生活，轻易不肯再钻出来。你想想，如果碰巧这个队官沉醉在哪位相好的激滟酒波中，或者那个队官手气大好，一下子用三颗骰子掷出一副"宝子"，这时你送了命令去，他会乖乖地跟随着传令兵应召前来开会听调吗？

过了三天，刘光国等费尽九牛二虎之力，好不容易找到一部分军官，把他们集合起来。刘光世撤销了他上次传达的军令，当众认了错。然后，敲起锣鼓，摆开全副执事，王麟带着跟班、袍笏登场。他的这副好像戴着乌纱帽的猢狲相，在自己的心目中产生了无限尊严感。他咳嗽一声，扫清喉咙，尖声地宣读起新的出征令。

取消一个，又传达一个，把本来已经昏沉沉、醉醺醺的军官们搞得更加稀里糊涂。但是归根结底，还是要他们出征。这是他们根本不能考虑、绝对不能接受的命令，管你统帅部也好，宣抚司也好，谈别的还可以商量，为你们去卖命出征，老子可万万办不到。

他们有千百个理由反对出征。

因为他们从两浙战争和京东一战中夺来的"战利品"还没在淮宁府这座销金窟里完全消化掉。这些"战利品"一定要放进这口大锅里化掉心里才会舒服呢，彻底化掉，才能彻底舒服。或者因为他们虽然花完了全部外快，但在这新的半年中又学会了许多新的谋生之道，例如克扣军饷呀，吃空额呀，勾结当地商人抛售军需物资呀……总之，他们学会了许多过去在西军中大半辈子梦想不到的谋生之术，因此也就适应了过去大半辈子梦想不到的新生活，彻底改变了人生观。他们的钱越多，谋生之道越广，就越不想去干老本行。他们要终老在淮宁府这一片温柔乡中，谁也不高兴到前线去为哪个卖命了！

王麟的十足排场，并没有使他所宣读的出征令变得更加悦耳一点。他一读完，会场下面就像踹翻了窝的黄蜂一样吵扰起来。

继王麟以后，另一个立里客贾评登场。贾评一向自认为对军官们的心理状态作过系统研究，他和王麟两个，今天各自扮演一个角色，在唱功、做功方面各有千秋。他用一副笑嘻嘻的嘴脸向军官们宣称：他们是宣相（这个称呼是他贾评首创的，后来风靡一时，确是一件杰作）特意派来向贵军致意的。宣相一向重视贵军，不管其他各军多么眼红，已内定派贵军为选锋。

贾评说到这里，自己先眼泪一把、鼻涕一把地代替军官们感激涕零起来。然后他画龙点睛地点出了当选锋军有什么好处。

"想那燕京乃大辽百余年来的京都，金银如山，美女如云，绝非贫瘠的浙东地面可比。"他咽一口馋涎，继续说，"贵军担任选锋，一旦抢先占得该城，只消把一座空城报效朝廷。其余金银珍宝、子女玉帛，统归贵军所得，管教诸君一生受用不尽，子孙后代，也沾其福。俺倒怕贵军迟迟其行，让老种派了杨可世当选锋，一块肥肉落进别人口里，这才叫作噬脐莫及哩！唵唵，俺这话可说得有理？"

贾评的话确像一丸金弹打中军官们的心窝，使他们忐忑不安起来。可是他们也有现实的考虑：两浙一战，死伤惨重，使他们直到今天还深怀戒心。再则贾评的话，即使句句是实，毕竟还是未来的事情，要他们放弃眼前的好处去搏一场未来的富贵，这笔交易未必合算。

实用的甲胄挡住了金弹的射击，军官们经过一番交头接耳的议论，得出了大致相同的结论以后，就有人首先发难道："机宜的话，说得不错。只是本军军饷短绌，官兵们一贫如洗，怎得成行？"

"这话对了！"其余的军官也一齐起哄，七嘴八舌地嚷喊道，"本军军饷奇绌，官兵们个个欠了一屁股的债，哪里走得脱身？"

"走不脱身，走不脱身。"

这话也许不假，军官们欠了酒楼、行馆、博坊、勾栏一屁股的饭债、嫖债、赔债、戏债，但这些债务不是由于军饷短绌，相反地，倒是因为军饷特别丰厚了才欠下的。胜捷军是宣相的宠儿，它的军饷向来得到优待，不仅分文不欠，一年来还多发了两个月的恩饷酬功。这个理由显然是不能成立的。

"贵军军饷怎生短绌？"贾评问了一句。下面又有个麻脸汉子发话道："出征打仗，报效朝廷，敢情不好？只是本军军粮不足，官兵们一个个面黄肌瘦，有气没力，哪能千里迢迢地跑到河北去？"

贾评一看在座的军官们包括这个发言的麻脸汉子在内，一个个都像钻在粮仓里舐饱了谷子的耗子，又肥又胖，油光满面，哪有面黄肌瘦的样子？正待再说几句，下面又有人提出马匹、马秣和武器配备问题。一个问题没说清楚，第二个问题又接踵而来，使得这位军事心理专家大有应接不暇之势。

贾评按照他们事前分配好的角色演戏，他耐下性子，满拍胸脯地保证道："河北都转运使詹度是宣相门下，转运判官李邺，不仅身列宣相门墙，还与在下交好。唵唵，在下与他向来互通有无，交情深厚，非泛泛者可比。"

他要王麟出来证实一下，王麟果然好像一只鼓足了气、两边腮上吹出两个大气泡的青蛙似的点点头，表示认可。这壁厢，贾评满面堆下笑，继续说："可知俺是掬诚相告，所言非虚了。李判官放着便宜货不给自己兄弟，倒叫别人捡去？大军此去，俺叫李判官多发一个月恩饷，让兄弟们安家开拔。唵唵，这个就包在贾某身上。大军哪天开拔，贾某哪天就把恩饷亲自送到诸君手里，决不短欠分文。"

然后他又说到北京大名府留守黄潜善也是宣相一力提拔的人，大名府封椿库里储藏着足够装配十万大军的兵器甲胄，另有两百床床子弩，一百位七梢炮，都是克敌制胜的利器。凭着区区与王机宜跟黄留守的交情，这些都可拨与本军使用。最后他又笔酣墨饱地补上一句："诸君成全得这段功劳，唵唵，休忘了区区与王机宜今日为诸君的一番效劳。"

一切可以在会场上提出来作为反对出征的借口都被打消了。热戏结束，冷戏再度登场。王麟摆出好像宣抚使亲自莅临的那副架势，连得说话的声音，经过多年揣摩和练习，也有点像一只阉过的雄鸡的啼鸣。他用这副架势和这个假嗓子，一本正经地宣布：限期五天以内，全军开拔。

3 时间悄悄地过去了。

据一批在外面乱飞的"蝗虫"的侦报，军队丝毫没有执行出征令的征兆。应该从府城里开拔到城郊去集中的部队，仍然纹丝不动地留在城里，应该从外县开到府郊来集合的部队也杳无音信。士兵们找不到军官，军官们照样窝在自己的窠里厮混，征歌逐色、呼五吆六，豪情如昔。军营里只能够找到少数士兵，他们根本没有被通知要出征去。

王麟、贾评两个听到消息，不禁大光其火。他们一面宽限五天的期限，一面拿出文字机宜的看家本领，两个亲自执笔，拟出一道文告，叫人连夜刻印好了，张贴在各营部和通衢大街上。

告示发散出新的油墨味道，文字内容，读起来也朗朗上口。它道是：

> 照得大军北征，早经朝廷明令。
> 宣相调拨此军，特令本司严申。
> 顷据侦事探悉，各军仍无动静。
> 如此藐视功令，实属目无朝廷。
> 本司宽大为怀，特再展期半旬。
> 再有玩愒等情，定依军法严惩。

但它和宣抚司文字机宜的口头命令一样，完全不起作用。有人干脆把新贴上去的告示撕下来，代替草纸使用。

刘光国、辛永宗两个统将慷他人之慨，每天大鱼大肉地招待这批"蝗虫"，即使把一座陈州府吃空了，也不叫他们心痛。招待费用，自有陈州府知府汪伯彦掏腰包，谁叫他也是从这个根子里长出来的地方官。可是事情一点也没有进展，到了第三十五天的期限过去，王、贾两个认为事态已经发展到必须采取严厉措施以维护宣抚司的威信的时候了，两人一齐变成红脸，把刘、辛二将找到行馆来，下令要"斫去几颗驴头"才能把事情办好。他们要刘、辛二将立刻把那天传达命令时提出军饷、军粮、军需等困难问题造谣惑众、阻挠出师的几名军官拿来，当场斩首，号令辕门，以警玩惕，要借他们的头来行宣抚司之威。

事态迅速恶化，军官们尚未拿到，当天晚上，就有一支明火执仗、摇旗呐喊的变兵，径奔行馆而来。王、贾两个还来不及逃脱，变兵已把行馆包围起来，麻脸汉子带头喝叫："把那两匹蠢驴牵出来，斫下他两颗驴头示众泄愤！"

驴子还没牵出，变兵又吆喝着堆起柴草来，把行馆烧成灰烬。

王麟一看大事不妙，急忙脱去袍服，一头钻进茅厕，一面又撅起肥臀，使劲地把也想挨进来一起避难的贾评挤出去。贾评急切间挤不进茅厕，急得发昏，忽然一眼瞥见一个地坑，急忙连滚带爬地把身体塞进去，两个总算都找到立身安命之处。

正在紧要关头，刘光国、刘光世兄弟闻讯赶来，打躬作揖，好不容易才把变兵打发回去。

这个小小插曲只具有示威的性质，并没有酿成真正的叛乱和流血事件。但是事情已经闹成僵局，动员北上，既无可能，王、贾两个空手回去，又怕汪伯彦通风报信，心狠手辣的宣相可能以"激变"的罪名，把他们按照军法严惩，斫下他两颗驴头来以警玩惕。这个，他们倒是颇具经验的。这时，他们的宣抚司文字机宜的威风已经一扫而光，终日孵在刘光国公馆里不敢出房门一步。刘光国故意折辱他们，借口怕泄露风声，把两个关进一间暗无天日的小房间里。他们得便就拉着刘光世的衣襟，苦苦哀求道："都是俺两个不是了。只是当初二太尉不合也同俺两个一起传达军令。如今他们做出来了，大家都有牵连。好歹请二太尉想个办法，平息此事，彼此在宣相面前都有个交代。"

刘光国、辛永宗心里有数，这招吓唬吓唬这两个狗头，固然绰乎有余，如果真把事情闹大了，朝廷、宣抚面前难交账。刘光世还是西军体系的人，受种师道之命前来动员此军北上，完不成任务，怎生交差？汪伯彦虽是地方行政官，不敢插手部队之事，心里也只想把胜捷军早些推出陈州府，让他的日子好过些。他们几个聚头商量一下，鉴于目前局势混沌，群情激昂，对部队里几个出名的捣乱分子，他们也无能为力。最后决定，要解决问题，只有让刘光世回西军去搬救兵。刘光世怕受到种师道的斥罚，不敢到总部去找统帅，却借口形势紧急，星夜北驰，直接到潼关附近一带去找比较好说话的种师中那里去乞援。

刘光世找到种师中的时候，种师中已经率领秦凤全军开出潼关，在黄河西岸候渡。他骑匹白马，松弛着缰绳，提着马鞭，正在亲自指挥第一批集中起来的骑兵，准备用随军携带的皮筏和临时编扎起来的木筏连人带马地渡过河去。种师中是个有条不紊的人，他的一切行动完全按照事前定下的计划严格执行，如果第一天的行程被什么意外情况耽误了，第二天、第三天就得自己带头，小跑一阵来补足它。秦凤军出发以来，逢山开路、遇水搭桥，一路上碰到许多事前估计到和估计不到的困难。由于他的计划性强、准备工作做得充分，官兵们不惮辛劳，一一克服了这些困难，预定的日程还没被耽搁掉一天。种师中在那些日子里，神情十分安闲，干起什么来都是那么从容不迫。

3 　　刘光世手里有一份各军开拔的时间行程表，他按图索骥，一下就找到种师中。种师中不但在手里而且在心里也有那么一份全军行军时间表。按照计划，胜捷军早该走在前面了。此时刘光世匆匆而来，他马上猜到那里一定又发生什么麻烦事情了。他招呼了刘光世，不忙着问他的事情，让他有个喘息的时间，却先把几个骑马疾驰而来向他请示什么问题的军官打发掉。他的判断是敏捷的，有时和随从人员交换几句话，商量一下，有时直接做出决定，发布命令。他的说话是有力的，他发出的命令是简单可行的，充分发挥了一个头脑清楚、经验丰富、对本身业务十分熟悉的老将的作用，使得接受命令者都满意而去。

　　一个身材颀长瘦削的青年军官也驰来向他请示，接受了他的指示后，仍然露出疑惑的神情。种师中鼓励他把心里的疑点提出来。他勇敢地说："据小将目测，那渡口距这里有七八里之遥，更兼河面宽阔，摆渡困难。何不就近找个渡口渡过去，又省时，又省力？"

　　"你们贪图近便，"种师中带着很愿意接受部下的建议，但在这个他已经深思熟虑过的问题上不容再有任何异议的断然的神情，摇摇头，"却不省得这里的河面狭窄，水流迅急，上了筏子，还得兜个大圈子，斜渡过去，才到得彼岸，岂不是欲速则不达？"然后他伸出肥胖的手，用马鞭指指左边的山坡，再做出一个急转弯的手势，继续说："绕过山坡，顺着它的斜势走去，就是给你们指定的渡口，距此只有四里半路。李孝忠，你的老外婆家就在近头，如何不留心有这条捷径可走？"

　　"小将离此多年，地形都生疏了。"种师中的态度虽然是缓和的，他的谴责却是击中要害的，李孝忠不由得现出了惭愧的神情回答，"即如这里，往昔也曾来往几次，却不知道山坡后面还有这条捷径。"

　　"行军作战，也要靠平日留心地形，审度利害，临到有事之秋，才能心中有数。李孝忠，你且随俺来！"种师中再一次向刘光世道了歉，表示得等自己把手头的事情办完后再跟他说话。却转过马头，拣个视野广阔的处所，纵眼四望，不觉神情严肃起来。他不住地点头，仿佛正在跟自己的思想说话似的："休看这里一片太平景象，一旦有事，安知非敌我争夺的要害地带？"接着，他扬鞭遥指灵宝、陕州一带地方赞叹道："那一带州县，面河背山，西负崤函之固，东接渑池之险，守得住它，关中可保无恙，只是关东之事怎么得了？"这时，他的思考已经完全超越了目前的利害关系，他自己也感觉到这一点，不禁回过头来，说道："李孝忠，你休道这是杞人之忧。将来的局面云扰，俺虑得可远啦！"他带着特别感喟的语气，把最后的一句话重复一遍。

种师中是伐辽战争的温和的反对派，对战争前途的可能性作了两种考虑，而且着重考虑的是战败的可能性。如果真是战败了，由此引起的许多并发症，将会把整个局面导向不堪设想的地步。此刻，他面对着河南、京西一片山河，手里不断地抚弄着悬挂在腰间的一把宝刀的穗子，不禁陷入沉思。这把宝刀能屈能伸，盘屈了可以装进一只方匣内，伸直了就变成一泓秋水，闪闪发光。它是种氏的传家之宝，是他叔祖、熙宁间的名将种谔在临终前特别赠予他的。叔祖没有把它遗赠给自己的子孙，而留给他这个侄孙，含有多少期待黾勉的意思，种师中完全能够体会到叔祖赠刀的深意。当他对大局进行全面考虑的时候，就不禁去抚弄宝刀的穗子。

可是种师中毕竟是一个温和派，当他担心局面云扰的时候，他的思想却适可而止，不再进一步去谴责那些制造云扰局势的负责人。有的人特别擅长于制造这种局势，他们往往是声情并茂、豪气冲天的，他们的头顶上似乎罩着一轮光圈，他们一出场就要使山河变色、日月无光。另一种人却只是老老实实、勤勤恳恳地替前面一种人收拾残局。种师中选择了后者的道路，他的哲学是既然有人闯了祸扬长而去，自然也应该有人来为他善其后。天生这两种人是缺一不可的。因此部队里发生意外之事，人们都来找他，他碰到的麻烦事情特别多。

他把李孝忠打发走了，这才缓缓地下了马，让一名亲兵牵着，找棵大树把它系上了，自己招呼刘光世过来。两人在一块石磴上坐下，一起说话。

刘光世叙述这番事变的时候，很难使自己镇静下来，但是种师中的安闲的态度使他镇静下来了。种师中带着一切都在意料之中的神情倾听了刘光世的汇报，频频颔首，似乎在安慰他，这种意外事故，谁都会碰上，值不得大惊小怪。虽然在他内心中也在惊讶这支军队离开母体一年多工夫，竟会变质到如此不堪的地步。他的安闲的外表首先就对刘光世发生了镇定和安抚的作用。

种师道派到左军来当参谋的马政被种师中找来参加谈话。听完刘光世的汇报，种师中就转向马政，征求他的意见。

"据平叔所云，"马政考虑了一会儿说，"那拨人马积重难返，乱端已成，恐非口舌所能折服了。"

种师中点头称是，一面又问刘光世如何。

"马都监所言甚是，小侄此来，正是要向端帅搬请救兵。"

种师中艰难地转动他的肥胖、折叠的头颈，听马政继续发表意见。

"据马政愚见，平叔既来搬兵，端帅这里自应拨去一标铁骑。只今夜就要随同平叔星驰淮宁府，出其不意，慑其神魂。然后与辉伯等协商定乱之计，不出数日，大局就可平定。"

马政陈述了自己的意见后，转向刘光世道："环庆、秦凤路分虽异，总属西军一家，患难与共，祸福同当。此去谅不致再生意外了。平叔看看那里的情况，要带多少人马去，才能集事？"

种师中又点头称是，但在讨论具体人选前，却机敏地插上一句："这标人马让平叔带去最妥，只是要烦马都监辛苦一趟，与平叔一同前去，有事彼此有个商量才好。"

这是经略使的将令，再加上刘光世在旁力促，马政只得慨然允行。

然后他们就在大树下商议起来。那边一堆略微隆起的土丘，权充淮宁府，他们各自折根树枝，在泥地上画出进军路线，商定了应变和定变的方略。原则上以弹压为主，尽量避免军事冲突。但必须震慑住胜捷军，使之能够就范。他们决定了把原定今天渡河的第二批骑兵一千五百人马上从渡口撤回来，由马政、刘光世带去听用。这个临时决定，要使得十分之一的秦凤军改变统帅部原定计划，甘冒一定要愆期到达前线，并且也很有可能与友军发生冲突的风险。这对于一向谨慎小心的种师中来说，绝不是一件小事情。可是情势既然发展到这一步，除此以外，再无其他的途径可循，他就带着逆来顺受的心情，挥挥马鞭，毅然下令行动起来。长期的战斗生活，使他习惯了这种想法：各军都有为难的时候，彼此既属一家，总要互相援手才是。就因为他处处关心友军，随时顾全大局，因之在全军中，他博得比种师道更大的尊敬。

一千五百名秦凤军铁骑以风驰电掣的速度进军，只花了两昼夜不到的时间，就跑了六七百里路，直抵淮宁府。早一天摸黑时，府郊外还是一片空白，第二天天刚亮，已经出现一支刁斗森严、壁垒分明的大军，所有城外形势之地，都被它掌握住了。单单这个事实就构成一种稳定力量。它好像一座在一夜之间从哪里飞来的山峰一样，屹立在府城之外，顿时压住胜捷军的混乱秩序和嚣张气焰。兵变的扰事者一看大事不妙，一个个都悄悄地溜之大吉。于是刘光世的任务再也没有什么困难了，一切都按照常规推动起来。

刘光国、辛永宗不敢大张筵席宴请客军的军官和犒赏士兵，只好按照西军的老规矩与马政等秦凤军将领斯见了。他们收拾起临时公馆，派亲兵们打磨了早已发锈的兵刃，喂饱了厩马，添置起新的甲胄马具，这才真正做好上路的准备。长期生活在勾栏行院中的军官们慷慨地还清债务，多情地和"相好"道别，约定后会的日期，悄悄地溜回房门。跑赌窟的朋友们吵吵扰扰地和地方的赌友们分了手，把骰子和纸牌塞进靴筒里，准备转移阵地，侯机到部队里去摆开摊子，坐一轮庄。外县的驻军陆续集中到府郊来，城里的部队也陆续开拔出去，临时扎了营帐，等候出发。一切可以阻止大军开拔的军饷、军粮、马秣、兵器等问题统统自行消灭了。秦凤军来不了十天，没有左一个、右一个定出期限，两支军队就混合编制起来，风尘仆仆地走上征途。

王麟、贾评两个从刘光国的黑房间里钻出来，现在又敢于把他们的险乎被斫去的长头颈伸出来。但是这次不是伸向刘光国、辛永宗，对于这几位将爷们是早已领教过，不堪再去领教了。现在他们的长头颈转而伸向马政。这个灰溜溜的西北佬老是不声不响地专心干着自己的活，看来是个老实头，是一颗好吃果子。可是他又是多么骄傲，事事独断独行，说了算数，也不向宣抚司特派来的文字机宜请示汇报。他可是忘了这支军队是归宣抚司直接管辖的，是奉宣抚司的调遣，开到雄州前线去听命出征的。真是目无法纪、目无长官、目无他们文字机宜，这还了得！非要杀杀他的威风不可。

虽然是两个一齐出场，这次却轮到贾评来扮演上次王麟扮演的那个角色了。临到大军即将出发之际，他神气十足地跑到马政的马前宣读起差点被丢进茅厕的宣抚司文告。然后严厉地宣称：这拨人马理应在二旬之前就开赴雄州前线，现在耽搁了这么长久，才得上路，中间还滋生事端，威胁长官，其责任完全应由边防军统帅部承担，他们要把经过情况上复宣相，听候处置。

"二位已经来了一个月，"马政沉住气回答，"怎不早把部队带走？"

"就是有人惑乱军心，从中捣鬼，阻止大军开拔。"贾评咆哮起来。

"就是有人惑乱军心，从中捣鬼。"王麟在旁搭腔道，"宣抚司一定得派人好好查上一查！"

"二位何不就近查明了，立刻上复童太尉，童太尉岂有不听尊意办理之理？"

"还要查什么？"贾评发威道，"姓马的，你休得装聋作哑。统帅部干的事情，你马都监还有不清楚的？"

急遽之间，马政的脸被暴怒和轻蔑扭得完全改变了样子。他蓦地吼一声："滚回去，你们这两头蠢驴！"

接着他就高高举起马鞭，在空中挥舞一下，甩出一个大圆圈，然后噼啪一声直劈下来。这一鞭的势头来得如此凶猛，以至这两匹"驴子"错以为鞭子已经打到自己身上。他们忙不迭地回头就跑，连掉在地上的宣抚司文告也顾不得捡起来。

在一旁看到这幕活剧的官兵们一齐痛快地拍手，哈哈大笑起来，用这一阵狂笑给宣抚司的两位机宜大人饯行。

4

最早抵达雄州前线的是西军统帅部的后勤人员，他们先到一步，要为五路大军安排住宿安顿之处，布置粮站，采办马秣，担负着重要的任务。三月初旬，作为西军的选锋，由杨可世率领的一万五千名泾原军暴风骤雨般地开到汛地。几天以后，种师中率领的秦凤军主力也按期到达雄州。

在这以后，到雄州来的客人越发多了。宣抚使童贯本人和幕僚团首脑、他的左右手述古殿学士刘韐、龙图阁直学士赵良嗣虽然还继续逗留在京师，不得动身前来，但是由李宗振、李子奇、于景等"立里客"组成的宣抚司却抢先种师道一步在雄州城里正式挂上招牌，择吉开张。他们眼快手快，把雄州城里最好的房舍——接待辽使的行馆，抢在手里，作为宣抚司办公和他们寄宿之处。接着河北都转运使詹度、河北转运判官吕颐浩、李邺等人也接踵而至。转运衙门要负责供应大军的军需物资，是全军的总后勤部，责任重大。可是他们首先忙着从京师转运来大批山珍海味、牛羊鱼肉，以便知雄州和诜可以择日在州衙大厅及宣抚司里大摆筵席，绝无供应不周之虞。

雄州原是个边境小城，一年中，只有宋、辽两朝互贺正旦、互祝圣寿的使节送往迎来之际，才稍稍热闹一番。如今平添了这么多的客人，"立里客"又最好寻欢作乐，他们委请转运部门连带也转运来大批歌童舞伎、笙管弦乐、赌筹博具，这才使得这座边城真正热闹起来。

继秦凤军主力而到达的是马政率领的一部分秦凤铁骑和胜捷军。他们在路上总算风平浪静，太平无事。

应当最后抵达的姚平仲率领的熙河军也提前开到了，他只比马政晚几天，而超过了应当比他早到的种师道的统帅部和泾原军余部。种师道并无愆误，而是万事好胜逞强的姚平仲以急行军故意超前了。前线尚未发生战争，这种急行军并无必要，反而给后勤人员增添不少麻烦。姚平仲明知道种师道不喜欢破坏命令，在行军中，超前和愆误同样都是破坏命令的错误行为。但他偏要用这样那样积极勇敢的错误来冒犯种师道、激怒种师道，似乎这种冒犯能够给他很大的快乐。

到了三月下旬，西军已经开到三分之二，只有种师道和刘延庆及所部尚未抵达。十万大军在几个月的短促时间中，基本上完成预定的长途行军计划，对西军来说，简直是一件杰作。可是就在这几天内，各军之间以及全军内都有那么多的共同性的事务亟待办理。后勤人员负不起这等重大的责任，于是众望所归的种师中不得不徇诸将之请，暂时代替老兄几天，摄行统帅部的职务。

这种临时的摄护，只会给自己带来不少麻烦，丝毫没有好处。种师中虽然具有对敌战斗的丰富经验，却缺乏对自己人，特别是对不拿武器的文员们作战的经验。他不明白在宣抚司人员的心目中，他既然摄护统帅，就是他们的头号敌人。在几天之中，宣抚司的排炮，选中了他这个目标集中轰击。

没有宣抚使的宣抚司和没有都统制的统帅部处于绝对对立的地位。宣抚司每天以措辞严峻的文书，以咄咄逼人的口舌，以烦琐细小的事务，以及只有超群轶伦的天才们才想得出来的一切办法来折磨种师中，使得脾气一向温和克制的种师中也有忍耐不住、招架不迭之势。

幸而到了三月二十九日黄昏，也就是朝廷规定西军统帅部必须抵达前线的最后期限，种师道带着僚属们赶到了。他在当天晚上就把李宗振早一天送去的一份预先警告统帅部不得愆期到达的文书痛快淋漓地驳回去。这是种师道个人作战史上一次最痛快的出击，把对方打得落花流水，体无完肤。李宗振虽然惯于惹是生非，但还没有狂妄到敢于去将这只出名的"南朝老大虫"的虎须，只好暂时憋下一口气，等到宣相亲自来到后，再想办法收拾他。

无论种师道，无论种师中，无论西军中的其他人员，都是宣抚司的作战目标。朝廷结结巴巴地成立一个河北宣抚司，其目的似乎不是为了跟辽作战，而是专门为了跟西北边防军作战。这是除了刘延庆以外的西军官兵们共同承认的事实，而宣抚司的人员也不想否认这一点。

第七章

1

二月初旬，马扩伴送金朝使节遏鲁、大迪乌一行到登州坐上海船。接伴任务暂告一段落以后，他马不停蹄地赶到保州老家，把母亲田氏接到东京来，就在刘锜寓所间壁，临时租赁了一处屋舍，与刘锜娘子一起着手筹备起结婚典礼。

除丰乐楼下匆匆一面外，婵娘还没有跟马扩正式见过面，但是刘锜娘子早把自己直接、间接打听到有关他的一切都告诉了她。他做过什么、正在做什么，她都知道。而她们闺中最重要的谈话资料就是在猜度他将要去做什么，那使他高兴，还是使他不高兴，对他是安全的，还是像过去的任务那样要担很大的风险。

他们母子来到东京后，虽然婵娘仍然没有被许可跟他直接见面，但是他母亲经常要到刘家来与刘锜娘子商量这个，商量那个。马母没有让婵娘回避她，反而更加亲切地对待婵娘。她们之间由于几年不见面而产生的疏远一下子完全消失了。如果人生的道路为婵娘安排了这样一个命运，她必须到那个家庭中去做媳妇和妻子，她还有什么更好的选择？她们两家本来就是这样亲密的，她天生就应该成为他的配偶，这仿佛在他们第一次见面时就定规下来了，以后一切的发展，都为了更进一步促成其事。现在他的母亲这样看待她，不仅使她重温旧梦，并且也进一步保证未来生活的和谐，这是谁都没有怀疑的。

只有一件事情令她十分不安。

近来，父亲的心情变得越来越恶劣，脾气也越来越暴躁，每时每刻都想喝酒，刘锜、马扩没有空则已，一有空就得陪他上酒楼，喝得踉踉跄跄，有时是人事不省，被拖着回家来。否则就在家里喝，一坐下就喝到深更半夜，喝得沉沉大醉。以致刘锜娘子不得不在暗中做手脚，把酒的数量和浓度悄悄地控制起来。

在酗酒过程中，他总是使性子，发脾气骂人。凡是支持、参加和赞助这场战争的嫌疑人，都在被骂之列。嫌疑人的范围又日益扩大。有一天，一个素昧平生的小军官在酒店中喝酒，也遭到他痛骂，这个小军官老远地从外地跑到东京来，是要钻门路去参加战争。奇怪的是，给他量酒送菜的酒博士，连带也被骂了，因为这个酒博士讨好、巴结那军官，给他量酒送菜，显然也是个主战派。他忘记了酒博士大公无私的中立立场，只要你付酒钱，他对你这个坚决的反战派也同样讨好、巴结，给你量酒送菜。

爹过去虽然也称洪量，但在西军中算不得是真正的酒徒，现在的酗酒，是个新习惯。有时婵娘把注意力集中到爹身上时，恐怖地发现他似乎正在用一杯杯的酒把自己灌死、醉死、毒死，看他好像是这样痛苦、焦急，又好像是这样勇往直前、义无反顾地把自己驱进死胡同。婵娘最好是假装没有看到，然而不能不看到。想到在目前的情况中，她怎能离开爹去和他结婚，又怎么放心在她结婚后让爹一个人到前线去打仗，打一场他十分不愿意参加的仗？

当然赵隆的愤慨不是没有理由的。官家虽然答应他到经抚房去跟王黼、童贯等人面议辽事，叵耐他去过几次，都被挡驾了。显然他们采取延宕的手法，目前不想理睬他，而当一切都变成既成事实后，他去了也不再发生作用。对国事的愤慨和个人感到的屈辱，形成他双倍的激怒。此外，他在东京的老朋友们也对他生疏了，不是一见面就用一种过度的谨慎把他的嘴巴封起来，就是托故避开他，好像他是一只白头老鸦，会给他们带来什么祸殃一样。

赵隆相信朋友们和他的看法一致，在内心中也是反对这场战争的，但出于个人利害的考虑，他们不仅不敢明目张胆地阐述自己的主张，反而畏懦到不敢听一听他的意见。他们的舌头、耳朵全部失效了。他瞧不起一个因为受到环境压迫而把自己的想法隐瞒起来的人，特别当他们连这一点也不敢承认，听了他的放肆的议论，就会面色发白，急急忙忙地表白道："这可是钤辖自己的话，小弟不敢稍持异议，也不敢苟同尊兄。"这就更加激起他的反感。

他听说过《晏子春秋》中的一段故事：枳实逾淮而变。他发现这些原来也是硬邦邦的西军老同事，一旦迁到东京来，年深月久，慢慢地都变成中看不中吃的苦枳了。但在他激愤的心情中，对于老朋友的反应，既不是设身处地地为他们辩解，也不是文绉绉地批评几句，而是不客气地斥骂，有时竟然粗鲁到哈哈大笑起来，冲着朋友问：你的胆子可是像童贯的鸟一样被阉割掉了？

当然这样发作一次就很可能使他丧失一些朋友，而他在东京的有限的朋友，是经不起他发作几次的。

国家大事不要他管，儿女私事他又无心管，因此，他除把自己驱进死胡同以外，实在也感到没有其他的道路可走。

关于婚礼的筹备，现在存在着两种意见。马母、马扩都希望办得简单些，赵隆在内心中更是如此。但他对此早已不闻不问了——他的耳朵和舌头都不管这件事。可是男婚女嫁，在东京的社会生活中是件头等大事，有一大套繁文缛节，只许增华，不许删简，决不能草率了事。地道的东京人刘锜娘子坚持自己的意见，认为这一场在东京城里举行的特别是经她的手主持包办的婚礼，如果缺少某一道必要的手续，就不能把它看成完全和合法的婚姻了。她以如此的豪侠和热心把繁重的筹备工作——包括物资上的和礼仪上的一切，全部承担下来，而且专横地不容许别人有点儿异议，以至于马母、马扩都很难抵抗她的好意。

只有已经与她相处了一个多月，逐渐从她的影响下解放出来，取得相对独立地位的婵娘，才能够在这个与她自身有密切关系的问题上表示一些不同的看法。她并非对姊姊做的每件事都是默默许可的，她老老实实地对姊姊说了，她不喜欢繁复的仪节和铺张的场面，她真的不喜欢这样做。这是一场意志和意志的竞赛，刘锜娘子好容易从别人身上取得的胜利，不知不觉地在比她更坚强的婵娘的意志力量面前屈服了。她不忍过于逆拂婵娘的个人意见（其实是她也无法说服婵娘放弃她的意见），可是她又是如此顽固地执着于东京的生活方式，不能轻易改动它。经过激烈的思想斗争，经过一次次的妥协让步，最后才取得一种大体上双方可以勉强接受的折中方案，其结果就是举行一场既是隆重的东京式的，又是简易的西北式的混合婚礼。

折中是在形式上双方可以勉强接受，而在实质上双方都不能满意的一种临时性的妥协。既然没有哪一方可以取得压倒的胜利，他们只好满足于这个折中方案。

刘锜娘子坚持不能让步的一道手续是在婚前七天，男方要送来一担用大口瓶盛着的美酒，装在网络里，上面饰以大红绢花。这有个名堂，叫作"缴担红"。女方要把出空了的酒瓶盛满水，装着河鱼，外加一双竹筷回报男方，称为"回鱼筷"。大红绢花当然是取吉利之意，鱼水象征"鱼水之欢"，至于一双竹筷象征什么，筷者筷也，莫非是怕婚礼还有什么反复，催促快点举行的意思，这个连博学多闻的刘锜娘子也说不出名堂。但是祖祖辈辈、家家户户的婚礼中都少不了这道手续，因此她就坚持不能省略。好在这是一项实惠而没有多大花费的仪节，连婵娘也不加反对。而且送来的酒也好，送去的鱼也好，归根结底，都要回到赵隆的食桌上来。他现在是一日不可食无鱼，一餐不可饮无酒，在这茫茫的人海中，如果没有一个醉乡让他托迹，他还能到哪里去安身立命？

结婚前夜，刘锜娘子代表女方，到新房去，亲手挂起帐子，铺设衾具。这也有

第七章

1

个名堂，叫作"铺床"，理应由女方的内眷主持其事。铺好了床，她又细密地视察一回，看看明天大典中一切准备工作是否都已办得妥当了，然后回到自己家里，走进婵娘的房，履行一项庄严的仪式。

刘锜娘子既没有告诉婵娘已经铺好床，也没有告诉她一切准备工作都已就绪，却携起她一只手，相对流起眼泪来。这眼泪是没来由的，因为在此以前，双方都没有哭的思想准备和哭的需要。但现在哭得很及时，哭得很畅快，她们流出了那么多的眼泪。这是因为她们之间已经缔结了如此深厚的情谊，彼此舍不得离开吗？是因为婵娘从明天开始就要跟自己二十年的少女生活永远告别而感到悲伤？是，但又不完全是。主要因为它是一个伴随着婚姻制度的产生而产生的古老仪式。闺女离家的前夕，必须流点眼泪，而她的亲属也必须陪她流点眼泪，才算完成了这项仪式。这种被催迫出来的眼泪，对于因为明天的婚礼而感到发慌的少女起着调节和稳定情绪的作用。哭过一阵以后，她们心里就轻松、踏实得多，可以面对现实出去办大事了。

可是婵娘的心却不是那么容易就可以轻松下来的。她忽然听到爹房里有踱蹰不安的脚步声。她听得出这种声音表示爹正处在极大的烦恼中。她轻轻从刘锜娘子手掌中抽出自己的手，轻轻溜进爹的房，小猫儿般地把自己半个身体俯伏在他身上。

此刻爹完全从愤世嫉俗的酩醉中清醒过来。他一见女儿进来，甚至变得十分温和和通情达理了。他爱抚地摸着女儿的鬓发，把她当作个小女孩儿。他喃喃地说："去吧！那是个好人家，他们会像爹一样看待你，不会亏待你的。"

他好不容易说出这番话来，要克服他对马家父子最近由于主张伐辽而滋生的反感，确实需要经过一番思想斗争。尽管说，政见可以不同，亲戚还是亲戚，朋友还是朋友。可是，亲密的亲友们如果在这个根本问题上有了分歧，这滋味真不大好受！婵娘听得出爹说这句话主要是为了安慰她，不让她带着爹的反感嫁到马家去。他的声音里仍然留着痛苦挣扎的痕迹。

婵娘努力要表现得刚强些，可是从爹的痛苦中，特别从他的难得有的爱抚中感到了痛苦。她的俯伏在爹怀中的身体不由自主地抽搐起来。爹立刻制止了她，把她从怀中推开去，拍拍她肩膀说："刚强一点，刚强一点！俺赵子渐的女儿绝不像别人家的女儿那样女儿气的。"

然后，他唯恐失去最后一个机会似的叮嘱女儿道："要你三哥做个顶天立地的英雄汉，他们马家门有的是好榜样。"他连续把这话说了两遍，说得那么刚强有力，说得斩钉截铁，好像要用刀子和锥子把它铭刻在她的心坎里。

说过了这句，他似乎已经尽了为父的责任，催着女儿回房去休息。

吉日来了。

知道并且十分高兴自己将在今天的婚礼中起着主导作用的刘锜娘子，一清早来到婵娘房里。她自己是容光焕发的，却惊异地发现婵娘呆呆地坐在床沿上，似乎还停留在昨夜的悲伤中。她理解婵娘这种感情，但是认为必须纠正它、改变它，她必须使婵娘焕发起来，高兴起来，以便和今天的喜庆气氛相适应，犹如她昨夜必须使她感伤，使她哭泣，以便和结婚前夕的悲剧气氛相适应一样。

人在社会上每一项活动中，都有一个凝固的公式限制着他，允许他在公式范围内自由活动的幅度十分有限。刘锜娘子是这些公式的拥护者，虽然她也有个人的爱憎和看法；婵娘是这些公式的怀疑派，她不明白这些公式从何而来，为什么一定要这样做。但她也不得不这样做。她们都是那个社会的人，不可能远远超过那个社会的水平——社会就是那些公式的缔造者。

现在刘锜娘子按照那个公式，严肃地、一丝不苟地为婵娘打扮起来。婵娘又身不由己地按照那个公式，被刘锜娘子打扮出来。

自从少女时代以来，刘锜娘子就在自己的心目中模拟出一个十全十美的新嫁娘的典型，但在她自己的婚礼中没有能够实现。因为当时她也是身不由己地被别人摆布着、左右着的。别人按照自己对于公式的理解，把她打扮出来，完全不符合她自己的愿望。此外，在婚礼进行中，她不由自主地偷偷睃了新郎一眼，他们还没见过面哩！他的俊秀的容仪和迥然出众的风度使她发了慌，竟然失去一个新嫁娘应有的矜持，她走错了步伐，破坏了婚礼的节奏。这是一个东京的新嫁娘可能造成的最大、最严重的错误。这一过失使她想起来就感到无限惭愧，而且它还是一个无法弥补的终生遗憾。

从那时以来，她又看到过无数新嫁娘，她的眼界益发开阔了，她的典型又有新的发展、补充和修改，使它更趋于完善。但是它永远不能在自己身上实现了。自从承揽了婵娘的喜事以来，她一心一意地想把这件事办得十全十美，要把自己的经验教训全都告诉她，免得她重蹈覆辙。更加重要的，她要在婵娘身上实现自己的理想。这是为了婵娘、为了马扩、为了大家，也是为了自己。一个结过婚的少妇最大的喜悦，就是在一个少女身上重温自己少女时代的旧梦，并且在她身上为自己结第二次婚，以弥补她在第一次婚礼中的不足之处。

她用着一个造型艺术家要完成一件杰作那样专心致志工作着。在动手创作以前，她早已在自己头脑里千百遍地考虑过、研究过，现在不过把那思考的结果复现在具体的形象中罢了。可是在创作过程中又会产生千百个在她的抽象构思中无法预料到的困难。只要有一点疏忽、一点差池，就会破坏整体的效果。她一丝不苟地工作着，绝不允许有一点干扰。

在这方面已经有了充分经验的郸娘，知道自己只有百分之百地服从，百分之百地听她摆布。郸娘委身给她，把自己的头发、脸颊、眉毛、嘴唇以及一切可以加工化妆的部位全部上交给她。刘锜娘子梳着、描着、洗着、涂抹着，她时而坐着、站着、看着、凝思着、皱眉着，直到心神俱化的程度。时间和空间的概念已经消失了，她忘掉她是为了郸娘的结婚，是在郸娘即将离开的房间里，是在婚礼即将举行前，甚至是侵占了婚礼的时间在化妆。忽然听到外面鼓乐频催，有个妇人欠考虑地闯进房里来报告道："新郎迎亲来了，请新娘快快打扮好出去！"

"让他在外边等一会儿，还早着呢！"刘锜娘子连手里的梳子也没放下，就把那妇人打发出去。

第三次催妆的鼓乐又响了，一个妇人小心地把颈子伸进房来，笑嘻嘻地试探道："时间不早了。四厢和官人在外面可等候得心焦啦！"

"这里还没好哩！"刘锜娘子简捷地回答，"他们等不及，就叫他两个成亲去。"

等着、等着，她终于完成了最后的一笔——画眉之笔，还得留出时间来给自己欣赏一下，然后得出结论道："这可是十全十美的新嫁娘，无毫发之憾了！"

就在这一瞬间，她忽然惊慌地发现郸娘鬓边的一枝插花从原来的位置上挪动了二三分。这二三分的挪动，非同小可，似乎可使东京城发生陆沉之虞。幸亏她及时发现，还来得及纠正，才使得这座名城和百万居民免掉一场浩劫！

经过她再一次的审查、鉴定和验收以后，这才把郸娘交给前来迎亲的马扩。郸娘自己什么也没有看清楚，她立刻被人簇拥着坐上一顶轿子，然后又在男家门口走下轿子，总共只有那么几步路，上下轿子花去的时间比坐在轿子里走路的时间还多呢！然后她被人搀扶着踏上一条铺着青布条子的走道。她清楚地记得姊姊事前的告诫：她必须笔直地在青布条子上行走。如果走歪一步，把鞋底踏在地面上就是很大的失礼。她不明白作为新嫁娘，为什么没有权利踏在自己家的地上，但她还是小心翼翼地不让自己走歪一步。

　　然后有一个从来没见过面的妇人捧着一面铜镜，面孔向她，倒退着引导她前进。这个妇人的步法是这样熟练，她向后倒退着走路，每一步都稳稳地踏在狭窄的布条上，没有走歪一步。在她身后青布条子的走道中间放着一副马鞍和一杆秤。倒退的女人好像在背心上长了眼睛，头也不回，一步就跨过它们。有一刹那，弹娘犹豫了，不知道应当怎么办，她举起乞援的眼睛寻找姊姊。姊正在她身旁呢！从她的一瞥中就了解她要求什么。姊用一个微小的动作示意要她跨过去。她轻轻地把她没有穿惯的太长的裙裾拎起来，顺从地、勇敢地从象征"马上平安"的马鞍和象征"称心如意"的秤杆、秤锤上跨过去。观礼的人都欢呼起来。为了她已经取得进入新房、坐上新床的权利，好像她已经取得结婚的一方的"决赛权"一样。

　　新房里红烛高照，在逐渐加深的夜幕中，把同样颜色的帐幔、被子、桌围、椅帔和用绸绢托成高悬在屋梁上的彩球融会成一片喜庆的气氛。许多不相识的女人都跟进新房来。她们是一群职业的观礼者，只要在接近的阶层中有哪一家举办喜庆大事，她们都会转弯抹角地通过亲戚的亲戚、朋友的朋友，带着赶庙会一样兴奋愉快、唯恐落后一步的心情赶来观礼。如果没有她们在旁摇旗呐喊、呼五吆六，婚礼就不可能进行得这样喜气洋洋、笑趣横生了。如果没有她们的指手画脚、评头品足，新娘的精心打扮和新房的布置也将变成毫无意义了。虽然她们的持论常常是苛刻的，喜欢在象牙上找瘢丝，不是与人为善的，但也起了使婚礼热闹起来的作用。她们是任何礼堂中的点缀品，是人类世界的"喜鹊"。想来喜鹊在禽类世界中也一定喜欢去参加同类的婚礼，叽叽呱呱，吱吱喳喳，闹个不休，使得结婚者又喜欢又讨厌。

　　可是孤陋寡闻的弹娘不明白她们出现在她婚礼中的重大意义，她觉得她们与她是完全不相干的，把她单独放在她们之间，使她感到绝对的孤独了。

　　她不知道在这绝对的孤独中又等待了多久（有人把结在红烛上的烛花剪了两次，那一定等候得很长久了），才看见刘锜娘子和他一前一后地走进房来。弹娘今天已经看见过他两次，第一次在迎亲时，她只看见一片云雾。这一次他走近到她低下的眼角允许看到的距离中，看到他穿了绯色吉服，下摆有着水波的彩纹，然后再看到他在幞头左侧不寻常地簪上一朵大红花，热辣辣的，似乎正在燃烧他的幞头。但是受到约束的视线、烛光的阴影以及这一群观礼者的干扰，仍然限制着她，无法把他看清楚。这是他，这是她早已认识、熟悉、了解而又生疏了的他，错不了。但她现在能够看到的只是他的轮廓和影子罢了。

这时刘锜娘子做了一个有决断的大快人心的动作，示意拥在新房里的人群出去。她们赖着还不想走，刘锜娘子有礼貌地然而是不容她们抗议地发出号令，命令她们出去。她们这才不得已地退出新房，叽叽呱呱、吱吱喳喳地又去点缀其他地方。

新房里只剩下他们三人时，刘锜娘子认真地把铺在枕衾上的两端红锦——男女双方各准备一端——绾结起来，结成一个玲珑、美观、大方、巧妙的如意同心结，然后满面含笑地把同心结的一端交给他，另一端交给她，使他俩也被同心结绾结起来，祝福他俩永远如意，永不分离。接着他在前面例行，她在后面顺走，一前一后牵着同心结一直走到热气腾腾的厅堂。这时鼓乐大作，在欢呼和庆贺声中，他俩对拜了，又拜了长辈、亲友、刘锜夫妇以及许多不相识的人。

直到此时，婵娘一直感觉到她是被人"成亲"，而不是自己"成亲"，感觉到她不是这场婚礼的主角，他也不是，姊才是哩！要是没有她的主持、指挥，活跃地在前后场奔走照料（如果把筹备的过程也计算在内，她为他们奔走了至少不下于二百里路之遥），这场婚礼是根本无法进行的。

但是让他们自己做主角的时候终于来到了。当所有的闲杂人员，连姊也被关在新房之外的厅堂里举行欢宴之际，她和他第二次回进新房。烧着红烛的桌子上，已经摆好一只酒壶和一对用彩绸连起来的酒杯。她大大方方地从他的手里喝干了他为她斟下的这盏"交杯酒"，他也从她的手里喝干了那一盏。经过这一道具有决定意义的手续以后，他们彼此就属于对方所有了。

这时红烛烧得更加欢腾，把因为没有外人在内而显得有点空荡荡的新房照得分外明亮。

她再一次偷眼看他，完全忘掉了姊事前的告诫——她自己因为那一瞥付出了多大的代价。这一次他们相隔得多么近，她的窥视又是多么大胆，只有少女残余的羞涩感才使她的视线略有保留。她不仅看清楚他的容貌、身量，还深入他的内心。她似乎要通过这深情的一瞥来补偿他们间十年的暌离。

命运的安排真够奇妙！他整整离开她十年，然后他们来到一个城市里，有好多次在一所房屋里，她好几次听到他的声音，看到他的背影，那声音和背影既是那么熟悉又似乎有些陌生。然后，在决定性的今天一天中，不，仅仅在这两个时辰之间，她连续看见他三次，这最后的一瞥是多么重要的一瞥。她仿佛在自己的视线中加上了胶液，把一瞥中的印象牢牢地黏附在心里。她竭力要用儿时的回忆来和现在的他作对比。她发现他已经有了变化，他的身量比那时又长高了好些，他的体格更加结实了，在他的黑黝黝的脸上已经刻上几年来劳瘁辛苦、风霜雨雪的留痕。这些，在今天以前，姊早就告诉过她了，她自己也在不断地猜测着、琢磨着，他确是像她想象中那样的高了、结实了、黑了，她甚至还感觉到他有点"老"了。可是，这是一种青春的老，一种出于少女的过切的期望，把成熟错认为年老的"老"。

正是由于这种青春的力量，她虽然感觉他老了，但是更加感觉他是生气勃勃，精光难掩。

也正是由于这种成熟的程度，她感觉到在他的沉毅严肃的表情中，有一个没有向她开放，也是她所不能理解、无从探索的内心世界存在着。

但她同时又发现他几乎没有什么变化。对于她，他仍然是个既亲切又陌生的人，他简直没有跟她说话，一句话也没有说。分别了十年，难道他没有什么要跟自己说的？这里又没有其他的人在旁边！他既没有用儿时的小名来称呼她（她多么期待这个），也没有以今天缔结的新的关系来称呼她（她理应得到这个，刘锜哥哥就是这样称呼姊的）。前者总结他们的过去，后者开创他们的未来，两者都可以消灭他们间的距离。可是无论哪一种称呼，她都没有得到。他对她只是稍微含点笑意罢了，她还怕这点笑意无非是他涂抹在深沉的表情外面一层薄薄的糖衣。

但她发现他确是温柔的，这一层也是无可怀疑的。当她在他手臂弯中喝着满满一杯"交杯酒"时，因为喝得急了，怕喝呛，中途停顿了一下。他错认为她喝得太多了，怕她喝醉，就轻轻地弯过手臂，自己喝干了它。她对他是那么了解的，在这个小小的动作中，她看出他还是像儿时那样处处照顾和保护着她。

一种感激的心情，迫使她希望跟他说两句话，也希望他跟自己说两句，却不知道怎样开口，怎样去引逗他开口。她蓦地记起爹昨夜嘱咐她的话，"要使他成为一个顶天立地的英雄汉"。她毫不怀疑他本来就是如此，她也一定做得到使他更加如此。他过去堂堂正正的行为，他们之间过去的深情厚谊，特别当他还只有十五岁的时候就曾说过一个好汉子要像衮刀那样千锤百炼才能打成的话，这一切都为他必然要成为爹所期望的那种人提供可靠的保证。可是这样强烈的、复杂的思想感情，她怎能用一句简单概括的话就把它充分表达出来？

她不能够，她不能够！

2

被刘锜娘子用了那么善良和诚恳的祝愿置于其中的同心结所绾结起来的䄂娘和马扩的共同命运，却不像她的主观愿望那样顺溜。他们一开始就遭到惊涛骇浪。

婚后第一天，刘锜娘子照例送去彩缎和油蜜煎饼，然后在家里布置一个招待新夫妇双回门的"暖女会"，要把刚遣嫁出去的女儿连同新郎一起请回娘家来"烘烘暖"，这又是东京的婚礼中一个不可缺少的环节。这一年，春寒持续得特别长久，三月初旬还脱不了棉袄，把嫁出去的女儿烘烘暖也可以，但不知道双回门的日子在六月大暑中怎么办，难道另设名目，来一个"寒女会"不成？看来是很可能的，东京人最善于巧立名目，借机来寻欢作乐一番。

"暖女会"应该充满温暖的气氛。可惜，那天一清早，赵隆就被经抚房请去了，等候了好半天还没见回来。后来，刘锜也被宣入宫内，等候官家传见。缺少了两个要紧人，暖女会不免要冷落得多，但是刘锜娘子竭力支撑着局面。她当仁不让地代替了父亲和兄长的地位，亲自主持这个暖女会，使得它保持足够的温度把女儿烘暖。刘锜娘子对䄂娘的身份可以随机应变，她是䄂娘的嫂子、姊姊、朋友、保护人……假使赵隆不能行使父亲的职权，那么䄂娘就是她女儿，假使马母做不到一个东京人所要求的那样的婆母，那么她无疑地就要使䄂娘成为她的儿媳。刘锜娘子对䄂娘所表达的强烈的爱情中，既有豪侠温柔的一面，也包含着包办代替的成分，因此她受到䄂娘默默的感谢和含蓄的反抗。

刘锜入宫不久就回到家里，他先对新夫妇道过喜，然后愉快地谈了他被传见的事。

"贤弟！"他问马扩，并不认为这件又古怪又好笑的事情需要回避妻子和弟媳，"你道官家传见俺是为什么？"

"正在和嫂子议论，想必是官家想起了诺言，要委兄长到前线去打仗。"

"哪里是为这个！"刘锜连连摇头，轻松地笑起来，"俺原先猜的也是为此。哪知官家传见后，东问西问，绕了好大的一个圈儿，后来图穷匕见，道出了本意，原来是要俺陪同兄弟到镇安坊李师师家里去走一遭。"

官家一本正经地派了大内监黄珦来把刘锜找去，大家还当要谈什么正经大事，连家里的暖女会都差点开不成，临到结末却是派了这么一件风流差使。听到这话，他娘子和马扩都笑起来，只有鹯娘尽在问李师师是哪个。

"告诉你不得。这个李师师可是个蹊跷的人儿。"

"李师师怎生蹊跷？"

"李师师是东京城里的红角儿，"刘锜娘子用了非常概括的语言，愉快地、一语破的地介绍了李师师的梗概，"是官家心坎里的宝贝。"

在刘锜娘子的熏陶下，鹯娘果然大有进步了，她忽然联系了她看过的乔影戏，问道："李师师可是与那李夫人一个模样的人？"

"李夫人哪里比得上李师师？"刘锜娘子摇摇头，急忙为师师辩护，"李夫人只怕官家不喜欢她，死了还怕官家厌弃她；李师师唯恐官家喜欢得她太多了，躲来躲去不让他见面。这个李师师倒是个好人。"

"她还是高俅、蔡京那伙人的死对头。"刘锜接着补充，"他们狐营狗钻，一心要打通她的路道，借她这股裙带风吹上天，都吃她撺了出来。他们把她恨得咬牙切齿的，却也奈何她不得。"

"你怎生回答官家的？"

"官家圣旨，怎敢有违？"刘锜打趣道，"俺当即回奏：'马扩昨夜刚办了喜事，容臣稍待数日，即陪他前去。'官家还催促道：'卿等要去还是早去为妙，再下去可要大忙了。'"

"想是李师师听了兄弟的名声，要你陪去。"刘锜娘子以女性特有的细心插问，"只是你们真的去了，官家岂不生心？"

"李师师要官家办的事，他怎敢道个'不'字。"以侍从官家谨慎著称的刘锜，在家人夫妻之间的谈话中却也是很随便的，他缺乏含蓄地笑笑说，"官家宁可得罪满朝大臣，也不敢稍稍违拂她的意思，贤妹听了可觉得好笑？"

"朝臣有什么稀罕？王黼、童贯作尽威福，在官家心目中只是几条供使唤的狗。蔡京位极人臣，不过是陪官家作作诗、写写字的门下清客，一旦玩腻了，就把他踢出大门。怎比得师师是官家的……是官家的……"刘锜娘子一时也想不出既要尖刻，又要表明官家对师师无比宠爱的程度，又不能贬低师师品格的恰如其分的词儿。她问刘锜道："你道她是官家的什么？"

"是官家心坎里的宝贝。"刘锜笑笑说。

"咱说过了的话，不许你重说。"

"再不然，就是官家头顶上的皇后娘娘！"

"不是，不是！"刘锜娘子摇摇头，"郑皇后哪里比得上她？再说官家几曾奉郑皇后的一句话为'纶音玉旨'？"

"俺说的左也不是，右也不是，娘子你倒说说她究竟是官家的什么。"

"咱说呀，她什么都不是！"刘锜娘子想了半天还只得这句话，"她就是官家的李师师。"

这支插曲为暖女会平添了不少欢笑的气氛。只是赵隆尚未回来，不免引起大家的忧虑。好容易等到晚晌，才见他气呼呼地转回。

"好大的架子！"他一进门就吼道，"童贯这条阉狗直敢教俺赵隆白等了一天也不见面。"

原来经抚房号房外，一排板凳上坐着几十个对童太师有所想告和乞求的人。他也被他们打发进这个行列，把他冷淡地撇在一边，白白等候了几个时辰，也没请他吃顿酒饭。最后人家告诉他，童太师今天没空延接他，叫他明天再来候见。他忍不住发作起来，争论道他找童贯是奉官家的旨意前来计议军国大事，岂能叫他久候？一个衣冠华美的官儿从里间踱出来，用着有分寸的礼貌告诉他，太师近来正忙着，但已安排下明天接见尊驾，劝他不必性急。然后难听的话来了："有人候了大半年，还不得接见呢！等了半天算得什么？东京辇毂之地，可比不得你们边远之区，到这里来候见的总管、钤辖多如牛毛，哪在乎……"赵隆没等他说完这一句，用靴跟狠狠地蹬一蹬地板，拔脚就走。

赵隆在述说这一天的经过时，不由得气愤难忍。刘锜急忙安慰他："渐叔何必去生这些小人之气，他们要不在势头上逞威作福一番，那还成为什么小人？"

暖女会需要温暖的气氛，需要一个愉快的和通情达理的爹和岳丈。赵隆虽然憋着一肚皮闷气，还是硬咽下去，勉为其难地做到了他们希望能做的事情。他一口喝干了女儿、女婿敬他的酒，一口喝干了刘锜夫妇敬他的酒，然后举起空杯，向刘锜打个照面，大声地唱一句不知从哪里听来、学来的唐诗："与尔同销万古愁！"

这句诗显然不符合暖女会的需要。

3

第二天不是出于娘家邀请，而是新夫妇自动来娘家"双回门"的日子，东京人称之为"拜门"。这又是婚礼中的一个盛典，刘锜娘子自然又要为它大忙一番。

可是那一天绝不是黄道吉日，凌晨开始就下起簌簌细雨，后来雨点放大，一整天都是淅淅沥沥地下个不停。更加可惜的是被"拜门"的正式对象赵隆没等到女儿、女婿回门，就到经抚房去"拜"童贯的"门"了。那道经抚房的门绝不是令人欢欣鼓舞的门，他临走前带着那种阴沉的表情，以至于一望可知，这次拜门可能带回来什么样的结果。刘锜预料到今天将会发生的事情，除了无限含蓄地叮嘱他要沉住气，又特别派了一名妥当的亲随，要他紧紧跟定铃辖，得机就提醒铃辖，家里有事，一等公事谈毕，趁早回家。

虽然预先筑了那么周到的防御工事，赵隆还是没有及时回家。午刻以后，刘锜又派人去经抚房打听。那边的人只知道太师接见铃辖后，就各自走开了，不知铃辖的去向。刘锜又派人到赵隆平日走动的几家故旧家去探询，都回说铃辖今天没有去过。

刘锜预料到赵隆可能与童贯争吵，却没有想到会见后，他会跑得不知去向。双回门的一点喜气，完全被破坏了，这顿酒席大家都吃得忐忑不安。这早晚他到哪里去了？会出什么事情？各式各样的猜想在各人心头浮现。

"爹近来心境忧郁，昨晚回家后面色又恁地难看！"婵娘首先把她的不安表露出来，"妹子怕会发生什么意外！"

"贤妹放心，这小小的东京城，哪里丢得掉一个大大的赵铃辖？俺再打发人去找，想他不久也自要回家了。"刘锜只得安慰婵娘。

刘锜娘子却说出了大家心里猜度的最坏的想法："童贯那厮，无恶不作。倒怕伯伯得罪了他，他在暗中弄鬼，计算伯伯。"

"这还了得！"刘锜连连摇头道，"京师乃辇毂之地，渐叔又是奉旨去和童贯厮见的人，他再歹毒些，也不敢动渐叔一根汗毛。俺看他一定是去哪里喝酒解闷了。"

"俺看童贯也不敢出此毒手。"马扩跟着说，"只是泰山近来身子又不结实，这样豪饮剧醉，令人好不担忧！"

"伯伯昨晚还说'与尔同销万古愁',咱看他忧心如焚,几杯酒怎解得开他的愁怀,倒是'举杯消愁愁更愁'了。"

"渐叔对这场战争,一直忧心忡忡,放怀不下。"刘锜叹口气道,"再加上他对童贯这伙人气恼难平,五中郁结。你道不让他喝几盅解闷,叫他怎生排遣日子?"

"泰山身经百战,履险如夷,多少大风大浪都经历过来了,怎生对伐辽之战倒没有把握起来?心病要用心药医,俺看只是全军用命,打赢了这一仗,才叫他放心得下哩!"

"渐叔可不是为这个烦心?"刘锜又叹口气,"依俺看来,不但渐叔如此,就是种帅、端帅他们也是气势不壮。记得腊底在渭州,与他们辩难分析,费了多少口舌!"

"主帅乃三军司令,他先自挫了锐气,怎得叫三军鼓舞起来?"

"师克在和。朝廷与将帅的看法不一样,各持一说,却不是前途的隐忧?"

男人们故意说些迂远的话,想把恐怖的思想从亸娘心里引开去。可是他们做不到,亸娘一心只想着爹为什么到此刻还没回来。联系近来发生的一连串的事实——这些事实一直被紧张的婚礼筹备工作掩盖着,随着婚礼之告成,它忽然突出地暴露出来,她有一种不祥的预感,怕有什么重大的不幸将要落在他们头上。

檐间的雨加紧了,雨声隔着窗户和厅内单调的铜漏声相互应和,在焦虑的刻度上一点一滴漏去的时刻特别令人难堪。亸娘就是这样闷闷地坐过申时、酉时,眼睁睁地看着铜箭已经指到戌时一刻,爹还是没有一点信息。派出去寻找的人,一个个回来都没有带来确定的消息。这一点点、一滴滴滴进亸娘心头的漏声恰似一支铜箭射穿了她的胸腔。

"这早晚了,伯伯还未回来,派去的人,又不顶事,你自己出去找一找。"刘锜娘子一语提醒了刘锜,他霍地站起来,顺手捞一件雨兜披在身上,说道:"贤妹休急,俺亲自出去找一找。"

"嫂子宽心,咱两个一起去找。"马扩也同时站起来说。

他们还没离开厅堂,忽然听到门外传来一片喧呼声和急遽的脚步声。他们急忙迎出去,只见赵隆已被几个军汉架着跟跟跄跄地一直揿进厅堂来。他不是像往常那样喝醉了脸皮通红,而是脸上呈现出一种死人似的煞白,幞头斜歪,衣襟凌乱,一进得门,就口吐鲜血,接着大口大口地吐出血来。人们来不及用盆盂去承接,他就吐在地上,溅到各人的衣裙上、脚面上,溅得点点斑斑的到处都是,他似乎还想支撑一下，做手势叫大家休得惊慌，可是胸口的剧痛，使他不得不用双手紧紧按住。在疼痛和吐血的间歇中，没头没脑地大声嚷嚷："聚九州之铁，铸此大错……只怕将来噬脐莫及了……"但这是一句没能说完的话，一阵涌上来的血潮，遏止了它，接着血又大口喷出来。他倒在马扩的手臂弯中，徒然张开口，努力想要把这句话说完而不成功。他保持在这个气急、愤怒的表情中昏厥过去了。

马扩、刘锜急忙把他移进卧室，抬上床铺。刘锜娘子还有主张，她煎来了三七参汤，又找出元胡散来止他心口的疼痛，然后对丈夫道："请邢太医来急诊，还得丈夫亲自走一遭，才能把他找来。这里的事，咱会办。"刘锜一听有理，赶忙走马而去。

这里刘锜娘子和殚娘一起给昏迷的病人灌下参汤和碾碎的药末。有一个瞬刻，殚娘以为爹不会再苏醒了，灌下去的药汤都从口角边流出来。她控制住自己的呜咽，拉起他的手，听他的脉搏，唯恐它随时停止。那脉搏是十分微细的，时断时续。但是爹悠悠忽忽地醒来了，喃喃地又在对自己说什么。刘锜娘子推推她，问她听见了没有。殚娘起初还当是继续留在耳际的檐雨声和铜漏声给自己造成的错觉。她希望但又不敢想象爹还能说话，但他真的在说话了。后来她们两个一齐听清楚了，还是那一句没有说完的话："聚九州之铁……大错……"只是说得更加含糊，接着又转换一个急怒的表情加上说："发誓……发誓……"随即再度陷入昏迷。

在她们焦急的等候中，刘锜总算把翰林医官邢倞请来了。他诊了脉，足足花去两刻钟，然后用着精通本行业务的那种自信安慰病家说："不相干，痛是心痛，血却是胃血，不是心血，可以医得。"

然后，他又以同样的自信，发出警告道：病人一定要安静休息，心痛时倚在高枕上，休得卧平。以后绝不能再喝酒，再要大吐一次，动了肝阳，斫了本原，你就算请个神仙来也难措手了。

洞达世情的老医官邢倞即使处在他的小范围里，却能知天下之事。来自社会各层次的病家给他结成了一道和各方面接触联系的交通网，他像只大蜘蛛似的安居在自己的独立王国中，截留住一切落进他网中来的社会新闻。他完全了解并且能够正确判断出眼前这场急病中所包孕的政治因素。即使刘锜只字不提，他也知道得够清楚了，何况刘锜还要简单地介绍病因。

太医反复叮嘱的"不能再动肝阳"一句话，就充分表达出他的同情与关切。他留下方子和药，临别时，又特别进来跟病人打个恭。这不是一个医士给病人的礼貌上的敬礼，而是出于一个普通人对于能够向权贵挑战的英雄好汉所作的衷心的敬礼，然后摇摇头走了。

病人比较安静一点时，刘锜把跟去的亲随找来，问了这一天的经过情况。

亲随回答道："今天拜访太师的官客特别多，坐满了一房间，太师对钤辖另眼看待，第一个就延见钤辖。家人听四厢的吩咐，也跟进去，陪侍在侧。开头说话时，太师十分谦虚客气，堆下满面笑容，说什么'钤辖铁山之战，天下闻名，连朝廷也知钤辖的大名'。接着就拱手道：'伐辽之事，只要钤辖肯说句话，咱们就同富贵、共功名了。'

"后来钤辖说了两句话，触犯了太师，他的脸色慢慢沉下来，问道钤辖此来，是出于种师道之意，还是自己来的。钤辖回答了。太师叫两个堂吏捧来一叠文件，让钤辖自己看。过了半晌，太师忽然打哈哈道：'种师道早已遵旨出师，杨××、刘××带着部队，眼看就要开抵前线。哪里又跑出一个参谋到东京来阻挠出师，隳坏庙算？这岂不成了海外奇谈？'接着又打两个哈哈，叫钤辖自己看清楚文件，又连说两遍，'海外奇谈！'

"钤辖一时憋不过气来，厉声道：'太尉休打官腔，赵某此来正是奉了官家之旨，与太尉争论伐辽得失，不干种师道之事……'太师没等钤辖说完，就胡言乱道起来。钤辖也着实顶撞了他，张开胡子骂道：'什么……错……错的。'太师顿时翻了脸，拖长声音，吩咐送客。他自己再也没有接见别人，就此打道回府。

"走出经抚房，钤辖气得怔怔的，还想在大门口拦住太师的轿子争吵，家人把他劝住了。钤辖拔脚就往封丘门跑。钤辖奔得可快啦，家人气咻咻的，哪里赶得上他？谁知道走到城门外，就在一家小酒店里坐下，一迭声地唤'酒来'。只见他一大碗一大碗地直往肚里灌，连下酒菜也不要了，哪里劝阻得住？家人使眼色给大伯[一]，换了淡酒来，又叫钤辖发觉了。他拍桌痛骂，骂道是：'你们莫非也与童贯结成一伙来欺侮俺。'他一头骂，一头摔家伙，不知摔破了多少碗盏盘碟，大伯、焌糟的和酒客们都惊呆了。家人不放心让钤辖独自留在店里，又没法给家里捎个信，焦急万分。直到天晚了，钤辖醉倒在地，才得机雇辆太平车把他送回来，不道他在车里又吐起血来。"

亲随的叙述像箭矢般地扎进婵娘的心。

发生了这样剧烈的变故，才使她第一次正视两个月来发生的一切，由于她过多地关心自己的婚姻，完全没有看见爹身上正在发生的明显的变化。她欺骗了爹，也欺骗了自己，认为没有什么值得注意的情况需要她来特别照顾他，以致使他的恶劣的处境日益加深，他的愤慨的心情日益发酵，终于酿成今天这样严重的后果。她认为她自己对此要负很大的责任。

难道真的没有什么值得她注意和关心的吗？不，不！可怕的是这样的事实倒是太多、太惹眼了，只是她假装没有看见罢了。爹几曾是这样喝闷酒的？还有，在那个小驿站中，公爹和刘锜哥哥长篇大论说话的时候，爹的脸色多么阴沉！在丰乐楼上，听说王黼、童贯这伙人将在楼下走过时，他忽然发出那种奇怪的笑，那是怎样的笑呀！还有，他每常从朋友家回来，总是叱咤怒骂，坐立异常。这些事实难道还不够明显，不值得她注意吗？可是她没有以他的痛苦为痛苦，以他的愤怒为愤怒，反而在心里暗暗责备他的脾气大、气性恶，凡事不听听大家的话。她没有及时去劝慰他，熨平他心头的创痛，反而触怒了他，扩大了他的伤口。她几乎是和所有的人联合起来反对他，使他陷入更加孤独的地步。因此，她怎么也不能够原谅自己对爹造成的罪愆。

深刻的自我谴责，使嬋娘产生了一种要求赎罪补过的思想。既然爹的病是对她的叛变行为的惩罚，那么她必须赎取它，补救它。她下了决心，在爹病着的期间，要寸步不离地守在病榻前，伺候他，看护他，调理他，直到他完全恢复健康为止。她认为只有爹的病痊愈了，她自己心头的创痛才能得到平复。

她抽空把这个决定告诉丈夫。

"当得如此！"丈夫用了好像锤子敲在铁板上那样清脆的声音回答她。

可是在他痛苦地凝视着她的眼睛中，她读出了另外一些语言。她知道，他一定也明白他们必须这样做，这是"当得如此"，毫无疑义的。可是对于他们，这又是多么的难堪和痛苦。他们本来可以相处在一起的日子已经不多，过了不几天，他就要上前线去，这一去就不知道要多早晚才得回来。现在这十分珍贵的几天时间又将被这意外的事件所夺去，以至于他们没有什么时间再可以留给自己了。

他们结婚才三天。这三天中发生了多少意料不到的事故，不断地干扰着他们。但是建立起一个磐石般的感情基础不一定要花费多少时间，他们两人间只消交换一句简单的话，交换一个痛苦的凝视，交换一个彼此会意的微笑，就绰有余裕地把那个基础建立起来了。原因是他们之间早就有了这样深刻、坚固的了解。就她的一方面来说，远在结婚以前，甚至在他们认识以前，当她还是一个扎着一对小辫儿的小姑娘时，就早从旁人的叙述、夸奖中了解了他。

他答应了她陪侍爹的要求后，她向他凄凉地笑了一笑。这个笑表示她的深刻的内疚——她是造成痛苦的原因，表示对他的宽容的感谢。

她理解真正的爱情，首先不是从对方索取什么、享受什么，而是为对方付出什么、承担什么。她一生忠实于这个想法，因此她的凄凉的微笑就成为他们感情生活中的一个独特的标志。

第八章

1

"一件事要说过多少遍，才叫人家办得成。"师师以一句含有无限娇嗔的欢迎词来欢迎这两位奉旨而来、唯恐不受欢迎的嘉宾，她还怕他两个不能够领略她的向往之深，又加上说，"侍儿想屈二位之驾，来此小聚，不知道费去多少口舌和心机哩！幸蒙惠驾，不觉蓬荜生辉。"这一句说得如此婉转动听，这才使他俩完全放下心来。

"娘子说哪里话来！"文质彬彬的刘锜立刻趋前一步谦逊地说，"娘子若有差遣之处，只消命一介之使相召，岂敢不直趋妆台奉候，又何必如此大费周章？"

"刘四厢，你说得好轻松。"师师把一双澄澈的媚眼略略向上弹了一下，含愠地说，"可是敝妆台未拜沐清光者已经两年有余了，其间又何尝没有请邢医官再三速过驾？"

这更加是他们将在这里受到优渥待遇的有力保证，他们完全把心放下了。

原来他俩在事前确是忧心忡忡的。师师的矜贵、自重是尽人皆知的事实，自从有了这个最大的保护人以后，王侯公卿，在她的阶石之下，一律成为粪土。据他们听说过的，她把不乐意接待的贵宾摈诸门外，或者当面予以难堪都是常有的事。这次他们之来，虽然猜想可能出于她本人的意愿，可是猜想不过是猜想，官家并没有把这层意思明白讲出来，万一事情不是这样怎么办？他们又不能明白宣称他们之来是奉了圣旨的。还有，师师的心情瞬息万变，即使他们之去是她的意愿，他们去了正好碰到她心绪不宁又怎么办？总之，他们到这里来，心里一直忐忑不安，是冒着一定风险的。

他们知道，师师最讨厌的是那些坚持自己拥有对京师娼门管辖权的达官贵人，那些人自以为可以左右师师，好像可以左右一切受他们辖治的老百姓一样。他们总是怀抱着某一项政治目的前来登门拜访，结果莫不尝到闭门羹而归。对那些人，师师是严厉的，几乎是深恶痛绝的，因此近年来做这种尝试的冒失鬼已经越来越少了，但并非完全绝迹。

还有一等并非达官贵族的客人，他们从外路携来一口袋金子，企图到凤城来买一醉。他们慕师师之名，登门求见。师师视心境之好坏，保留着愿意或不愿意接见他们的权利。但如果发现他们同样也抱着某一项政治目的而来，师师就立刻把他们摈诸门外。凡是想要利用镇安坊这扇门阃作为通往宫禁的通衢的人，师师一律把他们看成卑污的政客——这是一个现代化的名词，当时师师用的语言是"一条蛆虫"，她决不愿意与蛆虫们达成任何肮脏的交易。

刘锜与马扩也生怕被她误会成抱有某项政治企图前来访谒的冒失鬼，因而受到她的冷遇。如果这样，那真是自取其辱了。

可是师师对于客人绝不是毫无选择、同样待遇的。她对恶宾，固然十分冷峻，对待真正的朋友却是亲切诚挚的，与之谈话，也常常是娓娓动听的。

镇安坊的常客有学士周邦彦、教坊使外号"笛王"的袁绹、被称为"雷大使"的教坊舞蹈教师雷中庆、琵琶手刘继安、翰林院图画局供奉张择端、老医官邢倞等人。

还有一个被师师尊敬地称为"何老爹"的突出人物。他是师师爹在染局匠的同事，是可以把师师个人的历史一直追溯到孩提时代的关系人。如果师师在这个世界上还存在着一个虽非她的胤嗣，却有着骨肉之亲的亲人，那么这个何老爹就是唯一的这样的人了。师师爹出事的当儿，何老爹受到他的委托，外而奔走营救，内而代替他抚育幼婴，弄得心力交瘁。后来她爹死了，一场无头官司又像瓜蔓似的延到他头上，他自己也被关进牢狱。师师无人领养，才被辗转卖入娼门。何老爹之存在对于师师的重大意义是，他为目前已处于社会那一极端的师师疏浚沟通了一条心灵上的渠道，指引她通过童年的回忆，回到社会的这一个极端中来。他和师师爹虽然都干着染匠这一行，可是他小心地防护着不让社会的大染缸染污了师师的心。他不愿到镇安坊来看师师，表面的理由是不愿看见把她送进火坑的李姥，实际的理由是他把镇安坊这个地方看成一口日益腐蚀着师师心灵的染缸，他自己不愿涉足于此。在师师的尊长、朋友之间，他是最敢于与官家的权威性挑战的人。他反对师师和官家接近，并且运用他对师师的影响竭力阻止她进宫去当一名嫔妃。师师每隔一段时间就要怀着一种近乎"朝圣"的心情前去参谒他，从他那里汲取力量来增加自己对官家的抵抗力。

这是存在于师师身上的极大矛盾。在客观上，她无法摆脱那个吸引着她，并且使她越陷越深的社会那一极端；可是在主观上，她一直在抗拒、挣扎。当后面的这种努力占到上风的时候，她就感到心身愉快，思想清明，有时甚至于感到自己的为人也变得好得多了。

邢倞在三十年前泛海东去为外国的一个国王治过病，治愈了他的不治之症，载得盛誉归来。这个光荣的记录，当然还是依靠他的真才实学，使他在他那一行中居于超群轶伦的地位。如今他已经是须发雪白的老医生了，医家像老酒一样，越陈越香，而他的脾气也像老姜一样，叫作"老而弥辣"。由于他的名气和医道招徕的病家和由于他的脾气恶断的病家几乎是同样的多。但他绝不是一个执拗古怪、不通情理的人。他不声不响地照料着师师自己最不愿照料的健康。师师不仅一向不注意自己的健康，有时还以她的任性、不按常规的生活秩序，几近有意识地拆碎了它。邢悙也不大愿意到镇安坊来走动，但为了师师的健康，不得不跟在她后面，辛辛苦苦地把她自己拆碎下来的健康的碎片像只破布袋似的补缀、拼合起来。有时苦口婆心地规劝她，有时正言厉色地警告她，规定她的生活秩序，限制她的饮食起居。这种规劝和警告一般都是不起作用的，以至于他在私底下担心一旦自己和几个真正关心她的老朋友奄化后，还有谁来照料她。

有几次，师师豁然开悟，真正下了决心要痛改前非，认真地表示要听老医官的话好好注意自己的身体，免得惹起友好们的担忧。老医官莞尔地笑起来，与其说因为高兴，不如说因为感到可笑。经验告诉他，她的决定即使是真诚的，也维持不到比这句话在空气中荡漾而消失更长久一些的时间。他也明白，没有一个高明的医家能够医得好她的带有根本性的任性的毛病，这就不可能根治她其余的毛病。

周学士是当代填词名家，是誉满天下的抒情圣手，如果把称道另一个词人的话"凡有井水饮处，即能歌柳词"，拿来移赠给周学士，他也完全可以当之无愧。

到得宣和年间，这位闻名全国的词人年纪已经六十开外。去年腊月底，有人传说他已病死，这个消息没有得到证实，但在东京的朋友们确已有好久没有获得他的确讯了。"水驿春回，望寄我江南梅萼！"这是他离开东京时，允承下来的诺言，这个诺言没有实现，惹得友好们为他十分牵肠挂肚。

周学士与师师有多年的交情，他自己曾说过，到得师师面前，他的这支笔重了。过去惯于在歌筵舞宴前即兴填写的那些绮靡轻倩的小词再也填制不出，而一变成为沉郁雄浑的格调。师师读腻了那些小词，特别欣赏他这种创新的风格，更加欣赏他说的这句话。

在官家的眼睛里十分冷峻的师师，到得老医官的眼睛里，她变得稚气可掬，到得老词人的眼睛里，她又变为沉郁雄浑，深不可测。显然，师师本人的风格也是变化多端的。她是多面的棱角形的结晶体，从各个角度上都可以看到她的一个侧面，但是很少有人看到她的整体，即使老朋友也是如此。

第八章

1

　　笛手、琵琶手、舞蹈师都是自幼把师师培养起来的教师，现在继续在技艺上指导她。其中袁绚曾和苏学士打过交道，如今年近八十，还是精神矍铄，兴致不减当年。他除有笛王之称以外，又是当代最著名的歌手，有时兴之所至，引吭一歌，声裂金石。

　　师师在艺术方面，什么都懂，什么都精，可惜什么都不能成为当行专家。他们一方面惋惜师师的懈怠，糟蹋了绝好的天分；一方面仍然喜欢到她家里来奏艺。这已经不再是希望把她培养成为他们的绝艺的传人，这种希望早就破灭。他们凭着艺术家的直觉参悟到像师师这样颖悟的学生，在十六七岁时，已经全面掌握了基本技巧，而在以后的更重要的十年里面，无所前进、无所突破，没有对哪一样迷恋到寝食俱废的程度，这就注定她不会再有更大的成就。他们之所以仍然喜欢到这里来演奏，是因为在这里可以得到真正的尊重和恰如其分的评价。他们演奏既毕，彼此交换一个默许的点头，就是很高级的赞美，有时抓住对方一个偶然的错误，调谑一番，也是口服心服，或者是心服口不服。大家习惯了，说了就算，不以为忤。在师师家里演奏绝不会受到恶客们的歪曲、轻视、恶毒的指摘和狂乱的吹捧，所有这些都是对艺人们的极大侮辱，而在他们不得不出去应酬演奏的客厅中又是经常会受到的待遇。

　　他们之所以喜欢到这里来，还有一个彼此心照不宣的秘密，因为在这里可以享受到很高级的生活待遇。师师处理自己的生活十分随便，对朋友却是竭诚招待。艺术家一般都是食品鉴赏专家，有时甚至是饕餮家。刘继安烧黄河鲤鱼的本领，不亚于他的琵琶。有时在急进的琵琶声中，忽然听得出炉火熊熊、油鸣哗哗，铁镬和铲刀碰出叮叮当当的声音，即说明他的心已经离开弦子走向厨房了。这时就要停止演奏，等候他献出另一种绝艺来，请大家品尝。刘派的这道名看名为"龙女一斛珠"，把鲤鱼中段切开几十个口子，每一个口子里嵌一颗湘莲，吃起来清香绝俗，使得满座都含有君子之气了。师师枉自追随他二十年，在琵琶方面固然是相去一截，在烹饪方面，更是望尘莫及。

　　所有这些来客，对于官家来说，都不是危险分子了，可是师师为了要取得和他们往来的自由权也并非不需要经过一番斗争。直到很久以后，师师才能够使官家了解到他们之间的友谊的性质，也才能使他们免于遭到被驱逐出京的命运。有时师师为了表示她的独立性，也曾接待过一些不相识的人，但这是偶然而又偶然的。

　　譬如今天前来造访的马扩，就是初识，他不但没有跟她见过面，也从未到过任何歌肆行院。他是特约来宾，否则就不可能到这里来。至于刘锜，却是旧识，他刚来东京时，为好奇心所驱策，曾通过袁绚的介绍，到镇安坊来拜访过师师几次，取得她相当的好感。后来事态的发展，使他了解到继续到这里来，不仅会使自己，特别会使师师处于十分为难的地位（师师自己却不是这样想的），因此下了决心，停止往来。

记忆力很强的师师完全记得他们结识的经过，还特别清楚地回忆起他最后一次来访的情况。那天周学士也在座中，在一张便笺上随手写下了昨夜他在燕王府家宴中为他的歌伎填的一首词。那真是一首无足轻重的小词，无非是用细腻的笔调描写她的体态轻倩、醉容可掬而已。师师一时高兴，把它调入曲谱，刘锜吹箫、师师自己低唱的情景还宛在眼前。没想到这首调寄《定风波》的小词却引起一场不大不小的政治风波，牵累了好几个人。为此，周学士不得不辞去在京的大晟府乐正的职位，被变相地放逐到宣州府去当差。本来是南方人的周学士，这次被迫回南，心中十分不满，因此写出了"地卑山近，衣润费炉烟""梅风地溽，虹雨苔滋，一架舞红都变"等词句，把自己的风湿性关节炎归咎于南方的气候。现在时间已经隔开两年，事过境迁，人事也发生了不少变化，关于周学士的生死存殁还没有得到确实的消息。师师提到它的时候，仍然是满腹怨恨，对从中拨弄是非、制造流言蜚语的蔡京等一伙人表示强烈的憎恨。

刘锜不愿让这个不愉快的回忆毒害今天的欢聚。既然师师热诚地欢迎他们来，这就够了。他知道今天的主角是马扩，自己只是个陪客。于是他机敏地把马扩推上去说："我把'也立麻力'带来了，师师可与他好好谈上一回。只可惜他的这手绝艺，在师师的闺阁之内，无用武之地。"

刘锜过火的雅谑使得不惯于此的马扩大大发窘。师师连忙上来为他解围，她再一次与马扩见了礼，然后把他们带上醉杏楼。

醉杏楼中凡是可以暗示官家与她的关系的一切陈设、布置，都被撤掉了，连得最近一幅御赐的《鸂鶒戏水图》也被打入冷宫。但是官家在这里留下了这么多的踪迹，要完全掩盖是不可能的。譬如他们走过楼下的过道时，瞥见一盆用牙签标着"一尺黄"的牡丹花，花朵已经半开，黄得闪闪发亮，金光灿烂，在它的花瓣上好像涂过一层釉彩。它还没有开足，就有盥水盆大小，开足了恐怕真是一尺左右的直径。这种天上仅有、人间绝无的名葩，如非来自禁中，师师又何从得到它？

内行的刘锜，一见就知道它的来历不凡，正待要问。

"四厢休问！"师师拦住了他的话，微笑道，"这盆花儿可是大有文章的，此刻休提，停会儿再说与两位听。"

师师与官家的关系已经尽人皆知，对于任何人都没有保密的必要了。可是师师在自己朋友面前决不炫耀它，她既不愿在朋友面前提到他，也不愿朋友在自己面前提到他。反之，在她憎恶者的面前，她非但不讳言这重关系，有时还把它当作一种武器来压制他们的嚣张气焰。师师决不让他们利用她和官家的关系，她自己却要利用它来压倒他们。对待"君子"用君子的办法，对待"小人"用小人的办法，师师在这里画下了一条泾渭分明、不容混淆的界线。她这样做的结果是从两极扩大了人们对她的爱憎：尊重她的人因她的自尊而更加尊重她了，憎恨她的人也因为她当面给予难堪而更加嫌恶她。当然她知道即使最嫌恶她的王黼、高俅一伙人，也只敢在背地里搞些阴谋诡计，在私底下发泄他们的仇恨，绝不敢与她明枪交锋。如果他们要公开反对她，那就等于公开反对自己的利益，他们绝不敢走上这一步。权贵们只好在弱者面前摆威风，一旦遇到比他们更大的权威时，都变成一条条的软骨虫了。师师用了这种"小人"的办法，把他们打出原形来，这种办法虽然有点可耻，却也非常痛快。

现在师师是在自己的朋友面前。她卡住了"一尺黄"的故事，先细细地打量这位第一次来此的客人。

她是为了满足自己的好奇心，经过一番周折才把马扩请来的。没想到马扩与刘锜的关系十分密切。这从刘锜的一句过火的雅谑中就可以窥测到。刘锜是她的朋友，马扩是她的朋友的朋友，这首先就使她对马扩产生好感。

其次马扩的本身条件也有利于他。如果马扩装出一种比他本身多的趄趄武夫的气概，那要使师师感到他的虚伪了，如果马扩装出一副他本身没有的文人学士的斯文相，那要使师师感到发腻了，但他两样都不是。他本来是怎样的人，在师师面前也还是他的本来面目，一点没有走样。他是师师生活领域中很少接触过，或者竟然是从未接触过的那种类型的人。

根据经验，师师知道凡是来此拜访她，特别是第一次和她见面的人都要把自己乔装打扮一番，有时打扮得面目全非。嘲笑他们的"失真"，并且利用一些机巧，使他们"还原"，是师师生活中的一种乐趣。可是她发现眼前的这位客人却是没有被加过工的原汁，仍然保持着直接来自土壤的新鲜感。他以自己的诚实、聪明、朴素和蕴藉给予师师以深刻的印象，以至于他在师师的闺阁之内，大有用武之地。

他们的谈话从师师要求他谈谈使金的经过开始。

师师显然也关心这一件国家大事。她迫切地希望从他这里听到有关的第一手材料。可是这个题材马扩已向朝廷汇报过，也曾在刘锜的客厅里抵掌长谈过，现在又要在师师的闺阁里一本正经地谈论起来，未免有点不好意思。到这里来之前，他虽然做过种种悬揣，却没有准备一开始，就认真地把它当作一桩正经事情在这里谈开。

师师及时帮助了他。

师师有一套别人怎么学也学不到手的本领。她的眼睛是识宝的波斯人的眼睛，能够一直透视到别人的心灵深处，知道埋藏在那里有什么宝藏。然后，她又善于从各个角度上引逗得他把自己的宝藏一铲又一铲地从心的矿穴里挖掘出来奉献给她。明明是她引逗了人，可是他们还错认为是自己讨了她的好，说了她喜欢的话。马扩离军从政，做了三年职业外交官。在业务上，他的谈判对手具有精明、狡狯、粗率，动不动就以谈判决裂为要挟，而事实上却一直保持着谈判持续进行等高级的外交艺术。他们使得老老实实的马扩也变得精明起来了，否则他就不可能胜任自己的职务。可是他始终没有从外交的实践中，锻炼出像师师现在在他身上施展出来的这套钩玄稽沉的本领，以及对付它的防御术。它们可以说是一种更加高级的谈判艺术。

师师竭力引诱他从猎奇的角度出发讲他在金朝的见闻。把这一整套的话题打碎了，化整为零，这就使马扩比较容易开口。他不知不觉地走进她的第一个问题的陷阱里，起先还有点不自然，后来却变得十分流畅，而且非常主动地谈起女真人的日常生活来。

男子们的生活离不开打仗和射猎。他们一年到头马不离腿、弓箭不离手。北风猎猎，斑马萧萧，鸣镝交加，虎豹惊驰。有的猎人隐身在草丛中，用桦皮角吹出呦呦之声，引得麋鹿出来，一箭就把它们射死，当场架起火烤烧了吃。他三言两语就把一幅活动在东北山林中的女真人射猎的图景带进醉杏楼。

"一张好弓，几代相传，弓把子红得发亮了，他们还是视同珍宝，一日几回摩挲，放不下手。亲友之间，相互馈赠的，不是野味珍禽，就是刀剑驹马，彼此都习以为常。"他加上说，"不但男子如此，连妇女也不例外。她们大都能驯服烈马，操纵自如，就是婴孩也多是在马背上养大的。每逢部落移动，或征调人马行军出战，大部队浩浩荡荡，妇女们背上一两个婴儿，照样灵活地驰驱往来，帮助男人担

〔一〕金朝建国时的首都，在今黑龙江哈尔滨市阿城区南的白城。

当繁重的杂役，看来好不壮观！"

"他们的国主、大将们想来都精于此道了？"

"那还待说！一辈子在马背上过活，涉山渡河，都骑在马上，看见飞禽走兽，拉开弓就射，还能不娴熟？"接着他应师师之要求，介绍起彼邦的有名人物，他介绍金主完颜阿骨打、二太子斡离不、四太子兀术以及大将娄室、阇母等几个人的经历、形貌和特技，说，"他们都是从小就带惯了部队作战，在战场上进进出出，就像在围场中驰猎，毫不在乎。这几年又学会了大规模作战，动不动就把几万人调上战场，跳荡纵横，锐利无比。他们驰射绝伦，行军指挥，都有一套办法，无怪辽军碰到他们就要望风披靡。"说到这里他不禁发一点牢骚说："女真贵酋们擅长的绝技是武艺驰射、行军作战，好比我们的公卿大臣擅长的是宴饮作乐、征歌逐色。两相比较，真可谓是'互擅胜场，各有千秋'了！"

马扩不知不觉地学起骂座的灌夫来，却博得师师和刘锜的同情。

"宣赞骂得痛快淋漓。"师师沉思地点点头，然后补上一句，"可也不尽然，譬如我们这里不是也有一个'也立麻力'？"

一句话说得马扩脸红起来，刘锜连忙替他解围道："兄弟虽然善射，却不过是个阁门宣赞舍人，等他做到两府执政，可又是一个样子了。"

"两府执政，别有一副面目，别有一副心肠，岂是俺这等人可以做到的？"

"宣赞说得不错，两府执政是天生的另一种人，即如咱这个阁子里，也容不得他们涸迹。"

然后师师又问起完颜阿骨打的宫闱情况和后妃们的日常生活。

"他们草创朝廷，尚无后妃等名色。阿骨打一心灭辽，经常住在营帐里，连不打仗的日子也是如此。即使回到会宁府[1]，也是百务倥偬，不遑宁处。俺亲眼看见过他的几位夫人，每当宴请使臣之际，都出来亲自披起衣裙，指挥侍役，传菜递酒，倒也不讲究什么男女内外之别。"

然后谈到了他们的宫室居住。马扩引用阿骨打亲口说的话："我家的上祖相传，只有如此风俗，不会奢饰，只图个屋子冬暖夏凉，更不必广修宫殿，劳费钱财。南使见了，休得见笑。"马扩以目击者的身份，证实这些话基本上符合事实。他说："阿骨打他们经常聚会、议论、办事以至宴饮、休憩的处所，名为宫室，实际上只有百十间木屋，开些窗牖门户，略加髹漆，取其坚固而已。与我朝的壮丽宫阙，不可同日而语。阿骨打这话虽是据实而言，并无讥刺之意，俺在一旁听了，却为之汗颜不止。"

师师问道:"宫阙当然不能相比。可是他们也有穷得无立锥之地的劳苦者,连个木屋、板棚也住不上的吗?"

"不错,穷苦者住在桦树皮和木栅建成的小屋里,里面涂些泥,就算是个家,有时一个人掘个地穴,也可以栖身,哪里谈得到居室之乐。"接着他谈起女真人当然也有贵贱贫富之分,就他看到的现象来说,"贵族、酋长和富人们虽然不敢过于华饰,但穿的都是墨裘、细布、貂鼠、青狐之服……"

"一顶貂鼠帽在浚仪桥大街的皮货行要卖几十两银子。"刘锜道,"如今时兴这个,王黼、蔡攸他们,一过中秋节,天气尚未转寒,进进出出就戴貂鼠便帽,外面罩个生色销金花样幞头,又故意在幞头下面露出便帽的边缘,以示阔绰,京师大大小小的官儿也仿戴起来,市肆里奇货可居,出了这价钱,也未必买得到好的!"

"貂不足,狗尾续。只怕将来做官的都要时兴戴起狗尾帽了,这才好看。"师师讥讽道。恣意地诋辱官儿们是她最感到痛快的乐事,这个脾气刘锜是很熟悉的。

"貂鼠在女真境内也是难得的珍品。贫苦人家冒着被虎豹吞噬的危险,进山林去捕获了它,却被贵家们勒索去,抵充债务租税。有的本人就是贵家的奴隶,被贱称为'阿里喜'[1],捕得了貂鼠也要献给主人,哪有他们自用的份儿?俺看穷人奴隶们夏天只系一条麻布裙,一年中倒有大半年严寒酷冷,冰雪连天。他们又不得躲在地穴里烤火,只以牛羊皮为衣,走在路外,贫富贵贱,一望可知。"

"他们男婚女嫁,婚姻之制,也与我们大略相同吗?"

"两家风俗,虽不尽相同,他们的富室婚嫁,也有送聘礼、纳彩等仪式,成亲时也用彩缎鼓乐,热闹一番。四太子兀术娶妻那天,特邀宋使去观礼,几十只木盘里堆着小山般的山珍海错、野味家畜,还有满瓮的酒,一两个月也吃喝不尽。贫家之女,有谁关心她们的婚嫁?到了及笄之年,自己上市集去讴歌,自述家世,称赞自己容貌之美、手艺之工,表示求侣之意,家穷未婚的男子们看中了她,彼此同意,就可带回家去,成亲后再禀告父母,也要拼凑些酒肉野味宴请亲友。"

"她们很容易就找到如意郎君吗?"师师带着极大的兴趣问,不由得和自己的早年生活联系起来。她暗暗想到,如果当初她也到市集去讴歌求侣,凭着她的凄凉身世和绝世容貌,准能找个如意郎君,那么她的命运就和现在大不相同了。现在她处在这个受人作践的屈辱地位上,心灵早受创伤,纵使身份复绝,面子上好看,她自己明白她只是一盏早已熄灭了内心之火焰的云母薏苡灯罢了。一盏不会放光的灯，不管质地怎样好，造型如何美，也不值得人们的艳羡。

马扩却没有跟踪她的思想，只是按照事实作了回答，大大破坏了她的充满浪漫气息的想象。

"贫女们能否找到合适的情侣，"他回答说，"固然要看情况而定。只是俺常看到她们出来讴歌，一回是她，二回仍然是她。讴歌的调子又是那么凄清动情，想来总是不如意时居多。"

"天下的贫苦人都是一般，不如意事常居八九，哪有好日子叫她们过？"师师感叹道，同时又提出一个要求来，"宣赞既然几次听了她们的讴唱，想必已经听懂，且唱一只，让我们也学着唱唱。"

这个要求对于马扩真是太过分了。他生平除军歌以外，什么曲子都没有唱过，又何况是女真姑娘的歌曲！他刚才讲的这些，都是根据舌人转译，才知道个大概，哪里就听得懂歌曲内容！更加谈不上学着唱了。

师师一见马扩为难，就微笑着收回自己的要求，再问："宣赞去了几趟，总学会了他们的说话，可以和他们对答会话了？"

"说来惭愧，虽然去了几趟，接伴的官儿和舌人老是跟在脚后跟，哪有学话的机会？再说俺这个笨脑袋，学会了几句也记不全。到如今，只记得几个单词罢了。"

"好，好！"师师孩子般地焕发起来，"歌唱暂且寄下。这女真话一定要宣赞说几句，试试咱这个笨脑袋，在这一夕之间，能够记得下多少。"

随着他们间的亲密谈话，一个神秘莫测、高不可攀的李师师逐渐退隐幕后，代之出现的是一个天真娇憨、坦率诚实的李师师。原来来自社会底层的李师师天性确是真实和坦率的，她并不喜欢作伪。贫家女儿一无所有，无所用其掩饰和遮盖。可是她不幸当上了歌伎，更不幸成了名歌伎，职业需要她披上一件伪装。她不得不按照职业的要求，违反自己的本性来处世。在这方面，她锻炼出一整套高级技巧，使她得以在上层社会中应付裕如。特别在她和官家的交往中，她几乎是步步为营的，每句话、每一行动，都含有很深的机心。如果说，她有时也对官家表示了一定程度的坦率，那种坦率也是经过加工的，不过出于策略上的考虑，用来掩盖她的机心而已。

当然她使用机心的目的，也不是为了要去损害人家，而只是为了保护自己，因为她时时刻刻都处在被袭击的危险中，人家不惜纡尊降贵地跑来迁就她，目的就是希望从她身上有所得。她不愿出卖自己，就必须用几层厚的铠甲把自己防护起来，她机心越深，防护越严密，就越加得到主动权，可并不使她愉快。有人只希望他自己一个人在世间上昂首阔步，独往独来，他自己到处都是主动的，把别人全部打到被动的地位上去，并以此为乐。天性宽厚的师师，在和别人打交道的时候，并不想用自己的主动去占别人的便宜，有时当她使用了技巧对别人占到优势时，她常会自觉到自己是个不好的人，是个弄虚作假、在精神上受到玷污、自己决不希望与之做朋友的人。

现在她是跟一个毫无娇饰的年轻人在说话。这个青年既不想取悦于她，也无意要她取悦于自己（根据她的经验，通常被她接见的人，很少没有这两种，或者至少是其中之一的想法）。他只是出于善良的意愿顺从师师的要求，老老实实地说着自己在异乡的感受，他反映的是客观事物，也表达了主观想法，这一切都是那么自然、真实。作为一个堂堂正正的人，本来就该如此，好像一棵树木，本来就应该按照自然的要求那样生长发育。可是偏有人喜欢病态的美，喜欢矫揉造作的美，偏要把一棵正常的树修剪得或者强扭得像他们所认为"美"的那种变形。师师感觉到当代的人物也被社会的压力扭曲得变形了，接触到他们，她就会产生一种好像油腻吃得太多而引起的恶心的感觉。

正因为如此，马扩的真实、自然的力量很容易就把她征服了。她自己也逐步脱卸那件为了适应那些访问者而穿上的伪装，逐步撤回一个歌伎对于来客的必要的警戒和防御，最后成为一座完全不设防的城市。她用不着做作地爱娇了，刚才他们进门时，她还是那样做作着的。其实一颗天真未泯的少女的心，本来就是爱娇的，无所用其做作。她用不着以忧郁的甲胄来预防他们的过分接近了，他们并无这样的企图；她用不着钩玄稽沉地从他的心里去钩取什么，他早已老老实实地说出了他愿意和可能说的一切。

只有对付有同样社会经验而又别具用心的人才需要搬出她那套高级的处世技巧，否则便是一种凌欺的行为。她卸去伪装，恢复了本来面目，自己也感到轻松愉快。

"多么奇怪！"在一旁观察的刘锜不禁大为惊奇起来，想道，"难道眼前这个师师就是以娇贵矜重著名于京师的李师师？不！这简直叫人不敢置信了，她变得多么快，变得多么厉害，完全是另外一个人了。"

"四厢袖手旁观，也不帮衬咱说句话儿！"她看了刘锜一眼，似乎已经猜到刘锜心里的想法，"四厢看咱变了样吗？不！咱可真想学几句女真话，明儿也被派出去跟他们打交道哩!"

"谩都歌!"看见师师一心想要学女真话的那副傻劲儿,马扩不禁说出一个不太好听的字眼,然后应师师的要求解释"谩都歌"是一心一意想要得到什么的痴心汉的意思。

"咱可真是一个想学女真话的谩都歌呢!"师师欣然同意地说。

其实马扩对女真话的知识也确是十分有限的,他说了几个单词,一般的官儿称为"勃极烈",称官之极尊者和国主的继承人为"谙班勃极烈",大官儿为"国论勃极烈",宗室的男子是一个汉化的词儿,称为"郎君"。夫称妻为"萨那罕",妻称夫为"好痕",和睦爱好称为"奴申",好称为"塞痕",坏称为"撒辣"。这最后的一个词儿发音十分拗口,他说了两遍也没说准。

"还有吗?"师师把它们一一记熟了,用了她的女性的柔和的发音在心里重温一遍,再问。

"还有一个不好听的词。"马扩又想起一个,"女真人犯了法,轻则用柳条鞭打,重则用大棒敲杀,这个刑罚,他们称为'蒙霜特姑'。"

"听邢太医说起,"师师笑嘻嘻地把已经记得的词儿穿成一串说,"令岳是个塞谔正直的长者,新近把爱女遣嫁宣赞。宣赞新婚宴尔,一定能曲尽为夫之道。但愿宣赞是个'塞痕好痕',与'萨那罕'永保'奴申',休得惹怒了令岳,把你'蒙……姑'的。"

"师师不必担心!"刘锜道,"宣赞的新夫人与内子亲如姊妹。宣赞要有一点'撒野'……"

"撒辣,不是撒野。"师师含笑地纠正他。

"是那个拗口的词儿。"刘锜点点头,"宣赞对新夫人要有一点撒辣,休说他的老丈人,就是内子也不会答应他,顶少也要叫他尝尝柳条鞭的滋味。"

师师十分高兴听到这句话。然后她以一句东京式的诙谐结束了这场谈话:"怪道两位形影不离,原来你们哥儿俩的衣襟是连缀在一块儿的。"

2

夜晚来了，就官家交下来的任务而言，他们已经很好地完成了，就他们自己而言，也过了非常愉快的半天。现在他们交换着眼色，准备兴辞而归。伶俐的师师从他们的眼睛里看出这项"罪恶企图"。

"二位难得光临，"她马上先发制人地把他们截留下来，"宣赞又是头回在此做客，这一去了，不知要过几时再得见面，哪能这样容易说走就走。今天务必留下来喝杯水酒，不可辜负了咱这番心意。"

马扩不知道应不应该留下来，第二次向刘锜递去询问的眼色，刘锜马上作了肯定的示意。他当然最明白东京的行情，让李师师出面挽托官家邀请他们前来，这还不足为奇，由师师亲自殷勤地留饭，这却是他们可能膺受到的最大的光荣，东京城里哪有比这个更高雅的宴饮，连御宴也比不上它。傻瓜才会拒绝她的邀请呢！

这一切又逃不过师师那明察秋毫的眼睛，她希望他们能够用朋友的观点而不是用东京人的通常的观点来评价她的邀请，既然她是以一个真诚的朋友的身份而不是以歌伎的身份来邀请他们。这个，马扩自己应该作出判断。她为马扩的稚气甚至有点感到遗憾了。

"宣赞是事事都要向四厢咨询请示的，"她浅浅一笑，带着一只小小的钩子，希望不至于刺痛他，"真不愧是个听话的好兄弟。"

于是他们留下来拜领师师的酒饭，默默地咀嚼和品味这个莫大的光荣。师师为他们准备了很高级的"乳泓白酒"，几色简单然而很精致的菜，还有师师一时兴起，亲自下厨去试制的"龙女一斛珠"，这道菜花去师师很多的工夫，在烹调技术上与她老师比较起来，自然还有"鱼目混珠"之嫌，但是伴着师师的一片盛情，再加上各式各样可口的作料，品尝起来也当得起"韵梅"的评语而无愧。

晚餐以后的醉杏楼，暂时停止了谈话，忽然出现一片静谧的世界。一缕细细的幽香凝合在寂寞的空气里，似乎把整个阁子都冻结起来，只有烧得欢腾的蜡烛，不时颤动一下，发出哧哧声，才稍微打破了一点室内的均匀感。

那幅《玉楼人醉杏花天》的楼台人物工笔画早已摘去，官家的赠画也被临时撤去。一枝斜斜地躺在胆瓶中，睡意蒙眬的杏花暂时填补在那方蒙着深紫色壁幛的壁间空当里。她原来是高傲绝世、孤芳自赏的，现在被折下来，似乎漫不经心，又似乎是经过精心结构地躺在以壁幛为背景的胆瓶里，陶醉在这片融融泄泄的春意中，正在娇慵地舒展双臂，一任人们去欣赏她的媚姿。

杏花好像用一幅冰绡雪縠，轻轻叠成数重，裁剪而成。在花瓣儿冰雪般透明的质地上，淡淡地化开一层红晕。是哪一双灵巧的手，把一点薄薄的胭脂匀注在她的粉靥上？再浓一点就太华丽了，再淡一点就太素净了，只有像这样浓淡适中才恰到好处。或者再浓一点也不嫌其华丽，再淡一点也不嫌其素净，因为在这惬意的气氛中，没有什么安排不是浓淡适中，恰到好处，这里存在的一切，都是美好的，不允许有一点挑剔的余地。

可是这似有若无的一层，又不像从外面敷上去的胭脂，只能是从里面化开来的薄晕才能化得这样匀称，这样恰到好处。肯定不是！她是从来不敷胭脂的，这是喝了一点酒在脸颊上泛出来的绯色。这才对了，微醺已经在她身上发生作用。她双眼生春，薄晕含花，那么无力地斜倚在紫缎的引枕上。受到室内盎然的暖意所烘焙，受到室内荧煌的烛光所映衬，她好像一层薄蜡，正在慢慢地融化，最后要融成一堆稠厚的流汁。

杏花醉了。

这时师师正在想起官家一句更高级的赞词："醉杏酡颜，融溢欲流，真个是羞煞'蕊珠宫'女了。"

蕊珠宫是天上的宫阙，也是官家自己的宫殿，这句把她抬高到"天上人间，无双绝伦"的地位上的双关语，如此取悦于她，以至于平日难得一笑的她也不得不为之嫣然一笑了。

但是最美好的一刹那倏然过去了。饮酒前水乳交融的谈话，酒后那个宁静的世界都一去不复返了。这入口似乎很醇冽，实际的性子却很猛烈的乳泓酒，不仅在师师身上，也在其他两位客人身上产生了同样的作用。

酒入愁肠，化作一腔悲愤。他们的心情原来也都不是那么平静的，现在渗进去六十五度的酒精，蓦地兜上满怀心事，在他们的心海中泛腾起阵阵波涛。当他们重新提起女真那个话题，继续谈论时，一片沉重的感喟和连续不断的叹息声充塞在凝厚的空气里。

马扩在刘锜家里第一次谈话中曾经预言过，强有力的金朝一旦灭亡了辽，必将转其矛锋对我，不知朝廷将何以善其后？当时，他刚从会宁府回来，对强悍贪婪的女真诸酋怀有深刻的戒心。近来，他在东京住的时间长了，与当朝大臣们接触越多，对我方的弱点了解越深，就越感觉到自己的看法具有非常现实的意义，绝非杞人之忧。他说：一个人的本原亏了，百病就乘虚而入。一棵大树从根子上烂透了，人家不用花多少气力，就可以把它砍倒。现在的事实是这棵大树早已连心烂透，而手持斧斤的伐木者也已虎视眈眈地窥伺在侧，对这种危机，焉能置之度外？

由于对内对外两种因素都了解得最清楚，马扩是最有权利把这重隐忧提出来的当事人。他已经不止一次地与当局者议论及此，促使他们注意，要他们在考虑伐辽的同时，预筹防止异日金军入寇的对策。可是言者谆谆，听者藐藐，他们正在兴高采烈，一心只想到前线去捡个便宜货，哪里听得进他的扫兴的话，为它未雨绸缪起来？

不是在师师的闺阁里，而在庙堂之上，像马扩这样一个地位低卑，又无有力靠山的微员，的确是很少有用武之地的。权贵们虽说也很欣赏他的才能，把他连头发带骨髓一齐分解开来充分使用了，但只把他当作一件外交工具使用，并不允许他参与密勿，议论大计（在权贵之间，多少也有点差别：童贯有时还听他几句，至少装出在听他说话的样子；王黼、蔡攸连装装样也不愿意）。马扩多次的建议，都被他们束之高阁。他们这批人专横地垄断了伐辽战争的决策权和执行权，但据马扩所知，他们在这个问题上面恰恰是最浅见、最无知、最没有责任心的。作为他们的下属，他又不得不经常与他们打交道，这是使他感到非常不痛快的事情。他憋了一肚皮的闷气，亟思一吐为快。现在师师的一双柔荑把他心口的束缚解除了，至少在师师的闺阁以内、妆台之旁，他可以畅言无忌地畅谈一切。

他讥笑当局者道：南北夹攻之议，已经谈了三年多。他们这些人连女真在辽的东、南、西、北的方向还弄不清楚。前两天蔡攸自以为是地说："天祚帝逃往云中，正好撞入女真人的老窠，岂非自投罗网？"他当场纠正他，蔡攸恼羞成怒，说道："自古以来，云中之地就是女真人的出没之所，史有明文。你们画的地图，未与古本校正，弄出纰漏，哪里作得准？"

权贵们胃口似牛，目光似豆，根本谈不到深谋远虑。他举出一例道："俺接伴金使往来，一直主张取道宁可纡远些，沿途更要防卫严密，不让金使觇知了直接的途径和我边防的虚实。王黼知道后，反而嗔怪俺多事，说什么'同盟之邦，何得妄加猜忌，徒生嫌隙'。俺哪里听他的胡言乱语，这番带了金使来，仍走那条远路。王黼打听确实，大发雷霆，对童贯说：'马扩那小子，目空一切，胆敢违抗宰相指示。如不念他接伴有功，即日撤了他接伴之职。'"

"你说得有理,俺就依你,说得无理,休想俺理睬你。撤了俺的差使打什么紧!"马扩越说越气愤,"天下事总要有人管,你们大官儿不管,只好由我们底下人来管。休说俺越俎代庖,总比让它自行糜烂的好。终不成把大宋朝的天下断送在他们几个手里!"

"兄弟不要气恼。"刘锜劝慰道,"在朝诸贵只要天下人去忧天下人之忧,而他们自己是只想去乐他们之乐的。你看王黼终日周旋在几个姬妾之间,哪有闲工夫去管到边疆之事?兄弟在东京住上三年,把棱角都磨平了,那时见怪不怪,自然心平气和了。"

"如果他们不管闲事到底,倒也罢了。"师师又深一层地剖析道,"只是他们自己不肯去忧天下人之忧,又不许天下人去忧天下之事。有个名叫高阅的太学生说了句'天下事由天下之人议之',就遭到他们陷害,这才是贻祸无穷呢!宣赞不是说过,骑射作战是女真的国论勃极烈之长技,那么我家的国论勃极烈的长技,又是什么呢?这个四厢可知道得最清楚。"

其实不单是刘锜,他们三个都是那么清楚我家的国论勃极烈们的长技的。他们你一句我一句地彼此揭露,互相补充,很快就勾画出一幅《宣和官场现形图》来。

国家呈现出一片空前的繁荣,但它只是一个假象,或许还是一个迅速衰退的信号。有谁能够透过五光十色的东京城,放眼四野,就可以看到千千万万的流徙者无衣无食,嗷嗷待哺,或者是忍无可忍,执梃奋起,准备与官府士绅拼个你死我活的图景。历史证明,伴随着虚假的繁荣而来的必然是一场真正的毁灭性打击。

宣和时期已处于这场毁灭性打击的边缘,可是只有最敏感的人才能感觉到祸患的迫近。

种师中忧心忡忡,唯恐打不赢伐辽战争这一仗;马扩唯恐金人得志,将转以谋我;邢倞唯恐身处在上流社会的师师得不到人身安全;东京有些人在过着腻红醉绿的生活的同时也生怕好梦不长,好景不长,因而惶惶不可终日。这种脆薄的心理都是他们从某一个角度中朦胧地意识到一场祸患即将袭来的反映。但他们只能从表面上、局部上寻找原因,而不可能从根本上认识问题和解决问题。

他们仅仅把这些不祥的朕兆之出现归咎于人,归咎于一部分要对这些朕兆之出现负较大责任的典型人物。

在任何历史时期中都能够找到这样的典型人物,而在某些历史时期中,这些人物又表现得特别突出。宣和时期的权贵集团就是这样典型地集中了无耻政客的卑鄙性、封建官僚的残酷性、地主阶级的贪婪性，突出地把自己放在社会的对立面上。他们正在努力拆毁一座庞大的建筑物，这座建筑物恰恰就是他们寄生生活的母体——大宋王朝和赵氏政权。他们在客观上走的正好是与主观愿望完全相背离的道路。没有这个朝廷和官家的支持和任用，他们一天也不可能站在朝堂上。在主观上，他们也希望这个朝代千载万祀，传之久远，可是这并不妨碍他们正在不遗余力地拆去它的墙脚，偷换它的栋梁，眼看有朝一日，轰的一声倒塌下来，把他们连皮带骨压成齑粉，埋葬在瓦砾堆里。可是他们丝毫也没有这样的自觉，反而沾沾自喜，自认为正在建造一座万世不拔的殿基。

他们真是聪明得太愚蠢了。

他们已经成为人人厌恶、痛恨的对象。除了他们的支持者——官家。

师师、刘锜、马扩三人虽然有不同的社会出身和生活经历，但他们的人生哲学处于相接近的水平线上，他们的爱憎基本一致，因此他们密集地发射出来的箭矢就集中在王黼、蔡氏父子、高俅等活靶子身上。

可是他们对官家都存在着不同程度的幻想。即使归咎于人，他们的攻击也只是到权贵集团为止，不敢再往上推。至尊无上的传统观念支配着他们，同时他们也不可能认识到官家的命运早已与权贵们紧紧缚在一起了，没有这些主要的推手，就无法推动他那辆成为罪恶统治象征的玉辂。官家有时也斥责他们中的某些人，这是他的一时喜怒，与他们之间的根本关系无涉。

如果马扩他们想要突破这一关，甚至大胆地敢于对官家本人也提出非议，采取积极的行动，那除非是比较起官家个人的至尊无上的地位来，他们还有着更加重要的选择。那是他们明明白白地看到非要舍弃这个官家，就无以拯救这个朝代和千百万老百姓的时候。那是需要通过无数次的政治实践，通过无数次希望和幻灭的反复交替，才使他痛苦地达到这个结论，毅然做出这个取舍。马扩今后的不平常的经历将会证明这一点。

经过这番发泄后，酒精的浓度也随着蒸发殆尽，他们的心里都感到痛快一点，这时师师蓦地记起一件有趣的事情。

"二位可要知道薛尚书昨日来此干了些什么体面的活儿?"她换了比较轻松的调子问，然后代替他们回答说，"这样珍贵好听的新闻，不可不闻。"

侍立在旁的侍女惊鸿一听师师提到薛尚书就噗笑起来，她笑得那么有劲，笑得完全失去常态，可见这件事与她有关，并且肯定是大有噱头。

"你先别笑!"师师吩咐道,"先与小蓉把廊下的那盆'一尺黄'搬上来,让宣赞与四厢先赏了花,再听新闻。"

"不用了。"刘锜急于要听新闻,阻拦道,"我们进来时已经有缘拜识过'一尺黄',师师不是说了其中大有文章吗?"

师师一想不错,点头道:"也罢,二位既已赏过名花,且来品赏品赏我们的国论勃极烈薛尚书其人其事。"师师开始了这个故事:"昨天晌午,薛尚书派一名府里的干办到这里来。宣赞可认得这位薛尚书,兵部尚书兼相府大总管薛昂?这可是东京城里大大出名的妙人儿!"

"俺来东京后,就闻得他的大名,还同他同过几次席。"马扩回答道,"只是无缘交谈。"

"宣赞没听他用钱塘官话大发妙论,真是失之交臂了,四厢可是常常聆教的。昨天那个干办持来他的书子和名刺,说要借用'一尺黄'数天,约日归还不误。惊鸿回绝了他,他悻悻然地走了。

"没想到,过了一个时辰,薛尚书自己跑来,咱哪有工夫应酬他,还是打发惊鸿把他拦在庭阶下,问他有何贵干。他先是口口声声地嚷道有要紧事与贵人密谈。一见惊鸿倒安静了,说些多日未造潭府致候、寸心不安等客套话,然后央告道童太师出征在即,公相要举办个'牡丹会',打算搜集天下所有的名种牡丹,开宴饯行。久闻得尊府栽有一盆'一尺黄',是京中绝无仅有……"说到这里,师师自己撑不住先笑了,示意惊鸿接着讲下去。惊鸿早已笑得打跌,一手握着帕子,堵住嘴,半天说不出话来。

"看你笑得这副轻狂相!"师师佯怒道,"二位等着听呢,你到底说与不说?"

"娘子先笑了,怎怨得人家笑。也等婢子笑停了再说。"可她还是笑个不停,只好一边笑,一边断断续续地讲下去,"薛尚书说了那句'京中绝无仅有'以后,"她特别强调这个"京"字,可是底下的话再也说不清楚了,"他,薛尚书自家想了一想,忽然怔住了。婢子不知道他为什么在自己的后脑勺子猛拍一掌,拍得那么响,清清脆脆的啪的一声,又连连口吐唾沫,似乎要用那腌臢的唾沫把那句话冲洗掉……婢子心里想,一定是他的疯病发作了,听说大官儿们都有疯病的,就大声呼唤:'来人啊!你们的官儿发病了……'谁想得到,他忽然转个身,端下幞头,恭恭敬敬地向空中作个揖,恁……恁告道:'卑官薛昂无状……一时疏忽,不识高低,误……犯公相尊讳,罪该万死,乞公相海涵!'"

惊鸿的最后一段话是模仿薛昂杭州官话的腔调说的，并且搅和在自己的狂笑和剧烈的全身扭动中，说得叽叽呱呱，含混不清。马扩简直听不懂，尽在问："他说的什么呀？"惊鸿一下子从模拟薛昂的那副弯腰弓背、诚惶诚恐的姿势中伸直了身体，却无法控制自己的狂笑，只好用手指指着刘锜道："问他，问刘四厢，他知道。"

与薛昂熟识，并且熟悉他那音容笑貌、熟悉他的为人行事的刘锜自然听得懂惊鸿的话。刘锜把薛昂的那句话翻译给马扩听了，再补充道："薛昂那厮，最善逢迎，在家里定下规矩，谁要触犯了公相大人的尊讳，就得受重责。偏生他自己的记性最差，常要触犯。家人挑出他的错，他就连连扇自己的脸颊，说道：'该死，该死。下官薛昂实属罪该万死！'"

"薛昂那厮，不学无术，偏喜欢诌几句歪诗。"师师再次补充，"去年官家临幸蔡京之宅，他当场献诗道：'拜赐应须更万回。'太学生听了笑歪嘴巴，大伙儿称他为'薛万回'。如今依四厢这一说，他的这个'薛万回'合该让位于'薛万死'了。"

"什么薛万回，什么薛万死，都为的是那个摔不死、跌不倒、脸皮比铁皮还厚的蔡京。"惊鸿在一旁恨恨地骂，"这个蔡京的名字比大粪还臭，为什么触犯不得？蔡京、蔡京、菜羹、菜羹，婢子偏要触犯他一千回、一万回。把菜羹泼进茅厕中，把蔡京踩在泥土里，他从哪里来，就该回到哪里去。婢子把他骂了、辱了，看他又待把婢子怎么样？"

惊鸿的满腔义愤，引得大家都笑起来，然后师师把故事继续下去："公相要讨好太师，尚书要逢迎公相，他们各自怀着鬼胎。"调子显然变得严肃起来："咱想他们间的腌臜交易何必由局外人插手其间，成他之美？当即让惊鸿回绝他。小妞儿想得妙，跟他说'尚书来得不巧了，这两天，有位贵客正待要来赏花，不能奉借，请莫见怪！'"

"薛尚书不到黄河心不死。"惊鸿抢着接下去说，"他死乞白赖地要打听这位贵客是谁，又胡乱猜了几个人。婢子吃他缠不过，就爽快地回答他：'尚书休得胡猜，这是个要紧人，比尚书的蔡京官儿还大，还要紧呢！'一句话治好了他的装疯卖傻，他顿时改变了颜色，连连打躬作揖，抱歉道：'冒犯、冒犯，打扰莫怪！'打起轿子就走。婢子忍住笑送他出去，他还说：'不敢当，不敢当。'他一走，婢子就挑水把他站过的脏地方，洗了又洗，冲了又冲，整整冲掉十担水，到今天还有点

第八章

2

腰酸背痛呢！"

这个即景的真人真事，发生在前线战云密布、大战一触即发的前夕，当事人又是身当其事的公相、太师、兵部尚书等，这就值得人们的深思而不能一笑置之了。

看到客人们沉入深思，师师又一次跟踪着他们的思想，引用一首当时流传颇广的歌谣发端道："'打破筒，泼了菜，便是人间好世界！'东京四五岁的小儿都会唱的这支曲子，二位想也听说过。"然后她以他们意料不到的沉痛和激越控诉道："蔡京之下，又有哼哈二将和他的狗子贼婿们，童贯之下又有一大批立里客。滔滔天下，擅权逞威的官儿，又有几个不是他们的门下？老百姓在官儿们无餍的殊求下，终岁劳苦，胼手胝足，欲求一饱，只想系条布裙而不可得。贫家之女，身世犹如转蓬，自家做不得自家的主，欲求像女真姑娘那样上市讴歌，寻个如意郎君，也不可得。四厢与咱结识有年，可知道咱是怎生被卖进这道门来的？正是官府杀害了爹，坑得咱上天无路，入地无门，才卖身到这里来做这卖笑承欢的勾当。咱不怨官府又去怨谁？"

接着她指指惊鸿，说下去："且不说咱的身世，咱家这两个小姐儿又何尝不是如此？你们看她笑得这股傻劲儿，一旦家乡来人找她说话，哪一回不是眼睛哭得核桃般肿？四厢、宣赞，请去打听打听咱这一行子，有几个姊妹不是生长于贫苦之家，哪个喉咙里不咽着一口苦水？只怕她们当筵强笑，未必都肯坦怀相告罢了。这都是官儿们坑了咱们的。官儿们要不是把老百姓逼得家破人亡、妻离子散，他又怎得爬上高枝，巴结权贵，拿咱们取乐呢？依咱看来，上自蔡京、童贯，下至开封府、祥符县，连带那些胥吏押司、豪奴爪牙，都是一个鼻孔出气，一张嘴说话。滔滔天下，哪有不破的筒，哪有不烂的菜？咱怕打破了一个筒，泼去了一碗菜，人间未必就有一个好世界！"

这不是对某一个官儿不满，而是对于整个官场已形成一种看法，这不是酒后的一般牢骚，而是出自心曲的变徵之声。刘锜、马扩不知道师师一旦把天下事和自己的童年生活联系到一起时，再也抑制不住心头的悲愤。她认为所有峨冠博带、衣蟒腰玉的官儿都要为她的童年以及普天下有着类似命运的人们负责。

可是她显然把眼前的两位客人看成例外。她找出理由来为他们开脱。这不仅因为她对他们有好感，更因为她与他们有着共同的爱憎和接近的语言。他们虽然也拿朝廷的俸禄，但干着与众不同的事情。师师深信他们所关心和正在做的事业与大众有益，是堂堂男儿应该做的事业。他们不该为她的童年负责。

师师一开始就把他们看成自己的朋友，临到告别时，这种看法就更加巩固了。她再三与他们约定后晤之期，希望再次见到他们。

从三月下旬开始，利泽门、新郑门、万胜门等城门口高挂着三省同奉圣旨的黄榜通告开放金明池，许"应士庶人等入内游行"。近来天气转暖，西城郊外，游人如织。师师兴致勃勃，要求他们陪同她去参观一年一度的龙舟竞渡。龙舟竞渡在端午节那天举行，是东京城生活中又一项盛典。每届举行，都要轰动九城，惹得观众如痴似醉。难得师师有这样好的兴致，而且又主动提出要求，他们理当奉陪。只是眼前的局势瞬息万变，人们行止都要受到时局的约束，不得自由。他们只能答应，届期如果他们还留在东京，一定如约奉陪，虽然他们心里都明白这种可能性是微乎其微的。

他们约定了，兴辞而归。

师师自己把矜持和爱娇的伪装卸去了，现出庐山真面目。这个真正的李师师，与马扩得之于传闻以及刘锜过去接触到的师师都是大不相同的。她是他们亲切而值得尊重的朋友，他们被共同的思想感情联系起来了。

第九章

1

刘锜从醉杏楼回到家中时，一份大红飞金、由太师鲁国公蔡京出面拜手熏沐，敬邀侍卫亲军马军司龙神卫四厢都指挥使刘台驾光临本府赴宴的请柬，像一颗灿烂发光的宝石搁置在案几上。第二天，马扩也同样接到一份敬邀阁门宣赞舍人光临出席赴宴的请柬。

刘锜是官家面上的红人，在军界中有很高地位，据说在未来战争中，将担任宫廷与前线之间的联络官。这个，也是据传闻，是官家亲自与王黼说起过，又由王黼传与童贯、高俅而加以证实的。马扩职位虽低，他这个阁门宣赞舍人的头衔还是"假"的（由于出使的需要，朝廷假他一个比较好听的官衔，以增强其发言地位，谈判完毕，这个"假"头衔，原则上应该还给朝廷），但他却是始终参与海上之盟外交谈判的原班人马，童贯已经把他列入宣抚司僚属的名单中间。这个倒不是出于传闻，童贯已跟他当面说过，看来他也像是个时局中的风云人物。刘锜和马扩都是伐辽战争的关系人，因此他们理应出席蔡京为伐辽统帅童贯所举行的这个饯行宴会。尽管他们不喜欢这个宴会的主人、主宾和主题——牡丹会，他们却无权拒绝出席宴会。

关于这个宴会预定的豪华内容和盛大规模，这几天东京市面上早就有了各种骇人听闻的传说。其中之一就是针对这份请柬说起来的。说有人愿意出价五十两白银，希望弄到一份请柬。别人料定他出不起这五十两，还讥笑他说："凭你老哥这副尊容，就算弄到请柬，也怕走不进那堂堂相府。"

"俺生得哪一点不如人家？"他生气地反驳，"是少了一只眼睛，还是多了一个鼻子？人家大鼻驴薛尚书还不是每天在相府进进出出呢！俗语说得好，'佛要金装，人要衣装'，俺生就这副方面大耳，拼着再花费他五十两，头戴曲脚幞头，身穿圆领紫袍，少说点，也像个龙图阁待制，打着轿子，前呼后拥地出来赴宴，只怕有劳公相大人亲自到大门口来恭迎哩！有巴！"说到这里，他认真做出一个走出轿门与公相相互答礼的姿势，俨然像条小龙[一]的样子，然后再拍拍腰包道，"有了这个白花花、硬邦邦的东西，天堂地狱，还有走不进的地方？管天门的牢头禁子见了俺也得站个班、曲躬恭候哩！你们相信不相信？"这个白花花、硬邦邦的东西从来都是令人肃然起敬的。人家起初还当他虚张声势，现在两次听到近似的声音，就

第
九
章

1

不再怀疑他进不了相府。大家一齐顺着嘴叫起来："有巴，有巴！公相大人要到大路口来恭迓你老龙大哥咧！"

白花花、硬邦邦的东西果然当面见效，他只弄出一点声音，就被官升二级，从小龙一跃而升为老龙了。

这条马路新闻替相府的宴会平添了十倍身价。

当然以蔡京一向的手面阔绰，再加上他和童贯两个多年来互相提携，交情极厚，为他举行一次豪宴，也绝非意外。可是据消息灵通人士的透露，这次宴会具有极复杂微妙的政治背景，绝不是一次普通的交际应酬。他分析道："公相大人手面阔绰，这话不错，可是不要忘记他同时也以精明出名。他的小算盘一直打到家酿的'和旨酒'上，和旨酒拿到市场上去兜售，每年出落个千把两银子也十分乐意！官儿们花钱都花在刀口上，他舍得把大把银子丢进水里去？再说，公相与阉相两个，早年打得火热，这两年拆了档，阉相早已倒向王太宰一边，和公相势成水火。公相就算肯花银子，难道愿意花在冤家身上？这个道理，你细想想，就参透机关了。"

他的分析确实有点道理。

原来蔡京第三次出任首相是政和二年间的事情。在长期的仕宦生活中屡蹶屡起，可说已锻炼得炉火纯青的蔡京，轻而易举地扫了所有政敌，再一次登上了首辅的危峰。他是一匹幸运地飞进饴糖罐里的金头苍蝇，如果能够在罐子里舔一辈子糖，自然是称心不过的事情了，可是他明白官场中一条颠扑不破的真理，叫作"居高思危"。他知道飞集在罐子周围的还有许多候补苍蝇，它们一有机会，也要钻进罐子来，群策群力地把里面的那只金头苍蝇撺出去，代替它在罐内舔糖。他要做出一切的努力来保牢这个位置，它并不像铁桶那样可靠。

果然，过了几年太平岁月以后，第一个角逐者正式登场了，此人非别，乃是他的贤郎——长公子宣和殿学士蔡攸。家贼比外贼更加可恶，因此他对这个政敌格外感到气愤和惊讶。其实这没有什么可以特别气愤的，儿子除了儿子的这重身份，也具备一切可以构成政敌的条件，何况在他的培养、教育、熏陶之下，儿子早已学会扫除政敌、开辟登庸之道的全套本领了。

这在儿子方面说起来也是振振有词的，"郎罢"[1]老是那么新鲜健朗，像一只刚从藤蔓上搞下来的绿油油、亮晶晶的西瓜。他享有了几乎有点接近于不识廉耻的健康，把儿子飞黄腾达的道路堵死了。儿子必须采取行动来改善这种情况。

终于到了那么一天，儿子未经事前联系，突然带来两名御医，就在大庭广众之下，俯首帖耳地为公相诊脉，望闻问切，做得面面俱到，还立下脉案，开了方子，愁眉苦脸地表示事情十分棘手。然后由儿子出面，一本正经地警告郎罢说，他已经病入膏肓，如果不再摆脱俗务，静心颐养，以保万金之躯，前途不堪设想。事实上，那一天公相既没有发烧泻肚，又没有伤风咳嗽，而他这个长公子向来也不是以大贤大德、孝顺亲长出名的。事情显得蹊跷。聪明的郎罢，只经过一会儿的惶惑，就立刻识破儿子闷葫芦里卖的什么药。

"阿攸孝顺，"他冷冷一笑，对陪侍在侧的哼哈二将说，"意欲老夫称疾致仕[1]，可惜老夫顽健，尚未昏眊至于此极呢！"

角逐者显然不止阿攸一个人。

观人于微的公相觉察到他一手栽培起来、一向对自己恭顺亲密甚至超过哼哈二将的王黼，也有靠不住之势。王黼多年来，老是把"此乃公相太师之意，某不过在下奉行而已"这句口头禅好像招牌似的挂在颈梗上，表示他对公相的矢忠矢诚。后来，他仍然没有摘下这块招牌，可是说话的场合和语气稍有改变了。本来是对从他们那里得到好处的人说的，语气十分谦和，现在的对象变为对他们有所要求而未能予以满足的人，而且语气也变得十分惋惜和抱歉了。这一点小小的改变，对于蔡京却有着市恩和丛怨的区别。在前面一种情况下，人们更加感激蔡京，在后面一种情况下，人们因为得不到满足就要把一腔怨气都栽在蔡京头上。这不是区区小事，而是叛变的开始，蔡京料到事情还有发展。果然，有一天，王黼把这块招牌卸下了，现在他奉行的不再是公相大人，而是官家的意旨。这种越顶跳浜的行为，意味着王黼已经可以独立门户，用不着再依傍在蔡京门下，而成为宰相地位有力的角逐者了。

叵耐他们又把他的老部属童贯拖下水去。童贯虽然是个内监，不可能代替他成为首辅，可是他惯于兴风作浪，惹是生非，又最是翻脸无情，叫人落台不得，眼睛又最势利。他们三个联合起来，对他构成极大的威胁。

下面动摇了，他只能依赖官家的恩宠，只要官家对他好，他的地位还是可靠的。那一阵子，官家喜欢临幸大臣之家，他们彼此以临幸次数的多寡，来占卜自己受宠的深浅。他巍然保持了被临幸七次的最高纪录，但内心犹嫌不足。薛昂的诗说他希望官家临幸一万回，真是一语道破他的心事，不是从他肠子里爬出来的蛔虫，怎能把他的心事体会得如此真切？他蔡京确是希望再活三十年，在他有生之年，官家每天都来临幸一次，这样才能充分满足他的被临幸欲。

　　的确，官家对他还是恩礼有加。隔不了半月一旬，就派内监来颁赐酒食果品，有时送出御制篇什，要他依韵唱和，可说是圣眷隆重、天恩浩荡。可是事情不能单从表面来看，同样的赐酒赐食，派来颁赐的内监都押班张迪的面孔越拉越长了，留他多坐一会儿也不肯，还说有事要去找王黼，晚了不行，晚一刻也不行。"月晕而风，础润而雨"，张迪的面孔一向是政治晴雨表，他的面孔拉长了，总是预示着将有什么变化来临。再则，官家也关心起他的健康情况了。有一天，他奉到圣旨："恩准蔡京三日一至都堂议事，以资颐养。"这是个危险的信号，三日一议事，事实上就等于削减他三分之二的权力。对于他，嗜好权力已成为嗜好食、色以外的第三天性，要削减他三分之二的权力也等于让他每天少吃两顿饭，这真是非同小可的打击，分明是阿攸的进谗已经生效。可是他又不能去对官家声明："老臣顽健如恒，尚未昏眊至此呢！"

　　严重的事情还在后面。由他一手发起、正在积极进行的伐辽复燕的主持权，忽然悄悄地转到王黼、童贯手里，不仅不包括在"三日一至都堂议事"的议程范围内，而且新来的消息都对他封锁起来。表面的理由，也还是为了照顾他的健康，不拿这件麻烦事情让他操心。对于官场人情脆薄度有着特殊敏感的蔡京终于明白自己已经是"失宠"的了，并且一步步地走向政治上的"长门宫"。

　　必须从自己粉饰起来的热烘烘的浮华世界中退出去当一名桃花源中不问兴废的避难秦人，这显然叫蔡京感到十分难堪。他要收复一切丧失掉的东西，首先要收复官家的信任，这才是最重要的步骤。趁一切还没有发展到表面化、露骨化的程度，事情还是可以转化的。可是，正像处于不利地位中的棋手一样，越是求胜心切，越会走错着，就在这个关键时刻，他又犯了一个不可原谅的错误。

　　宣和二年中秋之夜，官家大赐恩典，把宰相、执政、侍从近臣等都召入禁中赐宴。宴毕，官家带领大家赏月，自己反复诵吟了他特别喜欢的李后主的两句词"归时休放烛花红，待踏马蹄清夜月"（他以李重光后身自居，似乎很愿意替祖宗偿还欠下他的那笔人命债），然后宣谕："如此好月，如此清夜，千万不可辜负了它。诸卿可乘坐御舟，往环碧池中去遨游一番。朕有事禁中，恕不奉陪了。"

　　说着，自己果真跨上内监牵来的"小乌"，踏着从密林中筛出来的清光，回宫去了。

　　大臣们刚在御舟中坐定，内侍传旨官东头供奉黄珦忽然取出一份议状，宣布道："奉旨，诸大臣赞同伐辽复燕之议者，可在议状上署名，如持异议者免署。"

金瓯缺

　　这是官家精心安排最得意的戏剧化场面，在一本正经、坐朝议政的场合中不妨吟诗作词，谈谈风花雪月，轮到君臣游宴，敞心玩乐之际，忽然来个突然袭击，偏要大家议论起军国大事来。

　　揣摩官家心事，先承旨意，委曲逢迎，这原是蔡京的看家本领。按理说，他身为公相，领袖百僚，应当毫不犹豫地率先表态，署名拥护，才能博得官家的欢心。谁知他鬼迷心窍，一时穿凿过度，过高地估计了官家对自己的依赖，认为轻率地署了名，未必就能改善目前的处境。如果稍持异议，略为搭点架子，可能会刺激官家，今后在伐辽问题上就会多多征询他的意见，不至于完全把他搁置在一旁了。

　　他正在沉吟犹豫，举笔未定之际，机敏的王黼说了一句："太师老成谋国，犹待深思熟虑，下官有僭，率先签署了。"

　　王黼说罢就不客气地从黄珦手里接过议状来，抢先在空白的第一行、本来应该由蔡京签名的地方写了"臣王黼赞同圣意，伐辽复燕"一行字。接着童贯、蔡攸、王安中、李邦彦等一连串人都跟着签上名。

　　王黼的抢先签署，使蔡京大吃一惊，同时也使他的处境更加为难了。现在他即使签署，也只得署在他们之后的空白处，官家一望而知他是勉强追随，不是衷心支持。而以余深、薛昂为首的一批热心拥护蔡京的大员看到他正在沉吟，没有立刻签署的表面现象，错会了他的用意，就说出"臣等与蔡京之意相同"的蠢话，拒绝署名。

　　应声虫之所以能够成为应声虫，首先要运用听觉器官，听清楚了它们的主子正说什么，然后才能运用发音器官发出响应它的声响。两者并重，决不可偏废。现在余深等人强调了后者，忽略了前者，没有弄清楚蔡京的真正用意，就轻率表态。它造成的后果是，在宰执大臣中间，对于伐辽问题，清楚地分成两派，而蔡京也被肯定为反对派领袖的地位。当这些应声虫说了这句蠢话以后，蔡京甚至连纠正自己的错误的机会也被他们"应"掉了。他眼睁睁地看黄珦卷起墨汁刚干的议状，径往大内去向官家交差，心里明白已经上了大当，铸成大错。他悔恨不迭，神态昏眊，在离舟登陆之际，竟然一脚踏空，"扑通"一声，全身掉入水中。等到内侍们七手八脚地把他拖救上来时，他已变成一只湿漉漉、水淋淋的"落汤太师鸡"。

　　看到这一切过程，心里感到无限得意的王黼乘机调侃一句："公相幸免汨罗之役。"

　　善于属对的王安中，不假思索就对上一句："太师几同洛浦之游。"

〔一〕辞去一切实际职务，留着空衔，在京师参加朝会和朝廷举行的种种仪式，称为奉朝请。

第九章

1

　　当前的施政是以伐辽复燕为中心任务，蔡京既然是它的反对派，显然不能够留在政事堂中继续"平章军国大事""宰执天下"了。拒绝署名的后果迅速表现出来，他最害怕的"致仕"终于像斧钺般无情地加到他的腰领以上，使他完全、整个地退出政事堂，留在京师奉朝请[1]。虽然官家对他的恩礼没有减退，他获得一个致仕宰相可能获得的一切礼数，他仍旧保持着一大串虚衔，仍旧被人们称为"公相"，在朝会大飨中，仍旧坐在首席的位置上，俨然为百僚之长，但他已经是一个水晶宫中的人物，只许大家隔着水晶罩子看，再也不能在实际政务中起什么作用了。

　　他以惊人的毅力忍受了这个难堪的局面，"逆来顺受"原来就是一切封建官僚的处世哲学，但他一刻也不忘记卷土重来。他没有因为暂时的顿挫而失去信心。官家的恩典可恃而不可恃，不可恃而可恃。官家进退大臣，犹如他递选妃嫔一样，总是怜新厌旧。官家今天厌他之旧，怜王黼、蔡攸之新；说不定，过了一段时日，又要回过头来，厌王黼、蔡攸之旧而怜他之新了。新旧是要看他坐在宰辅席上时间之久暂而定的。先朝哲宗皇帝的孟皇后，不是立了又废、废了又立，经过好几次反复吗？他本人也有过三次下台、上台的反复经历。总之是有例可援，他不会失去东山再起的机会，除非自己不争气，等不到那一天。

　　只是眼前的处境的确不大佳妙。人家攘夺了他的伐辽复燕的发明权，还心狠手辣地把他打成反对派，连官家对此也深信不疑。正月十五举行告庙盛典之前，官家甚至说过"蔡京反对复燕，就叫他不必参加典礼了"的话，后来经他再三乞求，总算勉强恩准他忝陪末座。其实他又何曾反对过伐辽，只不过人家不允许他从看得见的利益中分得一杯羹，他心里不免有点小小的牢骚而已。

　　　　怨灵修之浩荡兮，
　　　　终不察夫余心。

　　经过了这番委屈以后，他真的像屈原一样抱怨起官家来了。文章华国的蔡京，虽然自幼就熟读经史骚赋，只有处于贬谪的地位中，才真正热衷于《楚辞》，近来他不离口地朗诵《离骚》，从这里很可以窥测他不平静的心境。

　　可是朗读《离骚》，毕竟只是一种发泄不满情绪的方式而已，无裨于实际。当一腔功名心烈火似的燃烧着他的胸膛的时候，他怎么甘心跟倒霉的屈大夫去打交道？只要看看他这本新刻《楚辞》卷首上附刻的屈灵均的绣像，一副愁眉苦脸、憔悴行吟的样子，就生怕屈原的一股晦气会像瘟疫般地染到自己身上来，那真叫他堕入阿鼻地狱，永世不得翻身了。当务之急，他应当拿出实际行动来使官家相信他主张伐辽复燕的初衷始终不渝，而他没有在议状上署名，却是别有一段苦衷，并非有意立异，这样才能为自己的再起创造条件。

悖晦的冷人碰不得，要烧热灶，千万不要烧冷灶。目前天字第一号的热人是童贯，为统军伐辽的童贯举行一场饯别宴会，才是改变官家看法、纠正一般舆论的现实考虑。宴会的规模越大越豪华，就越足以证明他支持伐辽之积极。为此，他作了广泛的宣传，大造舆论，并且让薛昂到镇安坊李家去借用"一尺黄"，借到了固然足使宴会生色，即使借不到，此事流传入禁中，也好让"不察夫余心"的官家察知他的衷情，这才是公相太师一箭双雕的神机妙算。可笑老大粗薛昂从镇安坊碰了一大鼻子灰回来后，就大发牢骚，说什么要叫人纵一把火，把阁子连同牡丹花一齐烧掉了，叫大家赏不成花。这个薛昂枉自追随他三十年，何尝能够体会到他的这层深意。

以上就是太师鲁国公蔡京，不惜暂时低下他一向高昂的头，为他的老部属童贯举行一次盛大宴会的政治背景。不了解内情，不深入探索公相大人的心理状态，徒然惊奇这个宴会的盛大和豪华，那只是皮相之见。

2

东京城东的太师赐第是一座沿着汴河北岸建造翻修的大宅院。它依靠太师桥而出名。东京人也许还有不知道太师府坐落在哪儿的，但要问到太师桥，连得八九岁的孩子也会干净利落地回答："老爹，你活了偌大一把年纪，颠倒问起太师桥在哪里。谁不知'春风杨柳太师桥'，就在临汴东街老鸦巷口那座大宅院前面。"

"春风杨柳太师桥"原是一句诗，现在通俗化到成为小儿的口语，太师桥的盛名可想而知。不错！太师桥正对蔡京赐第的大门，随着蔡京本人官阶不断地上升，赐第建筑范围的不断扩大，这座桥也一再翻修，面目全非了。现在的太师桥是赤栏、朱雕、玉阶石磴，其精丽和奇巧的程度完全可以与蔡京本人的身份相媲美。虽然这座桥远在蔡京还不过当一名学士的时候，就被他的家人讨好地称为"太师桥"了。

在蔡京致仕的两年中，为了不失去东山再起的机会，为了不至于给人造成一种"门前冷落鞍马稀"的印象——这是一个罢了官的宰相和一个过时的名妓同样最害怕的事情——他比过去更加注意大兴土木，装修门面。有时是开封尹盛章的顺手人情，有时是总管艮岳工程的新贵朱勔把吃剩的肉骨头扔几块给他，有时也不免要自掏腰包，总之是把宅第花园连同马路桥梁都修建得比他当宰相时更加讲究了。

今天，轮到他大宴宾客之日，这座堂堂相府，这一并排五大间、亮晶晶地发出金钉和铜兽环的炫目光彩的黑漆大门，这座红彤彤的太师桥，全都打扮得焕然一新，赋有今天相府中任何人应有的逢迎讨好、献媚凑趣的姿态。连得夹岸密植的碧毵毵的杨柳也在展开笑靥，乱眨星眼地勾引路人，连得蹲踞在大门口的一对石狻猊也变得眉开眼笑、喜气袭人，不再像往常一样气象凶猛、面目狰狞地欺侮过路的老百姓了。

"宰相家奴七品官"，相府的豪奴们本来都是不可一世，站个门班，一个个腆胸凸肚地欺压行人、调戏妇女、勒索来客，十分威武。今天不但他们，连带一大堆的干办、虞候、元从、相府的小总管，也一个个穿戴起来，一个个都缩进肚皮，换上笑脸，控背弯腰地迎候来宾，替他们称衔通报，兼管车舆马匹，招待仆从们饮茶喝水，服务得十分周到，连走两步路也带着小跑步的姿势，看来十分顺眼。

　　刚到未牌时分，就来了第一批趁早的客人，原来客人的身份与做客时间往往成为反比例，身份越低，来得越早，就越显得对主人家的殷勤。然后是大批客人陆续来到。临汾东街上顿时出现了车水马龙、人语喧阗的盛况。一条宽阔的大道以及邻近的老鸦口、小花枝巷等几条街巷都显得拥挤不堪，车马掉不过头来，相府门口这么多的司宾执事也有应接不暇之势。

　　在桥那边也闹嚷嚷地挤着一大批专看白戏的闲汉。他们虽然拿不出五十两白银买到一份请柬，却都是愿过相府的辱门前来大嚼一顿的饕餮之徒。他们带着无限羡慕的目光，迎接着每一个知名的官儿，看他们被亲随从马背上扶下来，从车舆中吐出来，在门口受到殷勤周到的接待，然后又目送他们被送进好像海洋一样深邃的二道门、三道门，被里面的看不清楚的花团锦簇所吞噬，感到黯然销魂，无限动情。

　　在这个不受干扰的地区里，永远不缺少相互提供补充而大大丰富起来的马路新闻、谈话资料。这里也是一片舆论阵地，采风的诗人和注意社会动态的史家们如果跑来，一定可以听到无穷无尽的骂评人物、褒贬臧否和许多珍贵的新闻掌故，只是从市民观点出发的月旦，不一定能入得他们之耳。

　　"上回圣驾临幸，俺有点小事，没有赶上，今天总算是躬逢其盛了。"

　　"圣驾来临，把门口的闲杂人等赶得一个不剩，哪容你在此高谈阔论。俺是躲在石牌坊后面，好容易偷看得一眼，门口一大堆侍卫、内监，一个个轻声轻气，比不上今天热闹。"

　　"好一匹骏马！"有人大惊小怪地叫起来，"连同这副金辔鞍，外加八宝玉柄丝鞭，怕不值两千两银子？有朝一日，俺骑着它到万胜门外孟家花园去兜一圈，死了做鬼也风流。"

　　"你有眼不识泰山，人家钱皇姑大衙内的宝马，轮得到给你乘？"

　　"向驸马、曹驸马联翩来了，这俩连襟的派头比钱衙内又高出一头。"

　　"郑少师来了，这是正角儿上场的时刻了。"

　　"这郑少师走了他皇后妹子的脚路，才做到极品大官，如今连公相也要让他三分，张左丞成天价在他身边打磨旋儿，好不令人羡慕！"

　　"好煞也只是个裙带官儿，值得什么？"

　　"裙带官又碍着谁的事？只怪你爹娘没养出个千娇百媚的女儿来，害得你也做不成国舅。"

　　"你的大妹子倒是长得像模像样的。"这位似乎熟悉对话者的家史，插上来说，

"俺在元宵那夜看见她穿件大红对花绫袄，涂抹得唇红面白，好个体面相儿。怎不进宫应选？让官家看中了，你也捞个裙带官儿做做。"

"呸！你妈才进宫应选，去让官家挑中哩！"

"俺老娘早死了，你妈带着你大妹子进宫去才妙咧！母女两个一齐中选，官家又选了妃子，又选了太妃，还挂上一个油瓶，妙哉，妙哉！"

"你们满口胡扯什么，看看朱勔的这副派头。想当年梁太尉也是神气活现的，今天跟在朱勔屁股后面，倒像只瘪了气的球。"

"你们看见朱勔肩膀上绣的那朵花儿了吗？说是官家御掌在他肩上一拍，他就绣上花，不许别人再碰它了，好小哉相。那厮前两年还在苏州玄妙观前摆个冷摊儿，还比不上俺体面呢！如今八面威风，目中无人，俺就看不惯这个暴发户！"

"说起球，怎不见那高来高去的球？"

"那倒真是一只胖鼓鼓的球，你踢他两脚也好，揿他一把也好，它就不会瘪下去。"

"嘻！这还了得。你倒去踢踢他、揿揿他看，管教你的脑袋球般地着地乱滚。"

"那只球呀！这早晚还在东姊儿巷的姊儿们身边滚来滚去，滚半天才得来呢！人家官大心大，架子也跟着大了。"

"张押班也没看见？"

"早哩！张押班得伺候官家吃罢晚饭，自己才得抽身出来赴宴。"

"张押班在官家面前是个奴才，"有人带着哲学家般的口气，无限感慨道，"在奴才面前，他就是个主子了。俺亲眼看见公相把他恭送出这扇大门口时那副狗颠屁股的巴结劲儿，想来他在官家面前也是这副巴结劲儿的。"

相府大门还是发出亮晶晶的黑漆的光，它记录下无数送往迎来的账，似乎很愿意站出来为这位哲学家做个证人。

"人要走时，狗要逢主。"一个公相的高邻发表他的高见，"这两年，咱们这位高邻公相大人也算是不走时运了。"

"公相大人有公相大人的手面。"有人不同意他的看法，"背后靠牢官家这座靠山，下面又有余少宰、薛尚书捧住大腿，哪能这样容易就坍下来？"

"你看他今天广邀宾客，大摆宴席，闷葫芦里卖的什么药？"

"说不得，说不得！"虽说说不得，事实上他已经和盘托出了，"公相卖的这服药叫作'再生回荣丸'，他自己吃了这丸药有起死回生、转枯为荣之效！"

"怎见得这丸药有这等神效?"

"说不得,说不得。公相的一本账都在俺肚皮里。"

"你倒是个机灵鬼!哪里打听得来公相大人的私房事?"

"俺呀,三街六巷,兜来转去,路道儿可粗咧!不管是公相大人的,不管是王太宰、童太师的大小事儿,都装满一肚子。"他拍拍自己的便便大腹,接着又弯弯腰,把拳头转来转去,做个满地滚的姿势,吹道,"不恁地,怎又称得上这东城一霸、京师闻名的'满地滚'?"

他的得意劲儿还没发挥得淋漓尽致,就有人问:"这早晚了,没见谭太尉驾到!"

满地滚虽然装满了一肚子朝野掌故,却也分析不出内宫谭稹直到如今还没驾到的原因。

"谭太尉谭歪嘴早就进去啦!只怪你们自己瞎了眼睛没瞧见。"一个蓄了一口掩唇髭须的漂亮朋友从后三排挤上来,指着门侧一乘银顶华盖轿说道,"你们不看这乘银盖四窗六抬大轿,东京城里就数他独一无二。谭歪嘴是出名的有吃必到,每到必先。筵宴还没摆好,他就先动筷,就是因为吃多了,才吃歪了嘴巴,后来喝了三五百斤愈风烧酒,也没把他的歪嘴治好。你们东城杜自有着什么'通天报''满地滚',却不知道这个谭歪嘴的故事,岂不缺了典!"

太尉谭稹是不是乘了这乘轿子来的,有没有这个诨名和这些生理特征,都有待于进一步的考证。但是这位外路朋友,这样言之凿凿,又说得十分及时,在这种场合中,就是一重令人肃然起敬的资格了。地头蛇们并不因为他是从外三路来的,也并不因为他的说话中含有门户之见而歧视他,反而不知不觉地,大家挨紧一步,空出地位来,让他挤上第一线。

"这个颠颠蹶蹶骑匹黑马来的矮小个子是谁?"满地滚心里还有点不服帖,有意考问他,"看他这副缩头扭肩的畏葸相,就不是个头面人物。"

"人不可貌相,海不可斗量。"漂亮朋友立刻给予反驳道,"嘿,亏你还算是东城一霸,朝堂相府满地滚,连个王给谏王孝迪都不知道。人家可是杨太监的侄儿媳妇表兄弟的舅太爷呢!杨太监生前干了括田使这个肥缺,他跟着杨太监括田满天飞,着实括进了不少银钱口地,王少宰和他联了宗,还得让他三分,怎说不是头面人物?"

漂亮朋友词锋锐利,咄咄逼人,对满地滚实行了人身攻击。满地滚虽然也听说过王孝迪的名字，但在了解的深度、广度上都要差得远，听他一介绍，不禁大惊失色，只好收起东城一霸的招牌，躲躲闪闪地躲进人丛里，准备瞅个冷子溜之大吉。这时漂亮朋友已经完全确立和巩固了他的优势地位，就不为过甚地从衣兜里掏出一柄牙梳，慢条斯理地梳着自己的髭须。他这口髭须和他的见多识广、博学多闻一样，都值得在大众前炫耀一番的。然后他逐个介绍前来赴宴的大小官儿，完全排除别人的补充和纠正，显示他在这方面无可怀疑的权威性。

2

"白门下白时中，年纪轻轻还不上四十，就做到门下侍郎，真是个黑头相公！

"中书舍人吴敏，你看他长得唇红齿白，一表人才，不是韩嫣托生，便是潘安再世，怪不得公相一定要招他做孙女婿。谁知道薛尚书去说了两次媒，他拿定主意，婚事不谐，还累得公相与小夫人打了一架。这吴敏枉有一副好皮囊，心里糊涂，却是个大傻瓜！"

"大傻瓜，大傻瓜！"现在他的意见已具有最高权威性，所有的人一齐惋惜地附和着，连得还没溜远的满地滚也同意了这个看法。

"河北转运使詹度，是个立里客。"

"又是一个立里客，河北转运判官李邺。他们哥儿俩，都给童太师磕了响头，拜为干爸爸，才得收为门下，发了大财。"

"童太师还有干儿子？"阉相和爸爸似乎是水火不相容的两个对立面，有人大胆地提出疑问，这显然是个保守派。

"怎么没有？"漂亮朋友断然地驳斥道。"人家阉了这个，"他做个不登大雅之堂的动作，然后指着头顶上象征性的乌纱帽说，"可没阉掉这个。太师爷的干儿子、干孙子多的是呢！你看这下马的三个，不都是他的干孙子？学士莫俦、吴开、李回，他们三个走在一块儿，再也分不开。人家管这哥儿仨叫作套在一条裤脚管中的三条蹩跶腿。"

可是跟在哥儿仨后面似乎与他们结成一帮来的一个长脚马脸汉子又是谁，却没有被漂亮朋友报出名来。

"这个马脸汉子是谁？"有人问。

"是个小角色！"他露出一脸鄙夷的表情，回答说，"乌龟贼王八，谁又知道他姓甚名谁？"

"王八头上也顶着一个姓呢！也总要报出这个乌龟的姓名来，让大家知道知道。"这一个又偏偏不肯放过他，显然是属于向权威者挑战的性质。

"秦太学、秦长脚！"一个斯斯文文的方巾儿突然越众而上，报出马脸汉子的头衔和诨名来，及时挽救了漂亮朋友，并且乘机挤上第一线。

"哪个秦太学？"长脚是有目共睹的事实，大家可以公认，但他究竟姓不姓秦，是不是太学生？不知道感激的漂亮朋友，还要问个明白。

"可不是在太学里当学正的秦桧！"

"吓！太学正这个芝麻绿豆大的官儿，也上得了今天这盘台？"漂亮朋友的这个报名专利权是经过一番奋斗才争取得来的，在他还没验明那马脸汉子的正身以前，哪肯轻轻放弃它！

"怎么不是秦学正？俺昨夜还与他见过面，说过话，把他烧成了灰，俺也认得他。"

"教你个乖。学正叫学正，太学生才叫太学哩！两者岂可混为一谈，太学里的头面人物，陈东呀，石茂良呀，汪藻呀，都是俺朋友。哪里又钻出一个坐冷板凳的官儿秦桧来，可知是你胡扯。你倒说说昨夜你与他在哪里见的面，说了什么话？"

"昨夜呀，他先跟那三个一伙到俺娘子家里来，后来就在俺家……娘子处宿夜了。"方巾儿一着急就把他的斯文相统统丢掉，结结巴巴地回答道，"他还与俺家……娘子说，学里的丘九儿难缠，知道他在这里宿夜，难免要……起哄，求娘子遮盖则个。"

事情涉及官儿和娘子，即使是个芝麻绿豆官，即使是个未入流的娘子，不但显然是真情，并且是很有趣了。但是这个老实头，还得钓他一钓，才钓得出更加有趣的话来。

"老兄又像是胡吹了，吹得好大的一个猪尿脬。"漂亮朋友故意逗他道，"秦学正和你家娘子在枕头边说的体己话，也让你听见了？俺可不相信这个。"

"胡吹，胡吹！"旁观者从漂亮朋友递来的眼色中也觉察出他的意图，一齐激他道。

"胡……胡吹什么，你爹才胡吹哩！"方巾儿一急就和盘托出道，"你们倒去桃花洞打听打听，谁个不知道俺家娘子'小雪花'的名声儿。老……老实告诉你，早晨趁秦……秦学正去上茅厕的一会儿，俺家娘子还发话道：'他身为学官，不来勾栏玩也罢，俺倒敬重他，他要来了，拿出一把银钱，俺也照样好看好待他，不看他马脸面上，也看银钱面上。可他又要来找快活，又怕丘九儿起哄，可知是个阎……阎茸货，俺眼睛里就瞧不起这等芝麻绿豆官。'"

　　为了坚持介绍权，他不惜暴露出自己并不值得夸耀的身份，真可谓是贪小失大。于是漂亮朋友和其他的人一齐哈哈大笑起来。这是一种运用了某项手段从别人身上勾取得重大秘密的快活的笑，有过这方面成功经验的人，也都曾产生过类似的快感。他们一齐取笑他，享受自己花了一番心思的成果。

　　"原来你老哥是个服侍娘子的……"

　　"提起此马来头大，谁不知道桃花洞里的小雪花？今夜赴罢公相席，兄弟俺一定专程上你家。"

　　"你得服侍娘子换了裙子，才好出来磨牙，不然，蹭蹬回去，吃她老大的一顿排揎。"

　　"你怎不把娘子带来，让她和秦学正在这里认认亲，来个'相府会'，这场戏才好看哩！"

　　"好个秦学正，一脚刚跨出你家娘子的闺门，一脚就跨进太师爷相府的门。有巴，做官的好像狗子一样，不论大门、小门、公门、私门、前门、后门，只要有门就往里面钻。"这显然是公相的高邻、那位哲学家发表的高见。

　　然而哄笑者的本身也不见得不是干一行的，大家彼此彼此。他们见笑的是这位方巾儿太老实了，在不适当的场合和不适当的时间中，用不适当的方式暴露出自己的身份，可是对他并不含有一点敌意。他们也没有亏待他，在一阵嬉笑中，也让他挤上第一线，和大家嘻嘻哈哈地嬲在一块儿了。

［一］宋人习惯用语，"必须有"、"莫须有"，"有"指肯定有的，"莫须有"是可能有的。

3

刘锜、马扩是在晚一些的时候，并骑联翩来到相府的。他们被一个虞候用了同样殷勤的招待，同样恭敬的小跑步——那只能增加他对客人尊敬的程度而不能增加他跑路的速度——引导到今天宴会的中心场所"六鹤堂"。随着一阵迎客的鼓乐声，他大声地唱出贵客的官衔姓讳，报道他们驾到。那报衔的声音拖得那么长，从开始到结束，似乎整整拖了一里路之遥，可是从他的抑扬顿挫、可以入谱的声调中听来，并非对于他所报出的大小不同的官衔，全是一视同仁、平等对待的。

蔡京的儿子、娶了官家爱女茂德帝姬的驸马都尉蔡鞗听到鼓乐声，早就代表他的"郎罢"，降阶相迎。好像一个已有相当接客经验的雏妓，蔡鞗身上似乎也藏着一杆看不见的秤，老是在打量这个来客的身份、地位、经历、社会关系以及能够给他多少东西的能量，以便在一律欢迎、竭诚招待之余，适当地掌握和调节接待他的分寸。一个雏妓接客的原则，永远是"量入为出"，先要打量打量她能从这个来客身上取到多少东西，才愿意给他多少。

刘锜是禁卫军的高级军官，又是官家亲信，但并不属于他们那一帮，蔡鞗用了比平常接待这种"尊而不亲"的客人更多一些的礼貌接待了他。当他体会到他的"郎罢"目前所处的不太有利的政治地位，他的秤码要比平日"鲜"得多。然后，刘锜把马扩介绍给他，马扩也早在蔡鞗的秤上称过了。他给了马扩同样的礼遇，一方面因为马扩是当前的风云人物，一方面又因为刘锜的郑重介绍。可是他的秤码毕竟是有一定标准的，即使比平日鲜一点。他忘不了马扩的孤寒出身和低微职位。这两者对于出身贵胄、攀姻帝室的蔡鞗看来，都是不可原谅的罪过。于是在他的变化多端的面部表情中出现了更加复杂的东西，仿佛在垂爱之余，还包含着一种降贵纡尊的味道。

"是谁给你这份光荣的请柬？"他似乎在问，"要知道今天的主人是当朝极品的公相太师，宴会的场所又设在相府私邸中，多少比你官高、比你手长的大头想杀了也捞不到这份请柬呢！人要知道好歹，知道感恩图报，才算是识得好歹的。"

他没有能够从马扩沉静的表情中找到那个在他的预料中"必须有"[1]的感恩图报的答谢。他愕然了，很快就得出结论，这是个不识得高低的小子。可是他还来不及变换一个惊讶的、谴责的表情，那迎客的鼓乐声和抑扬顿挫可以入谱的报衔声又报道了殿前司都指挥使太尉高俅驾到。他马上把自己的表情调整到和高俅的身份、地位相适应的程度，并且比接待一般宾客更多走几步路趋前去迎接高俅——这种灵敏度也好像是一个雏妓从多次接客实践中锻炼出来的。

这里留下来的刘锜和马扩马上就被相府大总管薛昂接管过去。

马扩留神观察薛昂的说话行事，这位大总管经过醉杏楼一番介绍，已给予马扩特别深刻的印象。可是今天他喜气洋洋，应酬周旋，八面玲珑，绝不是连连扇着自己的面颊，大呼"卑官薛昂，罪该万死"的那副倒霉相了。

薛昂先把他们领到一个偏厅，把他们像团湿面粉似的捏合在一群青年的军官中间，那里已有刘锜在马军司的同僚姚友仲，有种师道的侄儿、灰溜溜的既不像军人又不像文士的种湘，还有府州折氏的几个子弟。府州折氏和麟州杨氏都是北宋朝建国初期镇守边圉有功的将领，如今杨氏后裔式微，在缙绅录中已经找不出几个有头有脸的官儿，折氏却是门第兴旺，奕世富贵。只是到了他们这一两代，都已变成文官化的将门之子。宋朝原是一个尊重文官、轻视武将的朝代，而他们折氏弟兄叔侄也都是乘时邀利的英雄好汉，他们具备了这两方面的条件，才能左右逢源。

马扩跟他们不相识，刘锜也不喜欢他们，只寒暄几句，那壁厢又踅来了刘子羽、刘子羿兄弟两个。和折氏子弟相反，刘子羽、刘子羿虽然是文官子弟，但在西军中待过多时，珍重他们经历过的那段部队生活。他们和刘锜、马扩、姚友仲都是老战友，几年不见，一旦聚首，不免要携手痛叙生平之旧。刘子羽还是那副高谈阔论、旁若无人的气概，似乎有一个破损的乾坤非待他出去整顿、修补不可。折可存、折彦质叔侄虽然杀起人来连眼皮也不多眨一眨，听了他的议论风发，却吓得好像中了弹丸的鸟儿一样，一个接着一个垂着翅膀飞走了。刘子羽尖刻地笑笑，没有掩盖他的轻蔑感，接着又谈论起来。他的锋芒直接指向今天宴会的主人和他周围关系特别密切的那些人。马扩感觉到几年不见面的刘子羽似乎比过去更像一柄新发于硎的利刃，刀锋所及，当之者无不头破血流。这种人如果不被特别器重，就会受到格外的嫉视，中庸之道是没有的。倒是他的兄弟刘子羿，虽是一般的出身、一般的经历，煦煦孑孑，说话不多，像个道学先生的样子。

刘子羽跟马扩有着不寻常的交情，可是这种旧情也不能够暂时抑止他淋漓尽致地发表议论，直到发完这段议论后，才把马扩悄悄地拉到一边去谈知心话。

"尊翁近有陈州之行，"他关心地告诉马扩道，"恶了宣抚司里那起小人。他们大动干戈，起了文书到宣抚使面前来告状，事情闹得不可开交。子充可知其详?"

"小弟尚未接获家书，只知家父已莅前线，却不知还有这个过节儿。"

"童宣抚面前，有家父遮拦，不必多虑。倒是那起小人惯会放冷箭，打暗拳。子充修家书时，务要转禀尊翁留神些，休吃了他们的眼前亏……"

一语未了，薛大总管又步履生风地转回到偏厅来。他估计童贯一时还不会驾到，就自己提出陪伴这几位青年将领前去参观公相的东园、西园。

这位"薛八丈"不仅是声名昭著的相府大总管，也是今天"牡丹会"的总提调。他总揽相府的大小公私事务，直到帮助公相剩余的姬妾们生男育女为止，几乎可以说无役不从。有人说薛昂是公相的得力助手、最可靠的亲信，这一说未免是泛泛之论，探骊而尚未得珠。事实上，他早已成为蔡京身体中的某些有机组成部分，是蔡京的第五肢、第六官、第八窍心肝、第十二副脏腑。蔡京的手臂有时不便伸得太长，薛昂就是他的接长的手臂，代他行使一只通臂的功能；蔡京的声音有时不便太响亮，薛昂就是他的扩大的嗓门，说出了他要说而又不大方便说出来的话；蔡京偶然忘掉一个得罪过他的政敌，薛昂随时提醒他，决不让哪一个有侥幸漏网的机会；蔡京头脑里偶然一闪而过的邪恶的火花，经过薛昂的加工炮制，就成为绝对的荒唐和毫不含糊的罪恶。写在史册上，或者刻在人民口碑上的蔡京一生嘉言鸿猷，绝不能忘记有他薛昂的一份功劳在内。

公相需要有这样一个总揽其成的大总管，而总管先生也需要一座有力的靠山，他们本来是相互依傍，相辅相成的。在目前这个阶段中，这座靠山似乎有了冷冰冰的感觉，不那么可靠了，可是忠心耿耿的薛八丈还不肯轻易放弃它。他和余深不同，和后生小子王黼也不大相同。王黼一有机会能独立门户时就要闹独立，他薛昂却是一条寄生虫，只有依附在其他生物身上，才能最大限度地发挥他的功能。尽管他在行动中是个极端派，极端到使他的同伙余深等人都有点望而生畏，但他不具有独立性，像一条血吸虫，必须附着在钉螺身上才能自己活下去害人。

现在他兴致勃勃地引导这批青年将领在相府的花园里度山越岭，寻花问柳。

附建在相府以内，经过几度扩建的花园本来就是东京城里仅次于大内和尚未完全竣工的艮岳的大园林，今天因为要举行"牡丹会"招待宾客，更加打扮得花枝招展，几乎要和"艮岳"争一日之长。最别致的一项布置是，在这样春深的季节中，主人家还嫌春意不够浓馥，又特意剪了轻绢、薄纱、通草以及各种叶叶草草，制成许多虫儿、鸟儿、花朵儿，放在花丛中间，与真的蝴蝶、蜜蜂颉颃上下，跳跃飞腾，与真的花朵儿争媚献妍，仿佛在自然的春天上又辅上一层人为的春天，使得这座园林具有双重春天。

这项布置是薛八丈从东鸡儿巷、西鸡儿巷那些精舍中学来，又经公相亲自裁可的，只不过别人用于其他的季节中罢了。

园林的精华在新辟的西部，这就是公相府中出名的西园。

东京市上流传着一则新闻说：公相太师为了扩建西园，驱走了几百户邻居。西园落成之日，公相扬扬得意地问："老夫为这座园子呕尽心血，今日幸观厥成，诸君且道比那东园如何？"侍游的宾客自然极口称赞，只有忝陪末座的杂剧演员焦德插科打诨地说了一句："东园如云，西园如雨。"人家问他："这话怎么解？"他装出一副愁眉苦脸的样子，回答道："东园嘉木繁荫，望之如云；西园原来的民户，被赶出房舍，流离街头，填死沟壑，岂非泪下如雨？"

这座连焦德本人也造成泪下如雨的后果的西园果然精彩绝伦。其精华之处，特别集中在一片石林上。一块块幻成鬼怪仙佛、飞禽走兽的岩石，别人能得到其中一块两块，就可夸为珍宝，在这里却多得成了片、成了堆、成了林，说穿了也无非是变了一套戏法从艮岳中搬运过来而已。公相有句名言："我之所取者皆人之所弃。"太湖石寒不能充衣，饥不能充食，老百姓弃之如敝屣，他们取来了，供玩赏之用，这才叫作各得其所呢！

过了石林，是一片澄澈的小湖泊，对岸有一带迤逦的小山。山下广袤的斜坡上，铺满了细茸般的金丝草，丛生着一大簇一大簇红白间色的蔷薇花。薛八丈动员了东京城郊所有的花匠，把蔷薇剪修成一组文字图案。它们模仿着太师劲瘦的笔迹，齐齐整整地排列出"豫大丰亨[1]，国运昌盛"八个大字，每个字都有一丈见方。五年前公相在一道奏章中第一次用上了这句从《易经》中熔铸而出的名言，从此就广泛地流传于缙绅大人的口头和笔头上，成为他们比过去更加享受骄奢淫逸的生活的公开理由，成为朝廷近年大事兴作、挥金如土的理论根据。如今，这八个字已经披上华衮，记入国史，成为冠冕黼黻的庙堂文章了。

这时暮色逐渐下降，落日的最后光辉，映着绚丽的晚霞，把假山庞大的影子拉得长长的、斜斜的，覆盖在湖面上。平静的湖面没有吹起一丝皱纹，只有那倒影似乎为它构成了一种压力，使它微微地抖动一下，接着又吐出一声轻轻的叹息。随着暝色四合，霞光消逝，这一片石林，这一组蔷薇的图案，这座假山和这一带迤逦的斜坡全都化成模模糊糊、迷迷茫茫的一片，从加深的灰色直线下坠到完全的黑暗中去。

这时全园的彩灯都已点亮，薛昂带来的随从们也扯起十多盏灯笼，引导他们通过一条长廊，回到六鹤堂。

刘子羽故意放慢脚步，悄悄地拉住马扩的衣袖，指着一堵被灯光照得雪白的粉垣说："公相真不愧为一个高明的泥水匠。"他停顿一下，替听话者留出一点回味的余暇，继续说："如果没有他们几位苦心孤诣，到处涂涂抹抹，天下哪能粉饰得如此光洁悦目？"

马扩和在一旁听到这话的刘锜、刘子羽一齐都笑出来。他们都同意这个观点：这些年来，朝廷的权贵们真是煞费苦心地运用他们善于涂脂抹粉的手，才把天下装扮得好像在那组文字图案中表现出来的"豫大丰亨，国运昌盛"。

4

他们一行人回到六鹤堂时，只见高悬在厅堂正中的九支铜灯都已点燃起胳膊粗细的明烛，把全厅照得如同白昼。须眉雪白的公相也已出现在厅堂中。宾客们挨挨挤挤地挤作一堆，在主人亲自引导、推荐、解说下，欣赏今天宴会的主题——牡丹花。

牡丹花集中在六鹤堂前一个大花坛里。花坛中间和周围点了多得数不清的灯，几乎是"一树牡丹一盏灯"，这使它表现出比白天看来更多的娇艳和妖娆。花坛中几百朵含苞待放的、正在盛放的以及稍稍有点开得过时的花儿形成一座泛着光彩和香味的小小的山丘。"姚黄""魏紫""玉版""鼠姑""檀心""鞓红"等名种，在这里只看成稀松平常，它们少则几株，多则十余株，密密匝匝地种成一大丛，无足为奇了。比较名贵的品种，例如白边绛心的"火齐红"、白的花瓣上带着一条红绒的"界破玉"、雏鹅嘴一样嫩黄的"缕金黄"等几种都迁种在一色海青的定窑瓷盆里，模仿着内廷的格式，标上玉签、牙签，书写了它的名字放在廊檐下。只有公相本人最欣赏的一种大红的"照殿红"放在他自己的座旁。

年迈的公相嘴里喃喃地介绍这种他偏爱的品种时，大部分宾客都听不出他在说些什么，只有从他的表情和姿势中推测他心里想要说的是什么，并且异口同声地称赞道："名贵！名贵！""奇绝！奇绝！""真是阆苑仙葩、人间绝品！"这些廉价的称赞完全配得上公相的推荐。风雅的吴开高吟一句："若教解语应倾国，任是无情亦动人。"他的连裆裤莫俦马上接着吟道："竞夸天下无双艳，独占人间第一春。"看来这三条蹀躞腿在赴宴前一定翻了一些辞书，掯扯得一些辞藻，准备到相府来卖弄一番，在这样规模的宴会中，这也是应有的点缀。

薛昂没有借到"一尺黄"，固然是一大憾事，但他凭着兵部尚书的权势，毕竟弄来了一种名为"欧家碧"，或者更亲热地简称为"欧碧"的牡丹，这才是今天花王中之花王。"欧碧"据说还是爱牡丹成癖的欧阳修当年在洛阳时手植的，过了几十年，只留得一株下来，成为海内孤"本"。它要隔三两年才开一次花，每次只开一朵、两朵。今年仅有的一朵是薛昂花费了重大的代价，特派专使，星夜用四百里朱漆金牌急足递取入相府的。欧碧之名贵，不在于花径的大小，而在于色泽之晶莹。它的朵儿不大，形态纤细娟秀，连花带叶都是同样的碧绿色，看起来好像浸在一泓清流中的翡翠。它碧得晶莹透明，碧得沁人心脾，碧得好似在三伏盛暑中吃一盏冰镇杏酪，碧到了这种程度，才有资格取这个"碧"字的专利权。

然而，不管是火辣辣的"照殿红"也好，不管是绿莹莹的"欧家碧"也好，不管它们占的是人间第几春，都代替不了一顿大家伫候已久的酒席，起不了"秀色可餐"的作用。

时间真是不早了，而主题中之主题的主宾童贯还是一直未到，主宾不到，宴会不能开始，这才是当务之急。牡丹虽好，也不能折下来当酒菜吃呀！

派了多少人前去探询，派了几起人前去请他速驾，幸而，到了此刻——比礼貌上允许一个贵宾迟到的最大限度还要迟一些的时候，大门外面一迭连声地报进来：童太师驾到！蔡絛、蔡絛、蔡鯈等几位贤昆仲早就出去恭候，蔡京本人也倚着侍姬的拐杖，降阶相迎。童贯入座后，用了他生理许可的最强音、最尖音发言告罪道："适才有点公事，在禁中被官家稽留住了，以致晚到半晌，累诸公久候，罪甚罪甚！"

当年蔡京极盛之时，也常用"禁中"和"官家"这两头"替罪羊"作为宴会迟到的借口，不料今天别人也以自己之道，还治自己之身，真所谓是"天道好还，报应不爽"。

全体宾主入席后，行了第一巡酒，公相颤巍巍地高举玉盅，向童贯说了一番祝他旗开得胜、马到成功的好听话。说什么："辽事向称棘手，非有极大经纶如我公者，安能独擅其事，底于厥成？"说得酸溜溜的，乘机夹进一点私货，表示伐辽之议，蔡某早于几年前就开了端，你童贯今日，独擅其功，饮水忘源，未免是过于心狠手辣了。

大官儿说话向来有底面之分，面子上一套，底子里又是另一套。现在蔡京的祝酒词虽然说得冠冕堂皇，实际上却表现出强烈的不满。口头上说的是："拭目以观大军之凯归，他年图画凌烟，功垂竹帛。"心里想的是："拭目以观童贯之狼狈溃归，他日难逃官家斧钺之诛。"

具有同样丰富经验的童贯甚至于在他还没开口前就已经料到他说话的底面两个方面。童贯也用了同样表里不一的答词答谢了主人的盛情，并且更加尖刻地嵌进一块骨头。

"辽事胶葛，非一时可了。"他文绉绉地掉着书袋，"但愿童某凯归之日，公相康泰如今，千万莫作回山高蹈、优游仙乡之想，致使天下苍生徒有东山之叹！"

　　童贯虽然是个内监，却生着铁青面皮，颔下颇有几根疏朗朗的髭须。他说了这几句，揪住髭须，奸诈地笑起来。他的笑也是与众不同的，嘿嘿嘿几下，忽然戛然而止，没有拖音，似乎在一层薄薄的糖衣里面，包着什么阴暗叵测的东西。这几句话确是藏有机锋。原来蔡京本贯福建路仙游县人士，"仙游"既是个好字眼，也是个坏字眼，童贯劝他不要回山高蹈、优游仙乡却分明是句反话，实质上是诅咒他可以早些升天游仙，应玉楼之召，去修天上的史书了。进士出身、翰苑修撰，又当了多年宰相、饱经宦海沧桑的蔡京，对于这样一句明显的、恶毒的咒骂岂有听不出来之理？他一时愤愤不平，气恼异常，可是目前童贯正在鸿运高照之时，自己倒了霉，斗既斗不过他，气也是白气。小不忍则乱大谋，今天花了这么多的精力、物力，大摆酒筵，又为着什么来？他只好苦笑一声，把这句火辣辣的咒骂连同童贯回敬他的一盅苦酒一并咽下肚皮。

　　蔡京、童贯这场唇枪舌剑的暗斗，吸引了很多人的注意。马扩悄悄地推着刘锜的臂肘，刘锜说："童贯敬了主人一颗冷汤团，难怪他咽进肚里要作怪了。"

　　"这位薛大总管扬扬自得，倒是一副满不在乎的样子。"

　　"他是人尽可主、人尽可父的。冰山倒了，就靠上铜柱，怕没人收留他？"

　　的确，蔡京、童贯的暗斗，宾客们的窃窃私议，对于薛昂都是毫无影响的，现在他把全副注意力集中在他精心安排的舞蹈节目上，这无疑要成为今天所有节目中最精彩的一个。他睁大了眼睛，好容易等到蔡京、童贯两个一齐放下酒盅，就忙不迭地挥手向隐在帷幕里面的乐队示意，乐队立刻用一阵急管繁弦和节拍紧凑的锣鼓催促第一个舞蹈队出场。

　　尽管乐声十分急促，四个鼓手不停歇地敲着大鼓催促，舞蹈队还是那么见过大场面地好整以暇，迟迟不出。舞姬们都躲在后堂两侧耳房的帷幕里，用她们的倩笑声，用舞蹈的准备动作，用令人难以想象的灿烂色彩和浓郁的香气隐约地泄露春光。这一层薄薄的帷幕正好遮住了她们的身体，透露了她们的意态，使她们还没有出场，就在观众心目中平添了十倍魅惑力。

　　直到羯鼓三通、四通，忘乎形骸的宾客们一齐用发狂的掌声加入催促，乐队最高指挥薛昂不断用他的大鼻孔吸气，高呼"出来，出来"的时候，她们这一队十名舞姬，这才侧着身躯，踏着碎步，翩然飞奔出来。她们轻盈得好像两行剪开柔波、掠着水面低飞的燕子。她们以左右两行单列纵队出场，顷刻间就变换了几次队形，从纵队到横队，然后绕成一个大圈子，然后又倏地分散为两个相互穿插、相互交换、人数从来不固定的小圈子。同时她们又不断地变换着舞姿，一会儿单袂飞云，一会儿双袖齐扬，忽而耸身纵跃，忽而满场疾驰。这一套熟练的基本功，在第一个瞬刻中，就把观众看得眼花缭乱。

这一整套舞蹈，名为《国香舞》，是专门为了配合今天宴会的主题而编排的。原来约了当代舞蹈大师雷中庆担任设计和排练，偏他生病了，竟然不肯到相府来当技术指导。于是薛昂商准公相太师的同意，请了公相的宠姬慕容夫人出来亲自担任导演兼主演的职务。

慕容夫人灵心慧质，色艺双绝，她根据宫廷小儿舞队的老节目《佳人剪牡丹》舞，加以整理、改编和发展，使之面目一新，完全适应她的需要。在这第一轮舞蹈中，慕容夫人亲自扮演"欧碧"这个角色，而让其他九名舞伴一律成为她的"绿叶"。她穿上与欧碧同样颜色的绝薄的轻绡舞衣，左鬓上簪一朵同样颜色、同样形态的绢制欧碧假花。这副打扮使她本人也好像是浸在一泓清流中的一片翡翠，如果不是在她薄薄的嘴唇点着一点丹膏的话，而这点丹膏又起了必要的衬托作用。

"绿叶"与"牡丹"理应有所区别，绿叶们也穿了颜色、质地相同的舞衣，只是在领口和下摆边缘上剪出曲曲折折的锯齿形。事实证明，这样的区别完全没有必要，一切形式上的区别都是低级的区别，只有从本质上来区别才是高级的。在整出舞蹈中，在每个动作中，无论一投手、一挪步、一摆腰、一转身，都显示出慕容夫人远远超过舞伴们的水平。她是绝对、完全、不容丝毫怀疑的主角儿。她这个位置比她主人，目前的公相太师的地位要牢靠得多。这才真正把她和她的同伴区分开来。

舞姬们按照剧情的发展，应着音乐的节拍，用各种美妙的身段和轻盈的姿态表现出这朵"欧碧"受到一个没有出场的主人的培植、灌溉，以及它本身抽芽、苗叶、含苞、初放到盛开的过程。这也是一个从无到有、从稚嫩到成长、从缓慢到快速的过程。慕容夫人从慢舞中逐渐加快了速度，最后在急遽的旋转中，飘起她的轻绡舞裙，飘成正圆形，飘成一朵开得满满的欧碧，在全场中飞驰。

快速的动作过去后，绿叶们把名花拱卫起来。她们一齐站在原地，款摆柳腰，表演出一种心旷神怡的姿态，表示绿叶正在春风中摇曳软摆。伴奏者用了一支《春光好》的乐曲，为她们伴奏，烘托出风和日丽、春在人间的气氛。柔美到甚至有点浮荡的舞蹈动作配上和谐的音乐，使观众们感觉到真有一阵和煦的春风在他们的脸颊上轻轻吹拂过。

名花的本身也随着绿叶的摆动而摆动，她刚表演了动态，现在又表演出静中有动。同样的摆动，但由于名花的轻微重量，使她摇曳的幅度比绿叶们略为减少些，因此就更加显示出她与众不同的端凝华贵。"欧碧"是牡丹中的变种，她不是以高贵的风格，而是以独特的娇艳见长，但她仍然是一枝国色天香的牡丹花，而不是什么其他的花儿。内行的观众看得出慕容夫人在这微小然而又很能够掌握分寸的设计中不仅表现出欧碧的特性，同时也赋予它以牡丹的共性。这确是煞费苦心的安排。

对于轻歌曼舞都研究有素的刘锜对此也情不自禁击节称赞起来。

忽然应着一声响亮的锣鼓，绿叶们把头一低，鬓边就出现绢制的蜜蜂、蝴蝶，迎风翩翩而舞。她们的身份也随之而改变了，现在她们九名舞姬不再是绿叶，而是一群惹草拈花的游蜂浪蝶，围绕在名花周围低昂飞翔，惹引她、追逐她。名花以同样高贵和娇艳的姿态拒绝了它们的勾引追逐，使它们一只只黯然销魂地退出场子，最后只留下名花独自在软红尘里摇曳生姿。在这场抒情的独舞中，她表现出既获得被追逐的轻快感，又保持了拒绝追求的尊严感。前者是每朵名花都希望得到的，后者又是每一朵名花不得不保持的。慕容夫人巧妙地糅合了这两种相反相成的感情，把观众带进一个动中有静的世界。

忽然又是一声响亮的锣鼓，游蜂浪蝶迅速改换了舞装，她们穿上绯色的、淡黄的、天蓝的和浅紫色的舞衣，变成一群千娇百媚的美人，再度登场，她们一个接着一个仔细地欣赏了名花以后，就决定把她剪下来，供为瓶玩。

这时舞蹈出现了最高潮，佳人们用了许多迂回曲折的动作象征剪花，而慕容夫人自己则完成了其中难度最高的一个。她被她们剪下来时，仰着身体，折下腰肢，尽量向后倒垂。人们看她做这个动作时，不禁在想，在这个柔软的胴体中，难道连三寸柔骨都被抽去了吗？事实上确是这样，她似乎已经抽掉了全身骨骼，才可能表演出像她现在表演出来的柔软的程度。她困难地、缓慢地向后倒垂下去，挪动每一寸、每一分都需要一个令人窒息的瞬刻。这时配乐停止了，场内外一切杂音都自动消除了，人们一切的活动也随着这个正在进行中的倒垂而宣告"暂停"。这里出现了一个真空的静谧的世界。只有当她向后仰倒到一定的距离时，鼓手们才击出惊心动魄的一响，紧接着又是一声余韵不尽的锣声。这单调而有力的配音明白地告诉观众这个动作的惊险和困难的程度。

最后的瞬刻终于到来了。慕容夫人在观众的热切期望中，终于吃力地然而又是愉快地把上半个身体完全向后折倒，使得鬓边簪的那朵绢花一直触到地面的红氍毹上。她的身体折成一个最小限度的锐角，她克服了不是人力所能克服的困难，因而完成了不是人力所能完成的动作。她把这个成功的动作，按照最后定型下来的姿势保持和停留到观众好像山洪暴发般的喝彩声和掌声中。

一切都疯狂了，现在乐队不再为舞蹈配音，而为狂热的观众配音，一切可以加强热烈气氛的乐声都鸣奏起来。宴会场上乱作一团，公相的尊严、上级下属的官范、长辈幼辈的伦序，一下子都被冲垮了。在这里一律都是疯狂的观众，再也没有什么可以约束住他们。他们像沉船上的搭客和溃散中的军队，乱纷纷地离开座席，乱走乱跑，或者拥成一堆，以便在较近的距离中，把慕容夫人觑得更真切些。他们忘乎所以，忘乎一切，忘掉这里是官居极品的公相太师的府邸，忘掉慕容夫人是公相的宠姬，大家以那种贪婪的、毫无保留的眼光觑着她，恨不得一口把她吞进肚里。

这里慕容夫人已经站起身子，用着富有经验的轻蔑的一笑，轻轻拂去那几百道似乎要把她生吞活剥掉的眼光。在她虽然年轻，但已久经沙场的生涯中，不知道有过多少次碰到这样的眼光。她乐于接受它们，甚至还主动地去勾引它们，因为它们可以为她提供快乐，但她懂得在适当的时候就应该把它们拂拭掉。这时她仍然含着那种轻蔑的笑，但已经洒进一点庄严和尊重的粉末，好像被湖水漂着、汆着一般，一直汆到童贯的座前，取下自己鬓边簪的那朵绢花，轻轻簪到童贯的幞头上。这个动作如果出之以轻佻，那就显得她要向童贯乞求什么恩赏似的而献媚，但她以舞蹈场上胜利者的身份加上这点尊严，就显得是她授予童贯一种荣誉，给他挂上一面奖牌似的。在取、予之间，她做得非常主动、得体。

童贯果然笑嘻嘻地接受了这项荣誉。

曼舞之后，继以轻歌，一队手执檀板的歌娘登场了。她们引吭高歌一阕《国香慢》的寿词以后，就走到每一位宾客首先是主宾童贯的座前奉觞执盏，劝他干了门前杯，再为他们斟下下一巡酒。

然后出来了下一轮的舞蹈队。同样的音乐，同样的舞蹈动作，表演了同样的内容情节，似乎导演兼编排者慕容夫人已有江郎才尽之势。但是舞衣更换了，相府里有的是从寒女身上鞭挞出来、可以裁制各色舞衣的绢纱；表演者也全部更换，相府里有的是从赋税田租中变了一套戏法，绕两个弯子就变幻出来的大批歌娘舞姬。这一轮舞蹈是由公相特别偏爱的另一个宠姬武夫人领舞，她装扮的是公相特别偏爱的牡丹"照殿红"。她的鬓边火辣辣地簪上一朵真正的"照殿红"，映在她纯白的舞衫上，特别显得耀眼。照殿红虽然难得，还不至于像欧碧那样是海内孤本。她簪了一朵真花，绿叶们在装扮绿叶时也相应地披上一些真正的绿叶，以收相互衬托之效。这些精心的构思仍然说明舞蹈设计者的深心密虑。

第九章

4

武夫人的舞蹈技艺比不上慕容夫人，她的略嫌丰腴的体态也不可能表演出像慕容夫人所能达到的轻盈的程度。"掌上之舞""盘中之舞"，似乎轻盈永远是评价舞蹈的最高标准。但是也不尽然，譬如这位武夫人就是用另一种美——不是从舞蹈造型的观点上，而是从人身观赏的观点上——来取胜的。武夫人穿着几乎是用她自己的肌肤来作衬底的镂空舞衫，大胆地炫耀自己的美，因之尽可以抵消她在舞技上的略有不足之处。

本来像武夫人、慕容夫人这样身份的姬妾（还有一个邢夫人，她们三个被称为一棵桃树上的三枝红桃花），早已不允许再出现在宴饮外宾的红氍毹上。现在公相居然同意薛昂的商请，毫无吝色，把自己的宠姬一齐端出来飨客，这充分说明公相对今天宴会的特别重视，对主宾童贯的殷勤以及他希望从对她们的牺牲中取得价值更高的补偿的迫切心情。原来公相和他的公郎们一样，身边也掖着一杆秤，不是用雏妓的秤星而是用老鸨的秤星来衡量他的进出账。

但是第四巡酒刚刚斟上，新的舞队还没有翩然奔出，比一个高贵的宾客参加高贵的主人的宴饮，在礼貌上允许早退的最大限度更早一些的时候，童贯用了同样的高声和尖声，却有了更多的尊严，站起身子来，拱手说他还有要务亟待去经抚房处理（那个地方被他说得阴森森的像地狱一般不近人情），他在领情之余，不得已只好向主人家告辞了。

蔡京虽然有点意外，这样盛大的宴会，这样使人目迷心醉、情移神荡的美姬歌舞，这样的殷勤招待，这样的委曲求全，仍不能使他多坐片刻，但他知道是留不住了。于是宾主两个又客气一番，一个是谨祝成功，一个是敬谢厚意，彼此喝干手里的酒，就由他率领蔡絛、蔡儵、蔡儦等几个公郎把贵宾一直恭送到大门口，蔡絛、蔡儵还挟他进入座舆，这才鞠躬如仪而退。至于他的大公郎蔡攸，在这个规模盛大的宴会中，不仅不是主人，而且也不是客人。他是早已言明在先，今夜有要公与王太宰相商，公而忘私、国而忘家，通宵达旦，决不出席"郎罢"的牡丹会的。

送走了童贯，蔡京显得十分疲劳和颓然。他在筵上只待了片刻，就向其他的客人告了罪，回进内室去休息，这里留下他的公郎们和薛昂一起继续主持宴会。

继主宾、主人相继离开筵席以后，有一位来客也悄悄地、不受人注意地离席而去。

　　过了一会儿，刘子羽得闲，走到刘锜、马扩的席间来，专程向他们介绍说："刚走的那个李伯纪好古怪，放着艳舞不看，好酒不吃，扯着俺爹与子羽哥哥，一股劲儿地问伐辽之事，问得好生仔细！"

　　"李伯纪是谁？"

　　"他单名纲，福建邵武人氏，与俺爹同乡，在京时曾多相过从。前两年当个监察御史，一道封事，恶了王黼那厮，立被贬谪到南剑州充名监税。旬日前有事来京，躬逢今夕之盛，不想他说这里乌烟瘴气，闹得他头昏脑涨，坐不住径自走了，也不怕主人家见怪。"

　　"李纲身在南服，心系北边，在文官中能留心边事，也算得是有心之人了。"刘锜点头称赞问道，"他谈的可有些见地？"

　　"他倒说了些关节话，他说未有权臣在旁掣肘，大将能立大功者，着实为种帅担心。他又说，近年朝廷多事，他留心天下之士，如婺州宗汝霖可算得是众醉独醒的豪杰之士，可惜上官不容，沉屈下僚，朝廷筹措伐辽战争，他说了句'天下从此多事矣'，就被勒告回乡。又说起刘锜哥哥的大名，也是不得其用。"

　　他们相与嗟叹一回，刘子羽回到自己的席间去了。

　　酒一巡巡地斟上来，舞队、歌队轮番登场。但是现在宾客们的注意力已经转移到席面的酒菜上。酒菜不用说都是第一流的，就是内府的赐馔也不能要求更高的质量。相府家酿的"和旨酒"，当时已在东京市场上作为一种珍品出售，成为相府一项可观的副业收入。为了杜绝假冒影戤，公相还仔细地在每只泥坛上钤上亲自书写刻制的名式钤记。现在宾客们畅快痛饮的就是这种货真价实、绝无假充或者被冲淡之虞的蔡家"和旨酒"。

　　当一道作为小食的甜品献上来时，薛昂的脸色一连变了几次，他先是担心厨师没有做出预期的水平来，然后是得意得脸色飞金，最后又露出鄙夷的神情，讥笑那些少见多怪的宾客，笑他们的馋相。

　　这道甜品是用细心地掰下来的牡丹花瓣儿作为主要原料，经过九蒸九晒，滤去苦汁，保留了它的清香，外加白面、糖、乳酪、香料、小蜜饯、鲜果和各种色素调和配制成的酪糕。相府内有厨婢数

☆把自己的宠姬一齐端出来飨客。

百人，高级厨师十五六位。这个制作糕点的厨师今天表演出最高的技术水平，把酪糕做得跟真正的牡丹花儿一模一样，每朵花儿旁还配上几瓣绿叶。于是鞓红、檀心、九蕊真珠、玉盘妆都上了席面，主宾已经离席，薛昂把唯一的一朵欧碧献给第一号陪客——官家兄弟越王赵偲，自己就老实不客气地留下照殿红，如今秀色真个可餐了。

然后他们又来品尝另一道名菜"八仙过海"，那一大海碗杂烩确实需要用八名侍役扛抬上席。

宴会已经接近尾声，但是没有人知道薛大鼻子还会耍出什么新花样，要把它拖延到什么时辰才正式宣告结束哩！

熟悉这种场面的刘锜看到马扩的不耐烦，把他拉了一把，两人悄悄地退出筵席，也打算来个不辞而别。他们安全地撤出六鹤堂、长廊，满以为可以太平无事地走出大门了。没料到当他们穿过一间穿堂时，有一群事前埋伏着的舞姬从里间冲出来，一拥而上，对他们实行突然袭击。

经过多日来的筹备排练，经过通夜的歌舞劝酬，歌娘舞姬们早已累得精疲力竭，她们的眼圈儿发黑，嗓音儿嘶哑，她们的腿儿疲软得已经拖不动自己的身体，可是还不得回房去休息。薛八丈的最后一套戏法，也是从东鸡儿巷、西鸡儿巷学来的，他要舞姬、歌娘们在宴会结束时，列队在大门口，每人捧一大捧折枝牡丹，给宾客们一一簪上了，恭送他们回去后，才得进窠儿休息。

好威风的兵部尚书，如今俨然对相府的侍姬们在发号施令了。她们不是听话的好兵，可是也不敢公开反对他的命令。

当她们已经做好送客准备，而客人还没散去的这个空隙间，她们自己可以找些快活事情干。

她们袭击的目标是刘锜。刘锜虽然很少来相府出席公私宴会，但他在相府的歌娘舞姬中间和他在其他地方的歌伎中间一样，都是个声名显赫、备受欢迎的风流人物，是她们心目中倜傥无双的英雄，被她们假定为每人的"知曲周郎"。他的一举一动都受到她们的密切关注和严密的监视。现在他偶然疏于防范，仓促之间，落入她们蓄谋已久的陷阱中。她们发出一声真正来自内心的欢呼，顿时把他从四面八方包围起来，横七竖八地把折枝的牡丹花插在他的幞头上、衣襟上，有的挤不上前，就把花儿捧进他的怀兜中。

这场袭击也连带波及马扩。

　　一个记不得在哪一轮舞蹈中领舞的舞姬，一把拉着马扩，给他簪上花儿，然后在可怕地接近的距离中对他死死地盯上一眼，闻得出她满身的香气以及从口中微微吐出的一点酒气。接着她就使用了另一种人类所使用的，不是用舌头、用音响声符，而是用一连串表情和动作组成的语言——眉语，跟他说话。它表达自己的意思比普通人类的语言还要清楚明白得多。可是马扩没有搭理她，她张大了充血的眼睛，晃着原来就已欹倾不整的头饰，喷出一口酒气，奇怪地、肆无忌惮地纵声大笑起来。

　　受到她们"挦扯"的刘锜、马扩使出当年在熙河战场上作战的勇气，突围而出，把这群笑着、闹着、攘夺着、扬扬得意地在相互夸耀着的舞姬丢在背后，头也不回地走出相府大门，找到自己的坐骑，疾驰回家。

　　还没离开相府大门口的辉煌灯烛的光圈范围以外，马扩陡然想起，一把就把那朵簪在幞头上的花儿拉下来，用力摔在地上，让他自己的和刘锜的马蹄把它践踏成为尘泥。

　　当他们转过两条街，驰入比较暗的地区，慢慢降低速度时，刘锜用了一个觉察不出的微笑，轻声说："兄弟，你糟蹋了一枝照殿红，它可是踏遍九门也买不到手的名种。"

　　"活该，活该！"马扩还是气愤不平地大声回答，"谁叫它落到相府这个泥坑中去的。"

　　刘锜不是第一次参加这种规模、性质的大宴会，不是第一次碰到这种逢场作戏的场面，因而也相应地失去那种初度感觉的纯洁性和敏锐性。他也许认为不必要把它看得如此认真的，但是无论如何，他了解他的兄弟的激愤从何而来，为什么这样强烈。

第十章

1

蔡京的饯别宴会，虽然没有达到他事前预期的目的，童贯对他的冷淡以及赴宴时间之短促，说明这个老练的对手，不愿意让蔡京在他身上捞到什么好处。但是东京的市民们，早已对这场宴会做出迅速的反应，并且借以证实许多情况。

市民们在年初第一次听到伐辽战争的消息以后，曾给予狂热的关注。"也立麻力"的故事也曾流传一时，家喻户晓。他们把这个新颖的名字和这场新鲜的战争联系到一块儿了，这种判断是正确的。他们的关注以元宵那天他们目击的告庙大典为最高峰。经过那次告庙——官家亲自把伐辽的消息上告祖宗之灵以后，没有人再怀疑这场战争。可是，后来这方面的消息忽然沉寂了。有人从西北带来边防军正在调动的消息。这似乎有些音响。可又有人反驳说，军队调动是寻常事，焉知它调到东西南北去？总之没有任何明确的证据可以证明它正在积极准备。于是人们就以他们过去否定怀疑论那样有力的理由来否定自己的确信。因为在这动荡多变的政宣时期，本来没有一件事可以说得太肯定。朝廷对于祖宗神祇的信誓旦旦和它对老百姓乱许愿心一样，都是说了不一定算数的。

现在市民们从这个宴会中正确地推断出这场战争不但势在必行，而且时机已迫在眉睫，负责前线军事的童贯不久将启程。这场宴会以及童、蔡两个的祝酒词和答词被流传得如此广泛，以至于到了完全失真的程度，但它证实童贯启行在即。于是怀疑论一扫而空，人们再度掀起热切关注战争的热潮，而童贯一时也成为众目睽睽的风云人物。

在一些人的心目中，对童贯的评价具有两重性：一方面，固然是他的声名一向狼藉，受人鄙薄；另一方面，又因为他日前的红运高照，受人羡慕。在官场中，童贯更成为你抢我夺的香饽饽。第一等有交情的大员们可以为他设宴饯行，次一等的只够利用公私场合见面的机会跟他说句话，再次一等的只好转弯抹角地钻门路、找小道去跟他进行一项心照不宣的买卖。在这方面，童贯倒是一视同仁，不分尊卑贵贱，只讲现钱交易，你出价多少，他就给你多少货色，掂斤播两，两不吃亏。童贯为人有胆量、有担当（当然只是指这方面的勾当），经他的手委派出去的差使，一般都可以在短期内捞回本钱，外加相当的利润。这比干着同样事项的文官们要爽利得多。因而人们宁可多钻些路道、多花点本钱，跟他打交道。

有时，童贯甚至于表现得很讲交情，非常通情达理。

有人指名要哪个差使。

"这个嘛！倒教咱家有些为难了。"他沉吟半晌回答道，"前天何枢密的儿子来谈，也要这个，虽没说定，却也有了六七成的成议了。咱家不看他面上，也要看他死了几年的老子面上。"他现出了为难的神情，然后果断地做出决定道，"也罢！谁教咱家的孩子一定要干这个，既是这样，一言为定，这就让咱孩子去干吧。何枢密的儿子咱另行安排。"

这里虽然也含有板削价的意思，但是人家知道他说的是真话，并且说过了是算数的。不过他也不肯让已经付出相当代价的何枢密的儿子过分吃亏，虽然并不在乎他的老子是否在世。交易就是交易，从交易的观点来看，他调度人事，分配肥瘠，倒是相当公平合理的。王黼、蔡攸，下至转运使詹度、转运判官李邺、知河间府黄潜善、知雄州和诜，也要借这场战争大做交易，这些文官满口仁义道德，做起交易来，却是一项道德也不履行。童贯从来没有讲究过什么道德，实际上倒是遵守商业道德的。

卖前线之官，鬻战争之爵，这是作为军事负责人童贯理应享受的特权，但它和王黼、蔡攸之间的界限还是混淆不清的。王、蔡两个没有他的手面、气魄，又不肯担点风险，却有着同样大的胃口。他们不喜欢童贯大权独揽、说了就算数的作风，更不愿把实利拱手相让。他两个常常联合起来，以二对一的优势，夹攻童贯，迫使他不得不吐出一部分已经到手的利益。经抚房是他们的分赃所。因为分赃不匀，发生口角，甚至闹得揎臂捋袖、剑拔弩张，关系十分紧张，这是常有的事情。有时童贯被夹攻得走投无路，索性做出掼纱帽的姿态，愤然说："太宰、学士高兴，就请亲自去北道走一遭。咱童某在家纳福，何乐而不为？何苦为他人作嫁衣裳？吃苦的是咱，好处到手的是别人。"

王、蔡两个明知道要搀他还搀他不走哩，他怎舍得掼这顶乌纱帽。可是事情闹出去，大家面子上不好看，有时也不得不让他三四分。只有权势和实利在三人中间取得大致上的均衡时，他们的关系才比较协调。

雄州前线自成立宣抚司以来，虽然还没发生过正式接战，但它每天要给在东京遥控的宣抚使本人递来一份，有时甚至是两份、三份四百里急报，表示它的人员有公可办，并非白吃闲饭。

急报的内容几乎千篇一律地都是攻击西军统帅部，不是说它目无宣相、擅启兵衅，就是逗留不前、贻误戎机。擅启兵衅与逗留贻误是一对截然相反的对立词，宣抚司在两者之间画了一条细如发丝的界线，统帅部要是超过或者没有达到这条界线的万分之一寸，都足以构成莫大的罪名。宣抚司里有的是伟大的发明家，他们在要津之上布设了一条不容跬步的独木桥，让渡河者纷纷自行失足坠下，这是"欲加之罪"的最好的办法。此外，他们只好诉诸捏造之一法。捏造些靡费军需、中饱军饷的情报，暗示统帅部的人员，并非个个都像吃斋的和尚那样一清如洗的。

以河北边防军统帅自居的知雄州和诜，也时常有文书申报经抚房。河北边防军原来所属有四个军区，高阳关、定州、大名府、真定府。自从澶渊之盟罢兵乞和以来，这几个军区早已虚有其名，剩下一些残兵疲将，只够在地方上欺侮老百姓，根本建立不起军部来。和诜这个名义上的统帅实际上是无师可统，只好擅地理之胜，在谍报工作上卖力一番。他的确派了一些人混入辽境，把访问得实的，仅仅得自传闻、加上自己的主观臆断的，以及完全凭着丰富的想象力创造出来的军事情报，不断地往上申报。

已定的国策，为谍报工作定下了调子，而谍报工作又为制定国策提供了必要的"事实"根据，两者配合得十分默契。和诜据说是被内定为副都统制的人物，他没有其他的本钱可以运用，只好在创制这些主观色彩十分浓厚的谍报工作中大卖身手，以便取得跟都统制种师道相颉颃的地位。

王、蔡、童三个在分赃吵闹之余，也抽些时间议论所谓军国大事。他们根据宣抚司和和诜的一些情报文书，做出下列相应的措施。

打仗作战，即使仅仅是名义上的战争，总得要有一支可靠的部队，西军虽然已经调往前线，但是种师道老气横秋，绝非仁柔可制之辈，将来童贯调遣应用，掣肘必多。因此他们一致决定要让童贯自己统带一支信得过的军队北上。他们准备在京师的禁军中抽调五万人马，作为宣抚使个人的护卫部队，由他直接带往前线。一来以壮宣抚使的声势，二来可以约束西军，使它有所顾忌，不敢胡作非为，三来也可以调剂调剂禁军，把有关人员大量安插进去，为他们图个进身之计。这真是一箭三雕之计。

可是要在残缺不全的京师禁军中抽调出五万名步骑兵，绝不是轻而易举的事情。号称八十万名额的禁军，实际上他们的姓名只存在于按名支饷的花名册中。谁也没有那种起死回生、返老还童、变无作有的神仙本领，能够把存在于花名册中的已登鬼箓、尚未注销，或者已变成头童齿豁的老翁，或者根本没有被他爷娘生下来的虚拟的人名，变成一个个鲜蹦活跳的战士调集出来凑成一支大军。童贯把这只空心球踢给高俅，蹴鞠能手高俅一脚反勾，就把球踢给副手殿前司副都指挥使梁方平，梁方平又把它转踢给步军司都虞候何灌。何灌着实卖力一番，居然在活着的以及尚未老到行将就木的禁军中抽调出两万名人员（只有官家的卤簿队碰不得，否则倒省事了），又在京师的游民中间临时招募得两万名新兵，才勉强凑成一支大军。这使童贯大为满意，何灌、梁方平平步青云，登时取得在某些交易中可以与上面讨价还价的权力。高俅更是现卖现买，概不赊欠，立刻把他最后两位贤侄统统塞进新部队中充当中高级军官。

在这番军事准备活动中，比谁都灵活机灵的高俅早就看准有利可图、无险可冒，他不动声色地把两个儿子、五个侄子一股脑儿塞进转运司、宣抚司和部队中去。他们高氏一门真是济济多才，文武两途，全不乏人。

其他的三衙军官，闻风而动，也纷纷报名投效前线，以图进取。他们对本行业务也已生疏了，幸而现在上司交给他们的任务只限于在短时期内把这支新募集的军队训练得能够步伐整齐，进退有序，前后左右，不至紊乱，手里抢得动枪，胯下跑得动马，可供上级一次检阅之用。

然而要完成这些任务，也是谈何容易！

一天，刘锜在教场上看了禁军的教头们正在训练新兵。教头呼五吆六，满头大汗，十分卖力，新兵们却好像学塾里的顽童，转来躲去，不肯听话。叫他们前进，他们偏向后退，叫他们向左，他们偏转向右边，闹出不少笑话。刘锜回去把这些情况跟家里人说了。

"贤侄，照这个样子，他们上得了战场？"卧床养病的赵隆关心地问。

"差得远哩！"刘锜不满地摇头道，"这些游民，好逸恶劳，懒散惯了，一时间哪肯听军法钤束？"

"就算训练得差不多了，"马扩补充道，"别看他们在教场上抢得动枪，跑得动马，一旦上了战场，见得敌人，真刀真枪地厮杀起来，可又是另一样了。"

"上了战场，见得敌人，只要手里的枪拿得稳，口里咽得下唾液，就算能打仗了。"赵隆再一次补充，"他们哪里就做得到这两样？"

这是经验之谈，可是刘锜娘子和弹娘都不相信，天下哪有咽不下唾液的人？她们看看丈夫，刘锜和马扩却点头同意赵隆的话。职业军人的刘锜、马扩都记得他们第一次上战场时，嘴里干乎乎好像要冒出烟来似的。他们是军人世家，对战争有长期的思想准备，初上战场，尚且会发生这种生理变化，这些仓促成军，又未经好好训练的新兵，就顶得了事？不消说，他们对这是十分担心的。

可是王黼、童贯又有另外一种想法，他们并不要求新兵在战场上咽得下唾液，抡得动枪，跑得动马。这些都无足轻重。因为根据情报，根据他们乐观的估计，目前天祚帝逃走，辽廷已呈土崩瓦解之势，朝廷大军，只要在河北前线虚张声势、耀武扬威一番，残辽的君臣就会纳土归降。真正的战争是不存在的。无论西军，无论这支新兵，都是备而不用。他们既不愿让西军白捡了这个便宜去，又怕种师道不听约束，擅自动兵。万一真的打几仗，给了西军立功的机会，那时种师道就更跋扈难制了。《孙子兵法》上不是有过"上兵伐谋""不战而屈人"的话？童贯此去的任务不是让西军而是让他们自己去取收获之功。在约束西军不使其立功这一点上，王黼与童贯的利害关系和见解都是一致的，虽然王黼也不喜欢童贯独自揽权。

为了约束西军，他们除了让童贯自携一军北上，还怕种师道难制、不听话，特别奏准了官家，请官家亲自制定《御笔三策》。御笔写了，付与他们保管。《御笔三策》的内容也无非是告诫前线将领，不要与辽军认真作战，而要让它自行纳降，才是上策。

深信一场规模盛大的"告庙大典"、一盆由宠姬手制的"新法鹌鹑羹"就可使完颜阿骨打乖乖听话的宣和君臣，自然更相信一次耀武扬威的阅兵典礼、一番虚张声势的勒兵巡边就可使辽廷俯首臣服，这是十分肯定、毫无疑问的事情。有什么必要花费很大的气力去训练一支真能作战的部队呢？

抱着这个乐观的想法，认为一切都已准备就绪以后，宣抚使童贯就面圣奏请出师之期，还乘机提出一项他久已艳羡的要求：把宫廷的军乐队"钧容直"暂时拨借宣抚司使用。

"微臣功成之日，"他一厢情愿地奏请道，"俾钧容直在大军之前，前歌后舞，直入燕都。亡辽君臣闻金鼓之声而震慑丧胆，燕京父老听钧天广乐而重睹汉家威仪，岂不猗欤盛哉！"

官家慨然允诺，准拨"钧容直"暂归宣抚司调用，并且亲自翻了历书，择定四月初十黄道吉日为出师北征之日。预定那天早晨，要在大校场检阅全体官兵，官家亲自到斋宫"端圣园"来观礼，参加检阅，为大军饯行。

这一切都在意料之中，只有一件大大出于宣抚使童贯意料的事情，官家临时忽然加派蔡攸为陕西河东河北宣抚副使，随同大军北上。

怀着好像到果树园顺手去采撷一颗烂熟桃子的轻快心情的童贯，现在又要加上蔡攸，比过去几天更加忙碌地领宴辞行，大做交易，并且慷慨大度地答应功成之日，就用四百里急递把燕京的土仪优先馈赠给京师的诸亲好友。名为"馈赠"，其实还是一项买卖。人们知道所谓土仪，大有轻重好坏之分。童贯、蔡攸唯利是图，六亲不认，从来不会把重礼白白送人，除非你愿意成为他们的驻京坐探，为他们传递消息，打听行情，为他们做一切他们需要你帮忙的事情。

2

大军出发的日期已经屈指可数，关于刘锜的新任务，虽然有过各式各样的传说和推测，正式任命却一直没有发表。

刘锜自己也有些焦急起来。难道官家亲口答应过他的诺言也不算数了不成？他想到新任命之所以一再延误，一定是有人从中作梗，他推测这个作梗的人可能就是高俅。高俅是个睚眦必报的小人。去年高俅加封为开府仪同三司，刘锜既没有参加他的庆祝宴会，也没有送去贺礼，高俅恨在心里，现在又加上丰乐楼上的一箭之仇，他决不肯善罢甘休。刘锜推测得不错，可是他还没想到高俅之所以能够阻止他到前线去，是作为替童贯拼凑、招募一支军队的交换条件而提出来的，这又是一笔交易。官场本来就是商场，什么事情都要讲斤头、论价钱，有来有往。何况童贯本人对刘锜也没有好感。刘锜总是偏在种师道一边说话，一旦到得前线，岂不是叫自己办起事情来碍手碍脚！由于童贯的坚持，官家这次又只好食言而肥了。

刘锜不能上前线去，还是个人的小事。

由于三个月来时势的发展，由于他和赵隆、马扩的接触和彼此影响，特别由于他看到童贯、王黼等人做的事情不成气候……这一切都给他构成了一个印象：战争前途未许乐观。比较春节前他到渭州去传旨的时候，他的心情和看法已发生明显的变化，那时何等意气风发，信心十足。而现在，他对胜利的看法似乎变得渺茫而有点难以捉摸了。这个曾经是主战派、现在也仍然是主战派的刘锜目前陷入极大的思想矛盾——理论上应该打这一仗而事实上又未许乐观。

和刘锜的看法相反，刘锜、马扩都明确地感觉到这几天有一种可以称之为"胜利病"的瘟疫，正在东京城各个角落里传染蔓延开来，有席卷全城之势。人们谈论到这场战争时，无不眉飞色舞，坚信辽之投降、燕云之收复不仅是可能的事情，而且也是必然的事情，甚至不是将要发生而是正在发生，或是已经发生的事情了。

在东京的街头巷尾，到处可以听到这样的对话："听说老种经略相公统率大军已渡过界河，直薄辽军营垒，好生神速！"

东京人的想象力真是神速之极！不多几天前还有人怀疑西军的调动，到今天已经凿凿有据地肯定老种经略相公的部队已渡过界河了。

但是出乎意料地，他得到的回答是一声有力的，然而也是轻蔑的"攒！"

五代时有个叫作马攒的人，专喜向人津津乐道已经过了时的新闻。这个马攒本人已经死了一百多年，他的大名却被保留在东京人的口语中，用来称呼一切陈腐不堪的新闻以及喜欢传播这种"旧闻"的陈腐不堪的人。

"攒"愕然了一下，他还以为自己的消息是十分新鲜的。

"昨夜来的捷报，小种经略相公挥师直捣燕京城下，陷城力战。咱们说话的这一会儿工夫，大军想来已经收复燕京了迄。"了迄是个专用军事术语，他能毫不脸红地使用这个军事术语，表示他在这方面是个行家，"到此刻还说什么界河不界河，岂不是你老兄在白日做梦？"

被斥责为"攒"，被斥责为"白日做梦"，这是对他的智力进行猛烈的攻击了。在一般人中间，尤其不能容忍在智力方面受到的攻击。有人并不认为自己是个孝子贤孙、恺悌君子，却没有人甘愿自认为白痴。当他们受到这方面的攻击时，老是要像一只弹簧那样一下子蹦起来为自己辩护的。

"燕京城外有条又宽又阔的白沟河。"他立刻提出异议，"小种经略相公又没长着两只翅膀，怎得在一夜就飞渡过去？"

"你老兄怎地不晓事？"军事专家忽然又以地理学权威的姿态出现，对这个难以感化的"攒"进行教育，"大宋、大辽接界的界河叫白沟，燕京城下的护城河叫芦沟。俺先父当年跟随童太师（这几天童贯的身价抬高了，人们不再称以媪相、阉相，而是恭敬地称之为太师爷）去大辽贺正旦，芦沟上来来回回就渡了十多回。既然名之为沟，能有多宽，还不是撩撩裤脚管就跨过去了。"

"芦沟、白沟，同样都是沟，为何渡起来难易如此不同？"

"此沟不是那沟。"对话者不禁勃然作色了，"天底下的沟多着呢！有大沟，有小沟，有明沟，有暗沟，有阴沟，有阳沟，还有泥沟、水沟、山沟、河沟……哪能一概而论？再说也没人说过白沟难渡呀，大军不是一眨眼就渡过了界河白沟？"

"就算小种经略相公渡得过白沟、芦沟，太师爷还留在京师哩，俺的一个姑表兄弟，新近应募入军，鲜衣骏马，进进出出，好不威武。昨夜俺家为他饯行，他说要等到出月才跟太师北上呢！""攒"确是难于感化的，"沟"的问题刚解决，又提出这个新问题来辩难，"太师爷还留在京师，没动身去前线，小种经略相公怎可僭了他的先，抢先进城？"

这不是缺乏知识而是缺乏常识的问题了。权威者怜悯地笑起来，显然笑他太幼稚了。

"童太师真的去了还不是摆摆样子！火热的出笼馒头，谁拿到手，谁就先吃了。小种经略相公又不是傻瓜，难道拿着馒头，等人家来抢着吃不成？你老兄真是太老实了。"他一番教育以后，马上意识到这最后的一个用词是要引起严厉的反应的——谁都明白，"老实"就是"傻瓜"的代名词，他连忙扯着他的袍袖，用亲密的口吻来缓和那种严厉性说道，"小种经略相公昨夜进燕京城的消息，俺是从梁太监的门下打听得来的，千真万确。俺只告诉你老兄一个人，千万不要向外传，一旦追根查究起来，说俺泄露了军事机密，可吃不了兜着走呀！"

权威者说得如此肯定，既有事实根据，又有理论分析，消息还是从很有来头的处所得来，终于使得顽石点头了。事实上"瓒"只不过"瓒"了一点而已，他绝非白痴，也不是低能儿。一旦省悟过来，他立刻拔脚飞奔，把收复燕京城了讫，外加活捉天祚帝、天祚皇后的火热消息告诉他碰到的任何人，不管生张熟魏。还说这个消息是大有来头的，你们听了休得往外传，免得追根查究起来，叫俺吃不了兜着走。他这样做的目的显然是为了使自己摆脱而让别人去坐上"瓒"的宝位。

极大的荣誉和极大的耻辱一样，两者似乎都只有一个名额、一个席次。有人对号入座了，别人就失去问津的机会。因此这位老兄自己摆脱了"瓒"的宝座，心里还不够踏实，必须找一个替死鬼，把他撺上了这个荣誉席，才好让自己放心。凡是使用过这条"金蝉脱壳"之计，把已经或者可能落在自己头上的灾祸转嫁给别人的人，对此一定是深有体会的。

东京人就是以这样一种神奇的速度进军，一夜之间就打进燕京城，活捉天祚帝。东京街道上不断流传着这种开胃沁脾的马路新闻，有时还震动了当局者。有一天，开封尹盛章黉夜去访王太宰，要他证实已经流传了一天的辽帝降表已到的消息是否属实。在那天中，王黼已从五六处地方听到同样的消息，自己也疑惑不定起来，几番派人去政事堂坐待捷报。

一切谣言，凡是特别符合当局者的主观愿望的，或者恰巧是它的反面，都特别容易流行。

人人抱着同样的心理，把胜利看成走到大门口去拾取一个被谁偶然遗落在地上的钱包，如果此刻还没捡到手，停会儿可总要捡到的，反正它逃不了。精于打算盘的商人已经采办且垄断了大批爆竹、焰火、绢花、灯彩等用以庆祝胜利的消耗物资，准备发一笔大财。相信自己官运亨通的官儿们预料到捷报到来之日，皇恩普降，雨露均沾，肯定要晋官三级。万事乐观的市民们想到那个快活日子里，大家又可以狂欢一个月，可以看到一些前所未有的新鲜节目，也不禁为之心花怒放。

人人都不愿做"瓒"，人人都要走到时间和事实的前面，把胜利的消息尽快地抢到手。从某个角度来说，东京人是属于一种脆弱的民族，他们对于流言蜚语、造谣惑众、细菌病毒以及任何武装的和非武装的攻击都缺少抵抗力，如果他们还没有被真正的战争锻炼得更加沉着、更加刚毅的话。

在胜利的瘟疫席卷全城的日子里，很少有人能够幸免感染，除非是受过战争锻炼的刘锜、马扩这样的真正的军人才具有免疫力。刘锜、马扩都是主战派，既然主战，就希望胜利并且相信它的可能性。但是胜利必须来源于切切实实地为它做好一系列的准备工作，必须根据事实，而不是盲目地乐观、轻率地估计，或者虚矫侈言、哗众取宠。

刘锜、马扩凭着军人的直觉，加上近来不断获得的资料，推断这将要来的战争是一场激烈、紧张的鏖战。这场鏖战又因为当局者的种种荒谬措施，而增加其艰苦性。它绝对不是什么轻松的军事游戏、华而不实的"勒兵巡边"。胜利是要靠战士们用双手打出来的，虚声恫吓，或者空发一通议论，或者写两篇文章都不能代替它。他们还像当年在西军时憎恶"从东京来的耗子们"一样憎恶经抚房的文官和宣抚司的僚属们（不幸的是马扩本人不久也将成为他们的同僚）。文官和幕僚们凭着一时即兴，对战局做出种种乐观的预言，大发议论，上万言书，到处制造舆论，这原是他们的看家本领，这跟他们遭到一点挫折时，就惊慌失措、六神无主，表现为极度的悲观失望一样。没有这些空论，不写几篇官样文章，他们又靠什么来糊口、发财、升大官？空论多原来就是宋朝政治的一个特色。但是朝廷根据这些空论来制定国策，并且在有意无意间造成许多人的轻敌心理，使我军处于骄兵，使敌军处于哀兵的地位，在作战以前，就酝酿不利于作战的消极因素，这就为害非浅了。

瘟疫越流行，马扩、刘锜也越担心。他们担心的除上述种种理由外，还有最近马政从前线寄来的一封家信。

大军抵达前线以来，京师与雄州之间，信使往来频繁。马扩结婚前后，曾托人转去几封家信，马政直到现在才抽得出工夫写一封详尽的回信。不消说，这封信既是对儿子的答复，也为了要使赵隆、刘锜尽可能地了解前方的情况。

马政的信一直追溯到当初他在渭州和秦州的活动，以及后来他奉种师中之命到淮宁府把胜捷军带往前线的经过。凑巧的事情是：三月初一，儿媳妇结缡之夕，他正好带着这支人马路过京师，在陈州门外驻营过夜。固然当时他不知道结婚就在此夕，即使知道了，他也不能进城来。因为这支军队的官兵们这样强烈地希望进城来逛一逛，要不是他以身作则，严守岗位，就很难钤束住他们的自由活动。他慨叹地说，他在西军中带了半辈子的兵，也不曾碰到这样难以约束的部队。这是个不好的朕兆。

由于主婚人在婚礼中的缺席，偏劳了赵隆和刘锜夫妇，为此他特表歉意和感谢。

他说到雄州前线，引人注目的事情是宣抚司和统帅部的"交锋"。宣抚司人员层出不穷地跑来找岔子，但种师道也不是好惹的，每天打了不少笔墨官司，把人们的精力都消耗在这些地方，真可为之浩叹。

儿子转告他刘子羽转告的消息，说王麟、贾评要告他的状，对此，他只是一笑置之。他说这两个目前是宣抚司里的红角儿，雄州城被他们扰得人仰马翻。他们见到他就瞪眼竖眉，恨不得把他置之死地。他心之所安，对他们也无所畏惧。

然后他谈到主题，谈到当前的敌情。目前大军只在雄州前线布防，最前线的白沟只有小部队驻屯巡哨，和隔河的辽军没有发生过正式的接触。但据探马报来，从霸州到白沟一线，辽军云集，严阵以待，一阵大厮杀看来是不可避免的了。

他分析了辽方的政治、军事情况，说：冬季里，天祚帝逃出中京后，就一直逃到云州以西的阴夹山。金军陆续调去快速部队从东、南、北三个方向封闭了他的出路，设法兜捕他。向西一带都是寸草不生的沙碛地，如果他下不了决心往那里逃去，最后总难逃脱被擒获的命运。

三月上旬，在燕京的番汉大臣立了皇叔秦晋国王耶律淳为天锡帝（耶律淳通常被称为燕王）。目前燕王染疾在身，军国大事全由皇后萧氏摄行。前枢密使李俨之侄李处温因拥戴之功，晋为首相，辅弼政务。燕京的物力、人力都相当丰沛，可说是集中了残辽的精华，绝不能小觑它。特别在军事上，有萧后之兄号称四军大王的萧干直接统率的四五万奚军和翰林承旨耶律大石（辽人称翰林为林牙，一般称他为大石林牙）统率的六七万契丹军，合起来有十余万之众。奚、契丹过去也有矛盾，但目前在宋、金的夹攻中，颇能团结一致，准备借城背一，决一死战。困兽犹斗，何况十多万实力尚称完整的大军，对他们的力量，绝不能低估。耶律大石现在白沟前线负责部署军事，威望极高，据说很有些文武才略，将来决战之际，此人倒是个劲敌。

除奚、契丹军以外，还有渤海军、汉军，统称四军。前几年渤海人高永昌起兵反辽，后为金人所平，现在渤海人已归附金朝。汉军中值得注意的是一支号称为"常胜军"的硬军，兵力约有七千人，历次和金军奋战中都显得十分强劲，但是萧干和耶律大石都不放心把这支汉军放在前线与我军对垒，已把他们分散作为后备之用，因而引起他们的不满。传说他们很想和朝廷通款曲，不知和诜怎样跟他们打交道。

他最后说，形势时刻都在变化，天祚帝逃出中京之际，辽廷群龙无首，一时确有土崩瓦解之势。可惜我应之太缓，总怪事前没有预做准备，边境无可调之军，以致坐失良机。目前他们的政权已重新建立起来，并以全力对付我的进攻，势必要经过一场激战才能见出分晓。

他认为朝廷既已任种师道为都统制，在军事上自应畀以全权，充分放手，让他统筹全局。六辔在手，操纵自如，才有战胜的把握。宣抚司千万不得在旁掣肘。唐朝宦官监军，郭、李[1]不得成大功，殷鉴不远。此事全靠官家主张。信叔咫尺天颜，如有机会，何不委曲奏明，听官家圣裁。

[1] 郭子仪、李光弼（契丹人）都是唐朝对安史叛乱集团作战的名将，因受宦官监军掣肘，不得收全功。

3

马政的叙述和分析清楚明白，入情入理。

马政离开西军时，只不过是个中级军官，没有指挥大战役的经验，更加谈不上已经有了统筹全局的战略观点。但他是个头脑清醒、实事求是的军人。现在他把目击耳闻的事实都摊出来，按照自己的想法把它们一一写在家信中，希望他们能够了解事实的真相并为改善这样的情况做出努力。

很显然，他是代表西军绝大部分官兵的共同看法，他们掌握的情况有多少，他们的想法有深浅，但是基本的意见是一致的。这种观点和朝廷大臣们以及东京敏感的市民们所持有的那种轻而易举就可获得胜利的观点有着多大的差距！马扩、刘锜清楚地看到这种差距，并且了解后者可能带来的危害性。他们很想尽个人之力，把普遍存在于后方的轻敌思想和盲目乐观的情绪扭转过来。可是，他们是多么无能为力！当一种传染病已经传播开来蔓延成灾的时候，它就会以料想不到的速度向灾难的顶点发展，要阻止和扑灭它，都需要一定的时间，需要花很大的气力，特别要依靠已经感染病菌、病毒，吃过它的苦头而有所觉醒的病人们的共同努力，才能逐渐生效。否则，即使是良医也很难措手。

事情要从兜底做起。利用一次陛见的机会，刘锜委婉地把马政的分析和叙述的情况向官家奏明。官家本人也是一个胜利病的感染者和传播者，恐怕还是个很难使他觉醒过来的重病号。

刘锜具有一种简单清楚地表达自己见解的能力，他扼要地奏诉使聪明的官家完全理解他字面上以及进一步的含蓄的用意，但他还是一无所获。他得到的是含混不清的答复，一种有意识的含混不清。官家听了刘锜的奏对后，频频颔首道："前线情况，卿奏对详明，朕都已知道了。"

可是知道了以后的下文是什么呢？他没有明白表示，甚至连刘锜谴责的现况，官家也不置可否。看来，做官家也有他的难处，有些事不便于明白表态，只能处之以模棱两可的态度。

然后刘锜又委婉地提到官家当初的诺言，表示愿往前线效劳，这又是使得官家为难的问题，他沉吟半晌，说了一句："朕日前答允过卿到前线去的话，且待理会。"

但是刘锜明白，"且待理会"是官家的一句口头禅，话虽然说得委婉，含意却是明确和否定的。他如果说"且待商量"，事情还有商量的余地。当他说了"且待理会"，事情就没有挽回之余地了。

官家看到他一向宠信的刘锜的失望，也感到非常抱歉，好像要加以补救似的，他忽然说出下面一番出人意料的话："朕用童贯为北道宣抚，不料他近来昏聩特甚，谬误极多，殊乖朕之厚望。朕昨已加派蔡攸为宣抚副使，名为专任民事，实以监察童贯，使其不敢胡作非为。卿是明白人，想可知道其中的奥妙。"

"官家圣鉴极明。"刘锜深深地考虑了一会儿，还是直率地表示了自己的想法，"只是微臣生怕他两个去了，对种师道的掣肘更多，无裨军事大局。"

"这个卿不必过虑，朕既用种师道为都统制，岂有不加信任之理？只是'上兵不战''止戈为武'，古有明训。倘能不战而屈人，岂不大妙！卿得便可把此意转告种师道。"接着官家又情意稠密地说道，"军旅之事，卿所专长，朕左右也需得力之人，以备顾问咨询。卿还是暂留京师，侍朕左右，前线如有缓急，再放卿出去不迟！"

刘锜回家后把他和官家的应对一一告诉了赵隆和马扩。他们都为刘锜不能上前线去而感到惋惜，大家慰勉了他。

弹娘注意到爹的一句话："前线之事，瞬息万变，事前哪里都说得定！贤侄报国心长，好歹总要出征前线。即如愚叔，这把年纪了，也是不自量力，不甘伏枥。"

这虽是安慰刘锜哥哥的话，弹娘却还是第一次听爹自己说出愿往前线的话。她深深地对爹看了一眼，似乎在他心里发掘出一个重大的秘密。

然后他们谈到蔡攸之事。大家都猜不透官家何以要把童、蔡之间的蹊跷关系告诉刘锜。不过这个意见大家都是一致的，轻薄浮滑、童骏无能的蔡攸，怎能"监察"得了老奸巨猾、城府深密的童贯？他们两个在一起时，不是童贯老远地把蔡攸撇在一边，就是两人同恶相济、狼狈为奸，第三种结果是不会有的。他们怕的还是刘锜奏对的那句话，怕他两个联合起来共同对付种师道，使种师道受的压力更大。

这时赵隆忽然兴致勃勃地讲起一个二十年前流行过的笑话。说是笑话，却是实有其事："那时节，你还怀在娘胎里，没落地哩！"赵隆难得有一次说到弹娘的母亲，然后又指着刘锜娘子说，"你那时也不过是个娃娃吧！"

那时蔡京刚从翰林学士进入政府，正在得意忘形之际。一天吃罢了饭，他忽然想到要试试几个儿子的才情。

"你等日日啖此，"蔡京指着一碗白米饭问道，"可知道它从哪里来的？"

"生米煮成熟饭。"蔡绦很快地回答，"这碗饭分明是用白米煮成。"

"回答得好！"蔡京点头赞许，"可是白米又从哪里来的？"

"粮仓里搬出来的。"这回是蔡绦抢先了。

"非也！为儿的亲眼看见白米都从席袋中倒出来。"蔡儵不甘落后，纠正兄弟的话。

"你们省得什么？"善于鉴貌辨色的蔡攸看看"郎罢"的气色不善，又连忙纠正两个兄弟的错误，教训他们说，"你们纨绔成习，只省得饭来张口，哪知道物力维艰，来之不易。今天教你们一个乖，白米是打臼子里舂出来的。"

"当时俺等都在部队里，听了这个都笑痛肚子，笑那些文官的子弟都是四体不勤、五谷不分。"赵隆补充道，"谁知道过不了几天，蔡攸已擢为中书舍人，大家就此称他为'臼子舍人'。"

"如今时势颠倒过来。"刘锜也禁不住笑道，"臼子舍人不必再去奉承老子的颜色，倒是老的要伺候臼子儿子的颜色了。"

"如今臼子学士又要到河北去当宣抚副使，"刘锜娘子接着说，"只怕把河北的老百姓都放在臼子里一杵杵死，这才叫老百姓遭殃哩！"

"正当军务倥偬之际，却派了这等人去宣抚北道，岂非朝廷的失政！"马扩慨叹地说。

"老百姓哪里甘心就教他一杵杵死了？"赵隆重新回到对权贵们的激愤心情中，愤然地说，"听说河北义民云聚，攻城打州，专一杀戮贪官污吏。蔡攸多行不义，积怨所至，一旦为义民所获，放到臼子里一杵杵死，这才大快人心哩！"

第十一章

1

近来他们经常围坐在赵隆的病室里议议
朝政，谈谈北伐的消息，包括一切可惊可
愕、可笑可愤的，却很少有可喜的。这里也
是一个小小的"经抚房"，虽然没有颐指气
使、发号施令的大权，却有着更加符合实际
情况、符合实际需要的判断和分析。

赵隆度过了最初的危险时期，总算止住
了大口咯血，却留了不少后遗症。

现在医官邢倞是到刘家走动得最勤的客人。他不辞辛劳，心甘情愿地冒着被病
人抱怨、责怪甚至还可能被斥责的风险，每隔两三天就来为赵隆诊一次脉，一丝不
苟地开方子，即使只换一两味药，也要细心琢磨上半个时辰。

邢倞是个表面上脾气十分温和、内心却很刚强的老医生。不了解他的人，认为
他是个棉花团子，了解他的人却说他像块生姜，生姜是越老越辣。

作为一个医生，他没有权利选择病家，只要送上马金，他就得去诊脉。高俅、
童贯都是他的病家，他的责任是把一切病家，包括十恶不赦的权贵们在内的病都医
好；作为一个堂堂的人，他有权利在病家中间选择自己的朋友，包括没有给他送上
马金的病人。

例如师师的严师、慈父何老爹，就是他的没有马金的病家和知心朋友。邢倞在
朋友面前提到这位何老爹时，肃然起敬地称之为"风尘中的侠士"，并且谆谆嘱咐
师师，一旦有了缓急，唯有投奔何老爹才是十分可靠的。好像洞察人的疾病一样，
这位老医官也洞察社会的疾病。他认定到了政宣年间，这个朝代长期以来患的痼
疾，已成为不治之症，变故之来，可能即在眼前。他自己这样一把年纪了，又无妻
室儿女之累，他担心的只有师师。他关心师师的政治生活也好像关心她的健康生活
一样，怕她依傍宫廷，难免要遭灭顶之祸，已为她预筹了后路。也许他模糊地意识
到一旦有了事情，能够保护师师的安全力量，不是来自自身难保的宫廷和上层，而
在于风尘之中。他也模糊地意识到一旦大风浪来到，将会出现怎样可怕的情景。可
惜他作为一个医生，开不出一张能够治好社会痼疾的方子。

小关索李宝又是一个他从病家中选出来的好朋友。

发生过这样一件凑巧的事情。李宝和高俅这一对冤家恰巧在同一天、同一个时
辰，同样地迫切需要他。高俅派了四五个干办、虞候，后来又派来了儿子请求速

驾。他却先去诊了李宝的病，完事后再去高俅的家。他的权衡是这样的：高俅生的是富贵病，一时三刻死不了，他晚去半晌耽误不了大事，比不得李宝的脚骨脱了榫，不先给他治好，就会误了今晚演出的场子。

后来高俅打听出他晚到的原因，不禁火冒三丈。可是所有的权贵都最看重自己的性命，不敢开罪医生。只好把一口怨气出在李宝身上，借故勒令他献艺的场子停演三天。

现在，赵隆又成为他从病家中挑出来的朋友。

他们的缔交有一段不寻常的过程。最初赵隆对他并不特别尊重，甚至是很有反感的。为了取得赵隆的友谊，邢倞不惜牺牲自己那么重视的自尊心，忍受了赵隆的坏脾气。他的权衡是这样的，他决不能容忍权贵们对他有丝毫不敬，但如果是侮辱了权贵的病人侮辱了他，他甘之如饴。因为敢于向权贵挑战的人就是药物中的砒霜，砒霜的烈性可以杀死社会的蠹虫，至于他自己，对砒霜只好避着点儿。

赵隆不能够长期忍受疾病的折磨，每次看到医生时，就要心急地问："俺饭也吃得下，觉也睡得稳，这个病算是痊愈了没有？"

"还未！还未！哪得这样快就好起来！"邢倞耐着性子回答病人，皱起了他的满布皱纹的眼皮，"钤辖休得孩子气。俺说，再过三五个月，钤辖也离不开床铺呢！"他知道这句老实话可能会引起病人的强烈反应，急忙离开他，警告刘锜娘子和弹娘道："好好照料他，休教他吃得太饱，休要离床，千万莫发性子。钤辖再发作一次，俺也只好白眼向天了。"

由于邢倞的医道、人品，他在刘家树立起崇高的威信。这个警告被严格地，甚至是强制地执行了。它使病人受到莫大的委屈。赵隆向来是宁可把黑夜当作一床被单，把大地当作一张草席，就在白骨遍野、青磷闪光的战场上露宿。否则就让他伏在一步一颠、缓行着的马背上打个瞌睡（连续几天的行军、作战，有时使他疲倦得在马背上也睡得着觉）。再不然，就让他舒服地展开手脚在土坑里睡上一宵。总之，无论哪里都比病床上强。他赵隆的这副硬骨头是在砂石堆里滚大的，是用刀枪箭镝的溶液熔铸成的。他天生要和泥土、石头、生铁、熟铜打交道，就只怕在温暖软绵的锦茵中逐渐把生命软化掉、腐蚀掉。

他再也没法在病床上待下去，这是他目前斗争的一个焦点。

他焦急、愤懑，稍不称心就大骂山门，骂别人、也骂自己。邢倞是他的首当其冲的出气筒，他骂这个瘟医生从来没给他服过一帖好药，骂医生自己生了不生不死的瘟病，还要强迫别人跟他一起生瘟病。一天，他想出了一句刻薄话："就算妇道人家养孩子，坐产一个月也算满了月，俺已睡了这许多天，难道还没睡够？"

这句话是他的新鲜发明。以后他看见邢倞就要问："邢医官，俺还得再坐几天，才算满月？"

"铃辖算算日子，还未坐到双满月哩！"邢倞仍然耐着性子回答他，"俺看再坐两个月，也未必可以起床。"

可是邢倞几天才来一次，远远不能够满足他的挖苦欲。他把斗争的矛头，指向朝夕陪侍在侧的女儿。这个曾经在战场上叱咤风云的英雄，现在把全副本领用来折磨女儿。他成天地想出各种理由对女儿大发脾气。有时女儿对他实在太关心、太温柔，服侍得太周到了，以至没有留下一点使他可以发脾气的理由，他就因为这个对她大发脾气。

对亲人生气是病人的特权，他滥用了这个特权，把女儿放在了十分难堪的地位上。

在最初一个月中，亸娘以惊人的毅力忍受着爹给予她的种种折磨以及她自己心里的煎熬。

这种折磨终于达到了这样一个顶峰。有一天，亸娘给爹喂药，一阵她自己也想不到、控制不住的颤抖把药碗泼翻了，泼得被褥上、枕头上、衣服上都是药汁，也泼上了他的胡子，烫痛了他的手。亸娘从他的眼睛里看到一丝邪恶的和快活的光芒，因为平时他无理尚且还要取闹，现在却真让他抓住一个可以大发脾气的把柄了。可是一颗滴在他手背上的火烫的眼泪制止了他的恶意的发作。他看了她一眼，既不是凶恶的，也不是仁慈的，而是有点惭愧和羞恶，这是他一生中难得有过的表情。他一声不响地拉起被单胡乱地揩揩自己的胡子和手，转身就缩回到枕头上睡去了。

这是一个转折点，经过了这次反省，他的脾气好转了。有一天他居然能够心平气和地跟邢倞提出一个合理化的要求：如果暂时还不能让他离开病床，那么他希望刘锜和马扩能把从庙堂、前线以及街头巷尾听来有关战争的消息全部告诉他，不要有一点隐瞒。他说，与其对他封闭消息，让他蒙在鼓里，独自发愁发急，倒不如尽量告诉他，让他听个痛快，骂个淋漓尽致，把一肚皮的怒气发泄无余，这样可能对病体倒有些好处。然后，他又孩子气地与亸娘做交易，只要她去促成这件协议，他保证以后不再对她生气。

"哦！原来是为了这个。原来以前他提出种种装腔作势的要求都是虚假的，目的还是为了要了解战争。"他们想到这个老病人为了提出这样一个提议也是煞费苦心的。

有时，一个鲁莽的病人可能提出比高明的医生更加有益的治疗方法，因为他比医生更了解自己。邢倞听了他的提议后，权衡轻重，斟酌利害，认为也在情理之中，而且深合医理，值得试试看。于是刘锜、马扩开始把一些估计起来不会大伤他脾胃的马路消息向他透露，然后是邢倞自己也带来一些经过精选的、可以收到补血养神之效的幕后消息，诸如张迪最近多次向人公开表示蔡京的圣眷已衰，官家有意责令他回乡致仕之类。初步的反应还不错，后来他们透露的范围扩大了。刘锜娘子是这方面的好手，她一个人提供的新闻比他们三个人加起来还多。虽然她的来源不一定可靠，内容也不一定合赵隆的胃口，但凭着她的生花妙舌，着意渲染一番，却也解了他的闷气，有时也会逗他破颜一笑，这确实有裨于他的病体。

这样大家也就慢慢地习惯在他病榻前畅谈一切，使这里成为他们经常碰头的地方，并且也成为一个小小的"经抚房"。

赵隆果然忠实于自己的诺言。他对邢倞表示了只有像他那样质朴的人才能有的真诚的感谢。这种感谢本来封闭在自己心里，并且在封口上浇上一股怨气的蜡。一旦怨蜡融化了，封口打开了，感谢就从他心里喷薄而出，一泻千里。

他对女儿的脾气也显然好转了，有时他默默无声地看着女儿为他煎药，为丈夫缝补衣服，眼睛里充满了爱抚的感情，似乎要用一个沉默的忏悔来表示对女儿的歉意。

他总是欢迎，并且用心倾听他们给他带来的任何消息，老年人看待一切事物都是很认真的，即使刘锜娘子讲的明明是个无稽的笑话。

一天，刘锜娘子讲到王黼自居朝廷中枢以来，家居生活穷奢极侈，每天从阴沟中流出的淘米泔脚中，要带出不少白米。住在相府间壁普济院的一个老和尚，逐日从阴沟中捞起白米，晒干了贮藏着，不到一年工夫就贮满了一大海缸，如今已整整贮满四大缸。有人问他收了米，自己又不吃，为什么着？老和尚回答得好："取之于王，还之于王。"那人笑起来说："王太宰每天山珍海味，用费千万，难道要吃你这被水浸涨了的陈米？"

那和尚说："贫僧为太宰惜福，只怕有朝一日，他想吃碗馊米饭也不可得呢！"

"这个老和尚有意思。"赵隆痛快地称赞道，"王黼那厮不让天下人吃碗太平饭，别人就叫他吃馊米饭。可是这老和尚未免太慈悲为怀了，叫俺连泔脚水也不让他吃。"

马扩带来的前线消息，通常是最关紧要的，因为他是直接参与其事的人，总可以从有关方面听到一些端倪。刘锜带来了宫廷和上层官僚之间流传的消息，与马扩的消息有合有不合。邢倞带来的则是有着更加广泛的社会基础的人们对战争的普遍反应。他讲到李宝告诉他，禁军的金枪班直李福、银枪班直蒋宣都去投效从戎，只派了个都头，却让高俅的儿子当了那军的统制。他们说朝廷用人不明，屈杀英雄，俺两个到前线去干什么？一齐退出了部队，禁军的许多官兵都为他们抱屈。

刘锜点头道："此事不虚，俺与李福、蒋宣两个都认得，端的是血性男儿，如今都回到马军司了。"

赵隆对有价值的消息，不断地进行研究与分析：例如，种师道为何要到三月底才抵达前线？种师道到达后，一向以行军稽误出名的刘延庆统率的环庆军跟着到了前线没有……仿佛他仍然身在军中，担当着全军的总参议一般。

他现在也明白了，过去他们之所以对他封锁消息以及今天把一切都告诉他，理由只有一个，就是为了他的健康。他要为此对大家表示感谢。

总之，他变得通情达理了。更重要的是，病前的那种灌夫骂座式的愤慨也相对地减少了，甚至听到最逆耳的消息，例如蔡攸被任为宣抚副使，他也能抑制自己的情结，还跟大家讲个笑话。

"毕竟伯伯的本原足、体质好，才能这样快地化险为夷。"刘锜娘子首先表示了乐观的看法，医官邢倞也同意这个看法。

可是有着更加细密观察的婵娘发现爹的激愤固然减少了，可是沉思却加多了。特别当她丈夫从经抚房回来，带来直接与战争有关的消息后，爹往往沉默半晌，不马上表示意见。有时还要闭上眼，表示希望安静一会儿。其实她知道，当大家离开他的时候，他也没有真正休息，而是在思索着。这种思索是深沉而痛苦的。她发现他通常是通夜转侧、不能成寐。老年人睡不着觉，或者睡了一两个时辰，醒后再也睡不着，这原是正常的现象。但她十分了解爹的这种通宵不眠是由于深思引起的。经过了那样的夜晚，到了第二天，他的眼睛里就充满血丝，精神愤懑不安，接待他们时，露出想要掩盖而又没有掩盖成功的思想斗争的痕迹。

婵娘偷空把这个发现告诉刘锜娘子和邢倞，大家在背地里推测，他一定在思量战场上得失胜负的因素，他比谁都了解得多、掌握得多。甚至连多少有点因为私心杂念而遮蔽了耳目的种师道，也没有他了解得深、掌握得多。

从医疗角度，邢倞不赞成他这种离群索居的深思，认为它要消耗病人很多的心血，不利于恢复，可是邢倞也无法阻止他的深思。像他这样一个责任心很强的军事参谋人员，怎能把一场关系全军命运的战争之胜负因素完全置之度外？

邢倞曾经碰到过这样一个病家：他是个诗人，满口咯着血，还要作诗，家人把他的纸笔砚墨全藏去了。他说，你们可以没收我的纸笔，又怎能没收我头脑里的诗？诗人的构思像春蚕吐丝一样，不到最后死亡到来之前不会停止。家人拗不过他，只好把纸笔还他。他的最后的遗集《呕心沥血之草》，就是在他死亡前三四个月里呕心沥血吟成的。

现在邢倞又碰到这样一个病人，他对之也同样束手无策。邢倞曾经战胜过赵隆的愤慨和坏脾气，却无法战胜他的严肃性。比较起他的愤慨，他的严肃性更加可怕，更加令人难以抗拒。因此当赵隆出现了这种深思的表情时，邢倞不得不叹口气，跟随大家悄悄地退出病房，彼此相戒轻声谈话，小心走路，免得打扰了他。

他们猜到一半，他的确是在严肃地考虑战场上的胜负得失的因素。他的逻辑是这样的：既然朝廷的决策，已经无可挽回，那么他只能在这个既成事实面前为它考虑取胜之道，其他的选择是没有的。

可是他们没有猜到另外的一半——他正在经历和完成一个精神上的重大的转变。他从战争的激烈反对者一变而成为战争的热烈关心者、支持者和拥护者。他不是一个朝三暮四、毫无原则的人，之所以使他发生这样一个根本性的变化的逻辑是这样的：他不可能希望一场胜利的战争是他所反对的战争。这也是他唯一可能的选择。

2

大军出发前三天，赵隆又开始沉默了。这一次他表现出比过去任何一次更甚的深虑。他丝毫不掩盖自己烦躁的心情，不掩盖暂时不希望别人进他房里去打扰他，暂时不希望继续他们的"床边谈话"的愿望。他连续几个晚上都是彻夜不眠的，深夜中还不住地用手捏着手指的骨节，使它发出清脆的"咯咯"声。这一切都表明他在思索，并且思索得很苦。

直到大军出发的前夕，在刘锜夫妇饯别了马扩以后，他把马扩留在自己房里，翁婿之间进行了一场严肃的谈话。

马扩以为他可能又要谈战略、战术的问题，其实关于这方面的话，他们已经谈过多次了，并且从各个角度上考虑过、设想过，再要谈也无非是炒炒冷饭罢了。老年人常会这样一而再，再而三地重复他特别注重的话题。可是今夜，他要谈的不是这个。

"贤婿明天就要出征去了，"他甩一句温和的话开始，"信叔的公事又忙得紧，把俺这名老兵孤零零地撇在一边，好不丧气！"

"泰山安心养病，"马扩安慰他道，"等到身体痊愈了，种帅自然要派人来接。两军相交，兵革方殷，种帅左右怎少得你老人家？"

"但得如此，倒也罢了。只是贤婿看看俺这把老骨头，这个病还好得了？邢老头多少日子不让起床。"说着，他卷起衣袖，露出一臂膊的峻嶒瘦骨和纠结怒张的暗蓝色的血管。他忽然愤慨起来，用力捶着床，气恼地骂道："童贯那厮，害得俺好苦呀！"

"童贯这等作恶，官家心里也自明白，那天信叔哥哥不是说了，泰山何必为他气恼？"

"近来俺也想得透了，童贯害了俺，拼着这条老命结交与他，也只是小事一段。只是想到令这等人到前线去主持军事，怎不叫俺忧心忡忡。官家既不相信他，何不就撤了他的职？"

"待他恶贯满盈之日，自有人收拾他，现在想了也自无用。只是想他童贯在前线纵有掣肘之处，这冲锋陷阵、调兵遣将之事，毕竟还要由种帅主张。童贯那厮岂不愿打了胜仗，他坐享其成？"

"事情可不是这么简单。"赵隆摇摇头说道,"今日童贯以宣抚使名义节制此军,非昔日监军之比。你看他自己带了一军北上,就是要以此压倒种帅,而我军内部,嫌隙迭生,正好给他以可乘之机。贤婿离军中已久,未知其详,俺近来的烦恼也正是为此呢!"

于是他沉吟一会儿,先把种师道与姚古、姚平仲之间的不睦告诉马扩。其实这也不算是什么秘密,马扩早就知道这两家由来已久的明争暗斗。但是赵隆以他平日观察所得,更多地谈到种师道心胸狭窄的一面。他说:师克在和。两万熙河军久历戎行,卓著战功,是我军的一大主力。如果种帅存了偏见,把它撇在一边,岂非自损一肢?因此他再三嘱咐马扩到了军中,见到种师道时要转达他的意见。姚平仲少年逞性,但是个血性汉子,是军中的可用之才。熙河一军,也强劲善战。种帅千万要和衷共济,休为一时意气,误了大事。他又说,如果种帅一时憋不过来,要去找端孺出来相机转圜。

"俺不得到军中去,这调停弥缝之事,全仗端孺从中斡旋了。"他叹口气,然后给了种师中一个很高的评价道,"忠以许国,和以协众,西军中的将帅,要是人人都像端孺一样,以大局为重,以一身为轻,事情就好办了。俺这个火暴性子,哪里比得上他?"

从他高度评价种师中的几句话中,听得出他对他的上司、密友种师道,心中也是不无微词的。至于姚古,赵隆久在他的部下,熟悉他的脾性。姚古既然是竞争统帅中失败的一方面,而且这次又不到前线去,对他的要求自不能与身为统帅的种师道相提并论。

又经过一阵的沉默,赵隆才郑重其事地谈出了第二个秘密:"近年来童贯在刘延庆身上做了多少手脚?只看胜捷军久驻京西,备受优遇,就可知道他的用心险恶。种帅只看到刘延庆一向对他唯唯诺诺,不敢违抗,还以为庸才易使,却不知道他早被童贯拉过去,心已外向了。"然后他断然地下结论道:"异日偾西军之事者,必系刘延庆无疑,只怕种帅还蒙在鼓里呢!"

这是他最不放心的事。过去在军中,怕伤了大家的和气,更怕为种师道多树一敌,隐忍未发。如今战机迫在眉睫,对此他不能再守缄默。他要马扩转告种师道留意此事,作战时千万不要把刘延庆一军放在重要的决胜的位置上,但也不能采取过激的排斥行为,免得"为渊驱鱼,为丛驱雀",把刘延庆和他的亲信更快地驱向童贯一边,削减了自己的力量。然后他补充道:"刘延庆不足惜,环庆一军也是我的手足，岂可任人宰割？"

这个消息对于马扩也是十分震动的。他虽然怀有西军中对刘延庆共有的轻蔑感，却没有料到事态已经发展到如此严重的地步。赵隆是个直性子，平时对他无所不谈，只是涉及军中的大事时，却是深沉和谨慎的，不肯随便发表议论。现在他听赵隆说，一军之内，有人心怀两端，确是取败之道。这个论断，引起他的高度警惕。

"话虽如此说，贤婿也不必过于深虑。"现在轮到赵隆来安慰马扩，为他打气了，他说，"今日之事，不利于我者数端，有利于我者也有数端，盈绌之数，必须通盘筹计，才得取胜。"接着他就屈指历数了不利条件和有利条件，这些就是他在许多个漫漫长夜中深思冥想得出来的结论。有的马扩和刘锜已经听到、见到，有的却具有他们所不能够达到的战略价值。他要马扩把这些都带到统帅部，供今后作战时采用。他道："总之，事在人为。如能全军用命，万众一心，指挥上又不出什么纰漏，以我西军之兵精将勇、人强马壮，未必不可操胜券。"

马扩点头称是。

"老一辈的人，筋骨已衰，暮气渐深，不济事了。"他携起马扩双手，亲热而又严峻地叮嘱道，"贤婿和信叔、适夷等久在军中历练，今后时势推移，全得看你们年轻的一辈。贤婿啊，你千万不可辜负你爹和俺多年的期望！"

马扩作了肯定的答复，似乎还不能使他完全放心，他再一次加重语气，反复叮嘱道："贤婿可要记得你大哥、二哥，他们在宗哥川一战中是怎样慷慨捐生的？临到紧要关头，你可不能辱没他们！"

这不仅是一个长辈的殷切期望，也是一个老上司对后辈的谆谆勖勉。临到危难之际，彼此相勉慷慨捐生，这是他们西军中真正的军人们的优秀传统。他们有权利要求别人付出生命，因为他们曾经，现在也仍然准备为战争付出自己的生命。马扩从他的诚恳而迫切的眼色中读出这个意思。一股热气从他的丹田里涌上来，当年在熙河战场上的回忆，也像一道温暖的亮光，照进他的胸膛。他顺手举起一只杯子，把里面的剩茶全都泼到地下，慷慨地保证道："临到危难之际，愚婿如有不听泰山嘱咐，苟且偷生、侥幸图免的，有如此水。"

这个激烈的动作，使得赵隆大大放下心来。

"将来天下多事，贤婿，你这副肩膀上要挑得起重担啊！"赵隆第三次发言，已经充满着无限亲密的感情，他指着婵娘道，"俺早跟女儿说过，要帮你成为一个俯仰无怍的好男儿，你可是俺一向器重的后辈啊！"

这是马扩可能从他的严峻的岳父嘴里听到唯一的一句褒奖话。他谢了岳父，又向他做出第三次的保证，这才使他完全放下心来。

在整个谈话过程中，马扩一直感觉到有一双深得像海洋般的眸子凝视着他。这个凝视是如此执拗，如此大胆，似乎她想要用她的眼眸的钥匙把他还没有向她开放的那一部分心室打开来。

自从爹病后，婵娘一直在爹的病床前服侍他，没有离开过，但她仍然做了一个行将出发到前线去的征人的家室应该做的事情。在这一个月里，她替他缝了两件战袄、两件罩衫，还细心地在他使用的兵刃的柄上、杆上、把手上都缠上彩绢丝线。就在此刻，她还是不停手地要把一件絮袍的最后几针缝好。

"这件丝绵的，要再过大半年才穿得上它。"刘锜娘子曾经劝告她说，"军中往来人多，妹子消消停停地缝好了它，托人带去给兄弟就是。何必忙在一时，赶坏了身体？"

婵娘感谢了姊姊，但这是她听不入耳的忠告。她一面感谢姊姊，一面仍然不停手地缝缀着絮袍。她密密地、一针一针匀称地缝着，仿佛要把一颗怦然跳跃着的、含有无限内疚的心（她把造成他们之间一切的痛苦都归咎于自己）都缝进去，放在他随时看得见、摸得到的地方，这样才能使自己略为安心些。

现在她听了爹跟丈夫说话，由于自己的思潮澎湃，根本没有听明白他们说了些什么，连得丈夫的这个激烈的动作，也不明白是什么意思。她心里只是想道："爹与他的话说完了，该轮到与我说句话了。"

果然爹转过脸来，与她说话了。

"婵儿，"爹那么不自然地说着，"今夜为爹的心里烦闷，要图个安静，早些睡觉。你这就跟随三哥回家去吧！"

婵娘完全明白爹说了假话。这些晚上，他老是在枕席上翻腾着，几曾合上过一回眼？今晚参加了刘锜夫妻特别设在他的病房里的饯行宴会，又跟丈夫说了这些话，伤了神，更加睡不着觉了，哪里还能够早些睡觉。分明他是要找个借口，让她夫妇一同回去，有个话别的机会。说谎向来不是他的习惯，他说得那么拙劣，那么拗口，结结巴巴的，以至于女儿一听就明白他在撒谎。

二十年来，婵娘从爹那里受到的教育，就是要绝对的诚实，在朴实的部队生活中间，在古老的渭州城的老百姓中间，在他们简单的"家庭"中间，诚实就是唯一的信条。她爹是这方面的好榜样，无论对上司、下属、同僚，还是对女儿，他都是想到什么就说什么。她学了爹的榜样，在任何情况下，都不隐讳自己的观点，也不掩盖、歪曲她所了解的事实的真相。她认为说谎是可耻的，哪怕对于最亲密的人，哪怕要以一生的幸福为代价，都不能够强迫她说句假话。虽然她在表达自己的意见时，特别当她要否定别人的意见时有她独特的方式，那是既坚决又温柔的，不像爹那样心直口快。爹不但不怕得罪人，有时反以得罪人为快。刘锜娘子要用东京式的生活方式来感化她，她感谢姊姊的爱抚和照拂，这种感谢是真诚的，丝毫不带一点矫揉造作，因为她感到姊姊的爱抚和照拂的确是出于无比的热情；但她同时又以事实表明她不喜欢东京式的生活，她是个很难使之同化的人。这个否定也是同样真诚、丝毫不容曲解的，因为她真正从内心中抗拒繁华的城市生活。

虽然在年龄上，在保护人的地位上，在渊博的生活知识上，刘锜娘子都比她拥有无限优势，但在她们两人之间，铧娘是更加具有独立意志的人。她没有被刘锜娘子的柔情蜜意和深厚的友谊所屈服，刘锜娘子倒在不知不觉中，被她的真诚的力量和坚强的意志所征服、所软化了。

不回避自己的观点，不说假话，这对于铧娘并不是一种道德的说教，而是长期生活在真诚的人们中间培养起来的习惯，并不是因为感到撒谎的可耻而避免撒谎，她根本没有撒谎的必要。

现在铧娘发现爹说了一句假话，她仍然没有放下手里的活计，却微微地抬起头来，奇怪地、谴责地对他看了一眼，使爹脸红起来，好像做了什么亏心事，被人发觉了似的。但是女儿不满意的是爹用来表达他的意愿的方式，而完全赞同他的用心，并且要为这个感谢爹。今夜，她自己就是多么强烈地希望早些离开爹，跟丈夫单独在一起。把他们可能相处的最后几个时刻，完全无保留地奉献给他。

这些天来，他们虽然经常在爹的病房里碰头，一天要有一两个时辰留在一起，可是他对她说的话还是那么少，有时在一整天之内，他只对她说得三两句话，大抵是关于爹的病况和调理方面的事情。有时还采取间接的方式，向刘锜娘子问话，由她来回答。他绝少在她面前谈到自己，更少谈到即将到来的离别。他不惯于把自己这种亲密的感情表露出来，并且希望她也能够同样把它隐藏着。她绝对不能容忍这种冷淡的待遇，她不但要求精神上的，也要求他的形之于颜色的热情。她甚至为了这个对他生气了。

她不明白他暂时还不能够完全理解她的内心世界——一个完全向他开放的感情世界，犹如她暂时还不能够完全理解他的内心世界——一个并不向她特别开放的事业世界一样。但她不但希望，而且错误地相信他已经完全理解她，并且随时准备满足她的要求，而事实上又得不到这方面的真凭实据，这就使她非常痛苦。

她不能够缄默，有一种发自内心的、澎湃奔腾的波涛不断涌上来，迫使她想说些什么，做些什么，才能使自己的心潮平复下去。回避自己的观点，隐藏自己的感情，不是她的习惯。她感觉到她是那么强烈地爱着他，这样的强度只有她自己能够意识得到。他当然也是爱她的，他的强度也是毋庸置疑的。可是在他们之间，一定有什么重要的线索失落了、中断了，婚后的多难的生活并没有把儿时诗一般的回忆带回来。她一定要把断去的线重新接续上。"续断"就是她几个月来追求的最大的生活目标。

就在此刻，当她用着深情的眸子凝视着他、探索他的内心的时候，她自己心里想着的也是这个。

她缝好了絮袍的最后一针，轻轻把它抚摸一下，仿佛在探测缝进那里面的一颗温暖的心是否正在搏动。它是从自己腔子里分出去的一部分，一经缝进絮袍，便赋有完全的生命。他携带着它、看见它、穿上它的时候，都会感觉到自己的存在。然后她默默地站起来，这是一个含有催促丈夫回家去的动作，没有向爹告别一声，就随着丈夫回到自己的家。

3　　　　　　　　结婚后的最初阶段，婵娘面临着第一个
复杂的、她的能力无法解决的矛盾，这就是
存在于她爹与她丈夫之间的矛盾。那是在她
婚前的简单生活中没有碰到过的复杂情况。

婵娘并不理解男子们那么关心着的军国
大事，但是凭着少女的敏感，她感觉到他们
中间发生了什么麻烦事情，产生了矛盾。后
来她找到矛盾的焦点在哪里，她凭着自己简单的推理把矛盾概括为这样的一个公
式：

她爹强烈地反对这场战争，而她作为妻子和媳妇去参加的那个家庭的主要成员
不但赞成，而且都要去参加这场战争。

爹强烈地憎恨酿造这场战争的童贯之流权贵，而她的公爹与丈夫都要受童贯的
差遣，她的丈夫还要成为童贯直属的部下，随他到前线。

在她儿时，她不记得在这两家之间有过什么不同的意见，但这一次的矛盾却是
如此明显。爹的病就是这个矛盾发展到顶点的表现。在那一场致病的过程中，她感
觉到他们站在完全相反的立场上，她的公爹、丈夫，甚至刘锜哥哥都站在一个方
面，爹在东京的朋友也站在他们一边，这是她从爹每次访客回家流露出来的阴沉的
面色中推知的；而爹则是孤零零地站在另外一边，没有人支持他，连得他女儿，她
自己本人也站在他的对立面上，暗暗反对过他。她不是反对他的主张，而是反对他
的固执，因此当他致病时，她感到刻骨的悔疚。

她找到了矛盾的焦点，但是没有力量解决它。她不但不能够采取什么行动，说
服哪一方面使之统一起来，这是远远超过她能力强度的，并且自己也不知道何适何
从。女孩儿一般是根据爱情和信赖的深浅的程度来判断是非，选择道路。她爱爹和
结婚前的简单生活，这是毋庸置疑的，但她同样也爱这个因为过去的友谊，特别因
为现在结婚而缔结了的新的关系的家庭，并且信赖其中的每个成员，这也是丝毫不
容怀疑的。这两个家庭都是她生命的组成部分，对它们不能有所偏爱偏废，因而也
不能做出是非的判断和选择。它们之间不幸产生了矛盾，这就使她陷入极大的苦
恼。在爹的病榻前，除侍奉汤药、照顾饮食起居以外，除受尽爹的折磨以外，她的
思想不断地在这个死胡同里兜圈子。

"爹从小就喜欢他，把他看成自己的孩子。"她想道，"多少回说过他长大了一

定是个有出息的孩子，是个像模像样的兵（一个像模像样的兵，就是爹骂评人物的最高标准）。在结婚前夕，爹还亲口对她说过，'好好去吧！那是个好人家，会像你爹一般看待你的'。他们确是这样亲密的，那么他们之间怎么可能出现分歧？他怎么可能做成促使爹不高兴的事情？不！这是不可能的。唉！如果他们一起都不赞成这场战争，如果他们也像爹一样，大家都跟童贯闹翻了，那么，他们之间就没有一点嫌隙，爹的病丝毫也不能让他来负责了。可是他们确是对立的、互相反对的。"

她又清楚地想起在那小驿站中发生的事情和爹当时的面色，这种阴沉沉的表情以后一直没有离开过他的脸。她明白无误地把那一件事看成他们之间确是相互对立着的一个明显证据。

"可是爹又为什么这样喜欢他，在成亲前夜说了这番话？爹从来没有在哪个面前，即使在她面前表示过对他有什么不满意。按照爹的脾气，他不会把自己的怒气隐藏起来。"

既然没有对他不满，为什么双方又产生了分歧？她在死胡同里兜了一个圈子，仍旧回到原来的出发点上，一点没有解决自己的思想问题。而最苦闷的是她不能够拿这个问题去问爹和丈夫，这是很明显的。她也不能够去问婆母和刘锜娘子，因为她们也是当事者的关系人。她独立的性格，使她宁可独自啃着这块啃不动的骨头，她啃着、啃着，不管它是什么滋味，即使把牙齿折断了，也要啃下去。

这可怕的漫漫长夜，不断咳嗽着的、有时还有些哮喘、还偶尔咯出几口血的爹通常是彻夜不寐的。她自己通常也是这样。只有到了凌晨时分，在黎明将要出现的一刹那的黑暗之中，她才那么瞌睡，希望能让她熟睡片刻。有时她也果真不安稳地睡着一会儿，等到醒来时，天色已经大明了。爹诧异着凡是需要她的时候，只要发出一点轻微的声音，有时连轻微的声音都没有，他的脑子里刚刚转到要呼唤她的念头，她已经清醒地一骨碌离开床铺，迅速去做他需要她帮着去做的事情了。痛苦和焦急好像一把塞在枕头里、垫在褥子下的碎石子，叫她怎么睡得着觉？有一天，爹忽然想通了，觉得对不起女儿。爹有时也会回溯到二三十年前的往事，觉得对不起正因为生产这个女儿而被夺去生命的妻子，因而对她无限疼爱起来。但是他又怎能明白，就算是他的疼爱也无法解除那已深深地扎根在她心中的痛苦。在那些日子里，她倒宁可希望有些事情做，宁可接连几个时辰地蹲在风炉旁扇炉子、煎药，有时忘乎所以，把药煎干了，还得加上水重煎。她宁可躲在厨房里为他料理饮食，故意把简单的工作搞得复杂些。最苦恼的时候，她甚至希望他的脾气再坏些，再来折磨她，使她有个借口来抱怨他以减轻和麻痹自己内心的痛苦。

看见她的人——即使是每天见面的人，也都为她出奇的消瘦而吃惊。她的眼圈儿放大了、发黑了，眼睛里放射出一种异常的、显然是不能持久的光芒，好像在发高烧一样。一件婚前才裁制的春衫，穿在身上很快就显得过于宽大了，宽大得好像荡在身上一样。她不停手地操作，固然为了事实上的需要，一方面也是希望在劳动中给自己找个避风港来躲避从自己身上发出来的旋风。她躲避着跟所有的人接触，有时一连几天都蜷缩在一个小角落里。所有这一切都逃不过刘锜娘子锐利的眼睛。刘锜娘子也像大家一样认为劳累过度是这些生理和精神上变化的原因，一定要她休息，让自己来接管她的侍奉病人的职务。她温柔地拒绝了，痛苦不仅是一种必须由她自己来承担的义务，也是一种不容许让别人来分享的权利。她的话说得很婉转，神情却很坚决，使得刘锜娘子又一次不自觉地屈从于她的意志力量。

别的女孩子也会碰上由于某种原因而发作暴疾的爹娘；所有的人都会碰上在社会生活中无法避免的亲人之间的这样、那样的分歧；有的人还会碰到更大、更不测的变故。人们听到过在一个死亡的亲人旁边不可抑制的痛哭，比痛哭更甚的抽噎以及窒息；人们看到过由于一场战争造成的流徙、动乱、满目疮痍和灭绝性的毁坏。自然的和人为的、突然的和慢性的灾祸总是交替地在生活领域中出现，但是每个人处理这些痛苦的方法不一样，对痛苦的感受和反应也不一样。婵娘不明白，也不可能明白正是她的薄弱的理解力、过于丰富的内心活动和坚强的意志力量结合起来，才构成自己无可自拔的苦恼。她具有的这些特殊条件，使她的心理、生理结构变成一个制造悲剧的磨坊。在这个"磨坊"里，有一头永远不知道疲倦的老牛，夜以继日地绕着磨子打旋，只要把外来的各种各样矛盾的原料放进磨子里，就会源源不绝地从磨子里挤榨出生活的苦汁来。

婵娘现在和将来所遭遇的命运是那个特定时期，是宣和、靖康、建炎、绍兴[1]年间绝大多数妇女遭遇到的共同的命运，是受到侵略和压迫的整个民族的妇女遭遇到的共同的命运。

但是在丈夫出征之前的几天中，她最初的矛盾和苦恼解决了，她的第一个危机被克服了。

有一系列的事实无可怀疑地表明她爹与丈夫之间存在着的矛盾现在被更大的一致性所中和了。她明白无误地判断出丈夫这方面对童贯、蔡攸等人的厌恶，绝不亚于她爹，丈夫到他们手下去办事是不得已的。他对待这些新上司和过去在西军中对待老上司的态度截然不同。这是她从他们的"床边谈话"中用了那么轻蔑的语气谈到公相和白子舍人而感觉到的。在她读了公爹的那封信，知道跟公爹作对的那些童贯手下的小人也就是爹所痛恨的那伙人以后，这种感觉更明显了。

他们的憎恶原来就是一致的。

同时，她也明白无误地看到爹对于这场战争的关心以及渴望打赢它的迫切要求，也绝不亚于丈夫他们。这是从爹不断地把刘锜哥哥和丈夫找来，向他们打听这个、那个，并且注意到可能影响战争胜负的每一个细节，特别是爹劝慰刘锜哥哥时曾经说了一句自己也想上前线去的话中感觉到的。如果没有这场病，爹肯定要和丈夫、公爹一样都到前线作战去了。而今夜爹对丈夫的再三叮嘱、期望、勖勉，更加是他赞同战争、热爱女婿的最明显不过的证据了。

这个她无法解决而又不能不解决的矛盾终于随着形势的发展自然而然地解决了。童贯是必须憎恨的，他是败坏国家大计以及扰乱她私人生活的罪魁祸首。战争一定要打，并且是一定要打赢的。有了丈夫参加，这场战争就必然是一场胜利的战争，这也是毫无疑问的。他们既然有了共同的憎恶和共同的愿望，他们就取得了必要的一致性。这就够了，他们的分歧已经结束，她自己内心的分裂也随之而弥合，这是多么可喜的事情！

直到现在，她还没有想到那迫近的离别之可怕。正是那重重的矛盾和苦恼的帷幕把它遮盖起来了，她没有余裕想到它，或者偶然想到它时，也只认为丈夫从军是当然的不可避免的事情，再没往深的一层去想了。现在，随着最初的矛盾解决，这种潜伏的痛苦忽然好像一股决了堤的奔流，霎时就倾注到她心头来。与他在一起的冷淡的日子，固然不能够充分满足她的爱情的需要，离开他却是不堪设想的。她明白离开了他，现在与他厮伴着的每一个冷淡的顷刻都会成为她的珍贵的回忆。

当她携起活计离开爹的时候，一心只在计算正在迅速减少下去的，她还可以与他相处在一起的时刻，那即使得到爹的许可，也是屈指可数、十分有限的。

他们回到自己的家，早已从刘锜夫妇的饯别宴会中回来的婆母正在房里为出征的儿子叠包袱、打铺盖、整理行装。在家庭里，她是个不突出的，但在实际事务上却是非常重要的人物。从她自己做媳妇的年代开始，就替他们干这一行，如今已经积累了三十多年的经验。她是马家祖孙三代军人的总后勤部。因此她在家庭里也好像他们在战场上一样熟悉自己的业务，难得再会发生差池。

如果要用一句现成话来概括她的一切，她是个"本色人"。人的"本色"就应该像她那样是淡灰色的，是一种冷色调，不耀眼、不刺激、不突出，但有自己的个性。不管在怎样忙乱的情况中，她总是稳守着自己的阵地，人们看见她这副泰然自若的样子，就会产生一种平静、均衡的感觉。嬛娘显然不能使自己平静下来，在后勤工作中，她还是一个初上沙场的新兵，当不了婆母的助手。这是她爹宠爱她、不让她插手到他的戎务工作中去的后果。嬛娘一直在搅乱婆母有计划的行动，要么把东西放错了地方，不得不把已经打好的包袱解开来，重新打，要么把包裹打得太大了，狼狼亢亢地不便于随身携带。当她发生这样那样的错误时，婆母就用平静的微笑来抚慰媳妇。她记得自己刚做媳妇时，第一次为严厉的公爹和丈夫整理行装时也曾因为心慌，发生过现在媳妇正在发生的、作为一个军人世家的女儿不该有的错误。

嬛娘忽然想起了爹刚在她耳边说过的一句话，若有所思地抬起头来，望望婆母飘着萧然的灰白头发的两鬓，竭力要从她的严肃的然而是温和的脸上探索出这个已经在战场上丧失过两个儿子，现在又要把第三个儿子送上战场的母亲的心情。但她什么都没有发现。一种灰色的冷色调把婆母的一切遮盖起来，她的心和她的脸一样平静。在她一生中已经有过几十次打发征人出门的经验，她早已习惯了只想眼前的实际，而不去想那悲伤的过去和不可知的未来。如果她能够给媳妇一个宝贵的教训，那就是要媳妇也养成这个习惯。

利用母亲和妻子在打包袱的这个空隙时间，马扩出去把牲口检查一下，那就是刘锜送他的御赐"玉狻猊"。它上过战场，有作战经验，刘锜以此送给兄弟乘骑，那是再合适不过的。但是连得那匹牲口也早经母亲很好地照料过了。他再出去和伴当们亲切地聊了一回，明天他们也要随他一起出征，他们也经过母亲的帮助，整好行装，单等天一亮就出发。他们劝他早点回房去休息。

外面没有什么事情值得他挂心了，他回到房里，听母亲的叮嘱，什么东西放在哪个包袱里，省得临时要用起来难找。

他深深感谢她们为他所做的细密周到的准备工作。母亲为他准备的都是实际需用的，而妻子的准备中还蒙上一层感情色彩。当他将这件把她的一颗受尽煎熬炙烤的心一起缝进去的絮袍，亲自塞进包袱时，就好像扪叩到这颗心曾经经历过的痛苦的历程，它刚刚缝好，他感觉它是火热的。他虽然说话不多，虽然在许多场合中都不急于表达自己，但在这个温柔的动作和表情中，嬛娘明明白白地获得了他了解她、感谢她、喜爱她的真凭实据。他确实是这样，一向是这样，不可能不是像她所希望、所想象的这个样子的。

她们又最后一次地检点了行李。

"红羊皮篋里装的一副连环素铠是你丈人赠送给你的。"母亲说，"婵儿巧手，照着你的个子、身量改制好了，又在臂肘、膝盖处换上新皮，收拾得齐齐整整。儿呀，你自己的铠甲留在那里没带来，一旦上了战场，就靠它护住你的身体了。你要随时护住自己哟！"

马扩谢了母亲和妻子，然后与她们筹计起家计来。

"娘！孩儿这番出去后，家里这副担子又要搁在你老人家和媳妇身上，那也不轻啊！"

"儿子，你放心去吧，婵儿贤惠，我们会把它管得好好的。"

"媳妇年轻，又要照顾泰山，娘还得在东京住上一时再回保州去哩！"

"哪能把亲家撇了就走？娘会伴着婵儿在这里照料你泰山。"她停顿一下说，"再说有刘家娘子在这里照应，柴、米、油、盐，样样都不烦心，要住多久就多久，还有什么可担心的？"

"孩儿刚才还拜托嫂子，请她多多照应你婆媳俩和病人呢！"

"姊什么都想到了。"丈夫这句话说得见外了，婵娘微微地噘起嘴唇说，"昨夜说过，今天又特地说了两遍，要你放心，还待你去拜托她？"

"刘娘子那天说过，"马母带着虽然认为她的话说得稚气却也盛情可感的老年人的诚恳说，这使得她在灰色的冷调子下面浮泛出一层热的底色，"她离不开婵儿，婵儿离不开她爹，怎得咱三家，姓赵的、姓马的、姓刘的长住在一起才好。"

"将来的事可说不定了。"马扩微笑道，"只是孩儿此去，怕要一年半载才得回来。万一前线有些蹉跎，保州近在咫尺，也非安乐之乡。好笑童贯那厮，只想功在俄顷，口气之间，连冬衣也不必带，打算到北道去三两个月就功成归来，天下哪有这等容易事？"

"儿子回来时，你爹可也要回来了。"母亲忽然叹口气，"可怜他这几年东奔西走，何尝在家里歇上半月旬日！"

"孩儿一上前线就去找寻俺爹，娘有什么让孩儿捎去给爹？"

"上回他寄信来时，就给捎去两个包袱，这回你见到他可是空手了。"她想了一想，道，"也罢！你爷儿俩一样的脚码，见了爹时，把娘做的八搭麻鞋留两双给他也好。"

"孩儿给爹留下就是。"

"还有见了你爹时，千万捎个口信给他，就说娘说的，咱家的新妇可贤惠啦！"

马扩转过脸来朝婵娘笑笑，笑得她不好意思地低下了头。

夜已经很深了，马母吩咐他们早点休息，自己也回房去了。

一泓清泪已经长久地滞贮在婵娘的眼眶里，只消一句温柔的话、一个体贴的动作，就会把它碰落下来。婆母回房后，马扩把她轻轻推了一下，示意她也该早休息了。她再也憋不住，眼泪急骤地流下来，不停地流下来，然后，她像小女孩儿似的把整个身体伏在一张白木桌上失声地哭出来。

他推推她，她越发哭得厉害了。

"小驹儿啊，你怎么啦？"他轻得好像耳语似的对她说，"你可记得我第一遭出门的那天，你是怎么个情景？那时，你可真是个小女孩儿，哭着，哭着，把那根辫儿绞呀绞的，都绞得松了，嘴里一个劲儿地说我一去就不再回来。隔不了三个月，我可不是好好地回来了，还给你带来两支白箭翎？你一听说我回家，筷子都没丢下，拿着它就奔出大门口来迎我，后来白箭翎就缀在筷子上面，你又拿来送还给我。这些你可都记得？"

他看见她还没有停止哭泣，就用了比较大的、强制的，然而也仍然是温柔的声音说："不要哭了，不要哭了，小驹儿，我很快就会回来的。那天你没听刘锜哥哥说，官家说过迎送金使之事，还要委我。保不定过两个多月，我又伴着金使回京师来了。"

结婚以来，他还是第一次这样地用小名儿呼唤她。这个亲切的称呼，连同伴随着它同时涌来的温馨的回忆，把十年前的往事都召唤回来、贯穿起来了。所有的距离在这一声呼唤中全部消失了。从渭州动身以来，她就在等候、期待、寻觅这个被他，有时甚至是被她自己失落了的回忆。她等得、找得好苦啊！她要的不是由她启发，而是他自己从心底里挖掘出来的旧藏。她终于又获得了它，把断去的线重新接续上了，可它来得这样迟，而他这样快又要把它带走了。

★她的真诚的微笑中镶嵌着一朵朵闪耀的泪花，它们似乎代替了烛光，照亮着两人的心。

她尝试着要回答他的话，可是她的柔情恰似涨满在河床里的春波，一直溢到河岸上来，她简直没有说话的可能。她抬起头来，轻轻启开嘴唇，想说一句什么，一阵新的呜咽——幸福与由于获得幸福后回过头来再想到的刺心的痛两者合流汇成的呜咽，在它还没有化成具体的语言以前，就把它冲走了。

"小驹儿啊，你爹怎么跟你说的？他要你成为一个刚强的女儿，这会子你哭个不停，算得是什么样的女儿家呢？不许你再哭，你笑啊，就像我这样笑着！"

她抽搐着全身，以更大的起伏呜咽起来。但她终于能够抬起头来，正视着他，道出一个"嗯"字表示她愿意去做他希望她做的一切事情。这个表示是微弱的。她第二次再道出一个"嗯……"字来加强它。然后很快地吹灭烛，企图用黑暗来遮盖她主观上愿意做而还没有做成功的部分。可是丈夫仍然看到和感觉到在她的真诚的微笑中镶嵌着一朵朵闪耀的泪花，它们似乎代替了烛光，照亮着两人的心。

初九夜的饱满的半月，像一张稍微拽开的玉弓悬挂在庭外梧桐树枝上。一群被皎洁的月光惊动的小雀儿，一会儿栖息在这棵树上，一会儿又飞向那一棵，叫得叽叽喳喳，没个安定。

夜晚也好像是一只用黑布蒙着的鸟儿，它在气闷的黑布底下不安定地跳跃着，想要振翅高飞。

突然一声凄厉的号角声划破了颤抖着的黑布，似乎在长空中燃烧起一场大火。隔了一会儿就听见近处的人家用辘轳把井水挽上来给征人洗脸、做早饭的声音。不久，在较远的街道上响起了被号角声所征集起来的第一批脚步声和马蹄声，这是一群群从营房和家里走出，到大校场去接受检阅的士兵、低级军官以及为他们送行的家属亲友。

这是必须起身的时候了。

禅娘整夜都没有合上眼，却希望丈夫多歇一会儿，尽量不惊动他。她突然发现他也睁着一对清炯炯的眼睛正在凝视她，他也同样没有合过眼，不想去惊动她。

早已起身的婆母把一切都准备好了，叫醒了睡意犹浓的伴当们，大家都吃了早饭。黎明来了！他与伴当们一起拴上行李，自己牵出玉狻猊来跨上。玉狻猊还没适应新的主人，神经性地颤动着身体，踢着蹄子，不让他跨上去，倒累他出了一身汗。这个小小的意外事件，使他们失却了最后话别的机会。他跨上马，回转头来，还想跟她们说句话，这时伴当们已经远远走在前面，他一时想不出说什么，就向母亲、妻子挥挥手，道声"珍重"，放开缰绳，往前面赶去了。

婵娘似乎也有一句话要说。

她看见玉狻猊在打旋时，在浮着一层尘土的街道上踏出一个个零乱重叠的马蹄印。

"天底下所有的马蹄印都是半圆的，像从一个印版上刻下来，"她想道，"它们混踏在一起就分不清楚。如果他早知道打一副方的马蹄，咱就可跟踪着它，一直把他送到大校场，送到前线，送到天涯海角，那时再也不会把他迷失了。"

可是这是一句说不出口的话。她紧紧抓住他最后转回头的一刹那，既没有开口，也没有哭泣，却用了一个凄凉的微笑，一直把他送出到远远超出她的视野所及的地方。

她扶着婆母，也许没有意识到也是婆母扶着她转回家去，感觉到这个世界随着他的消失而一起消失了。

4

四万大军在大校场里接受检阅，一切如仪。

官家在端圣园内斋宫的重楼上检阅部队，并且亲自为宣抚使副饯行，彼此说了些在这个仪式中应当说的话，一切如仪。

过了未牌时分，先头部队出发了，然后是宣抚使副带着一大队随从僚属（马扩就在这个队伍里）作为中军，跟着出发，然后是殿军出发，一切如仪。

大军出发后，闹嚷嚷的大校场登时变得冷冷清清，在一片迷目的尘埃中，留下了满地的草绳、布条、纸片，包裹食物的干荷叶、箬壳，还有瓜皮、果核，丢下来的糕饼，等等；这里那里还发现许多断了的弓弦，折去了镞、羽翎的箭杆，锈的、钝的、折了口子的、破烂到不堪使用的兵器的碎片；还有从矛杆上扯下来的缠帛，从盔甲上掉下来的绒球，从旗帜上坠下来的流苏，等等；到处还有马粪、马尿等，弄得臭气冲天。这一切完成了被检阅的任务以后，都被丢下来，没人去管了。

东京人在一天之中送走了四万名大军以及几乎为数相等的士兵、伴当、民夫和杂务人员，减少了将近这个城市十分之一的人口，的确显得有点冷清了。但是喜欢热闹的东京人永远不会忘掉从这一类新鲜节目中汲取使他们感到有趣的谈笑资料。

四月初十的新鲜话题是议论大军受检阅和出发，一切都很不错的样子。宣抚使童贯披上一副黄金锁子甲，倒也威风凛凛。只有第一次穿上戎装、骑在马背上的宣抚副使蔡攸显得很别扭，他老是要去摸索他还没有习惯的佩剑的钩子，好像刚拔牙的人，老是要用舌尖去舔新空出来的窟窿一样，以致佩剑两次脱钩，掉在地上，要亲兵替他拾起来再行挂上。当时引起了哄堂大笑。

四月十一日的"头条新闻"是昨夜大军出城在陈桥驿驻屯。有两名替宣抚使掌旗的旗手，竟然丢下旗杆，带着镏金的旗斗和旗帜，开了小差，实行"卷逃"。大军刚出发就丢了帅旗，这似乎有点煞风景，像是个不吉之兆。但是事情到了喜欢寻开心的东京人的嘴里，挤去了其中令人不舒服的水分，就变成新鲜活泼的话题了。

东京人多么会寻欢作乐！

你瞧，"卷逃"这个词儿是谁想出来的，用得多么妥当贴切。卷去这两面全幅缎制的新旗，再加上镏金旗斗和旗杆顶上两只银葫芦，至少也值一百两银子，这两名逃兵算是发了一笔小小的财。

东京人向来不反对别人求富贵的勾当，特别不反对那些小人物从官府里掏摸些油水。既然大官儿们从老百姓身上榨取大量的脂膏，已成为公开、合法化了的事情，为什么对那些小人物倒要斤斤计较呢？拿了蚂蚁顶缸，这叫小题大做！

从孟蜀以来，东、西川的官府衙门里都勒有石碑，刻着"尔俸尔禄、民脂民膏"等字样，称为"戒碑"。宋太宗以后，戒碑遍及天下，这真是官样文章的绝好样板。既然官家睁开一只眼睛，闭上一只眼睛，眼看着大小官儿们用着一根根的吸管，把老百姓的鲜血连带骨髓一起都吸干了，官儿们即使把戒条背得烂熟，熟到可以倒背出来，又顶得什么用？官样文章照例是读得越熟，就越不起作用的，何况到了宣和年间，即使表面上肯去熟读戒碑的官儿也越来越少了。

显然不是因为丢失帅旗这一件偶然的、不吉利的小事故造成伐辽战争的失败，而是官府的蠹虫把这棵社会的大树蛀空了这一带有普遍性（哪里有戒碑，哪里就有官儿犯罪）、根本性（闭着一只眼睛的官家就是一切官儿犯罪的总根子）的事实造成战争的失败。东京人虽然爱憎分明、聪明绝顶，却要等到很晚的将来才懂得这个简单的道理。